Les amants ennemis

DÉJÀ PARUS DU MÊME AUTEUR

DANS LA SÉRIE DE WARENNE

L'héritière de Rosewood
Une passion irlandaise
Lady Flibuste
La tentation de Lady Blanche
L'alliance scandaleuse
La maîtresse de Clarewood
Le secret d'Elysse

BRENDA JOYCE

Les amants ennemis

BestSellers

Collection : BEST-SELLERS

Titre original : SEDUCTION

Traduction française de MARIE-JOSE LAMORLETTE

83-85, boulevard Vincent-Auriol, 75646 PARIS CEDEX 13.
Service Lectrices — Tél. : 01 45 82 47 47
www.harlequin.fr
ISBN 978-2-2802-8415-8 — ISSN 1248-511X

Pour Sue et Laurent Teichman,
avec affection. Merci !

Prologue

1er juillet 1793, près de Brest, France

— Est-il vivant ?

La voix le surprit. Elle paraissait lointaine. La douleur l'élançait dans le dos et les épaules, pareille à des clous enfoncés dans son corps, comme s'il était crucifié. Cette souffrance était si horrible qu'il était incapable de parler. Il jura en silence. Que lui était-il arrivé ?

Il était en feu. Pis encore ! il avait la sensation d'étouffer. Il pouvait à peine respirer. Un poids terrible semblait peser sur sa poitrine. Et il était dans l'obscurité complète…

Toutefois, son esprit se remettait lentement à fonctionner. Il avait reconnu la langue que parlait l'homme penché au-dessus de lui. C'était un Anglais. Comment était-ce possible ? Où était-il ? Et, par tous les diables, que s'était-il passé ?

Bientôt, les images commencèrent à affluer à toute allure, accompagnées de bruits épouvantables — les cris des blessés et des mourants au milieu du vacarme des mousquets et des détonations de canons, la rivière rougie par le sang français de paysans, de prêtres, de nobles et de soldats… Un spectacle à vous glacer le sang.

Il gémit. Il était incapable de se rappeler comment il avait été blessé, et il craignait d'être en train de mourir. Que lui était-il arrivé ?

Soudain, il perçut une autre voix, familière celle-ci.

— Il est à peine vivant, Lucas. Il a perdu beaucoup de sang et il est inconscient depuis minuit. Mon chirurgien ignore s'il survivra.

— Que s'est-il passé ?

La question venait d'un deuxième Anglais.

— Nous avons subi une terrible défaite à Nantes, *messieurs,* une déroute infligée par les Français sous les ordres du général Biron, mais Dominic n'a pas été blessé dans la bataille. Il a été pris en embuscade par un assassin hier soir, devant mes appartements.

Dominic reconnut finalement la voix de son ami de toujours, Michel Jacquelyn. Quelqu'un avait essayé de l'assassiner et cette personne devait savoir qu'il était un espion.

— Bon sang ! fit le deuxième Anglais.

A cet instant, Dominic parvint à ouvrir les yeux, au prix d'un gros effort. Il était allongé sur la plage, sur une couchette, et on l'avait recouvert d'épaisses couvertures. Tout près, les vagues battaient le rivage en un vacarme infernal. Il fixa son regard sur le ciel étoilé au-dessus de lui. Trois hommes se tenaient à ses côtés, en redingote, culottes et bottes. Sa vision était floue, mais il pouvait les distinguer vaguement. Michel portait des habits tachés de sang et ses cheveux attachés en catogan. Quant aux Anglais, ils étaient grands et blonds, et leurs cheveux, qui leur arrivaient aux épaules, se soulevaient dans le vent. Tout le monde était lourdement armé de pistolets et de dagues. Maintenant, Dominic entendait des craquements de mâts, des claquements de voiles. Finalement, il ne put garder les yeux ouverts plus longtemps. Epuisé, il les referma.

Bon sang ! il était sur le point de s'évanouir !

— Avez-vous été suivis ? demanda le dénommé Lucas d'un ton vif.

— Non, mais la gendarmerie est partout, mes amis. Nous devons nous hâter. Les Français font le blocus de la côte. Vous devrez être prudents pour éviter leurs bateaux.

Le troisième Anglais prit la parole sur un ton enjoué.

— Ne craignez rien. Personne ne peut semer la marine ou les douaniers comme moi. Capitaine Jack Greystone, *monsieur,* à votre service par cette nuit hautement intéressante. Et je crois que vous connaissez déjà mon frère, Lucas.

— Oui. Vous devez transporter cet homme à Londres, *messieurs,* dit Michel. *Immédiatement.*

— Il ne tiendra pas jusqu'à Londres, déclara Jack.

— Nous allons l'emmener à Greystone, proposa Lucas. Ce n'est pas loin et c'est sûr. S'il a de la chance, il survivra pour combattre un autre jour.

— *Bon.* Gardez-le bien, nous avons besoin de lui en Vendée. Dieu vous garde.

1

2 juillet 1793 — Penzance, Cornouailles

Elle était *très* en retard.

Julianne Greystone sauta pratiquement du petit cabriolet qu'elle avait garé devant la boutique de la modiste. La réunion de la Société avait lieu à côté, dans la salle commune de la taverne du Cerf blanc, mais toutes les places étaient déjà prises devant l'établissement.

L'auberge attirait toujours beaucoup de clients l'après-midi. Elle vérifia le frein de la voiture, tapota la vieille jument qui y était attelée et s'empressa de l'attacher au poteau.

Elle détestait être en retard. Ce n'était pas dans sa nature de traîner. Elle prenait la vie très au sérieux, contrairement aux autres dames qu'elle connaissait.

Ces femmes aimaient la mode et les emplettes, les thés et les visites mondaines, les bals et les dîners, mais elles ne vivaient pas dans le même contexte que Julianne. Elle, elle ne s'était jamais accordé un jour de loisir et de frivolité de toute sa vie. Alors qu'elle avait à peine trois ans, son père avait abandonné la famille bien que leur situation fût déjà critique. En effet, lord Greystone était un fils cadet sans moyens, et un panier percé de surcroît. Julianne avait donc toujours pris en charge les corvées ménagères que les autres dames réservaient à leurs domestiques. Cuisiner, faire la vaisselle, apporter le bois, repasser les chemises de ses frères, nourrir leurs deux chevaux, nettoyer les stalles… Il y avait toujours une tâche qui l'attendait. Il restait toujours quelque chose à faire. Et Julianne trouvait le manque de ponctualité inexcusable.

Certes, il lui avait fallu conduire pendant une heure pour effectuer le trajet qui séparait le manoir de Greystone, dans la crique de Sennen, de la ville. Et puis, sa sœur aînée, Amelia, avait pris la voiture ce jour-là et avait donc affreusement retardé Julianne.

Chaque mercredi, qu'il pleuve ou qu'il vente, Amelia emmenait leur mère en visite chez leurs voisins, bien qu'elle ne reconnaisse plus personne. La vieille femme n'allait pas bien. Elle perdait l'esprit et, quelquefois, elle ne reconnaissait même pas ses propres filles. Pourtant, elle adorait aller en visite. Personne n'était aussi enclin qu'elle à la gaieté et à la frivolité. Elle se prenait souvent pour une débutante, entourée de ses joyeuses amies et de prétendants chevaleresques.

Julianne imaginait souvent ce qu'avait pu être la vie de sa mère, lorsqu'elle était encore une jeune fille. Lady Greystone avait grandi dans une maison emplie de tous les luxes, avec des domestiques qui faisaient ses quatre volontés. Mais, cela, c'était avant que les Américains ne réclament leur indépendance — une époque où il n'y avait qu'une guerre de temps en temps, une époque sans crainte, rancœur et révolution. Ces années avaient été une période de splendeur absolue et d'ostentation pleine de luxe et d'indifférence, une période durant laquelle les gens ne songeaient qu'à leur plaisir, sans se soucier de la misère de l'homme du commun.

Pauvre femme ! Elle avait commencé à décliner peu après que leur père les avait quittés pour les tripots et les femmes de mauvaise vie de Londres, Anvers et Paris. Mais Julianne n'était pas sûre que son cœur brisé soit le responsable de sa folie. Elle pensait parfois que c'était bien plus simple et bien plus banal : sa mère ne pouvait simplement pas se faire aux circonstances sombres et menaçantes du monde moderne.

Quoi qu'il en soit, leur médecin prétendait qu'il était important de la tenir occupée. Tout le monde dans la famille était d'accord avec lui et Amelia avait initié les traditionnelles visites du mercredi.

Aussi Julianne avait-elle dû utiliser le petit cabriolet et leur vieille jument de vingt ans pour se rendre en ville, transformant le trajet d'une heure en un périple de deux heures.

Elle n'avait jamais été plus impatiente. Elle vivait pour les réunions mensuelles de Penzance. Avec son ami Tom Treyton, qui était aussi radical qu'elle, elle avait fondé la Société l'année précédente, quand le roi Louis XVI avait été déposé et que la France était devenue une république. Ils avaient soutenu tous les deux la Révolution française dès l'instant où il avait été clair que de grands changements se préparaient dans ce pays, tous en faveur de l'amélioration du sort des paysans et de la classe moyenne. Toutefois, ni elle ni Tom n'avait osé imaginer que l'Ancien Régime finirait par tomber.

Chaque semaine, il y avait une nouvelle péripétie dans la croisade de la France pour la liberté du simple citoyen. Le mois dernier, les chefs jacobins de l'Assemblée nationale avaient organisé un coup d'Etat, arrêtant de nombreux opposants. Une nouvelle Constitution en avait résulté, qui donnait le droit de vote à tous les citoyens ! C'était presque trop beau pour être vrai. Récemment, le Comité de salut public avait été constitué et Julianne était avide d'apprendre quelles réformes il pourrait bientôt apporter.

Et puis, il y avait les guerres sur le continent. La nouvelle république française avait l'intention d'apporter la liberté à toute l'Europe. Ainsi, la France avait déclaré la guerre à l'empire des Habsbourg en avril 1792.

Hélas ! tout le monde ne partageait pas les vues radicales de Julianne et de Tom, pas plus que leur enthousiasme pour le nouveau régime français.

En février 1792, la Grande-Bretagne avait d'ailleurs rejoint l'Autriche et la Prusse et était entrée en guerre contre la France.

— Miss Greystone !

Julianne s'apprêtait à faire un signe de main au valet d'écurie de l'autre côté de la rue pour lui demander d'abreuver sa jument, quand la voix stridente résonna derrière elle. Crispée, elle se retourna avec réticence.

Richard Colmes la regardait d'un œil noir.

— Vous ne pouvez pas vous garer ici.

Elle savait parfaitement pourquoi il s'en prenait à elle. Elle écarta une mèche de cheveux blond-roux de son visage et répondit très poliment :

— C'est une voie publique, monsieur Colmes. Oh ! et bonjour au fait. Comment va Mme Colmes ?

Le chapelier était un petit homme trapu qui portait de gros favoris gris. Sa perruque n'était pas poudrée, mais elle était belle, vraiment, et il avait une allure impeccable, de ses bas pâles et de ses souliers vernis à sa redingote brodée.

— Je ne fermerai pas les yeux sur votre Société, miss Greystone.

Julianne avait envie de l'envoyer au diable, mais elle se força à afficher un sourire suave.

— Ce n'est pas vraiment *ma* Société, commença-t-elle.

— Vous l'avez *fondée*. Vous, les radicaux, vous complotez la chute de ce grand pays ! s'exclama-t-il. Vous êtes tous des Jacobins et vous vous réunissez pour échanger vos terribles plans juste à côté de chez moi. Vous devriez avoir honte de vous, miss Greystone !

Il n'y avait plus lieu de sourire, à présent.

— Nous sommes dans un pays libre, monsieur, et nous avons tous droit d'avoir nos opinions. De plus, nous pouvons nous réunir où bon nous semble et il se trouve que John Fowey nous permet de le faire à côté de chez vous.

Fowey était l'aubergiste.

— Fowey est aussi fou que vous ! s'écria l'homme. Nous sommes en guerre, miss Greystone, et vous et vos semblables soutenez l'ennemi. Si l'armée française traverse la Manche, vous l'accueillerez sans doute à bras ouverts !

— Vous simplifiez bien vite une question très complexe, monsieur. Je soutiens chaque homme dans l'exercice de ses droits — y compris les vagabonds qui viennent dans cette ville pour mendier un repas décent. Oui, il se trouve que je soutiens la révolution en France, mais beaucoup de nos compatriotes aussi ! Je suis en compagnie de Thomas Paine, de Charles Fox, de lord Byron et de lord Shelley, pour ne nommer que quelques-uns des esprits distingués qui reconnaissent que les changements en France vont dans le sens du bien universel de l'humanité. Je suis radicale, monsieur, mais…

Il l'interrompit.

— Vous êtes une traîtresse, miss Greystone, et si vous n'ôtez pas votre cabriolet, je vais l'ôter pour vous.

Sur ces mots, il tourna les talons et entra d'un pas raide dans sa boutique, claquant la porte derrière lui, faisant vibrer les vitres et tinter la clochette.

Bouleversée par cette altercation, Julianne se mit à trembler, au bord de la nausée. Elle avait été sur le point de dire au chapelier combien elle aimait son pays. Pour elle, être patriote et soutenir la nouvelle république constitutionnelle en France n'était pas deux choses contradictoires. On pouvait aimer son pays tout en plaidant pour les réformes politiques et les changements sociaux, à l'étranger comme en Angleterre.

— Viens, Milly, dit-elle à la jument.

Elle la conduisit avec le véhicule de l'autre côté de la rue, dans l'écurie de louage. A chaque semaine qui passait, il devenait de plus en plus difficile de s'entendre avec ses voisins, des gens qu'elle avait pourtant connus toute sa vie. Jadis, elle était accueillie à bras ouverts et avec des sourires chaleureux dans n'importe quelle boutique ou salon. Ce n'était plus le cas aujourd'hui.

La révolution en France, et les guerres qui s'étaient ensuivies avaient divisé le pays.

A cause du chapelier, Julianne allait devoir payer pour laisser sa jument à l'écurie. Une dépense dont elle se serait bien passée en cette période. Les guerres avaient fait monter le prix de la nourriture, sans mentionner le coût de beaucoup d'autres denrées. Greystone possédait bien une mine d'étain prospère et une carrière de minerai de fer productive, mais Lucas investissait la plupart des bénéfices du domaine, afin d'assurer l'avenir de toute la famille. Il se montrait frugal, comme tous les autres membres de la famille d'ailleurs. Seul Jack faisait exception à cette règle. Le jeune frère de Julianne était insouciant et téméraire de toutes les façons possibles, raisons pour lesquelles, sans doute, il était un si bon contrebandier.

Julianne laissa ses pensées errer un instant. Lucas prétendait être à Londres, mais Julianne trouvait suspect qu'il passe tout son temps en ville. Toutefois, elle n'avait jamais pu obtenir plus d'informations de son frère. Quant à Jack, le connaissant, il était probablement en mer, fuyant un cotre des douanes.

Julianne décida de chasser ses soucis. Après tout, elle ne pouvait éviter la dépense de l'écurie et elle était habituée à l'hostilité du chapelier.

Elle se hâta donc de sortir, tout en tapant sur ses jupes de mousseline pour en chasser la poussière. Il n'avait pas plu de toute la semaine et les routes étaient terriblement sèches. Sa robe était beige, à présent, au lieu d'ivoire.

Tandis qu'elle approchait de la pancarte postée à côté de la porte de la taverne, l'excitation l'envahit, brusque et forte. Elle avait peint elle-même le panneau.

SOCIÉTÉ DES AMIS DU PEUPLE.
NOUVEAUX MEMBRES BIENVENUS.
PAS DE COTISATION DEMANDÉE.

Julianne était très fière de cette dernière précision. Elle avait négocié âprement avec son cher ami Tom Treyton pour supprimer tout droit d'entrée. Chaque homme et chaque femme ne devraient-ils pas être autorisés à participer à une assemblée qui avait pour but de promouvoir la cause de l'égalité, de la liberté et des droits de l'homme ? Selon elle, il aurait été injuste que quelqu'un soit privé du droit de s'allier à une telle cause uniquement parce qu'il ne pouvait pas payer les cotisations mensuelles.

Julianne entra dans la salle commune sombre et fraîche de l'auberge. Elle repéra immédiatement Tom. Il faisait à peu près la même taille qu'elle et avait des cheveux châtain clair bouclés. Les traits de son visage étaient agréables, à défaut d'être beaux. Le père de Tom était un hobereau aisé, ce qui expliquait que son ami ait suivi ses études à l'université d'Oxford.

Julianne avait pensé qu'il resterait à Londres après son diplôme ; mais, à la place, il était revenu en Cornouailles pour ouvrir un cabinet d'avocat. Ses clients se composaient essentiellement de contrebandiers. Hélas, Tom avait perdu ses deux derniers procès et ses clients avaient été condamnés à deux ans de travaux forcés. Bien sûr, ils étaient coupables et tout le monde le savait.

Tom se tenait debout au milieu de la salle, tandis que les autres participants étaient assis à des tables ou sur des bancs. Julianne remarqua aussitôt que l'assistance était de nouveau en baisse — encore plus que la dernière fois. Il y avait seulement deux douzaines d'hommes, tous des mineurs, des pêcheurs et des contrebandiers. Depuis que l'Angleterre était entrée dans la coalition contre la France, et dans la guerre, il y avait eu une résurgence de patriotisme dans la région. Certains des hommes qui avaient soutenu la révolution jusque-là se rabattaient à présent sur Dieu et le pays. Julianne supposait qu'un tel changement d'allégeance était inévitable.

Au bout de quelques secondes, Tom se rendit compte de sa présence. Aussitôt, son visage s'éclaira et il se précipita à sa rencontre.

— Vous êtes tellement en retard ! J'avais peur que quelque chose soit arrivé et que vous ne veniez pas à notre réunion.

— J'ai dû prendre Milly et le trajet a été lent.

Elle baissa la voix.

— M. Colmes n'a pas voulu me laisser me garer devant sa boutique.

Les yeux bleus de Tom étincelèrent.

— Scélérat de réactionnaire !

Elle lui toucha le bras.

— Il est effrayé, Tom. Tout le monde l'est. Et il ne comprend pas ce qui se passe en France.

— Il a peur que nous ne prenions sa boutique et sa maison pour les donner au peuple. Et peut-être qu'il devrait bel et bien le craindre.

Depuis qu'ils avaient fondé la Société, Tom et Julianne avaient toujours été en désaccord sur la méthode et les moyens de la réforme.

— Nous ne pouvons guère marcher à travers le pays en dépossédant les citoyens les plus riches comme Richard Colmes, protesta doucement Julianne.

Tom soupira.

— Je suis trop radical, bien sûr, mais cela ne me ferait rien de déposséder le comte de Penrose et le baron de St. Just.

Elle savait qu'il le pensait. Elle sourit.

— Pouvons-nous en débattre à un autre moment ?

— Je sais que vous êtes d'accord avec moi, Julianne. Les nobles possèdent bien trop de richesses, qu'ils n'ont pas gagnées à la sueur de leur front mais dont ils ont simplement héritées.

— Je suis d'accord, en effet, mais vous savez aussi que je ne suis pas pour une spoliation massive de l'aristocratie. Je veux savoir dans quel débat je viens d'arriver. Que s'est-il passé ? Quelles sont les dernières nouvelles ?

— Vous devriez rejoindre les réformateurs, Julianne. Vous n'êtes pas vraiment aussi radicale que vous aimez le penser, grommela-t-il. Il y a eu une déroute. Les royalistes de Vendée ont été battus à Nantes.

— C'est merveilleux ! s'exclama Julianne, presque

incrédule. Un superbe revirement de situation ! Qui aurait misé sur une telle victoire quand les royalistes venaient de nous vaincre à Saumur ?

Les avancées faites par les révolutionnaires français en France n'étaient en aucun cas assurées, et il y avait une opposition interne dans tout le pays. Une très forte rébellion royaliste avait commencé au printemps dernier en Vendée.

— Je sais. C'est un grand retournement.

Tom sourit et lui prit le bras.

— Il faut espérer que ces maudits rebelles de Toulon, Lyon, Marseille et Bordeaux tomberont bientôt. Et ceux de Bretagne aussi.

Ils échangèrent un regard. L'étendue de l'opposition à la révolution était effrayante.

— Je devrais écrire tout de suite à nos amis de Paris, décida Julianne.

L'un des objectifs de toutes les Sociétés radicales était de rester en contact étroit avec les clubs de Jacobins en France, montrant ainsi leur entier soutien à la cause de la révolution.

— Peut-être pouvons-nous faire quelque chose de plus ici en Angleterre, à part se réunir et discuter des derniers événements, ajouta-t-elle.

— Vous pourriez aller à Londres et vous introduire dans les cercles conservateurs, dit Tom en la fixant de son regard pénétrant. Votre frère Lucas est un tory. Il prétend être un simple mineur de Cornouailles, mais il est l'arrière-petit-fils d'un baron. Il a beaucoup de relations.

Tout à coup, Julianne éprouva une étrange nervosité.

— Lucas est juste un patriote, en réalité.

— C'est un tory et un conservateur, corrigea Tom d'un ton ferme. Il connaît des hommes qui ont du pouvoir, des hommes qui ont des informations, des hommes proches de Pitt et de Windham. J'en suis sûr.

Elle croisa les bras, sur la défensive.

— Il a le droit d'avoir ses opinions, même si elles sont opposées aux nôtres.

— Je n'ai pas dit le contraire. J'ai simplement dit qu'il avait des relations. Plus que vous ne le soupçonnez.

— Suggérez-vous que j'aille à Londres et que j'espionne mon frère et ses pairs ?

Elle était atterrée.

— Je n'ai pas dit cela, mais ce n'est pas une idée sans mérite.

Tom sourit.

— Vous pourriez aller à Londres le mois prochain, puisque vous ne pouvez pas assister à la convention d'Edimbourg.

Thomas Hardy avait organisé une convention des sociétés radicales, à laquelle presque toutes les sociétés du pays participeraient. En conséquence, chacune d'elles envoyait des délégués pour les représenter à Edimbourg. Tom serait leur porte-parole lors de cette convention.

Mais, avec l'Angleterre qui était entrée en guerre contre la France sur le continent, les enjeux avaient changé. Les radicaux et les clubs radicaux n'étaient plus regardés avec un amusement condescendant. On parlait de répression de la part du gouvernement. Tout le monde savait que le Premier ministre ne tolérait pas les radicaux, comme beaucoup de ministres autour de lui, et le roi George également.

Il était temps d'envoyer un message à tout le gouvernement anglais, et en particulier au Premier ministre Pitt : ils ne seraient pas réprimés par le gouvernement et ne subiraient pas d'opposition, ni maintenant ni jamais. Ils continueraient à propager et à épouser les droits de l'homme, et à soutenir la révolution en France. Ils continueraient également à combattre la guerre avec la nouvelle république française.

Une autre convention, plus petite, était également organisée à Londres, juste sous le nez de Whitehall. Julianne espérait qu'elle trouverait un moyen d'y assister, mais un voyage à Londres était coûteux. Peut-être que Tom avait réfléchi à une solution…

— Je n'espionnerai pas mon frère, Tom. J'espère que vous plaisantiez.

— Oui, lui assura-t-il vivement.

Comme elle le fixait d'un air incertain, il ajouta :

— J'allais écrire à nos amis de Paris, mais pourquoi ne le faites-vous pas ?

Il lui toucha le menton. Ses yeux s'étaient adoucis.

— Vous êtes tellement plus habile que moi avec les mots.

Elle lui sourit, espérant vraiment qu'il ne lui avait pas demandé d'espionner Lucas, qui n'était *pas* un tory et pas du tout impliqué dans la guerre.

— Très bien, dit-elle en cherchant à conserver un ton léger.

— Asseyons-nous. Nous avons encore une bonne heure de discussion devant nous, dit-il en la conduisant à un banc.

Durant l'heure qui suivit, ils discutèrent des récents événements en France, des propositions à la Chambre des communes et des lords, et des derniers ragots politiques de Londres. Le temps que la réunion se termine, il était presque 5 heures.

Tom raccompagna Julianne à son attelage.

— Je sais qu'il est tôt, mais pouvez-vous dîner avec moi ?

Julianne hésita. Ils avaient dîné ensemble le mois dernier après une séance de la Société. Mais quand il avait été sur le point de l'aider à monter dans sa voiture, il l'avait retenue et l'avait regardée comme s'il voulait l'embrasser.

Elle n'avait pas su que faire. Il l'avait embrassée une fois auparavant et cela avait été agréable, mais pas stupéfiant. Et, si elle aimait beaucoup Tom, elle ne voulait pas pour autant entretenir une relation amoureuse avec lui. Néanmoins, elle ne pouvait ignorer l'amour que son ami lui portait. Ils avaient tant de choses en commun qu'elle aurait souhaité tomber amoureuse de lui elle aussi. Il était un homme bien et un si cher ami.

Elle le connaissait depuis l'enfance. Pourtant, ils

n'avaient commencé à se rapprocher que deux ans plus tôt, lorsqu'ils s'étaient rencontrés par hasard à la réunion de Falmouth. Cette date avait marqué le vrai début de leur amitié. Mais, à mesure que le temps passait, il devenait clair que Julianne n'entretenait que des sentiments fraternels à l'égard de Tom.

Toutefois, elle pouvait bien accepter de dîner avec lui. Sa compagnie était très agréable et ils avaient toujours des discussions stimulantes. Elle allait accepter son invitation, lorsqu'elle hésita à la vue d'un homme qui remontait la rue sur un hongre alezan.

— Est-ce Lucas ? demanda Tom, aussi surpris qu'elle.

— Absolument, répondit-elle en se mettant à sourire.

Lucas avait sept ans de plus qu'elle, ce qui lui faisait vingt-huit ans. C'était un homme grand et musclé aux traits plutôt classiques, aux yeux gris perçants et aux cheveux blonds. Les femmes essayaient sans cesse d'attirer son attention, mais contrairement à Jack, qui se vantait d'être un débauché, Lucas était un gentleman. Assez distant, il avait une grande discipline et un grand sens du devoir, et il s'appliquait à entretenir la famille et le domaine.

Lucas avait plus été pour elle une figure paternelle qu'un frère, et elle le respectait, l'admirait et l'aimait beaucoup.

Il arrêta sa monture écumante devant elle et sa joie de le voir disparut aussitôt. Il avait un air sinistre. Elle pensa soudain à la pancarte juste dans son dos, souhaitant la bienvenue à de nouveaux membres dans leur réunion, et elle espéra que son frère ne la verrait pas.

Vêtu d'une redingote marron, d'un gilet bourgogne, d'une chemise en linon et de culottes claires, ses bottes noires couvertes de poussière, Lucas sauta à bas de son cheval. Comme à son habitude, il ne portait pas de perruque et ses cheveux étaient simplement attachés en arrière.

— Bonjour, Tom.

Il serra la main de Tom sans sourire.

— Je vois que vous continuez à semer la sédition.

Le sourire de Tom disparut également.

— Ce n'est pas juste, Lucas.

— La guerre n'est jamais juste.

Lucas tourna son regard gris et froid comme l'acier vers Julianne. Il désapprouvait ses engagements politiques depuis plusieurs années, maintenant, et il avait été très clair quand la France leur avait déclaré la guerre.

Elle sourit d'un air hésitant.

— Tu es rentré. Nous ne t'attendions pas.

— C'est ce que j'ai cru comprendre. J'ai galopé depuis Greystone, Julianne.

Il y avait un avertissement dans sa voix. Lucas avait un terrible caractère, quand il s'emportait. Et en cet instant, il semblait très en colère.

Elle se raidit.

— Je suppose que tu me cherchais ?

Que se passait-il ?

— Y a-t-il une urgence ?

Son cœur parut s'arrêter.

— Est-ce maman ? Ou est-ce que Jack a été arrêté ?

— Maman va bien. Jack aussi. Je veux te dire un mot en privé et cela ne peut attendre.

Le visage de Tom se défit.

— Dînerez-vous avec moi une autre fois, Julianne ?

— Bien sûr, assura-t-elle.

Il s'inclina devant Lucas, qui ne bougea pas. Quand il fut parti, elle fit face à son frère, complètement perplexe.

— Es-tu fâché contre moi ?

— Quand Billy m'a dit que tu étais allée en ville pour assister à une *réunion,* j'ai eu du mal à le croire. J'ai tout de suite compris ce qu'il voulait dire, déclara Lucas, se référant au garçon qui venait chaque jour s'occuper des chevaux. Nous avons déjà discuté de cela plusieurs fois, et récemment encore à l'occasion de la Proclamation du roi !

Elle croisa les bras.

— Oui, nous avons discuté de nos divergences d'opinions. Et tu sais que tu n'as aucun droit de m'imposer tes vues de tory.

Le visage de son frère s'empourpra.

— Je ne souhaite pas changer ta façon de penser, s'exclama-t-il. Mais j'ai l'intention de te protéger de toi-même. Mon Dieu ! La Proclamation de Mai interdit explicitement les réunions séditieuses, Julianne. C'était une chose de s'engager dans ce genre d'activité avant la Proclamation, mais tu ne peux plus continuer à le faire désormais.

En un sens, Lucas avait raison, pensa-t-elle, et il avait été puéril de sa part de le traiter de tory.

— Pourquoi supposes-tu que notre réunion était séditieuse ?

— Parce que je te connais ! explosa-t-il. Partir en croisade pour les droits des citoyens est une cause magnifique, Julianne, mais nous sommes en guerre et tu soutiens le gouvernement ennemi. C'est de la sédition, et cela pourrait même être vu comme de la trahison.

Ses yeux gris étincelèrent.

— Dieu merci, nous sommes à St. Just, où personne ne se soucie de nos affaires, à part les agents des douanes !

Julianne trembla, songeant à cette horrible dispute avec le chapelier.

— Nous nous réunissons pour discuter des événements de la guerre et de ceux qui ont lieu en France, et pour épouser les vues de Thomas Paine. C'est tout.

Elle avait beau tenter de se défendre, elle était parfaitement consciente des risques qu'ils prenaient en se réunissant ainsi. Si le gouvernement découvrait leur petit club, il accuserait tous ses membres de sédition. Bien sûr, à ce jour, Whitehall ne connaissait même pas leur existence.

— Je sais que tu écris à ce maudit club de Paris, et ne le nie pas. Amelia me l'a dit.

Julianne ne put croire que sa sœur avait trahi sa confiance.

— Je lui avais demandé de garder le secret.

— Elle veut te protéger de toi-même, elle aussi ! Tu dois cesser d'assister à ces réunions. Tu dois également cesser toute correspondance avec ce satané club jacobin en France. Cette guerre est une affaire très sérieuse et très dangereuse, Julianne. Des hommes meurent chaque jour — et pas seulement sur les champs de bataille des Flandres et du Rhin. Ils meurent dans les rues de Paris et dans les vignobles de la campagne !

Le regard enflammé, il dut faire un effort pour apaiser son ton.

— J'ai entendu les rumeurs qui courent à Londres. La sédition ne sera pas tolérée longtemps encore, pas pendant que nos hommes meurent sur le continent, pas pendant que nos amis fuient la France en masse.

— Ce sont tes amis, pas les miens.

A peine les mots avaient-ils franchi ses lèvres, qu'elle voulut les effacer. Le visage de son frère s'empourpra de nouveau.

— Tu ne repousserais jamais un être humain dans le besoin, pas même un aristocrate français.

Il avait raison. Elle se redressa encore plus.

— Je suis désolée, Lucas, mais tu ne peux pas me commander comme Jack commande à ses marins.

— Oh ! si, je le peux. Tu es ma sœur. Tu as vingt et un ans. Tu es sous mon toit et confiée à mes soins. Je suis le chef de cette famille. Tu feras ce que je dis — pour une fois dans ta vie bien trop indépendante.

Julianne hésita. Devait-elle continuer et défier Lucas ouvertement ? Que pouvait-il faire ? Il ne la déshériterait jamais et ne la forcerait pas à quitter Greystone.

— Songes-tu à me défier ?

Il semblait lire dans ses pensées.

— Après tout ce que j'ai fait pour toi, tout ce que j'ai promis de faire pour toi ?

Elle rougit. N'importe quel autre tuteur l'aurait obligée à se marier, à ce stade. Lucas n'était guère romantique, mais il semblait vouloir qu'elle trouve un prétendant qui serait à son goût. Il lui avait dit une fois qu'il ne pouvait l'imaginer liée à un vieux hobereau conventionnel, qui jugeait que les femmes n'avaient pas à se mêler de politique. A la place, il voulait l'unir à quelqu'un qui apprécierait ses franches opinions et son caractère inhabituel.

— Je ne peux guère changer mes principes, dit-elle finalement. Même si tu es un frère merveilleux — le frère le plus merveilleux que l'on puisse imaginer !

— N'essaie pas de me flatter, maintenant. Je ne te demande pas de changer tes principes. Je te demande d'être discrète, d'agir avec prudence et bon sens. Je te demande de te désister de ces associations radicales tant que nous sommes en guerre.

Julianne avait une obligation morale d'obéir à son frère aîné, mais elle ne savait pas si elle était capable de faire ce qu'il demandait.

— Tu me places dans une terrible position, dit-elle.

— Bien, fit-il d'un ton coupant.

Puis il ajouta :

— Ce n'est pas pour cela que j'ai fait galoper mon pauvre hongre à travers toute la paroisse pour te trouver. Nous avons un hôte à Greystone.

Aussitôt, Julianne oublia leur dispute. Dans des circonstances normales, elle aurait été alarmée à la nouvelle d'un hôte inattendu. Ils avaient une seule bouteille de vin à la maison. La chambre d'hôte n'était pas faite. Le salon n'avait pas été épousseté, le vestibule non plus. Leurs placards n'étaient pas assez pleins pour donner un dîner. Mais l'expression de Luke était si sinistre à présent qu'elle ne pensa pas avoir besoin de s'inquiéter de nettoyer la maison ou de remplir le cellier.

— Lucas ?

— Jack l'a amené à la maison voilà quelques heures.

Il était lugubre. Il pivota pour prendre la bride de son cheval. Lui tournant le dos, il dit :

— J'ignore qui il est. Je suppose que ce doit être un contrebandier. Quoi qu'il en soit, il est blessé et j'ai besoin de toi à la maison. Jack est déjà allé chercher un médecin. Nous devons essayer de rendre les choses confortables pour ce pauvre diable, car il est aux portes de la mort.

*
* *

Greystone se dressait devant Julianne. C'était un manoir vieux de deux cent cinquante ans, bâti en pierre claire, avec des toits pentus en ardoise. Edifié au sommet de falaises déchiquetées, presque blanches et sans arbres, contre des landes stériles et sans couleur, entouré seulement par un ciel gris et morne, il paraissait rigide et désolé.

La crique de Sennen se trouvait juste au-dessous. Ses histoires abracadabrantes, récits des aventures, des échecs et des victoires de contrebandiers et de douaniers, étaient en partie des mythes et en partie réelles.

Pendant des générations, la famille Greystone avait activement fait de la contrebande avec les meilleurs d'entre eux. La famille fermait délibérément les yeux quand la crique était emplie de caisses illégales de whisky, de tabac et de thé par leurs voisins et amis, feignant d'ignorer ces activités illicites.

Certains soirs, l'agent des douanes stationné à Penzance dînait au manoir avec sa femme et ses filles, buvant un des meilleurs vins français, bavardant avec ses hôtes comme le meilleur des amis ; d'autres soirs, des feux de signalement flambaient, avertissant les contrebandiers que les autorités étaient en route.

Lorsque le bateau de Jack était à l'ancre, la crique explosait en action tandis que des tonneaux et des caisses étaient précipitamment cachés dans les grottes des falaises. Puis Jack et ses hommes fuyaient les lieux, tandis que les autorités anglaises armées dévalaient les falaises à pied, tirant sur quiconque avait été laissé en arrière.

Julianne avait assisté à tout cela depuis qu'elle était petite fille. Personne dans la paroisse ne pensait que la contrebande était un crime — c'était un mode de vie.

Ses jambes lui faisaient terriblement mal. Son dos aussi. Maintenant qu'elle était devenue une femme, elle utilisait des attelages et n'était plus habitué à monter à cheval. Et encore moins en amazone, la seule option que lui avait laissée sa robe de mousseline.

Garder son équilibre à vive allure sur le cheval de louage n'avait pas été facile. Lucas lui avait jeté de nombreux regards soucieux, et lui avait offert plusieurs fois de s'arrêter un moment pour qu'elle puisse se reposer. Mais, craignant qu'Amelia ne s'attarde chez leurs voisins et que l'étranger mourant soit seul au manoir, Julianne avait refusé.

La première chose qu'elle vit quand Lucas et elle remontèrent au trot l'allée couverte de coquillages du manoir fut la paire de chevaux d'attelage qui se trouvait derrière les écuries en pierre, à l'arrière de la maison. Amelia était rentrée.

Ils mirent pied à terre en hâte. Lucas prit sa bride.

— Je vais m'occuper des chevaux.

Il lui sourit.

— Tu seras courbatue, demain.

Une vague de soulagement déferla en elle. Il n'était plus fâché contre elle.

— Je suis déjà courbatue, répondit-elle en lui rendant son sourire.

Puis, Lucas s'éloigna avec les deux hongres tandis que Julianne relevait ses jupes claires pour gravir vivement les marches du perron.

Le manoir était un simple rectangle, plus long qu'il n'était large ou haut, avec trois niveaux. Le dernier étage abritait des greniers qui jadis, avaient été les chambres des domestiques. Aujourd'hui, il n'y avait plus de domestiques à Greystone depuis longtemps.

La grand-salle était une vaste pièce dotée de poutres au plafond, que l'on utilisait autrefois pour dîner et recevoir. Les sols étaient en pierre gris sombre, les murs faits de la même pierre plus claire. Deux portraits ancestraux et une paire d'épées anciennes les décoraient ; à un bout de la salle se dressaient une cheminée massive et deux fauteuils bourgogne imposants.

Julianne traversa rapidement la salle, puis passa devant

un petit salon dont les meubles modernes détonnaient avec la décoration générale, suivi d'une petite bibliothèque sombre et de la salle à manger. Enfin, elle s'engagea dans l'étroit escalier.

Elle montait les premières marches lorsqu'elle croisa Amelia qui descendait. Sa sœur tenait des linges mouillés et un pichet dans les mains. Elles hésitèrent un instant avant de parler.

— Est-ce qu'il va bien ? finit par lâcher Julianne.

Amelia était aussi petite que Julianne était grande. Ses cheveux blond foncé étaient tirés sévèrement en arrière et son expression arborait en permanence un air sérieux. Son visage s'éclaira de soulagement.

— Dieu merci, tu es de retour ! Tu sais que Jack a déposé un homme mourant ?

Amelia paraissait incrédule.

— Cela lui ressemble bien ! fit Julianne d'un ton coupant.

Et, bien sûr, leur frère s'était empressé de repartir aussitôt.

— Lucas m'en a informée. Il est dehors avec les chevaux. Que puis-je faire ?

Amelia se retourna abruptement et remonta l'escalier, son petit corps tendu par la nervosité. Elle fit signe à Julianne de la suivre tandis qu'elle se lançait dans le couloir sombre, le long des portraits de famille qui dataient de deux cents ans. Elle se dirigeait vers l'unique chambre d'hôte du manoir, laissée à l'abandon pendant des années. Les invités étaient rares à Greystone.

Jetant un coup d'œil sinistre à Julianne, Amelia s'arrêta devant la porte ouverte.

— Le Dr Eakins vient de partir.

La chambre donnait sur les plages rocailleuses de la crique et l'océan Atlantique. Le soleil se couchait, emplissant la petite pièce d'une faible lumière. La chambre contenait un lit étroit, une table et deux chaises, un secrétaire et une armoire. Julianne hésita, son regard braqué sur l'homme allongé sur le lit.

Son cœur se mit à battre la chamade.

Le mourant était torse nu, un drap remonté sur ses hanches. Elle n'avait pas l'intention de le fixer, mais, étalé comme il l'était, pas grand-chose n'était laissé à l'imagination. L'inconnu était très grand et très brun, une masse de muscles sculptés. Elle le contempla un moment de plus, n'étant guère habituée à la vue d'un homme torse nu, et encore moins d'un homme avec un physique aussi intimidant.

— Il était sur le ventre voilà un moment. Il a dû se tourner quand je suis sortie, expliqua Amelia d'une voix tendue. On lui a tiré dans le dos, de près. Le Dr Eakins a dit qu'il avait perdu beaucoup de sang. Il souffre.

Julianne se rendit alors compte que les culottes de l'étranger étaient sales et tachées de sang. Elle se demanda si les taches de sang venaient de sa blessure — ou de celle de quelqu'un d'autre. Qu'importe ! Elle ne tenait pas à fixer ses hanches minces ou ses cuisses puissantes, aussi se concentra-t-elle sur son visage.

De nouveau, un trouble étrange s'empara d'elle. Leur hôte était un très bel homme à la peau bistrée, avec des cheveux d'un noir de jais, des pommettes hautes et un nez droit à l'allure patricienne. D'épais cils noirs bordaient ses yeux fermés.

Julianne détourna le regard. Son cœur était sur le point d'exploser. C'était absurde !

Amelia lui remit les linges mouillés et le pichet dans les bras avant de s'approcher du lit du blessé. Avec peine, Julianne réussit à lever les yeux, consciente d'avoir les joues en feu.

— Respire-t-il ? s'entendit-elle demander.

— Je ne sais pas.

Amelia toucha le front du blessé.

— Pour aggraver encore les choses, il a une infection, car la blessure n'a pas été bien soignée. Le Dr Eakins n'était pas optimiste quant à son état.

Elle se tourna vers Julianne.

— Je vais envoyer Billy chercher de l'eau de mer.

— Qu'il en apporte un plein seau, approuva Julianne. Je vais rester à son chevet.

— Quand Lucas arrivera, nous le retournerons.

Sur ces mots, Amelia s'empressa de sortir de la chambre, visiblement gênée par le spectacle de cet homme à moitié nu.

Julianne resta un moment immobile, le regard fixé sur le torse nu de l'étranger. Puis, elle reprit ses esprits. Le pauvre homme était mourant ; il avait besoin de son aide !

Elle posa les linges et le pichet sur la table et s'approcha. Avec précaution, elle s'assit à côté de lui, luttant contre la sensation de vertige que cette proximité faisait naître en elle. La poitrine de l'homme ne bougeait pas. Inquiète, Julianne abaissa sa joue vers la bouche de l'inconnu pour vérifier qu'il respirait encore. Il fallut un moment avant qu'elle ne sente une petite bouffée de son souffle. Grâce à Dieu, il était vivant !

— *Pour la victoire.*

Elle se redressa comme si on lui avait tiré dessus. Son regard alla brusquement au visage du blessé. Ses yeux restaient clos, mais il venait de parler — *en français* — avec l'accent d'un Français ! Elle en était certaine.

La phrase qu'il venait de prononcer était un cri de ralliement parmi les révolutionnaires français. C'était d'autant plus étonnant que l'homme ressemblait plus à un noble qu'à un paysan. Aussitôt, elle jeta un coup d'œil à ses mains. Généralement, les nobles avaient les mains aussi douces que celles d'une femme. Mais les mains de l'étranger étaient calleuses, ses articulations entaillées et couvertes de sang séché.

Elle se mordit la lèvre. Elle était infiniment bouleversée par la présence de cet homme près d'elle. Ou peut-être était-ce sa semi-nudité qui la gênait à ce point. Ou encore l'extrême virilité qui se dégageait de lui.

Elle inspira profondément, espérant dénouer la tension qui l'habitait.

— *Monsieur ? Etes-vous français ?*

L'homme ne réagit pas. Elle allait réessayer quand une voix retentit soudain derrière elle.

— Est-il réveillé ?

Julianne se tourna à moitié tandis que son frère entrait dans la chambre.

— Non. Mais il a parlé dans son sommeil. Il a parlé en français, Lucas.

— Il n'est pas endormi. Il est inconscient. Amelia m'a dit qu'il avait de la fièvre, maintenant.

Julianne hésita, puis osa poser sa paume sur son front.

— Il est très chaud.

— Peux-tu le soigner, Julianne ?

Elle regarda son frère avec méfiance. Le ton qu'il avait employé n'était pas naturel. Il lui cachait quelque chose.

— Bien sûr. Nous allons le garder enveloppé de draps mouillés. Es-tu sûr que Jack n'a rien dit sur son identité ? Est-il français ?

— Jack ne sait pas qui il est, répondit fermement Lucas. J'aimerais rester, mais je dois retourner à Londres demain.

— Quelque chose ne va pas ?

— J'étudie un nouveau contrat pour notre minerai de fer. Mais je ne suis pas sûr qu'il me plaise de vous laisser seules avec lui, Amelia et toi.

Il regardait de nouveau le blessé.

Julianne fixa l'homme elle aussi, puis se tourna de nouveau vers son frère. Ce dernier arborait une expression impassible.

— Tu ne penses sûrement pas qu'il pourrait être dangereux ?

— Je ne sais pas que penser.

Julianne hocha la tête et posa son regard sur l'inconnu. Il y avait quelque chose d'étrange dans cet échange, pensa-t-elle. Son frère savait-il qui était leur hôte ? Elle pivota de nouveau vers lui pour le questionner plus avant, mais il avait déjà quitté la pièce.

Agacée, elle tenta de se rassurer. Pourquoi Lucas voudrait-il lui cacher des informations concernant cet étranger ? S'il savait qui était cet homme, il le lui dirait sûrement. Manifestement, ses soupçons n'étaient pas justifiés.

Elle fixa le ténébreux Français, furieuse de ne pouvoir lui venir en aide. Elle repoussait une mèche d'épais cheveux noirs du visage de l'homme, quand il eut un sursaut. Alarmée, Julianne bondit sur ses pieds, alors qu'il criait :

— *Où est-elle ? Qui est responsable ? Qu'est-il arrivé ?*

Puis il s'agita de nouveau, avec plus de force encore, et elle craignit qu'il ne se fasse mal. Il gémit bruyamment. Visiblement, il souffrait.

Lorsqu'il fut apaisé, elle se rassit sur le lit, près de la hanche du Français et se mit à caresser son épaule brûlante.

— *Monsieur, je m'appelle Julianne. Il faut que vous vous reposiez, maintenant.*

Il respirait fort, à présent, mais il ne bougeait pas et sa température semblait avoir augmenté. Alors, il se mit à parler.

Pendant un instant, Julianne pensa qu'il essayait de s'adresser à elle. Mais son débit était si rapide et si furieux, si désespéré aussi, qu'elle comprit bientôt qu'il délirait.

— *S'il vous plaît,* dit-elle doucement, décidant de ne parler qu'en français. *Vous avez de la fièvre. Je vous en prie, essayez de dormir.*

— *Non ! Nous ne pouvons pas nous retirer !*

Il était dur de le comprendre, mais Julianne se concentrait pour trouver un sens à ces mots rapides et embrouillés. En tout cas, il ne faisait aucun doute dans son esprit qu'il était français. Aucun Anglais n'aurait pu avoir un accent aussi parfait. Aucun Anglais ne parlerait une deuxième langue en délirant.

Julianne se tapit à son côté, essayant de le comprendre. Mais il s'agitait violemment, sans cesser de crier. Il jura.

— *Ils ne pouvaient pas reculer. Ils ne pouvaient pas battre en retraite !*

Parlait-il d'une bataille ? Il cria encore :

— *Tant de gens sont morts, mais ils devaient tenir*

cette ligne ! Non, non ! hurla-t-il. *Ne vous retirez pas ! Tenez la ligne ! Pour la liberté !*

Julianne serra son épaule brûlante, des larmes brouillant sa vision. Il était clair qu'il revivait une terrible bataille que ses hommes et lui avaient certainement perdue. Mon Dieu ! pouvait-il être un officier de l'armée française ?

— *Pour la liberté !* cria-t-il. *Continuez ! Continuez !*

Elle lui caressa l'épaule, essayant de lui offrir du réconfort.

— *La rivière était pleine de sang... Trop d'hommes étaient morts... Le prêtre était mort... Ils devaient se retirer. La journée était perdue !*

Il pleura.

Elle ne savait pas que faire. Elle n'avait jamais vu un homme pleurer auparavant.

— *Vous délirez, monsieur*, tenta-t-elle de dire. *Mais vous êtes en sécurité maintenant, ici, avec moi.*

Il haletait, les joues mouillées de larmes, son torse brillant de transpiration.

— *Je suis tellement désolée de ce que vous avez souffert*, lui dit-elle. *Nous ne sommes pas sur le champ de bataille. Nous sommes chez moi, en Angleterre. Vous serez en sécurité ici, même si vous êtes un Jacobin. Je vous cacherai et vous protégerai... Je vous le promets !*

Il parut soudain se détendre et Julianne se demanda s'il s'était endormi.

Elle inspira, ébranlée au plus profond d'elle-même. Cet homme était un officier de l'armée française, elle en était certaine. Il pouvait même être noble — une partie de la noblesse française avait soutenu la révolution et soutenait maintenant la république. Il avait subi une terrible défaite au cours de laquelle beaucoup de ses hommes avaient péri et cela le hantait.

Elle avait mal pour lui. Mais comment diable Jack l'avait-il trouvé ? Si Jack ne soutenait pas la révolution, il n'était pas exactement un patriote anglais non plus. Il lui avait dit une fois que la guerre lui convenait admirablement

— la contrebande était encore plus rentable maintenant qu'avant la révolution.

Julianne caressa le front de l'étranger. Sa peau était si chaude sous ses doigts ! Une vague de colère l'envahit brusquement. Qu'attendait Amelia pour apporter l'eau de mer ?

— *Vous êtes brûlant, monsieur*, dit-elle, continuant à parler français. *Vous devez rester tranquille si vous voulez aller mieux.*

Il fallait qu'ils fassent tomber cette fièvre. Elle remouilla un linge et le passa sur le cou et les épaules de l'homme. Puis elle le laissa là et en prit un autre.

— Au moins, vous vous reposez, maintenant, dit-elle doucement, et elle se rendit compte qu'elle était revenue à l'anglais.

Elle répéta ce qu'elle avait dit en français, passant le linge sur son torse tandis que son cœur battait de plus en plus vite.

Elle venait à peine de poser le linge sur la poitrine du blessé lorsqu'il lui saisit violemment le poignet. Elle cria, choquée, et son regard se porta vivement à son visage.

Ses yeux verts étincelaient de fureur.

Effrayée, elle demanda dans un souffle :

— *Etes-vous réveillé ?*

Il ne la lâcha pas, mais son emprise s'adoucit. Ses yeux aussi.

— *Nadine ?*, chuchota-t-il d'un ton rauque.

Qui était Nadine ?

Bien sûr, elle s'en doutait — Nadine devait être son amoureuse ou sa femme. Etrangement, cette information lui serra la gorge. Elle eut du mal à parler, puis elle humecta ses lèvres.

— *Monsieur, vous avez été blessé à la bataille. Je suis Julianne. Je suis ici pour vous aider.*

Son regard était fiévreux, il était évident qu'il n'était pas lucide. Soudain, tenant toujours son poignet, il tendit son autre main vers son épaule.

Il tressaillit, respirant fort, mais son regard ne flancha pas. Un éclat étrange brillait au fond de ses yeux et Julianne en perdit le souffle.

Il sourit lentement.

— *Nadine*.

Sa main, forte et puissante, glissa alors le long de son épaule, jusqu'à sa nuque. Avant qu'elle puisse protester ou lui demander ce qu'il faisait, il attira son visage vers le sien.

Seigneur ! il voulait l'embrasser !

Son sourire était infiniment séduisant, sûr de lui et plein de promesses. Puis ses lèvres se posèrent sur les siennes.

Julianne réprima une exclamation, mais elle n'essaya pas de s'écarter de lui. A la place, elle s'immobilisa, lui accordant cette choquante liberté, son cœur faisant une embardée, son corps tendu par le désir.

C'était un désir qu'elle n'avait jamais éprouvé auparavant.

Puis elle se rendit compte qu'il avait cessé de l'embrasser. Elle respirait fort contre sa bouche immobile, profondément troublée par le feu qui embrasait son propre corps. Il lui fallut un moment pour s'apercevoir qu'il était de nouveau inconscient.

Elle se redressa, en état de choc. Son esprit s'emballait, confus. Il l'avait embrassée ! Il avait de la fièvre ; il délirait. Il ne savait pas ce qu'il faisait !

Cela importait-il ?

Il l'avait embrassée et elle avait répondu comme elle ne s'en serait pas crue capable, même dans ses rêves les plus fous.

Et il était un officier de l'armée française — un héros révolutionnaire.

Elle le regarda.

— *Qui que vous soyez, vous n'allez pas mourir — je ne le permettrai pas*, dit-elle.

A présent, l'homme était si parfaitement immobile qu'on aurait pu le croire mort.

2

Il y avait des dizaines d'hommes dans la foule, qui criaient de rage et agitaient les poings, et il savait qu'il devait courir… Alors qu'il fuyait, les pavés sous ses pieds changèrent pour passer du gris sombre au rouge vif. Il ne comprit pas tout de suite qu'il courait dans une rivière de sang.

Il cria, tandis que les majestueux bâtiments parisiens disparaissaient. A présent, la rivière de sang était pleine d'hommes qui hurlaient, à l'agonie. La panique et la peur le consumaient.

Et il savait qu'il devait se réveiller.

Il sentit du coton sous ses mains, pas de la terre, pas du sang. Il lutta contre la rivière ensanglantée et aperçut Nadine qui lui souriait, les yeux brillants, la lune pleine et lumineuse derrière elle. Il l'avait embrassée, sauf qu'il comprenait bien que quelque chose n'allait pas… Nadine était morte…

Nadine était morte et il était allongé dans un lit. Où était-il ?

Epuisé, Dominic comprit qu'il avait rêvé. Ses souvenirs restaient embrouillés et la terreur l'emplissait, mais il combattit la panique qui montait en lui. Il devait s'éclaircir les idées. C'était une question de vie ou de mort.

Il était dangereux de rester en France maintenant. Quelqu'un avait découvert sa véritable identité.

Tout à coup, il se rappela avoir été attaqué devant les appartements de Michel. Il se raidit sous l'effet de la peur et de l'alarme, luttant contre ces deux émotions. Tous ses souvenirs des dix-huit derniers mois lui revenaient maintenant en force. Il était allé en France chercher sa mère et sa fiancée pour les ramener en Angleterre. Il n'avait pas trouvé Nadine, mais il avait trouvé sa mère qui se cachait au-dessus d'une boulangerie à Paris, sa maison de ville ayant été détruite. Après l'avoir embarquée sur un bateau à destination de l'Angleterre au Havre, Dominic était revenu à Paris, espérant retrouver Nadine.

Il n'avait jamais eu l'intention de rester en France, à rassembler des informations pour son pays. Bien que sa mère, Catherine Fortescue, soit française, son père était le comte de Bedford et il était anglais jusqu'à la moelle. Dominic Paget était né dans le domaine familial de Bedford. Fils unique, il avait été éduqué à Eton et Oxford. Quand William Paget était mort, Dominic avait hérité du titre et du comté.

Toutefois, bien qu'il siégeât plusieurs fois par an à la Chambre des lords, Dominic ne s'intéressait pas à la politique. Bien sûr, il se sentait un devoir envers le pays, car il devait aussi veiller aux intérêts de Bedford, mais il ne faisait pas preuve de zèle dans l'exercice de ses fonctions. De fait, quelques années plus tôt, il avait même refusé un poste dans le ministère de Pitt. Ses responsabilités étaient claires, et elles concernaient le comté.

En France, il n'avait pas pu découvrir ce qui était arrivé à Nadine. On l'avait vue pour la dernière fois lors de l'émeute qui avait détruit la maison de sa mère. Cette dernière craignait qu'elle n'ait été piétinée à mort par la populace.

Aussi avait-il fini par rentrer en Angleterre, désespéré. Il s'était alors intéressé à la Révolution française et avait rencontré plusieurs de ses pairs, dont Edmund Burke, un homme aux importantes relations politiques. Les informations que Dominic avait glanées pendant qu'il était en France étaient si perturbantes que Burke l'avait présenté au Premier ministre Pitt. Mais c'était Sebastian Warlock qui l'avait persuadé de retourner en France, cette fois avec une seule ambition : l'espionnage.

Il était impossible de déterminer qui avait appris la vérité sur Jean-Jacques Carré — l'identité que Dominic avait adoptée en France. Quelqu'un avait découvert que Carré n'était pas plus un imprimeur qu'un Jacobin. Quelqu'un avait appris qu'il était en réalité un Anglais et un agent secret.

Sa tension s'accrut terriblement. Il se sentait très faible et vulnérable. Une affreuse douleur semblait lui déchirer le dos chaque fois qu'il respirait.

Etait-il avec des amis, ou des ennemis ? Etait-il toujours en France ?

Effrayé et en alerte, il nota qu'il n'était pas enchaîné. Très prudemment, il ouvrit les yeux, juste assez pour pouvoir regarder à travers ses cils.

Il ne changea pas le rythme de sa respiration. Il ne bougea pas un seul muscle, à part ses paupières. Il sentait qu'il n'était pas seul. Et il tenait à ce que la personne qui se trouvait dans la pièce avec lui continue de croire qu'il dormait.

Les vagues contours d'une petite chambre entrèrent dans son champ de vision. Il vit une armoire, une fenêtre. Un instant plus tard, il sentit l'odeur iodée de l'air, et en goûta le sel.

Il était près de la côte, mais quelle côte ?

Il lutta farouchement pour rassembler tous les souvenirs possibles. Avait-il rêvé un long voyage à l'arrière d'un chariot, de nuit ? Avait-il rêvé le balancement d'un bateau, le craquement de mâts, le bruissement de voiles, et le fait d'être en proie à une terrible souffrance ? Que lui était-il arrivé après avoir été blessé par balle ? De vagues images tentèrent de se former et, soudain, il pensa se souvenir d'une femme aux cheveux blond vénitien qui se penchait sur lui, le baignait, s'occupait de lui.

C'est alors que la même femme lui apparut, penchée

sur lui. Il aperçut des cheveux blond-roux, un visage pâle, une robe ivoire.

— *Monsieur ?* murmura-t-elle.

Dominic connaissait cette voix. Ainsi, elle l'avait soigné, il n'avait pas rêvé.

Toutefois, il ne pouvait présumer qu'elle était une amie et une alliée. Etait-il en mesure de se défendre si nécessaire ? De s'échapper ? Il était si épuisé, si faible ! Qui était-elle et pourquoi l'avait-elle soigné durant sa maladie ? Etait-elle une amie de Michel ? Comment était-il arrivé là ? Et où était-il ?

Il décida d'attendre que la femme quitte la pièce pour réfléchir à ces questions tranquillement. Il pourrait alors tenter d'éclaircir la situation dans laquelle il se trouvait. Sa première tâche consisterait à fouiller la chambre, puis la maison. Il fallait qu'il sache où il était. Et il avait besoin d'une arme pour se défendre.

D'un autre côté, elle ne pouvait pas être seule. Elle devait avoir des compagnons. Quand elle partirait, quelqu'un d'autre pourrait être envoyé pour le garder, et cela pourrait même être un homme.

Il ouvrit complètement les yeux et les plongea dans le regard gris, surpris, de la femme.

Elle était assise dans un fauteuil à son chevet, une écritoire sur les genoux, une plume à la main. Elle sursauta et murmura :

— *Monsieur, vous êtes réveillé ?*

Il n'avait pas l'intention de lui répondre, pas encore. A la place, il fit un rapide inventaire de ce qui l'entourait. Il vit qu'il était couché dans un lit étroit, dans une chambre qu'il ne connaissait pas. La pièce était modeste, meublée simplement, et il était difficile de discerner s'il était dans la maison d'un bourgeois ou d'un noble. En tout cas, si les propriétaires des lieux étaient nobles, ils avaient sans doute perdu leur fortune depuis longtemps.

Une fenêtre laissait entrer la lumière du jour et il jugea que c'était le début d'après-midi. Le soleil était pâle et grisâtre, pas du tout comme le soleil estival de la vallée de la Loire, éclatant.

Comment était-il arrivé dans cette chambre ? Avait-il été transporté dans un chariot et sur un bateau, où l'avait-il rêvé ? Bon sang, il ne se rappelait rien après avoir reçu cette balle dans l'allée de Nantes ! La seule chose dont il était certain, c'était qu'il était sur la côte, mais où ? Il pouvait être au Havre ou à Brest, pensa-t-il, mais il n'en était pas sûr. Il pouvait être à Douvres ou à Plymouth. Quoi qu'il en soit, il devait à tout prix protéger son identité, même s'il était en Angleterre. Personne ne devait deviner qu'il était un agent britannique.

Mais la femme lui avait parlé en français.

Elle parla de nouveau. Il se figea, se concentrant sur elle tandis qu'elle répétait ce qu'elle avait demandé.

— *Monsieur, êtes-vous réveillé ?*

Son teint était avivé, il y avait une question dans ses yeux. Elle parlait français avec un léger accent. Elle était anglaise, cela ne faisait aucun doute. Il aurait dû être soulagé, mais le fait qu'elle parle français le mettait sur ses gardes. Etait-elle en partie française, comme lui ? Ou supposait-elle qu'il était français, pour une raison quelconque ? L'avait-elle rencontré quand il était agent secret ? Connaissait-elle la vérité ou une partie de la vérité ? Où allaient ses sympathies ? Si seulement il pouvait se rappeler plus de choses !

Et pourquoi diable était-il complètement nu sous les draps fins qui le couvraient ?

Soudain, la femme se leva. Il l'observa avec méfiance tandis qu'elle traversait la pièce, notant que sa silhouette était très plaisante, non pas qu'il s'en soucie réellement. Elle pouvait être une alliée ou une ennemie. Et il ferait ce qu'il faudrait pour survivre. La séduire pouvait faire partie du plan.

Elle posa la tablette et le parchemin sur la table, plaçant la plume dans un encrier. Puis, elle prit un linge et le trempa dans une cuvette d'eau. Dominic ne parvenait toujours pas à se détendre. Les images floues de ses souvenirs devenaient plus précises à mesure qu'il retrouvait ses esprits. Il revoyait cette femme se penchant sur lui et le rafraîchissant avec un linge… son visage près du sien, tandis qu'il se préparait à l'embrasser…

Il l'avait embrassée. Il en était certain.

Son intérêt s'acéra aussitôt. Que s'était-il passé entre eux ? Elle revint vers lui. Son visage était pâle, en dépit de la roseur de ses joues. Elle s'assit et mit à tordre le linge pour l'essorer, tandis qu'il la regardait avec attention. Il avait le plus grand mal à contrôler la réaction de son corps à cette présence féminine.

En France, à force de vivre au bord de la mort chaque jour, il avait perdu toute la moralité dans laquelle on l'avait élevé. Il y avait eu tant de femmes françaises dans son lit, les unes jolies, les autres non, très peu dont il connaissait le nom et encore moins dont il se souvenait. La vie était courte, trop courte. Il s'était rendu compte que la moralité était un effort inutile dans une période de guerre et de révolution.

Les images avec lesquelles il s'était réveillé étaient toujours là, à l'arrière de son esprit, le hantant. Cette foule enragée, la rue en sang et la rivière ensanglantée à Saumur. La famille qu'il avait vue guillotinée, le prêtre qui était mort dans ses bras. Sa moralité était morte depuis longtemps, peut-être avec Nadine. Le sexe était une distraction, une échappatoire, parce que la mort était la seule certitude dans sa vie.

Demain, quelqu'un pouvait l'assassiner.

Demain, une foule furieuse pouvait le tirer hors de cette maison et le lyncher à mort, ou il pouvait être conduit, enchaîné, à la guillotine tandis que les gens poussaient des vivats.

L'inconnue sourit légèrement et posa le linge frais sur son front. Il tressaillit, les surprenant tous les deux. Puis il saisit son poignet.

— *Qui êtes-vous ?*

Elle lui avait parlé en français, alors il lui parla aussi dans cette langue. Jusqu'à ce qu'il sache où il était et qui elle était, il se laisserait simplement guider par elle.

Elle réprima une exclamation.

— *Monsieur, vous êtes réveillé ! Je suis si contente !*

Il ne la lâcha pas. A la place, il l'attira plus près, vers lui, assailli par l'angoisse. Il détestait ne rien savoir ; il fallait qu'il découvre qui elle était et où il se trouvait.

— *Qui êtes-vous ? Où suis-je ?*

Elle paraissait figée. Seuls quelques pouces séparaient leurs visages, maintenant.

— *Je suis Julianne Greystone, monsieur. Je vous ai soigné. Vous êtes dans ma maison de famille, et vous êtes en sécurité ici.*

Il l'étudia, refusant de se détendre en dépit des paroles rassurantes de la jeune femme. Si elle parlait de sécurité, c'était qu'elle savait quelque chose de ses activités. Pourquoi, sinon, suggérerait-elle qu'il pourrait être en danger ? Et par rapport à qui le croyait-elle en danger ? Les Jacobins ? L'assassin de Nantes ?

Ou le croyait-elle en danger à cause de ses propres alliés ? Le prenait-elle pour un Français menacé par les Anglais ?

Est-ce que sa maison de famille était en Angleterre, ou en France ? Pourquoi s'obstinait-elle à parler français ?

Elle humecta ses lèvres et murmura d'une voix rauque :

— *Vous sentez-vous mieux ? La fièvre est tombée, mais vous restez si pâle, monsieur.*

Il fut pris d'un étourdissement soudain. Bon sang ! il se sentait si faible. Il lâcha le poignet de l'inconnue, mais il ne regretta pas de l'avoir impressionnée. Il voulait la rendre nerveuse, l'intimider, afin de pouvoir la manipuler plus facilement.

— *Mon dos est douloureux, mais, oui, je vais mieux.*

— *On vous a tiré dans le dos, monsieur. C'était très grave*, dit-elle doucement. *Vous avez été très malade. Nous avons craint pour votre vie.*

— *Nous ?*

— *Ma sœur, mes frères et moi.*

Il y avait bien des hommes dans la maison, nota-t-il aussitôt.

— *Vous êtes-vous tous occupés de moi ?*

— *Mes frères ne sont pas ici. Je me suis surtout occupée de vous, monsieur, bien que ma sœur Amelia ait aidé quand elle n'était pas auprès de maman.*

Il était seul avec trois femmes. Il était soulagé, mais juste un peu. Bien sûr, il tournerait facilement cette situation à son avantage. Il pouvait être terriblement faible, mais il trouverait une arme et trois femmes ne feraient pas le poids face à lui.

— *Alors il semble, mademoiselle, que je vous sois entièrement redevable.*

Elle rougit et bondit sur ses pieds.

— *Sottise, monsieur.*

Il étudia son visage enflammé. Elle semblait très sensible à la séduction.

— *Avez-vous peur de moi, mademoiselle ?* demanda-t-il doucement.

Elle était *très* nerveuse.

— *Non ! Bien sûr que non !*

— *Bien. Il n'y a rien à craindre, après tout.*

Il sourit lentement. Ils s'étaient embrassés. Elle l'avait dévêtu. Etait-ce pour cela qu'elle était si nerveuse ?

Elle se mordit la lèvre.

— *Vous avez subi une épreuve. Je suis soulagée que vous alliez bien.*

Que savait-elle exactement ?

— *Oui, en effet.*

Dominic restait calme. Il espérait que l'inconnue finirait par lui apprendre comment il avait atterri dans cette maison, et ce qui lui était arrivé après Nantes.

Elle se tut, mais son regard gris ne flancha pas.

Soudain, une conviction s'empara de lui. Elle ne l'éclairerait pas ; il serait obligé de lui extorquer ce qu'il voulait savoir.

— *Je suis désolé de vous avoir mise à contribution. Il y a sûrement des domestiques pour vous servir ?*

Elle ne répondit pas tout de suite.

— *Nous n'avons pas de domestiques, monsieur. Il y a un garçon d'écurie, mais il ne vient que quelques heures par jour.*

Le soulagement de Dominic s'accentua, mais il resta méfiant.

— *Vous me fixez*, dit-elle d'une voix altérée.

Il jeta un coup d'œil à ses mains, qu'elle serrait sur sa robe de mousseline blanche. Pas d'alliance ni de diamant, pas de bagues du tout.

— *Vous m'avez sauvé la vie, mademoiselle, alors je suis curieux à votre sujet.*

Elle leva ses mains élégantes, puis les croisa sur sa poitrine en un geste de défense, ou de nervosité.

— *Vous étiez dans le besoin. Comment pouvais-je ne pas vous aider ? Vous ne m'avez pas dit votre nom*, ajouta-t-elle.

Le mensonge lui vint aussi naturellement qu'une respiration.

— *Charles Maurice. Je vous serai éternellement redevable.*

Elle finit par lui sourire.

— *Vous ne me devez rien*, dit-elle fermement.

Elle hésita.

— *Vous devez avoir faim. Je reviens tout de suite.*

Sur ces mots, elle quitta la pièce en coup de vent. Dès qu'il entendit le bruit de ses pas s'éloigner dans le couloir, Dominic s'assit et rejeta ses couvertures, prêt à se lever. Aussitôt, la douleur irradia de son dos et sa poitrine. Il se figea, gémissant.

La pièce s'était mise à tourner autour de lui. Bon sang !

Il refusa de se rallonger. Il lui fallut un moment infini pour combattre la douleur, pour dominer l'étourdissement. Il était dans un état bien pire que ce qu'il avait pensé. Puis, lentement et avec précaution, il se leva.

Il s'appuya au mur, épuisé. La pièce mit un moment à cesser de tourner. Dès qu'elle s'immobilisa, il alla en chancelant à l'armoire. A son désarroi, elle était vide. *Où étaient ses habits ?*

Il jura de nouveau. Puis il alla à la fenêtre, son équilibre assez instable pour qu'il renverse le fauteuil. Là, il s'agrippa au rebord et fixa l'océan au-delà des falaises nues.

Il ne doutait pas que c'était l'Atlantique qu'il avait sous les yeux. Il connaissait la couleur gris d'acier de ces eaux souvent tourmentées. Puis il regarda les falaises de roche claire, le paysage plat et désolé. Dans le lointain, il vit la silhouette d'une tour solitaire. Il n'était pas à Brest, se dit-il. Le paysage ressemblait beaucoup à la Cornouailles.

Et la Cornouailles était réputée pour ses sympathies jacobines. Il se tourna, s'appuyant au rebord pour garder son équilibre. La petite table était devant lui, avec son écritoire, l'encrier et la feuille de parchemin. Il fit deux pas vers la table, grogna et en saisit le bord pour se retenir de tomber.

Dominic jura de nouveau. Il n'était pas en mesure de fuir quiconque. Il devrait attendre quelques jours avant de pouvoir se déplacer correctement. Il ne se sentait même pas capable de séduire son hôtesse, pour tout dire.

Son regard se porta alors sur le parchemin posé sur la table. La lettre était écrite en français.

La terreur monta en lui. Il saisit la page et lut le premier paragraphe.

« Mes chers amis, j'écris pour célébrer avec vous les récentes victoires à l'Assemblée nationale, et en particulier le triomphe que représente la nouvelle Constitution donnant le droit de vote à chaque citoyen. »

Elle était une maudite Jacobine. *Elle était l'ennemi.*

Les mots semblaient avoir pâli sur la page. Malgré tout, il parvint à lire les lignes suivantes.

« Notre Société espère que d'autres victoires sur l'opposition viendront. Dites-nous comment apporter notre soutien à la cause de l'égalité et de la liberté en France, et à travers le continent. »

Les mots se brouillaient rapidement, s'assombrissaient, à tel point qu'il ne put bientôt plus les distinguer. Il fixait maintenant le parchemin sans le voir, tandis que la même phrase résonnait dans son esprit, inlassablement : son hôtesse était jacobine.

Jouait-elle au chat et à la souris avec lui ? se demanda-t-il lorsqu'il eut repris ses esprits. En France, tout le monde espionnait ses voisins en cherchant des rebelles et des traîtres. Etait-ce maintenant la même chose en Angleterre ? En tant que jacobine, pourchassait-elle des hommes comme lui dans l'espoir d'identifier des agents britanniques, puis de les trahir ?

Ou le prenait-elle pour un Français ? Si cette hypothèse était la bonne, il devait s'assurer qu'elle ne sache jamais qu'il était anglais. Mais que savait-elle au juste ? Savait-elle qu'il arrivait de France ? Il avait besoin d'informations, bon sang !

Il transpirait et était à bout de souffle. L'état d'agitation dans lequel il se trouvait était plus qu'il ne pouvait assumer dans son état. Trop tard, il se rendit compte que le plancher ondulait sous lui. Il lâcha la page en jurant.

Déjà, des ombres noires se refermaient sur lui. Il avait du mal à respirer. La pièce s'était remise à tourner. Non ! Il ne devait pas s'évanouir maintenant.

A bout de forces, Dominic s'affala par terre. Il était allongé là, luttant pour rester conscient, quand il entendit des pas qui se précipitaient vers lui. La peur le transperça.

— *Monsieur !*

Il lutta pour rester alerte, si fort que de la sueur couvrit instantanément tout son corps. Il serra les poings et prit une profonde inspiration en se forçant à ouvrir les yeux. La première chose qu'il vit fut son regard gris fixé sur son visage tandis qu'elle était agenouillée au-dessus de lui. Son expression semblait inquiète.

Miraculeusement, la pièce cessa de tourner.

Il leva les yeux vers elle et elle le regarda avec une grande anxiété.

Il était affreusement tendu et bien trop faible pour se défendre. Elle devait s'en rendre compte, elle aussi.

Mais aucune arme n'apparut dans sa main. A la place, elle toucha ses épaules nues et les serra.

— *Monsieur ! Vous êtes-vous évanoui ?*

La voix de l'inconnue était rauque et son regard fuyant. Soudain, Dominic comprit pourquoi. Il était nu ; elle était tout habillée.

— *Je suis tombé, mademoiselle,* mentit-il avec aisance.

Il ne lui laisserait jamais savoir combien il était faible. Elle devait le croire capable de se défendre, et même d'attaquer. Il leva la main et lui toucha la joue.

— Décidément, c'est la deuxième fois que vous volez à mon secours.

Un instant, leurs regards s'accrochèrent. Puis elle bondit sur ses pieds, tournant la tête pour éviter de voir son corps. Elle était cramoisie.

Elle n'avait certainement jamais vu un homme nu auparavant. Tant mieux ! songea Dominic. Son inexpérience la rendrait facile à manipuler.

— *Veuillez me pardonner*, dit-il, priant de ne pas s'effondrer de nouveau tandis qu'il s'asseyait. *Je n'ai pas trouvé mes vêtements.*

— *Ils ont été lavés*, répondit-elle de cette même voix rauque.

Elle détournait toujours le regard, alors il se leva pour saisir le drap et le nouer autour de sa taille. Il mourait d'envie de s'affaler sur le lit et de sombrer dans un profond sommeil, mais il ne pouvait se permettre de laisser passer cette occasion d'en apprendre plus sur sa situation.

— *Est-ce vous qui m'avez dévêtu ?*

— *Non.*

Elle refusait toujours de le regarder.

— *Mon frère l'a fait. Nous avons dû vous donner un bain d'eau de mer, pour diminuer la fièvre.*

Il s'assit sur le lit. La douleur explosa, mais il l'ignora. Depuis longtemps, il était passé maître dans l'art de maintenir son expression impassible.

— *Alors je vous remercie encore.*

— *Vous êtes arrivé chez nous en culottes et bottes, monsieur. Les culottes ne sont pas encore sèches. Il a plu depuis votre arrivée. Mais je vais vous apporter des culottes de mon frère Lucas.*

Il chercha son regard jusqu'à ce qu'elle finisse par croiser le sien. Elle était visiblement bouleversée de l'avoir vu nu. Avec un peu de chance, le trouble de la jeune femme l'avait même distraite de la faiblesse de Dominic. Il sourit.

— *Merci, madame. J'apprécierais une chemise, aussi.*

Elle le regarda comme s'il avait parlé une langue étrangère qu'elle ne comprenait pas. Et elle ne parut pas sentir l'humour de sa remarque.

Il redevint sérieux.

— *Je suis désolé si j'ai offensé votre pudeur, mademoiselle.*

— *Que tentiez-vous de faire, monsieur ? Pourquoi vous êtes-vous levé sans mon aide ?*

Il allait répondre quand il vit sa lettre par terre derrière elle, là où il l'avait laissée tomber. Il sut qu'il était inutile de tenter de détourner les yeux car la jeune femme s'était déjà tournée pour regarder derrière elle.

Il dit doucement :

— *Quand je suis tombé, j'ai renversé le fauteuil et j'ai aussi heurté la table. Je vous fais mes excuses. J'espère que je n'ai pas cassé le fauteuil.*

Julianne ramassa vivement la lettre et la plaça près de l'encrier avant de redresser le fauteuil.

— *Je pensais ouvrir la fenêtre pour avoir un peu d'air,* ajouta-t-il.

Sans répondre, elle se hâta d'aller à la fenêtre, leva le

loquet et l'ouvrit. Un souffle frais d'air de l'Atlantique s'engouffra dans la pièce.

Dominic profita du fait qu'elle lui tournait le dos pour l'étudier avec d'attention.

Soudain, elle pivota et le surprit à la fixer. Une nouvelle tension avait surgi entre eux, il le sentait.

Finalement, elle sourit légèrement.

— *Je suis désolée. Vous devez me trouver très sotte. Je... je ne m'attendais pas à revenir dans la chambre et à vous voir par terre.*

Elle faisait une bonne menteuse, mais pas aussi bonne que lui.

— *Je vous trouve très belle.*

Elle s'immobilisa et il baissa les yeux. Un silence tomba entre eux. Pour préserver sa sécurité, se dit-il, il n'avait qu'à se jouer d'elle. Et, vu le trouble qu'elle affichait en sa présence, ce ne serait pas bien compliqué.

Sauf, bien sûr, si elle était l'espionne qu'il craignait et si sa naïveté était de la comédie. Dans ce cas, c'était elle qui se jouait de lui.

— Julianne ? Pourquoi es-tu si inquiète ? demanda Amelia.

Elles se tenaient sur le seuil de la chambre d'hôte et jetaient de temps à autre un regard dans la pièce. Julianne avait allumé un feu dans la cheminée de la chambre et les flammes diffusaient une douce lueur. Charles était toujours endormi et le plateau de son dîner était sur la table, intouché.

Elle n'oublierait jamais la peur qui l'avait transpercée quand elle l'avait trouvé allongé par terre. Pendant un instant, elle avait craint qu'il ne soit mort ! Mais il n'était pas mort, il était tombé. Lorsqu'il s'était lentement relevé, complètement, magnifiquement nu, elle avait fait semblant de ne pas regarder, mais elle avait été incapable de détourner les yeux de sa beauté virile.

— Cela fait plus de vingt-quatre heures qu'il ne s'est pas réveillé, dit-elle.

— Il se remet d'une terrible blessure, fit remarquer Amelia à voix basse. Tu commences à me rappeler une mère poule.

Julianne cilla. Amelia avait raison, elle était inquiète et elle voulait qu'il se réveille pour être rassurée. Mais après, quoi ?

— C'est ridicule. Je suis simplement soucieuse, comme n'importe qui le serait.

Amelia la dévisagea, les mains sur ses hanches minces.

— Julianne, je n'ai peut-être pas parlé avec lui comme tu l'as fait, mais je ne suis pas aveugle. Même endormi, c'est un homme très séduisant.

Julianne lutta pour rester impassible.

— Vraiment ? Je ne l'avais pas remarqué.

Amelia rit, ce qui était plutôt rare chez elle.

— Oh ! s'il te plaît. J'ai remarqué la façon que tu as de le regarder ! Tu sembles incapable de te contrôler ! C'est une bonne chose qu'il dorme, ou il t'aurait surprise à le reluquer ! Mais j'en suis contente. Je commençais à me demander si tu étais insensible aux hommes.

Julianne dévisagea sa sœur en silence. Amelia ne se montrerait certainement pas aussi enjouée si elle savait ce que Julianne avait appris sur leur hôte. Bien sûr, Julianne devrait bientôt en informer sa sœur. Après tout, elle vivait sous le même toit que l'inconnu et Julianne lui devait la vérité.

Amelia était apolitique. Néanmoins, elle était patriote et la personne la plus rationnelle que Julianne connaissait. Elle serait horrifiée d'apprendre qu'ils abritaient un ennemi de l'Etat à Greystone.

— Ma parole, c'est la poêle qui se moque du chaudron, dit vivement Julianne, changeant de sujet.

— Je n'ai pas toujours été insensible aux beaux hommes, Julianne, dit doucement Amelia.

Julianne regretta aussitôt d'avoir adopté cette tactique.

Elle n'avait que douze ans l'été où Amelia était tombée amoureuse du plus jeune fils du comte de St. Just, mais elle se souvenait de leur cour brève et passionnée comme si c'était hier.

Elle se rappelait s'être tenue à la fenêtre, en bas, les regardant s'éloigner au galop de la maison, Simon Grenville poursuivant sa sœur. Il était si séduisant qu'il semblait être un vrai prince noir, et elle avait pensé qu'Amelia était terriblement fortunée. Elle se rappelait aussi le choc d'Amelia quand ils avaient appris la mort du frère de Simon. Ce dernier avait été rappelé à Londres et Julianne se souvenait d'avoir pensé que sa sœur n'avait aucune raison de pleurer. Simon l'aimait et il reviendrait. Mais elle avait été sotte et naïve. Simon n'était pas revenu. Amelia s'était endormie en pleurant pendant des semaines, le cœur brisé.

Apparemment, Simon avait vite oublié Amelia. Il ne lui avait jamais écrit, pas une seule lettre, et deux ans plus tard il avait épousé la fille d'un vicomte. Au cours des neuf dernières années, il n'était pas venu une seule fois dans son comté, juste au nord de St. Just.

Julianne savait qu'Amelia ne l'avait jamais oublié. L'année qui avait suivi le départ de Simon, elle avait refusé deux très bonnes demandes en mariage, d'un jeune avocat aisé et d'un bel officier de la Marine royale. Et puis il n'y avait plus eu de propositions…

— J'ai vingt-cinq ans et je ne suis pas une beauté, dit Amelia d'un ton pratique, la tirant de ses pensées. Ma dot est maigre et je dois m'occuper de maman. Si je suis insensible aux hommes, c'est par choix.

— Tu es *très* séduisante, mais tu sembles vouloir disparaître en permanence !

Julianne hésita.

— Peut-être qu'un jour tu rencontreras quelqu'un qui t'emballera le cœur.

Elle rougit à la pensée de Charles Maurice.

— J'espère que non ! s'exclama sa sœur.

Julianne savait qu'elle ferait mieux d'abandonner ce sujet sensible.

— Très bien, finit-elle par dire. Je ne suis pas aveugle. Oui, M. Maurice est assez beau. Et il était si reconnaissant quand il s'est réveillé. Il a été charmant.

Charles Maurice s'exprimait très bien, ce qui indiquait de l'éducation et peut-être des origines nobles. Et il était dangereusement séduisant.

— Ah, si cette dernière partie est vraie, alors c'est clair, il a gagné ton cœur volage !

Julianne savait qu'Amelia la taquinait, mais elle fut incapable de sourire. Depuis qu'il était arrivé à Greystone, elle avait pensé à leur hôte jour et nuit. Peut-être était-ce le bon moment pour révéler son identité à sa sœur, cela orienterait la conversation vers des sujets moins troublants.

— Il y a quelque chose que tu devrais savoir, murmura-t-elle en entraînant Amelia dans le couloir.

— Visiblement, cela ne va pas me plaire.

— Non, je ne pense pas. Tu sais que M. Maurice est français, comme je te l'ai dit, Amelia… mais il n'est pas un émigré.

Amelia battit des cils.

— Que dis-tu ? Il est sûrement un contrebandier, comme Jack.

Julianne humecta ses lèvres.

— C'est un officier de l'armée française, Amelia. Il a survécu à de terribles batailles et a perdu beaucoup de ses hommes !

Amelia poussa une exclamation étouffée.

— Et comment es-tu parvenue à une telle conclusion ? Te l'a-t-il dit lorsqu'il était éveillé ?

— Il délirait, dit Julianne.

Nerveuse, Amelia fit un pas en arrière, mais Julianne la prit par le bras.

— Je dois prévenir les autorités ! s'exclama sa sœur.

— Tu ne peux pas faire une chose pareille !

Julianne se plaça devant elle, lui barrant le chemin.

— Il est gravement malade, Amelia, et c'est un héros !

— Il n'y a que toi pour penser cela ! s'écria Amelia.

Puis elle continua en baissant la voix :

— Je ne crois pas qu'il soit légal de l'avoir ici. Je dois le dire à Lucas.

— Non, s'il te plaît ! Il ne fait pas de mal, il est souffrant ! Pour me faire plaisir, aidons-le à se remettre, et ensuite il pourra aller son chemin, plaida Julianne.

Amelia la dévisagea, affolée et l'air très sombre.

— Quelqu'un le découvrira, dit-elle enfin.

— Je vais en parler à Tom immédiatement. Il nous aidera à le garder ici, en secret.

— Je pensais que Tom te faisait la cour.

Julianne sourit. Ce changement de sujet signifiait qu'elle avait gagné.

— Tom et moi discutons toujours de politique, Amelia. Nous partageons les mêmes vues. Mais ce n'est guère une cour.

— Il est épris de toi. Il pourrait ne pas approuver la présence de cet homme ici.

Julianne jeta un coup d'œil dans la chambre et pâlit. Charles les observait toutes les deux, son expression étrangement alerte, méfiante même.

Dès qu'il s'aperçut qu'elle le regardait, il sourit et entreprit de s'asseoir. Les couvertures tombèrent sur sa taille, révélant son torse musclé.

Julianne ne bougea pas. Venait-il de la regarder comme si elle était une adversaire à qui il ne se fiait pas ou était-ce le fruit de son imagination ?

Amelia s'empressa d'entrer dans la chambre, le visage fermé. Julianne la suivit, tendue.

Avait-il entendu leur dispute ?

Si oui, il ne le montrait pas. A la place, il lui lança un regard complice. Aussitôt, elle sentit son ventre se nouer, comme si elle partageait un secret honteux avec cet homme qu'elle connaissait à peine.

Mais n'était-ce pas le cas ?

Des images passèrent dans son esprit. Charles se relevait, complètement nu, après être tombé, il nouait le drap autour de sa taille de façon très décontractée, ne se souciant visiblement pas de la gêne qu'il pouvait susciter en elle. Elle revoyait aussi son lent sourire suggestif avant qu'il ne l'embrasse, quand il délirait.

Son cœur se mit à battre de plus en plus vite.

Julianne lança un regard Amelia, mais sa sœur ne semblait aucunement intéressée par le large torse sculpté du blessé.

Par politesse, Charles remonta les draps sur son corps tandis qu'Amelia allait à la table pour prendre le plateau du dîner. De nouveau, il plongea son regard intense dans celui de Julianne, une lueur troublante au fond des yeux.

— *Votre sœur, je présume ?*

A ces mots, Amelia se tourna vers lui, le plateau dans les mains. Son français était excellent ; elle parlait aussi espagnol, et un peu d'allemand et de portugais.

— *Bonsoir, monsieur Maurice. J'espère que vous vous sentez mieux. Je suis Amelia Greystone.*

— *Je suis heureux de faire votre connaissance, miss Greystone. Je ne puis vous remercier assez, votre sœur et vous, de votre hospitalité et de votre gentillesse.*

Amelia apporta son plateau à Charles.

— *Je vous en prie. Je vois que vous vous exprimez aussi bien que ma sœur le disait. Parlez-vous anglais ?*

Charles accepta le plateau. Dans un anglais au lourd accent, il dit :

— Oui, je le parle.

Puis il regarda de nouveau Julianne et son sourire disparut. Elle sentit immédiatement une vague de chaleur l'envahir.

— *Vous vous exprimez très bien, monsieur. Je l'ai mentionné à ma sœur, c'est tout.*

Son anglais, même avec son accent, était également impressionnant, pensa-t-elle.

Il parut content. Se tournant vers Amelia, qui se tenait debout près du lit, il demanda :

— *Et qu'a-t-elle dit d'autre à mon sujet ?*

Le sourire d'Amelia fut bref et tendu.

— *Peut-être devriez-vous le lui demander. Excusez-moi.*

Elle se tourna vers Julianne.

— Maman doit dîner. Je te verrai plus tard, Julianne.

Elle sortit.

— *Elle ne m'aime pas*, dit Dominic sur le ton de la plaisanterie.

— *Amelia a un caractère très sérieux et très raisonnable, monsieur.*

— *Vraiment ? Je n'avais pas remarqué.*

Elle sentit un peu de sa tension se dissiper.

— *Vous êtes de bonne humeur.*

— *Comment pourrais-je ne pas l'être ? J'ai dormi plusieurs heures et une très belle femme s'occupe de moi.*

Son regard vert soutint celui de Julianne.

Elle sentit son cœur manquer un battement. Pour reprendre ses esprits, elle se rappela que tous les Français étaient des charmeurs.

— *Vous avez dormi plus d'un jour entier, monsieur. Et, visiblement, vous vous sentez mieux.*

Il élargit les yeux.

— *Quelle est la date d'aujourd'hui, mademoiselle ?*

— *Nous sommes le 10 juillet. Est-ce important ?*

— *J'ai perdu toute notion du temps. Depuis combien de temps suis-je ici ?*

— *Huit jours, monsieur.*

De nouveau, ses yeux s'élargirent.

— *Ce fait vous perturbe-t-il ?*

Elle s'approcha. Sa sœur avait laissé le plateau sur la table de chevet.

— *Je suis simplement surpris*, dit-il en souriant.

Elle tira une chaise à côté du lit.

— *Avez-vous faim ?*

— *Je suis affamé.*

Elle s'assit.

— *Avez-vous besoin d'aide ?*

— *N'êtes-vous pas lasse de me soigner ?*

Julianne prit soin de garder les yeux sur son visage.

— *Bien sûr que non.*

Elle l'aida à installer le plateau sur ses genoux et s'adossa à son siège pendant qu'il commençait à manger. Un silence tomba. Il dévorait tandis que Julianne le contemplait ouvertement. Ils n'arrêtaient pas de se dévisager, comme s'ils étaient incapables de détourner le regard l'un de l'autre un long moment. Elle commençait à penser qu'il la trouvait aussi captivante qu'elle le trouvait fascinant. Tous les Français badinaient… mais s'il ressentait pour elle la même attirance qu'elle ressentait pour lui ?

Tout à coup, elle prit conscience de l'indécence de la situation. Il faisait nuit, la pièce était plongée dans une semi-obscurité incroyablement sensuelle et ils n'étaient que tous les deux…

Lorsqu'il eut terminé, il s'adossa à ses oreillers, comme si l'effort de manger lui avait coûté, mais son regard était toujours aussi intense. Julianne replaça le plateau sur la table.

Il était très tard et il aurait été plus convenable qu'elle prenne congé à présent. Mais il venait juste de se réveiller. Devait-elle vraiment partir ? Si elle restait, l'embrasserait-il de nouveau ? Il ne se souvenait probablement même pas de ce baiser !

— *Est-ce que je vous mets mal à l'aise ?* demanda-t-il soudain.

Elle rougit, sur le point de nier. Puis elle changea d'avis.

— *Je n'ai pas l'habitude de passer autant de temps avec un étranger.*

— *Oui, j'imagine. Il est manifestement tard, mais je viens juste de me réveiller. J'aimerais bénéficier de votre compagnie, mademoiselle, juste un moment.*

— *Bien sûr.*

— *Serait-il possible d'emprunter les vêtements de votre frère maintenant ?*

Sans répondre, elle quitta la pièce pour revenir quelques minutes plus tard avec un petit tas de vêtements. S'il s'habillait, elle serait certainement moins troublée. Elle déposa les habits sur le lit et quitta la pièce pour le laisser se vêtir.

Dans le couloir, elle couvrit ses joues brûlantes de ses mains. Qu'est-ce qui n'allait pas chez elle ? Elle se comportait comme une jeune fille en émoi alors qu'elle était une femme ! Et puis, il n'y avait aucune raison de se sentir gênée. L'homme délirait lorsqu'il l'avait embrassée. A présent, il se sentait seul et recherchait de la compagnie, rien de plus. Quant à elle, elle avait une douzaine de questions à lui poser au sujet de la révolution, même si elle ne cessait de penser à la pression de ses lèvres sur les siennes.

Au bout de quelques instants, la porte s'ouvrit derrière elle, révélant Charles vêtu des culottes de Lucas et d'une simple chemise de linon. Il resta silencieux, augmentant encore la nervosité de Julianne, et lui fit signe de le précéder dans la chambre. Puis il ramena le fauteuil à la table et lui offrit de s'asseoir. Le silence, pesant, était de plus en plus embarrassant.

Il était un gentleman, se dit-elle en s'asseyant. Il ne profiterait jamais d'elle en tentant de lui prendre un autre baiser.

Il s'assit dans le deuxième fauteuil et rompit enfin le silence.

— *Je brûle d'avoir des nouvelles, mademoiselle. Que se passe-t-il en France ?*

Elle se rappela son délire et eut envie de l'interroger sur la bataille dont il avait parlé. Mais elle craignit que cela ne le perturbe. Avec précaution, elle répondit :

— *Il y a de bonnes et de mauvaises nouvelles, monsieur.*

— *Dites-moi,* l'encouragea-t-il en se penchant en avant.

— *Depuis qu'ils ont vaincu les Français dans les Flandres, l'Angleterre et ses alliés continuent d'envoyer des troupes sur le front le long de la frontière franco-belge, renforçant leurs positions. Mayence reste assiégée et il y a des soulèvements royalistes à Toulon, Lyon et Marseille.*

Il la dévisagea, son expression aussi dure que de la pierre.

— *Et les bonnes nouvelles ?*

Elle scruta son regard, mais ne put y déceler une trace d'émotion.

— *Les royalistes ont été écrasés près de Nantes. Nous ne savons pas encore si leur rébellion a été arrêtée une fois pour toutes, mais cela semble possible.*

Son expression ne changea pas ; c'était presque comme s'il ne l'avait pas entendue.

— *Monsieur ?*

Impulsivement, elle demanda :

— *Quand me direz-vous la vérité ?*

— *La vérité, mademoiselle ?*

— *Vous avez déliré.*

— *Je vois.*

— *Je sais qui vous êtes,* ajouta-t-elle.

— *Etait-ce un secret ?*

Elle eut l'impression qu'ils étaient pris dans une sorte de terrible jeu.

— *Monsieur, dans votre délire, vous avez pleuré dans mes bras parce que vous aviez perdu beaucoup d'hommes, des soldats, vos soldats. Je sais que vous êtes un officier de l'armée française !*

Le regard de Dominic ne flancha pas.

Elle lui prit la main et la serra. Il ne bougea pas un muscle.

— *J'ai pleuré pour vous, Charles. Vos pertes sont les miennes. Nous sommes du même côté !*

Finalement, il baissa les yeux sur sa main, lui dissimulant son regard.

— *Alors je suis soulagé d'être parmi des amis.*

3

Comment avait-il pu croire qu'il se trouvait parmi des ennemis ?

— *Je vous ai soigné pendant une semaine entière,* répondit sèchement Julianne en lui retirant sa main.

Le regard vert du Français était fixé sur son visage, maintenant.

— *Je suis sûr que vous soigneriez n'importe quel homme mourant, quels que soient son pays ou ses opinions politiques.*

— *Bien sûr que oui.*

— *Je suis français, vous êtes anglaise. Qu'aurais-je dû penser, en me réveillant ?*

Elle commençait en effet à comprendre le malentendu.

— *Nous sommes du même côté, monsieur. Oui, nos pays sont en guerre. Oui, je suis anglaise et vous êtes français. Mais je suis fière de soutenir la révolution dans votre pays. J'étais folle de joie lorsque j'ai compris que vous étiez un officier de l'armée française !*

— *Vous êtes radicale, donc.*

— *Oui.*

Leurs regards restèrent joints. Ses yeux n'étaient plus aussi durs, pourtant Julianne se sentit étrangement mal à l'aise, comme si elle avait été déséquilibrée, comme si elle se trouvait au cœur d'un entretien important, crucial même.

— *Ici, à Penzance, nous avons une Société des Amis du Peuple. Je suis l'un de ses fondateurs.*

Il s'adossa à son siège, paraissant impressionné.

— *Vous êtes une femme peu commune.*

— *Je refuse de me laisser bloquer par mon sexe, monsieur.*

— *Je m'en rends compte. Ainsi, vous êtes une vraie sympathisante jacobine.*

Elle hésita. Cet entretien avait tout d'un interrogatoire.

— *Pensiez-vous que vous étiez dans une maison pleine d'ennemis ?*

Il lui adressa un sourire, mais son regard resta froid et distant.

— *Bien sûr, c'est ce que j'ai pensé.*

Elle n'avait eu aucune idée de sa détresse ; il avait caché en maître ses pensées et ses sentiments.

— *Vous êtes parmi des amis. Je suis votre amie. A mes yeux, vous êtes un grand héros de la révolution.*

Il haussa les sourcils, et elle sut qu'il s'était détendu.

— *Comment aurais-je pu avoir plus de chance qu'en me retrouvant chez vous ?*

Soudain, il lui prit la main.

— *Suis-je trop direct, Julianne ?*

Elle se figea. Il ne l'avait jamais appelée par son prénom auparavant ; il ne l'avait même pas appelée miss Greystone. Cela avait toujours été « *mademoiselle* ». Mais elle ne protesta pas.

— *Non.*

Ce simple mot autorisait l'homme à une certaine intimité avec elle, et lui ouvrait peut-être même la porte à une intimité encore plus grande.

Il ne lâcha pas sa main. Il était tard, il faisait nuit et ils étaient seuls.

— *J'espère que vous n'avez pas peur de moi,* dit-il doucement.

Elle releva lentement les yeux de leurs mains jointes.

— *Pourquoi devrais-je avoir peur de vous, monsieur ?*

Il croisa son regard.

— *Héros ou non, je suis un étranger… et nous sommes seuls.*

Elle ne sut que répondre. Le regard du Français était intense et ne flanchait pas.

— *J'apprécie notre conversation, monsieur,* dit-elle finalement. *Nous avons tant en commun.*

— *En effet. Je suis heureux que vous pensiez cela de moi, Julianne.*

— *Que pourrais-je penser d'autre ?*

Elle eut un sourire fragile.

— *Vous vous battez pour l'égalité en France et pour la liberté de tous les hommes, partout. Vous avez risqué votre vie pour une grande cause universelle. Vous êtes presque mort pour la liberté.*

Il lâcha finalement sa main.

— *Vous êtes une romantique.*

— *C'est la vérité.*

Il l'étudia.

— *Dites-moi ce que vous pensez.*

Il parlait dans un murmure, mais il avait de nouveau ce ton de commandement. Elle sut qu'elle rougissait. Elle baissa les yeux sur ses genoux.

— *Certaines pensées doivent rester privées.*

— *Oui, certaines. Moi, je pense que j'ai de la chance d'avoir été livré à vos soins. Et pas parce que vous êtes jacobine.*

Elle sursauta et le regarda.

— *Quand je me suis réveillé la première fois, je me suis souvenu d'avoir rêvé d'une belle femme aux cheveux blond vénitien qui s'occupait de moi, qui me soignait. Et puis je vous ai vue et j'ai compris que ce n'était pas un rêve.*

Il venait de franchir la porte qu'elle avait ouverte un peu plus tôt…

— *Suis-je trop hardi ? J'ai l'habitude de parler franchement, Julianne. A la guerre, on apprend que le temps est précieux et qu'il ne faut pas perdre un instant.*

— *Non. Vous n'êtes pas trop hardi.*

Elle tremblait. Il éprouvait la même attirance pour elle

que celle qu'elle éprouvait pour lui. Amelia serait choquée si elle savait ce qui se passait ; ses frères seraient furieux.

— *Et votre sœur pense-t-elle la même chose que vous ?*

Elle était si déstabilisée que, pendant quelques secondes absurdes, elle pensa qu'il lui demandait si Amelia le trouvait aussi attirant.

— *Je n'ai pas l'impression qu'elle me prenne pour un héros de guerre*, ajouta-t-il.

Il était difficile de penser à Amelia, en cet instant. Mais il attendait sa réponse. Elle inspira. Le changement de sujet avait été trop abrupt.

— *Non,* dit-elle dans un souffle.

— *Elle n'est pas aussi radicale que vous ?*

Elle inspira encore, se ressaisissant.

— *Elle n'est pas radicale du tout, monsieur.*

Elle ne pouvait dire ce qu'il pensait ou ressentait. Elle ne voulait pas l'inquiéter.

— *Mais elle ne fait pas de politique et elle ne vous livrerait jamais aux autorités, je vous le promets.*

Pendant un moment, il la fixa, considérant ses paroles. Puis il se massa le cou comme s'il était douloureux. Avant qu'elle puisse lui demander s'il allait bien, il dit :

— *Et avez-vous pu aider nos alliés jacobins en France ? Est-il facile de les contacter ?*

— *Ce n'est pas facile, mais il y a des messagers. Il faut simplement payer une bonne somme pour que nos messages traversent la Manche.*

Voulait-il envoyer un message en France ? Elle se raidit. Voulait-il informer Nadine qu'il était vivant ?

— *Qu'est-ce qui ne va pas ?*

Cette Nadine devait être sa maîtresse. Il ne pouvait pas être marié, pas alors qu'il lui avait fait du charme de cette façon. Mais Julianne n'avait pas envie de gâcher la soirée en posant des questions sur cette femme. Elle craignait d'apprendre qu'il l'aimait encore.

— *Je pensais juste que j'aimerais pouvoir être plus*

utile à nos alliés à Paris. Jusqu'ici, nous avons seulement échangé quelques lettres et idées.

Il lui sourit.

— *Et quel genre d'homme est votre frère Lucas ? Je devrai trouver un moyen de le remercier d'avoir utilisé ses habits.*

Elle le regarda avec attention, sentant que sa question était lourde de sous-entendus.

— *Lucas ne verra pas d'inconvénient à ce que vous portiez ses habits. C'est un homme généreux.*

— *Me livrerait-il aux autorités ?*

Il s'inquiétait et à juste titre, pensa-t-elle. Elle hésita. N'avait-elle pas craint que Lucas fasse exactement ce que le Français redoutait ?

— *Non*, dit-elle finalement. *Il ne le ferait pas.*

Elle ne le permettrait pas.

— *Est-il radical, alors, comme vous ?*

— *Non.*

— *Julianne ?*

— *Je crains que mon frère Lucas ne soit un patriote*, dit-elle prudemment. *Il est conservateur. Mais il n'a pas de temps pour la politique. Il dirige ce domaine, monsieur, entretient notre famille, et cela lui prend tout son temps. Il est rarement ici, et je ne lui dirais jamais qui vous êtes, s'il apparaissait brusquement.*

— *Ainsi, vous mentiriez à votre propre frère pour me protéger ?*

Elle sourit faiblement.

— *Oui, je le ferais.*

— *Vous croyez qu'il me livrerait.*

— *Non ! Il ne pourrait pas faire une chose pareille, de toute façon, parce que nous ne lui dirions jamais qui vous êtes.*

— *L'attendez-vous bientôt ?*

— *Il prévient toujours quand il revient. Vous n'avez pas à vous inquiéter de lui.*

Mais Lucas n'avait pas prévenu une semaine plus tôt ;

il était simplement arrivé. Julianne décida de ne pas en parler à Charles. Cela risquerait de l'inquiéter pour rien.

Il l'étudia avec attention.

— *Et votre autre frère ?*

— *Jack ne se soucie pas de cette guerre, de quelque façon que ce soit.*

— *Vraiment ?*

Il semblait légèrement incrédule.

— *C'est un contrebandier, monsieur. La guerre a augmenté le prix du whisky, du tabac et du thé — en fait, elle a augmenté le prix de maintes choses —, et il dit que c'est bon pour ses affaires.*

Il frotta de nouveau son cou et soupira.

— *Bien.*

Il venait bel et bien de la soumettre à un interrogatoire, mais elle ne lui en voulait pas. Il était naturel qu'il veuille savoir qui étaient les membres de sa famille et quelles étaient leurs opinions politiques. Il voulait s'assurer qu'il était en sécurité. Elle le regarda masser son cou. Sa tension était-elle si grande ? Comment pouvait-elle ne pas l'être ?

— *Je me suis demandé pourquoi Jack vous avait amené ici.*

Il leva aussitôt les yeux sur elle. Comme il ne répondait pas et qu'elle ne pouvait déchiffrer son regard, elle ajouta :

— *Je n'ai pas vu Jack depuis qu'il vous a amené. Il va et vient de façon très irrégulière et il était parti quand je suis arrivée au manoir et que je vous ai trouvé dans ce terrible état. Je me suis interrogée à ce sujet. Lucas a seulement dit que Jack vous avait trouvé en train de saigner à mort sur la jetée de Brest.*

Il hésita.

— *J'ai un aveu à vous faire, Julianne. Je ne me souviens pas comment je suis arrivé ici.*

Elle fut stupéfaite.

— *Pourquoi n'avez-vous rien dit ?* s'écria-t-elle.

— *Nous avons à peine fait connaissance.*

Elle ne put accepter cette explication. Pourquoi ne lui

avait-il pas demandé comment il était arrivé au manoir, s'il ne s'en souvenait pas ? Comme c'était étrange !

— *Que vous rappelez-vous ? Avez-vous d'autres trous de mémoire ?*

— *Je me souviens d'avoir été blessé dans une bataille,* dit-il. *Nous combattions les royalistes vendéens. Dès que j'ai senti cette balle dans mon dos, j'ai su que j'étais dans une situation critique. Tout est devenu une brume de douleur, puis ce fut l'obscurité.*

Il avait participé à cette grande bataille contre les royalistes de Vendée ! Lorsqu'elle lui avait appris la déroute des ennemis, il n'avait même pas cillé. Pourquoi n'avait-il pas exprimé sa joie s'il avait tant donné dans cette bataille ?

— *Nantes n'est-elle pas à l'intérieur des terres ?*

Il examina la table.

— *Je suppose que mes hommes m'ont emmené à Brest. J'aimerais pouvoir me souvenir. Ils ont pu chercher un chirurgien — nous sommes toujours à court de chirurgiens. Peut-être avons-nous été séparés et coupés de nos troupes. Peut-être étaient-ils des déserteurs.*

Il leva les yeux vers elle.

— *Il y a maints scénarios possibles. Ils ont peut-être même décidé de me laisser en arrière pour mourir lorsqu'ils ont atteint Brest.*

Julianne était ébranlée. Comment ses hommes avaient-ils pu l'abandonner dans cet état ? Etaient-ils de tels lâches ? Il l'étudiait avec attention, maintenant. Elle tremblait.

— *Dieu soit loué, Jack vous a trouvé ! Je n'ai pas compris pourquoi il vous avait amené en Cornouailles,* dit-elle, *le regardant dans les yeux, mais il vous a peut-être pris pour un collègue contrebandier. Connaissant mon frère, il était peut-être pressé de débarquer. Il est toujours en fuite devant une Marine ou une autre, ou devant les douaniers. Je suppose qu'au lieu de vous laisser mourir, il vous a simplement pris à bord de son bateau et a mis les voiles. Lucas a dû penser que vous étiez un contrebandier, lui aussi.*

— *Quoi qu'il se soit passé, j'ai de la chance, non ? Si Jack ne m'avait pas sauvé, je ne serais pas ici maintenant, avec vous.*

Son regard était éloquent.

— *Je suis contente qu'il vous ait sauvé,* confirma-t-elle doucement. *Jack va rentrer tôt ou tard et alors nous pourrons savoir ce qui s'est réellement passé.*

Il tendit le bras à travers la table, lui prit la main et la serra dans la sienne.

— *Le destin m'a placé entre vos mains*, dit-il. *N'est-ce pas suffisant, pour l'instant ? Vous m'avez sauvé la vie.*

Le ton de sa voix fit naître un long frisson sur la peau de Julianne. Elle leva les yeux sur lui, profondément troublée, mais il lâcha sa main pour se masser de nouveau le cou.

— *Le ciel soit loué pour Jack,* dit-il doucement, inconscient de l'émoi qu'il suscitait en elle.

Lorsqu'il prit conscience qu'elle l'observait, il ajouta :

— *Je suis resté bien trop longtemps au lit, je pense. Mon cou est terriblement raide.*

La tension qui habitait Julianne s'accrut. Elle pourrait le soulager, si elle osait.

— *Souffrez-vous ?*

— *Un peu.*

Son cœur se gonfla pour lui. Elle voulait le réconforter. Mais il y avait plus. Elle avait envie de le toucher.

Elle l'avait baigné pendant qu'il était inconscient. Elle connaissait le contact de sa peau, de ses muscles. En l'espace de quelques secondes, elle eut du mal à respirer.

Elle se leva lentement, à peine capable de croire ce qu'elle faisait. Elle se sentait une femme différente, plus âgée, plus sage et expérimentée. La Julianne qu'elle connaissait — que sa famille et ses amis connaissaient — ne ferait jamais ce qu'elle avait l'intention de faire maintenant.

Les yeux de Charles se firent languides et observateurs.

— *Puis-je vous aider à vous soulager, monsieur ?* murmura-t-elle.

— *Bien sûr.*

Elle contourna la table et s'avança vers lui. Presque étourdie par sa hardiesse, elle vint se placer derrière le fauteuil et commença à masser le cou du Français.

Il émit un son grave, guttural. C'était terriblement mâle et terriblement sensuel. Le désir rejaillit aussitôt en elle. Toute autre pensée disparut et elle se mit à accroître la pression de ses pouces sur ses muscles noués, s'efforçant de ne pas trembler, s'efforçant de ne pas respirer. Et, ce faisant, elle sentit les muscles se détendre légèrement sous ses doigts tandis qu'il penchait la tête en arrière, sur ses seins.

Julianne interrompit un instant ses gestes, mais le Français ne semblait pas conscient de l'intimité de leur position. Alors, elle continua.

Le lendemain matin, Julianne se rendit plusieurs fois dans la chambre de Charles. Chaque fois, il dormait profondément. Avec la blessure dont il souffrait, ce n'était pas vraiment étonnant. Il avait besoin de se remettre et le sommeil était le meilleur des soins. De plus, la veille au soir, ils s'étaient séparés assez tard.

Elle se mordit la lèvre. Il était midi, maintenant. Son cœur s'emballait comme celui d'une écolière, pensa-t-elle en s'arrêtant pour la énième fois devant la porte. L'avait-elle imaginé, ou est-ce que quelque chose de merveilleux était en train d'arriver ? Il la trouvait belle, il l'avait dit plusieurs fois. Il semblait aussi troublé par sa présence, qu'elle l'était par la sienne. Ils étaient tous les deux des révolutionnaires passionnés. Et s'ils tombaient amoureux l'un de l'autre ?

Si seulement elle avait plus d'expérience. Elle n'avait jamais été aussi intéressée par un homme auparavant. Les sentiments qu'elle éprouvait étaient si intenses qu'elle ne pouvait croire qu'ils n'étaient pas réciproques.

Mais il faudrait qu'elle le questionne sur Nadine. Elle devait savoir quelles étaient ses relations avec l'autre femme.

Finalement, elle ouvrit la porte et jeta un regard dans

la pièce, un sourire nerveux aux lèvres. Charles se tenait à la fenêtre. Torse nu, il regardait dehors.

Pendant un moment, elle contempla ses larges épaules, son buste musclé et sa taille mince. La bouche sèche, le pouls battant à tout rompre, elle murmura :

— *Monsieur ? Bonjour.*

Il se tourna lentement et lui sourit.

— *Bonjour, Julianne.*

Visiblement, il savait qu'elle était là.

Il la dévisagea un instant, tandis qu'elle sentait la chaleur la gagner. Elle devinait à son regard qu'il repensait à la soirée qu'ils avaient partagée la veille. Il n'y avait pas de doute possible : il était aussi intéressé par elle qu'elle l'était par lui.

Il laissa errer ses yeux sur elle, sans aucune retenue. Le matin, elle avait bouclé ses cheveux autour de son visage. Elle les portait détachés dans le dos, comme c'était la mode. Elle était vêtue d'une autre robe de mousseline ivoire, celle-ci avec une encolure arrondie et une jupe plus ample. La trouvait-il séduisante ?

Elle s'abandonna un instant à la contemplation de son torse musclé, puis ses yeux s'arrêtèrent sur le fauteuil où il avait posé la chemise empruntée à Lucas. Surprenant son regard, il prit le vêtement pour l'enfiler.

La décence aurait voulu que Julianne se retourne, mais elle ne put résister à l'envie d'admirer ses muscles jouer sous sa peau tandis qu'il passait la chemise.

Quand il surprit son regard, son sourire disparut.

— *Comment vous sentez-vous aujourd'hui, monsieur ?* demanda-t-elle pour se donner une contenance.

Elle se rendit alors compte qu'elle était cramponnée au bouton de porte, comme si cela pouvait l'aider à rester droite.

— *Mieux.*

Il parlait aussi doucement que toujours. Il s'arrêta, puis ajouta :

— *Vous avez changé de coiffure.*

— *Il se peut que je doive aller à Penzance cet après-midi,* mentit-elle pour justifier ses atours.

— *Ah! Je pensais que vous aviez fait cela dans l'intention de me plaire.*

Elle se figea, décontenancée.

— *En fait, c'était bien mon intention.*

— *J'en suis content. Je crois que je vais assez bien pour descendre, si cela ne vous fait rien. Marcher me ferait du bien.*

Elle fut surprise.

— *Je n'y vois pas d'inconvénient.*

Malgré sa réponse, elle ne pouvait s'empêcher de redouter qu'il ne tombe dans l'escalier raide et droit.

— *Entre ces quatre murs, je pourrais devenir fou,* ajouta-t-il en finissant de boutonner sa chemise.

Elle observa ses longs doigts faire glisser les boutons dans les boutonnières. La veille, tandis qu'elle lui massait le cou, ses mains étaient posées sur les accoudoirs de son fauteuil. A la fin, il les serrait tellement fort que ses articulations avaient blanchi. Un peu comme s'il faisait un effort pour se contenir. Elle ne pouvait toujours pas croire à son audace, ni à la façon dont le toucher l'avait affectée.

— *Puis-je vous aider ?* proposa-t-elle lorsqu'il s'assit pour se chausser.

— *Ne m'avez-vous pas déjà assez aidé ?* rétorqua-t-il avec une pointe d'ironie.

Il savait qu'elle était aussi nerveuse et anxieuse qu'une débutante, se dit-elle en rougissant. Elle le regarda enfiler ses bottes.

— *Où vit votre famille ?*

— *Ma famille est originaire de la Loire. La boutique de mon père était à Nantes.*

Il sourit en tendant un bras.

— *Voulez-vous marcher avec moi, Julianne ? Je meurs d'envie de sortir de cette pièce.*

Elle prit son bras.

— *Bien sûr. J'espère juste qu'il n'est pas trop tôt, dans votre état…*

— *J'apprécie votre inquiétude.*

Le regard de Charles glissa sur ses lèvres, effaçant toutes les inquiétudes de Julianne pour les remplacer par un désir farouche d'être embrassée.

— *Je serais assez affligé*, ajouta-t-il doucement, *si vous n'étiez pas inquiète pour moi.*

Ils sortirent ensemble de la pièce et longèrent le couloir en silence. Julianne sentait que les pensées de Charles se bousculaient, tout comme les siennes d'ailleurs.

Soudain, elle l'entendit respirer plus fortement.

— *Monsieur ?*

Il s'arrêta et s'appuya au mur.

— *Je vais bien.*

Elle serra son bras plus fort pour le soutenir, et son biceps se pressa contre son sein. Leurs regards se joignirent.

Puis il s'affala en avant, comme si ses genoux avaient flanché. Elle bondit, passant ses deux bras autour de sa taille, craignant qu'il ne tombe dans l'escalier. Elle l'enlaça, son visage pressé contre son torse.

— *Vous êtes bien trop faible pour descendre*, l'accusa-t-elle, le souffle court.

Elle entendait son cœur tambouriner sous son oreille. Ils étaient dans les bras l'un de l'autre.

Tout à coup, respirer devint impossible. Le cœur de Julianne battait à tout rompre. Et tout le corps de Charles commençait à se raidir contre le sien.

Elle se figea. Quand elle leva les yeux, les siens étaient enflammés.

— *Julianne, vous êtes bien trop tentante comme ceci.*

Son timbre était rauque. Elle humecta ses lèvres.

— *Monsieur.*

Oserait-elle avouer qu'elle était tout aussi tentée par lui ?

— *Charles,* dit-il doucement, en resserrant son étreinte. *Vous êtes si belle… Vous êtes si aimable.*

Elle pouvait à peine penser. Son corps était pressé

contre celui de Charles, ses seins écrasés par son torse. Lui aussi réagissait à elle, une sensation qu'elle n'avait jamais expérimentée. Elle avait envie de lui dire que, s'il voulait l'embrasser, elle n'y verrait pas d'inconvénient. Elle voulait qu'il l'embrasse, elle souhaitait désespérément lui rendre ses baisers.

Soudain, il bougea et ce fut elle qui se retrouva le dos au mur. Son regard descendit sur sa bouche, mais il recula brusquement.

— *Je ne veux pas profiter de vous.*

Elle n'avait jamais été déçue à ce point.

— *Vous ne pouvez pas profiter de moi.*

Il haussa les sourcils, l'air sceptique.

— *Vous êtes une femme sans expérience.*

— *J'ai connu de très nombreuses expériences*, essaya-t-elle de dire.

— *Je ne me réfère pas à des assemblées et des débats, Julianne.*

— *On m'a courtisée. Tom Treyton est épris de moi.*

Il la fixa sans rien dire, puis se tourna vers l'escalier avec un regard déterminé.

— *Descendons. Je suis prêt, maintenant.*

La consternation envahit Julianne tandis qu'il attendait qu'elle le suive. Pourquoi ne l'avait-il pas embrassée ? Et ne se souciait-il pas de Tom ? Il fallut un moment avant qu'elle puisse parler.

— *Vous en êtes sûr ? Vous êtes manifestement plus faible que nous le pensions.*

— *Je suis sûr que je dois reprendre mes forces, ce que je ne pourrai pas faire en restant couché pendant que vous exaucerez tous mes souhaits.*

Alors, il s'écarta d'elle, saisit la rampe et commença à descendre l'escalier, ne lui laissant pas d'autre choix que de le suivre.

Dans la grand-salle, en bas, il s'arrêta, se tenant légèrement à la rampe, et regarda avec soin autour de lui.

Un instant, Julianne eut presque l'impression qu'il enregistrait les détails de la maison.

— *Nous devrions peut-être nous asseoir devant la cheminée*, dit-elle en indiquant les deux fauteuils bourgogne.

— *Est-ce le salon, là ?* demanda-t-il en indiquant une porte fermée.

— *C'est la bibliothèque. Le salon est la pièce la plus proche de la porte d'entrée.*

Il regarda une autre double porte.

— *Là, c'est la salle à manger*, dit-elle pour répondre à sa question muette.

Il était très pâle à présent. Il n'aurait pas dû descendre.

— *Où sont votre mère et votre sœur ?*

Voulait-il savoir s'ils étaient seuls ?

— *Amelia est partie avec maman pour sa promenade quotidienne. Elles reviendront bientôt, car maman ne peut aller bien loin dans son état.*

— *J'espérais faire un tour de la maison.*

Il lui sourit enfin, mais c'était un sourire étrange. Elle nota que son front était couvert de sueur. Il n'avait pas l'air en état de poursuivre la visite du manoir.

— *Vous non plus, vous ne pouvez pas aller loin. Votre visite devra attendre.*

Face à l'incrédulité qui se peignait sur le visage de Charles, certainement étonné du ton autoritaire qu'elle avait employé, elle ajouta :

— *Vous n'êtes pas le seul à pouvoir donner des ordres. Vous êtes encore malade !*

Une pointe d'amusement apparut dans les yeux du Français.

— *Vous vous inquiétez tant pour moi. Votre sollicitude me manquera quand je partirai.*

Julianne sursauta. Elle avait presque oublié qu'un jour, il rentrerait en France. Mais ce serait sûrement dans des semaines, voire des mois !

— *Vous êtes presque tombé dans l'escalier*, parvint-elle à dire.

— *Et si je l'avais fait ? Je ne souffrirais guère de vos attentions après une telle chute, Julianne,* répondit-il avec un sourire charmeur.

— *Je ne vois pas ce qu'il y a de drôle dans la situation. Avez-vous oublié combien vous étiez mal en point ?*

Son sourire s'effaça.

— *Non, je n'ai pas oublié.*

Elle lui prit le bras pour le reconduire à l'escalier et lui jeta un coup d'œil incertain.

— *Suis-je trop acerbe ?*

— *Vous ne pourriez jamais être acerbe. En fait, je pense même que j'aime assez recevoir des ordres de vous.*

Elle sourit.

— *Je pensais que les femmes pâles, dociles et prêtes à se pâmer à tout moment étaient en vogue.*

Il rit doucement tandis qu'ils commençaient à monter l'escalier, côte à côte. Julianne n'avait pas l'intention de le lâcher cette fois, et il s'appuya de nouveau sur elle.

— *Je me moque des modes. Et je n'ai jamais aimé les femmes qui se pâment.*

Julianne fut farouchement contente de ne jamais s'être évanouie, pas une fois dans sa vie. Ils longèrent le couloir en silence. Lorsqu'ils entrèrent dans la chambre, il demanda :

— *Allez-vous m'ordonner de me mettre au lit ?*

Elle vit l'humour dans ses yeux. Mais elle pensa aussi qu'il y avait un sous-entendu dans ses paroles. A présent, elle craignait de regarder le lit.

Elle humecta ses lèvres et s'arrangea pour rester de marbre.

— *Vous pouvez vous asseoir à table, si vous voulez, et je vais monter un léger déjeuner pour nous deux.*

— *Je ferais peut-être mieux de m'allonger,* dit-il en chancelant légèrement.

Elle se précipita pour l'aider.

*
* *

Quelques heures plus tard, Julianne hésita devant la porte de Charles. Quand elle lui avait apporté un plateau, plus tôt, elle l'avait trouvé profondément endormi. Elle avait posé le plateau sur la table, avait couvert Charles d'une mince couverture et était sortie.

Sa porte était entrebâillée et, pour le cas où il dormirait encore, elle ne frappa pas. Elle eut le plaisir de le voir à table, mangeant le ragoût qu'elle lui avait laissé.

— *Bonjour*, dit-elle en entrant.

— *Je me suis endormi !* s'exclama-t-il en posant sa fourchette, son assiette vide.

— *Oui. Visiblement, notre petite sortie vous a éprouvé. Et je vois que vous avez apprécié votre déjeuner tardif.*

— *Vous êtes une excellente cuisinière.*

— *Charles, je brûle tout ce que je touche… On ne me permet pas de cuisiner. C'est une règle dans cette maison.*

Il rit franchement.

— *Vous vous sentez mieux*, remarqua-t-elle, satisfaite.

— *Oui. Venez vous asseoir avec moi.*

Elle obéit, ravie de le voir de nouveau en pleine forme.

— *J'espère que je n'ai pas été aussi difficile que je m'en souviens, en exigeant de descendre tout à l'heure.*

— *Un peu, mais je ne vous en tiens pas rigueur,* plaisanta-t-elle. *Vous devez être pressé de vous remettre complètement, je comprends.*

Elle hésita, se rappelant qu'il quitterait Greystone Manor et retournerait en France lorsqu'il irait bien.

— *En effet. J'ai beau apprécier vos attentions, je préfère être capable de veiller à mes propres besoins. Je n'ai pas l'habitude d'être faible. J'ai plutôt l'habitude de prendre soin de ceux qui m'entourent. Et je ne suis guère en état de m'occuper de quoi que ce soit pour le moment.*

— *Cela doit être gênant pour vous.*

— *Oui. Nous devrons donc répéter notre tentative de sortie demain.*

Il parlait d'un ton autoritaire, et elle savait qu'elle ne refuserait pas. Il sourit.

— *Toutefois, vous êtes le seul point lumineux dans ces circonstances difficiles. J'aime être ici avec vous, Julianne. Je n'ai aucun regret.*

Son regard se souda à celui de Julianne.

Elle eut envie de lui dire qu'elle était si heureuse qu'il soit là, confié à ses soins, et qu'elle n'avait aucun regret non plus.

— *Vous vous mordez la lèvre inférieure lorsque vous êtes inquiète,* remarqua-t-il avec un air pensif. *Suis-je un terrible fardeau ? Cela doit être éprouvant, de devoir s'occuper d'un étranger tous les jours. Je vous prends tout votre temps.*

Impulsivement, elle lui prit la main.

— *Vous ne pourriez jamais être un fardeau. Je suis heureuse de m'occuper de vous. Cela ne me fait rien, rien du tout.*

Avec cette simple phrase, elle eut l'impression d'avoir avoué tous ses sentiments pour lui.

— *C'est ce que j'espérais entendre.*

— *Parfois, il me semble que vous m'amenez délibérément à faire des aveux et des confessions,* murmura-t-elle d'une voix altérée.

— *Nos conversations se déroulent librement. C'est votre imagination, Julianne.*

— *Oui, je suppose.*

— *Je me demande si je pourrai jamais vous rendre tout ce que vous avez fait pour moi.*

Lorsqu'il la regardait de cette façon, elle avait l'impression de fondre.

— *Je n'accepterais jamais rien de vous en échange. Quand vous irez bien, vous reprendrez les armes pour la révolution. Eh bien, c'est toute la récompense dont j'ai besoin !*

Elle toucha de nouveau sa main. Il prit la sienne et, soudain, la plaqua fermement sur son torse.

— *Que feraient vos voisins, s'ils savaient que j'étais là ?*

— *Ils ne doivent jamais apprendre que vous êtes*

ici ! Vous avez une habitude déconcertante de changer abruptement de sujet, ajouta-t-elle.

— *Je suppose que oui. Vos voisins ne partagent pas vos sympathies, j'en ai peur.*

Il la relâcha.

— *Non, ils ne les partagent pas. Il y a quelques radicaux dans la paroisse, mais, depuis que l'Angleterre s'est jointe à la guerre contre la France, le patriotisme a emporté la majeure partie de la Cornouailles. Il vaut mieux que mes voisins ne sachent jamais qui vous êtes.*

Ce fut comme s'il ne l'avait pas entendue.

— *Et puis-je demander qui sont vos voisins et à quelle distance ils se trouvent de ce manoir ?*

Il l'interrogeait de nouveau, pensa-t-elle, mais elle ne lui en voulut pas. Si elle était dans sa position, elle lui poserait les mêmes questions.

— *Le village de Sennen est juste à une petite marche du manoir, et il est bien plus près que les fermes qui bordent Greystone. Nous sommes assez isolés.*

— *Et à quelle distance se trouve la ferme la plus proche ?*

Pensait-il vraiment être en danger par rapport à leurs voisins ? se demanda Julianne, méfiante.

— *Le hobereau Jones loue ses terres à lord Rutledge et il est environ à deux heures de cheval de chez nous. Deux autres fermiers louent leurs terres au comte de St. Just, mais ils sont peut-être à cinquante kilomètres d'ici. Penrose a beaucoup de terrain à l'est, mais il est en friche. Les terres de Greystone sont également en friche puisque nous n'avons pas de fermiers.*

— *Le hobereau vient-il en visite ? Ou Rutledge ?*

— *Les seules fois où M. Jones est venu, c'est quand sa femme était très malade. Quant à Rutledge, c'est un ours qui vit en reclus.*

Il hocha la tête.

— *Et St. Just ?*

— *St. Just n'est pas venu dans son domaine depuis des années. Il fraye dans ces cercles tories très fermés à*

Londres, comme Penrose, qui est rarement dans la paroisse. Je crois qu'ils sont amis. Aucun d'eux ne passerait jamais, même s'ils étaient ici.

— *A quelle distance est St. Just ? Et Penrose ?*

— *Le manoir de St. Just est à une heure de cheval d'ici, par beau temps. La propriété de Penrose est plus loin.*

Essayant de paraître légère, elle ajouta :

— *Et le temps est rarement beau, ici, dans le Sud-Ouest.*

Elle tendit le bras à travers la table pour lui prendre la main.

— *Je ne vous blâme pas de poser tant de questions. Mais je ne veux pas que vous vous inquiétiez. Je veux que vous vous reposiez et guérissiez.*

Il soutint son regard.

— *Je fais preuve de prudence. Où sommes-nous exactement, Julianne ?*

Il baissa les yeux sur la main de Julianne, comme s'il ne voulait pas qu'elle le touche maintenant, et il lui retira la sienne.

— *Est-il possible d'avoir quelques cartes ?*

Presque blessée, elle répondit :

— *Nous sommes au-dessus de la crique de Sennen. Vous êtes plus inquiet que vous ne l'avez laissé paraître !*

Il ne répondit pas.

— *A quelle distance est la crique de Sennen de Penzance ?*

— *A une heure de voiture.*

— *Et la Manche ? Nous sommes sur l'Atlantique, n'est-ce pas ? A quelle distance à pied se trouve le point d'embarquement le plus proche ?*

Il songeait déjà à rentrer en France, pensa-t-elle, sidérée. Mais il était faible, il n'était pas en état de partir !

— *Si vous marchez jusqu'à Land's End, ce que je peux faire en un quart d'heure, vous êtes face à la portion la plus au sud de la Manche, quels que soient vos desseins.*

— *Nous sommes aussi près de Land's End ?*

Il paraissait surpris et content.

— *Et où est la base navale la plus proche ?*

Elle croisa les bras sur sa poitrine, agacée par son ton autoritaire. Il se comportait certainement de cette façon lorsqu'il commandait ses troupes. Il était d'ailleurs si impressionnant qu'il était difficile de ne pas lui répondre. Non pas qu'elle ait des raisons de ne pas lui dire la vérité.

— *Il y a en général une canonnière à St. Ives ou à Penzance, pour aider les douaniers. Depuis que la guerre a commencé, notre Marine a été envoyée dans la Manche. De temps en temps, cependant, une canonnière croise dans un port ou un autre.*

Il joignit le bout de ses doigts et appuya son front dessus, plongé dans ses pensées.

— *Quand pensez-vous partir ?* s'entendit-elle demander, la voix tendue.

Il leva les yeux vers elle.

— *Je ne suis en état d'aller nulle part, manifestement. Avez-vous parlé de moi aux Jacobins de Paris ?*

Elle sursauta.

— *Non, pas encore.*

— *Je vous demande de ne pas me mentionner. Je ne veux pas que ma famille apprenne que j'ai été blessé. Je ne veux pas les inquiéter.*

— *Bien sûr*, acquiesça-t-elle, compréhensive.

Finalement, il s'adoucit. Il prit sa main et déposa un baiser dans sa paume.

— *Je suis désolé. Vous avez été aimable, et je viens de vous interroger rudement. Mais j'ai besoin de savoir où sont mes ennemis, Julianne, comme j'ai besoin de savoir où je suis, si jamais je dois m'échapper.*

— *Je comprends.*

Son cœur battait si fort, à présent, qu'elle pouvait à peine penser. Un baiser si simple et elle était terrassée !

— *Non, Julianne, vous ne pouvez pas comprendre ce que c'est que d'être entouré par ses propres ennemis et de craindre d'être découvert à chaque inspiration que l'on prend.*

Il tenait toujours sa main contre son torse. Elle s'efforça de respirer, de penser.

— *Je vous protégerai.*

— *Et comment vous y prendrez-vous ?*

Il était ouvertement amusé. Mais son emprise sur sa main se resserra.

— *Vous semblez si fragile.*

— *En m'assurant que personne ne soit au courant de votre présence ici.*

Ses yeux verts s'obscurcirent. Son sourire disparut.

— *Amelia sait. Lucas sait. Jack sait.*

— *Seule Amelia sait qui vous êtes et elle ne me trahirait jamais.*

— *Jamais est une notion dangereuse*, dit-il.

— *Si un voisin venait, il ne saurait pas que vous êtes dans cette chambre*, insista-t-elle.

— *Je me fie à vous.*

Puis, il porta la main de Julianne à ses lèvres, lentement, sans la quitter des yeux. Il pressa sa bouche sur le dos de sa main, mais, cette fois, le baiser fut complètement différent. Il n'était pas léger, innocent ou bref. Sa bouche glissa entre son pouce et son index. Puis il ferma les yeux et baisa l'intérieur de sa main encore et encore.

Julianne se sentait sur le point d'exploser. La bouche de Charles se fit insistante et farouche, comme s'il appréciait le goût de sa peau, comme s'il lui promettait tellement plus. Finalement, elle laissa échapper un soupir langoureux tandis qu'il posait sa langue sur sa peau, en un geste infiniment sensuel.

— *Y a-t-il des armes dans la maison ?*

Elle rouvrit brusquement les yeux, croisant son regard vert.

— *Julianne ?*

Elle tremblait. Le désir lui rendait presque impossible de respirer, de parler.

— *Oui.*

Elle mouilla ses lèvres. Elle inspira. Son corps palpitait, habité d'un désir dévastateur.

— *Où ?*

Elle relâcha son souffle.

— *Il y a un placard à armes à feu dans la bibliothèque.*

Il continua à la fixer. Puis il leva sa main, la baisa et la lâcha. Abruptement, il se leva.

Si jamais il l'embrassait pour de bon, avec la passion qui faisait rage entre eux, elle pourrait perdre tout bon sens, pensa-t-elle.

Il lui jeta un coup d'œil.

— *Savez-vous vous servir d'un pistolet ? D'un mousquet ?*

Elle devait se ressaisir.

— *Bien sûr. Je suis une bonne tireuse. Vous ne vous sentez vraiment pas en sécurité,* ajouta-t-elle.

Son regard passa sur ses traits, puis s'arrêta sur ses yeux.

— *Je ne me sens pas en sécurité ici, non.*

Julianne se leva lentement. Il l'observait, et elle n'était pas sûre de se fier à elle-même pour parler maintenant. Alors elle se tourna et quitta la chambre. Elle descendit, le corps en feu, se demandant si elle devrait l'embrasser. Elle était certaine qu'il le permettrait.

Dans la bibliothèque, elle s'arrêta et se retrouva en train de fixer les portes vitrées du placard à armes.

Trois pistolets et trois mousquets étaient rangés à l'intérieur. Il n'était pas fermé à clé. Il ne l'était jamais. Quand des douaniers descendaient dans la crique, on avait immédiatement besoin de ces armes. Julianne sortit un pistolet, puis referma la porte. Elle prit de la poudre et une pierre à briquet dans le bureau avant de remonter à l'étage.

Charles se tenait près de la fenêtre, fixant le seuil, attendant visiblement qu'elle revienne. Ses yeux s'élargirent quand il la vit avec le pistolet, la poudre et la pierre à briquet.

Leurs regards se joignirent. Encore tendue par le désir, elle traversa la pièce. Elle lui tendit le pistolet.

— *Je doute que vous ayez besoin de vous en servir,* parvint-elle à dire.

Il glissa l'arme dans la ceinture de ses culottes. Elle lui donna la pierre et la poudre. Puis, lentement, il tendit la main vers elle.

Elle se glissa dans ses bras. Mais il ne l'embrassa pas.

— *Je l'espère.*

En tremblant, elle fit remonter ses mains sur ses biceps, qui frémirent sous ses paumes.

Il ne sourit pas. Il promena le bout de ses doigts sur sa joue, puis passa une mèche de cheveux derrière son oreille.

— *Merci.*

4

Dominic entendit le bruit des pas de Julianne avant qu'elle n'apparaisse dans l'ouverture de la porte. Il mit de côté les cartes qu'elle lui avait apportées, s'étant déjà complètement familiarisé avec la partie la plus au sud de la Cornouailles. Il prit sa plume pour reprendre la lettre qu'il écrivait à sa « famille » en France. Après tout, c'était sûrement ce que ferait Charles Maurice, et si jamais Julianne avait l'idée d'espionner, elle lirait la lettre rassurante qu'il adressait à la famille qu'il n'avait pas. Il avait appris depuis longtemps à prendre des précautions élaborées pour garantir que personne ne suspecte qu'il utilisait une fausse identité.

Julianne arriva sur le seuil, souriante. Il lui rendit lentement son sourire, rencontrant son regard. Une certaine culpabilité le tourmentait. Il lui devait beaucoup ; elle lui avait sauvé la vie. Il savait maintenant qu'elle n'aurait jamais été attirée par Dominic Paget, un tory puissant et titré. Cela le stupéfiait presque que sa vie se soit réduite à ce jeu permanent de tromperie, de complots et de contre-complots.

Il ne la connaissait pas encore très bien, mais il savait qu'elle était authentiquement bonne, ainsi qu'intelligente, éduquée et dotée d'opinions arrêtées. Elle était aussi terriblement belle et n'en avait pas du tout conscience.

Il la fixa ouvertement, sachant qu'elle remarquait son admiration évidente pour elle. Ses reins se crispèrent. Il se remettait plus rapidement, maintenant, et son corps commençait à exprimer ses désirs.

Bien sûr, il savait qu'il n'était pas correct de séduire Julianne Greystone. Elle était une femme de bonne famille, sans expérience, et amoureuse de son faux personnage, pas de lui. Elle était déjà comme de l'argile entre ses mains. Le problème, c'était qu'être moral ne l'intéressait pas. Il était assez certain que son séjour à Londres serait bref. Sa mission était d'assurer que les Anglais renforcent l'armée de Michel Jacquelyn. Lorsqu'il aurait arrangé cela et aurait l'assurance que la bonne quantité de troupes, d'armes et d'autres fournitures cruellement nécessaires serait envoyée en Vendée, il serait renvoyé dans la vallée de la Loire ou à Paris.

Tout son corps se crispa. Il refusa de laisser ses souvenirs de guerre ou de populaces en furie prendre forme. Il en avait assez de rêver de mort, d'avoir peur, assez de voir comment un petit geste ou un mot pouvaient faire resurgir ces souvenirs de façon vivace.

— *J'ai apporté du thé*, dit-elle doucement. *Je vous dérange ?*

Il avait attendu sa compagnie. C'était une femme intéressante et leur conversation n'était jamais banale. Quelquefois, cependant, il avait envie de la secouer pour lui mettre un peu de bon sens dans la tête.

Pourquoi lui faisait-elle confiance ?

Il prit son temps pour répondre, en la considérant avec attention. Que ressentirait-elle si elle apprenait un jour la vérité sur la France ou sur lui ?

Parfois, il avait envie de tout lui dire. C'était généralement lorsqu'elle exprimait ses sottises sur la liberté et l'égalité en France, et pour tous. Sa colère était instantanée, mais il la cachait. Il voulait lui dire que la fin ne justifiait pas les moyens, que la France était un bain de sang, que des hommes et des femmes innocents mouraient chaque jour, qu'il détestait la tyrannie qui était imposée au pays, car c'était bien de la tyrannie, et non pas de la liberté !

Parfois, il avait envie de lui crier qu'il était un aristocrate, pas un maudit révolutionnaire, que sa mère était une vicomtesse française et qu'il était le comte de Bedford !

Mais il y avait davantage. Quelquefois, quand elle le regardait avec ses brillants yeux gris, il éprouvait une terrible culpabilité, ce qui le surprenait. Et, alors, il avait envie de lui crier qu'il n'était pas un héros. Il n'y avait rien d'héroïque à tenir une imprimerie à Paris et à lécher les bottes des gendarmes locaux pour qu'ils ne suspectent pas la vérité sur lui, ou à flatter les Jacobins et à se lier d'amitié avec eux pour qu'ils le croient vraiment des leurs. Ecrire des messages codés à la chandelle, puis les faire passer clandestinement jusqu'à la côte par un réseau de messagers pour les envoyer à Londres, n'était pas héroïque — c'était terrifiant. Il n'était pas héroïque de la tromper en prétendant être français ou un officier de l'armée française, il n'était pas héroïque de prendre un mousquet et de marcher à la bataille, luttant pour défendre ses droits légitimes contre ses propres compatriotes. Mais tout cela était une absolue nécessité, une question de survie.

Tout cela était de la folie.

Comme elle serait choquée et terrifiée si elle savait.

Mais jamais elle ne découvrirait la vérité à son sujet. Il était trop ancré dans son personnage pour en sortir. Et puis, quiconque à Greystone apprendrait qu'il était anglais, pis encore, qu'il s'appelait Dominic Paget, saurait qu'il était un agent anglais. Après tout, on l'avait amené de France, il avait parlé français et maintenant il se faisait passer pour un Français. Le saut serait facile à faire.

Il pourrait s'arranger de la sœur et des deux frères, de Julianne, certainement. Après tout, la jeune femme lui avait affirmé qu'ils étaient patriotes. Et il ne s'inquiétait pas pour leur mère car il avait surpris des conversations et appris qu'elle n'avait plus sa tête.

Mais il était préférable qu'ils n'apprennent jamais son identité. Seuls cinq hommes savaient que Dominic Paget, comte de Bedford, était un agent anglais qui travaillait sous un faux nom en France. Ces hommes étaient Windham, le ministre de la Guerre ; Sebastian Warlock, dont il supposait qu'il était son chef de réseau ; Edmund Burke, qui avait une grande influence dans les cercles du gouvernement ; son vieil ami, le comte de St. Just ; et, bien sûr, Michel Jacquelyn.

Ce cercle ne devait pas être étendu. Plus il y aurait de gens qui connaissaient la vérité, plus il serait susceptible d'être démasqué.

Mais Julianne, c'était une autre histoire. Elle n'était pas patriote. Ses amis à Paris la recruteraient bientôt pour travailler activement pour leur compte — c'était ainsi que les clubs de Jacobins opéraient. Même maintenant, il ne se fiait pas complètement à elle. Si elle apprenait qu'il était Dominic Paget, il se méfierait carrément.

Tôt ou tard, il retournerait en France et continuerait le combat pour ses terres et ses gens. Jeune garçon, il avait passé des étés au château de sa mère. C'était son château, à présent. Les hommes et les jeunes gens qui étaient morts à Nantes si récemment étaient ses voisins, ses amis et relations. Il connaissait Michel Jacquelyn depuis l'enfance. Ce dernier avait déjà perdu sa propriété, incendiée et rasée par les révolutionnaires. Mais ils ne pouvaient pas brûler son titre, ses droits légitimes ou son patriotisme.

Si Julianne apprenait qui il était et le dénonçait à ses amis français, il serait en plus grand danger encore. Les réseaux d'espionnage en France étaient vastes. Des hommes qu'il pensait être de simples citoyens et d'autres qu'il savait être des gendarmes auraient sa description et chercheraient à le dévoiler. Personne à Paris ne pouvait se fier à l'aimable matrone de la maison d'à côté ou au vieux libraire du bout de la rue.

Les voisins et les amis s'espionnaient. Des agents de l'Etat étaient partout, recherchant des traîtres. Les ennemis de la révolution étaient décapités. A Paris, on appelait cela la Terreur. Il n'y avait rien qui ressemblait au spectacle de la gendarmerie conduisant l'accusé enchaîné à la guillotine, sous les vivats de la foule dans les rues. Il n'y avait rien qui ressemblait à ces rues rougies de sang. Il ne survivrait jamais s'il était découvert et arrêté.

Mais Dominic était très prudent. Si tout se passait selon son plan, il se remettrait de sa blessure et partirait, simplement. Il irait à Londres pour planifier le soutien de la Vendée par le ministère de la Guerre, tandis que Julianne supposerait qu'il était retourné en France, pour reprendre son commandement dans l'armée française.

C'était tellement ironique.

Elle le *gênait,* pensa-t-il. Elle le gênait parce que ceci était un jeu, pas une véritable séduction. Il n'était pas son officier de l'armée française, avide de prendre le thé avec elle, mais un agent britannique qui avait besoin de se rendre à Londres avant de retourner en France pour une mission secrète. Il estimait qu'il lui faudrait encore une semaine avant d'être prêt à quitter le manoir pour se rendre à Londres. C'était au moins un voyage de deux jours en voiture. Dans une semaine, il pourrait voler un cheval ou une voiture et aller à St. Just. Même si Grenville n'était pas là, et il n'y serait probablement pas, son personnel bondirait pour obéir à ses ordres dès qu'il établirait qui il était.

Le temps qu'ils avaient à passer ensemble était très limité, maintenant. Il partirait sous le prétexte de retourner en France. Sa couverture ne serait pas compromise. Julianne se rappellerait de lui comme de son héros de guerre, tandis que ses frères supposeraient qu'il était un contrebandier dont ils avaient sauvé la vie.

La solution était idéale.

— *Vous me fixez,* dit-elle doucement.

Il lui sourit.

— *Je suis désolé. Il est facile de vous fixer. J'aime vous regarder, Julianne, beaucoup.*

Elle ne rougissait plus à chacune de ses paroles, mais il savait que ses flatteries lui plaisaient.

— *Vous êtes impossible, Charles.*

Son regard était direct.

— *Mais, moi aussi, j'aime vous regarder.*

Elle s'assit en face de lui et se mit à servir le thé, en tremblant. Il la désirait, mais elle était si innocente. Pourtant, si elle avait été amoureuse de l'homme qu'il était réellement, il n'aurait pas hésité à prendre son innocence. Il aurait même apprécié d'avoir une telle femme pour maîtresse, à la fois à son bras et dans son lit. Il aurait pris plaisir à lui montrer les plus belles choses de la vie ou à lui faire visiter Londres. Mais cela n'arriverait jamais.

— *Vous êtes si pensif, aujourd'hui,* dit-elle en lui tendant une tasse sur une soucoupe. *Pensez-vous à votre famille ?*

— *Vous êtes très fine,* mentit-il.

— *Ils doivent vous manquer,* ajouta-t-elle, le regardant dans les yeux. *Vous rendez-vous compte que vous m'avez posé des dizaines de questions, alors que je ne vous ai rien demandé ?*

— *Vraiment ? Vous pouvez me demander tout ce que vous voulez, Julianne.*

En apparence, il était décontracté, mais en lui-même il était en alerte.

— *Qui est Nadine ?*

Il sursauta. Comment connaissait-elle Nadine ? Qu'avait-il dit dans son délire ? La plupart du temps, il évitait de penser à sa fiancée. Il n'oublierait jamais les mois qu'il avait passés à essayer frénétiquement de la retrouver.

— *Ai-je parlé d'elle quand je délirais ?*

Elle hocha la tête.

— *Vous m'avez prise pour elle, Charles.*

Il valait toujours mieux rester le plus près possible de la vérité.

— *Nadine était ma fiancée*, expliqua-t-il. *Elle a été prise dans une émeute à Paris et n'a pas survécu.*

— *Je suis tellement désolée !* s'écria Julianne.

— *Paris n'est pas sûr, y compris pour les sans-culottes,* expliqua-t-il en se référant aux gens sans travail et sans toit. *Malheureusement, les foules sont souvent incitées à la violence.*

Il parlait calmement.

— *Nadine a été renversée alors qu'elle essayait de se mouvoir dans une foule.*

C'était la vérité. Il avait connu Nadine depuis l'enfance et leurs fiançailles n'avaient surpris personne. La demeure ancestrale de Nadine se trouvait à l'extérieur de Nantes, pas loin du château de sa mère. Sa famille avait fui la France peu après son décès.

Il avait imaginé maintes fois sa mort dans l'émeute ; il prit soin de ne pas le faire maintenant. Il prenait soin de ne pas vraiment penser à ce qu'il disait. Il prenait soin de ne rien ressentir.

— *Vous n'auriez pas envie de connaître la suite.*

Il se passa un long moment avant que Julianne ne parle. Lorsqu'elle le fit, ses yeux gris brillaient de larmes.

— *Je pensais que les masses protestaient contre le manque de travail et les prix élevés. Tout le monde mérite de travailler, d'avoir un bon salaire et un prix décent pour le pain. Les pauvres ne peuvent pas nourrir leur famille, ni même les abriter !*

Voilà qui était parler comme une vraie radicale, pensa-t-il sombrement.

— *Leur détresse est attisée par les politiciens,* dit-il en le pensant. *Oui, tout le monde devrait avoir du travail et des salaires, mais les radicaux — les Jacobins — incitent délibérément les foules à la violence. La peur domine les rues, les gens. Il y a du pouvoir pour ceux qui peuvent causer cette peur. Et les innocents comme Nadine sont pris dans cette violence et en sont les victimes.*

Il savait qu'il devait s'interrompre maintenant s'il ne voulait pas se trahir. Pour le moment, il était resté dans des limites acceptables. Après tout, n'importe quel homme parlerait comme il venait de le faire si sa fiancée bien-aimée avait été assassinée dans une foule.

Julianne hésita.

— *Ce qui est arrivé à votre fiancée est terrible, Charles. Mais, franchement, si vous mouriez de faim et étiez sans moyens, ou si votre employeur vous payait quelques sous pour votre travail tout en vivant dans le luxe, ne descendriez-vous pas dans les rues pour protester ? Moi, je n'aurais pas besoin qu'on m'y pousse. Et pourquoi les Jacobins ou qui que ce soit inciteraient-ils à une violence aussi extrême ? Je sais qu'ils chérissent la vie humaine et qu'ils ne souhaitent pas causer la mort de spectateurs innocents.*

Elle se trompait tellement, pensa-t-il, affligé. Elle ne comprenait pas comment le pouvoir corrompait tout, même les plus grandes causes.

— *Je crains de ne pas beaucoup aimer les politiciens, même les radicaux.*

Il s'arrangea pour s'adoucir, pensant qu'il était temps de se retirer de cette conversation.

Mais elle était interloquée.

— *Je croirais presque entendre mon frère Lucas. Il est pour les réformes, pas pour la révolution. Il méprise les foules. Il a accusé les radicaux parisiens du même genre d'actions que vous. Et Lucas craint la violence ici, en Angleterre.*

— *Les réformes peuvent être plus douces et la violence devrait toujours être redoutée.*

Elle élargit les yeux.

— *La noblesse française — le roi de France — n'aurait jamais donné une Constitution au pays sans grande pression, Charles. Le genre qui émane du soulèvement de centaines de gens opprimés.*

Il lui sourit, sachant qu'elle croyait vraiment ce qu'elle disait. Mais la pression dont elle parlait avait causé l'exécution de Louis XVI. Du fait de cette « pression », il n'y avait pas de monarchie constitutionnelle, maintenant. Des milliers d'aristocrates français avaient fui et ne reviendraient jamais. Leurs terres avaient été confisquées ou détruites. Pourquoi ne pouvait-elle pas voir la terrible perte que cela représentait ? Pourquoi ne mesurait-elle pas combien les foules étaient sauvages et meurtrières, et combien d'hommes, de femmes et d'enfants innocents étaient morts à cause d'elles ? Soutiendrait-elle encore que c'était la liberté ? L'égalité ?

— *Je suis contre l'oppression. Qui ne l'est pas ? Mais la violence en France n'est pas justifiable. Il y a d'autres moyens pour obtenir la même fin, Julianne.*

Elle le dévisagea, choquée.

— *Avez-vous été recruté de force ?* finit-elle par demander.

Il savait qu'il devait faire marche arrière, maintenant.

— *Je me suis porté volontaire*, dit-il platement. *Il n'y a pas de conscription en France. Je ne suis pas contre la révolution, Julianne. Mais j'aurais préféré un autre moyen, un autre début. Seulement, la Convention du tiers état nous a conduits à cette situation, et on ne peut revenir en arrière. Des hommes innocents sont morts dans mes bras. Des hommes et de jeunes garçons innocents continueront à mourir. Je suppose que je suis heureux que vous ne compreniez pas la réalité.*

— *Je la comprends*, murmura-t-elle en couvrant sa main de la sienne. *Et je suis désolée pour ceux que vous avez perdus. Je suis désolée que vous ayez autant souffert.*

Elle ne comprenait pas du tout, pensa-t-il.

— *Je me battrai jusqu'à la mort pour ma cause, la cause de la liberté.*

Pour lui, la liberté signifiait pouvoir vivre dans la vallée de la Loire sans peur des représailles, sans peur de voir sa maison lui être confisquée. En ce moment même, sa famille et ses amis se battaient pour cette liberté dans la Loire, mais ils étaient à court d'armes et de nourriture.

— *Vous m'effrayez*, dit-elle.

Il la regarda. Le besoin de la prendre dans ses bras était stupéfiant.

— *Ce n'est pas mon intention.*

Elle lui avait sauvé la vie et il avait envers elle une grande dette qui n'incluait pas cette tromperie. Qui n'incluait pas la séduction. Mais il ne pouvait nier l'attirance pressante qu'il éprouvait à son égard.

— *Vous avez peur pour moi.*

— *Oui*, murmura-t-elle.

— *La mort fait partie de la guerre, Julianne. Même vous, vous le savez.*

— *Comment pouvez-vous être aussi désinvolte à ce sujet ?*

— *Tout le monde meurt tôt ou tard, que ce soit à la guerre, de maladie ou de vieillesse.*

Elle le dévisagea, affligée.

— *Je dois vous demander quelque chose, Charles, et c'est difficile pour moi.*

Malgré sa méfiance, il l'encouragea à parler.

— *Depuis combien de temps avez-vous perdu Nadine ?*

Il comprit tout de suite.

— *Cela fait un an et demi, Julianne.*

Il vit la lueur de soulagement dans ses yeux, et sa culpabilité revint. Etait-elle vraiment amoureuse de son héros révolutionnaire ?

— *Il y a eu tant de morts, ces dernières années. On apprend à l'accepter assez vite.*

Elle se leva, alla à lui et posa une main tremblante sur son épaule.

— *L'aimez-vous encore ?*

— *Non.*

— *Je suis désolée.*

Elle se détourna un peu.

— *Je n'aurais pas dû demander. C'était égoïste de ma part.*

Il se leva, la prit dans ses bras, laissant son corps doux et voluptueux l'enflammer. Il devenait difficile de penser clairement.

— *Vous aviez tous les droits de le demander.*

Elle tremblait. Il sentait en elle la même urgence insensée. Il leva son visage.

— *Je me suis beaucoup attaché à vous, Julianne.*

— *Moi aussi*, dit-elle dans un souffle. *Je suis si contente…*

que Jack vous ait amené ici. Je suis si contente... que nous soyons amis.

Il regarda avec attention ses lèvres entrouvertes. Il avait du mal à penser de façon cohérente.

— *Mais nous sommes plus que des amis, non ?* demanda-t-il doucement.

— *Nous sommes plus que des amis*, chuchota-t-elle d'une voix rauque.

— *Bientôt, je retournerai en France.*

Finalement, il disait la vérité. Des larmes montèrent aux yeux de Julianne.

— *Et vous me manquerez.*

Tandis qu'ils se dévisageaient, il entendit claquer une porte en bas.

La sœur de Julianne n'aurait pu intervenir à un moment plus opportun. Il risquait d'éveiller les soupçons si Amelia les surprenait dans les bras l'un de l'autre. Mais, en même temps, il ne pouvait revenir en arrière. Un baiser ne ferait sûrement de mal ni à l'un ni à l'autre.

Il se pencha sur elle et posa sa bouche sur la sienne. Avec précaution, il caressa ses lèvres. Il voulait garder le contrôle et s'arrêter là, mais il fut aveuglé par une marée de désir brûlant.

Julianne retint une exclamation, saisissant ses épaules, s'ouvrant à lui.

Le désir apporta avec lui une angoisse choquante. Tandis qu'il réclamait sa bouche, durement, les souvenirs de sang et de mort, de fureur et de haine, de détresse et de désespoir l'envahirent. Une partie de lui était en France, souffrant l'enfer, une autre partie était ici avec elle, en extase. Il ne pouvait pas s'écarter. Il ne pouvait pas se contrôler, à présent. Et il n'en avait pas envie.

Il approfondit son baiser, exigeant tout d'elle, et elle s'abandonna farouchement à son étreinte.

Elle ne devrait pas se fier à un étranger, pensa-t-il.

*
* *

Amelia et Julianne devaient se rendre à la ville de St. Just pour faire des courses. Debout en haut de l'escalier, Dominic les regarda quitter la maison sans leur permettre de le voir.

Julianne s'était inquiétée de le laisser seul une heure ou deux, mais il l'avait rassurée en lui promettant d'en profiter pour se reposer. Elle l'avait cru.

Il s'était montré stoïque lorsqu'il lui avait dit au revoir, mais, en lui-même, il avait été très excité. Espionner était inhérent à sa nature, maintenant. Tout ce qu'il avait appris sur Greystone, la famille, la région et ses habitants, il l'avait appris de Julianne. Il était avide de parcourir la maison, de fouiller dans la vie et les affaires de la famille. Il ne s'attendait pas à trouver grand-chose, mais on ne savait jamais. Jack Greystone était celui qui promettait le plus de surprise. Il pouvait prétendre ne pas se soucier de la guerre et être un simple contrebandier, mais il pouvait aussi être activement impliqué.

Il entra dans une chambre de femme. Il vit les deux lits, les deux petites tables de nuit chacune avec sa bougie, les vêtements suspendus à des crochets, et il comprit que les deux sœurs partageaient cette chambre. Julianne portait toujours des robes de mousseline blanche, tandis qu'Amelia préférait des robes grises, comme pour se rendre plus terne qu'elle ne l'était déjà.

En dix minutes, Dominic eut fouillé la pièce à fond. Il trouva de vieux journaux, quelques objets de toilette, des bougies de rechange et un paquet de lettres caché dans l'armoire, sous une pile de corsages.

Il s'arrêta, déconcerté. Le paquet était attaché avec un ruban bleu, et il supposa tout de suite que les lettres appartenaient à Julianne.

Il jeta un coup d'œil à la première et comprit que c'étaient des lettres d'amour écrites à Amelia. Etrangement soulagé, il remit les lettres à leur place.

La chambre voisine était celle de Jack. Il en était certain. Elle sentait les bateaux et la mer.

Il entama une fouille rapide et complète. Il ne trouva rien d'intéressant jusqu'à ce qu'il regarde sous le matelas et découvre une douzaine de cartes de navigation. Elles avaient été dessinées avec soin. Il eut l'intuition que Jack Greystone les avait tracées lui-même. Il s'assit sur le lit, étudiant avec attention la première carte qui détaillait une crique à Land's End, jusqu'aux récifs et rochers cachés. Il parcourut rapidement les autres. Jack avait établi les cartes de toute la péninsule de Cornouailles, depuis le cap Cornouailles, juste au-dessus de St. Just, jusqu'à Penzance.

Et il y avait des cartes des criques et des plages près de Brest, aussi.

Il regarda de nouveau une des cartes de Cornouailles. Çà et là, Jack avait marqué la côte avec des croix. Dominic se demanda à quoi correspondaient ces signes.

Jack avait dessiné une étoile au-dessus de St. Just, écrivant le mot « Marine » à côté.

— Quel homme bien, murmura Dominic.

Alors il entendit un cheval hennir dehors.

Il se leva d'un bond, courut à la fenêtre et vit Amelia et Julianne qui descendaient de la voiture, portant toutes les deux de grands paniers. Il se détourna sans se laisser perturber et se mit à rouler chaque carte avec soin. Les deux femmes auraient besoin de quelques minutes pour décharger, se rassura-t-il, et il voulait remettre chaque carte à la place où il l'avait trouvée.

Tandis qu'il les mettait en ordre, toutes roulées et attachées, il entendit claquer la porte d'entrée. Il souleva le matelas et rangea les cartes, puis arrangea minutieusement les couvertures. Il était certain qu'un contrebandier exercé serait assez fin pour se rendre compte que quelque chose avait été touché dans sa propre chambre.

La porte d'entrée claqua de nouveau.

Satisfait d'avoir remis la chambre exactement comme il l'avait trouvée, il alla à la fenêtre et regarda dehors. Il s'alarma légèrement quand il vit que Julianne déchargeait les paquets. Où était sa sœur ?

Si Julianne se montrait très crédule concernant ses duperies, Dominic ne se faisait pas d'illusions à propos d'Amelia. Elle était insensible à son charme. Elle avait beaucoup de bon sens. Et même s'ils étaient alliés, en un sens, pour l'instant, ils étaient ennemis car il avait une façade à maintenir. Il ne voulait pas avoir à tromper la sœur aînée, qui avait établi clairement qu'elle n'aimait pas du tout Charles Maurice.

Dominic traversait le couloir quand Amelia apparut en haut de l'escalier. Elle élargit les yeux en le voyant.

Le cœur de Dominic bondit, puis se calma. Il sourit.

— *Je pensais bien avoir entendu un cheval.*

— *Etiez-vous dans la chambre de Jack ?*, demanda-t-elle.

— *Je suis allé à la fenêtre pour pouvoir voir l'allée. Puis-je aider pour les paquets ?*, s'enquit-il aimablement.

Amelia le fixa. Il était certainement inacceptable qu'un hôte pénètre sans y être invité dans la chambre de quelqu'un d'autre. Elle passa devant lui et ouvrit la porte de Jack, comme si elle s'attendait à trouver quelque chose qui avait été dérangé.

— *Je vous fais mes excuses*, dit-il sur le même ton aimable. *La porte était entrebâillée et je savais que votre frère n'était pas là.*

Amelia referma la porte, assez brusquement.

— *Oui. Vous avez passé beaucoup de temps avec ma sœur et elle parle librement, n'est-ce pas ?*

— *C'est une femme peu commune. Je suis reconnaissant d'avoir bénéficié de sa compagnie pendant que je me remettais.*

Amelia lui jeta un regard acéré.

— *Je ne suis pas une sotte, monsieur. Vous avez peut-être exercé vos charmes sur ma sœur, mais je n'approuve pas qui vous êtes et ce que vous êtes.*

Avant qu'il puisse répondre, Julianne s'exclama :

— Amelia !

Ils se tournèrent et la virent sur le palier. Elle se hâta vers eux.

— Il était dans la chambre de Jack, dit Amelia.

Julianne le regarda avec surprise.

— *J'ai entendu le cheval*, déclara-t-il calmement. *Je suis allé à la fenêtre pour voir qui arrivait.*

Il lui décocha un regard éloquent. Elle comprit immédiatement ce qu'il voulait dire et fit face à sa sœur.

— Amelia, tu ne comprends donc pas ! Bien sûr, qu'il voulait voir qui arrivait. Nos amis ne sont *pas* ses amis.

Amelia regarda Dominic puis Julianne, et vice versa.

— J'espère que tu as raison.

— Tu ne lui fais pas confiance parce qu'il te rappelle St. Just, dit Julianne.

Que signifiait ceci ? se demanda Dominic.

Amelia sursauta.

— Voilà qui est très grossier, Julianne. Ton Français n'a rien en commun avec St. Just, ils ne se ressemblent même pas.

— Ils ont tous les deux le même air, le même ton, dit Julianne.

Elle se tourna vers Dominic.

— *Tout va bien, monsieur. Il n'y a pas de mal.*

Amelia lui prit le bras.

— J'aimerais te parler en bas.

Elle fit face à Dominic.

— *Vous n'avez pas besoin de descendre nous aider. Vous êtes malade, après tout.*

Il lui sourit.

— *J'aimerais aider.*

— *Absolument pas.*

Amelia se tourna et partit d'un pas raide.

— *Je suis désolée*, dit Julianne.

— *Elle s'inquiète pour vous. Je ne la blâme pas.*

Il s'approcha, se rappelant leur baiser brûlant du matin.

— *Vous ne devriez pas parler de moi avec elle.*

— *C'est vrai. Mais c'est une mère poule. Elle est*

toujours en train de poser des questions sur le temps que nous passons ensemble.

— *Distrayez-la*, suggéra-t-il.

Il tendit la main pour caresser sa joue, sans réfléchir. Se rendant compte qu'il avait simplement voulu la toucher, il laissa retomber sa main.

Elle hésita, puis posa une main sur sa joue, son regard s'échauffant. Tout le corps de Dominic se crispa.

— *Nous n'avons pas beaucoup de temps, Julianne.*

— *Je sais.*

Il lui baisa la main.

— *Venez me retrouver ce soir.*

Il pouvait à peine croire ce qu'il disait. Mais il savait que, si elle venait, il ne la renverrait pas.

Ses yeux s'élargirent. Un lourd silence tomba. D'en bas, Amelia appela :

— Julianne !

— *Vous feriez mieux d'y aller.*

Elle se mordit la lèvre, pivota et se précipita vers l'escalier. Il attendit dix secondes, puis suivit. En passant, il ferma bruyamment la porte de sa chambre, afin qu'elles croient qu'il était rentré.

Il ne voulait pas faire de bruit en descendant. Mais Amelia haussait la voix et il se rendit compte qu'elles étaient juste sous l'escalier. Il n'avait pas besoin de descendre, finalement. Il s'agenouilla, tendant l'oreille.

— Ces derniers jours, il a éveillé mes soupçons, s'écriait Amelia. De fait, plus tu parles de lui aussi chaudement que tu le fais, plus je le soupçonne.

— Pourquoi ? C'est un homme aimable et sincère qui a beaucoup souffert. Et c'est un héros !

— Mon Dieu, écoute-toi ! Il t'a charmée à te faire perdre la tête, accusa Amelia.

— Je n'ai pas perdu mes esprits.

— Tu es constamment à son chevet.

— Il se rétablit. Où devrais-je être, sinon à son chevet ?

— T'a-t-il séduite ?

— Quoi ? s'exclama Julianne.

— Bon, je suppose qu'il ne l'a pas fait, Dieu merci, dit Amelia d'un ton acerbe. Je ne lui fais pas confiance, et tu ne devrais pas non plus.

Un moment passa avant que Julianne ne parle.

— Amelia, je ne vais pas mentir, je l'aime beaucoup. Mais tu sautes sur de fausses conclusions !

Il y eut une autre pause.

— Peux-tu nier que tu sois amoureuse ?

Julianne réprima une exclamation.

— C'est bien ce que je pensais. Je suis désolée, Julianne, je désapprouve. Plus tôt il quittera Greystone, mieux ce sera. Il faut espérer que Jack reviendra sous peu et que nous pourrons renvoyer M. Maurice d'ici ! Je me demande ce que Jack penserait s'il apprenait que notre hôte était dans sa chambre.

— Il avait une raison d'y être. Nos voisins sont ses ennemis.

— Je veux juste qu'il s'en aille, répéta Amelia, paraissant affligée.

— Il va bientôt rentrer en France, la rassura Julianne.

Dominic en avait assez entendu. Il retourna dans sa chambre.

Julianne était allongée, immobile, dans sa chemise de nuit de coton blanc. Elle avait presque peur de respirer. Mais elle tremblait terriblement. La tension habitait tout son corps. Très lentement, comme si elle pouvait réveiller Amelia en bougeant la tête, elle se tourna pour pouvoir voir sa sœur. Amelia dormait à une longueur de bras d'elle, dans l'autre lit.

Elle s'attendait à la trouver en train de l'observer, une expression accusatrice sur le visage.

A la place, sa sœur était pelotonnée sur le côté, profondément endormie.

Elle inspira, et le bruit résonna dans la nuit calme. Elle

jeta un nouveau coup d'œil à Amelia. Sa sœur continuait à respirer régulièrement. Amelia s'usait à la besogne dans la journée et, par chance, elle dormait bien la nuit.

Julianne, elle, avait un sommeil agité. Lorsqu'elle ne pouvait pas dormir, elle avait l'habitude de descendre à la bibliothèque, où elle lisait. Si Amélia se réveillait dans la nuit, elle penserait sûrement qu'elle était allée lire, même si elle s'était montrée suspicieuse vis-à-vis d'elle et de Charles un peu plus tôt.

Son cœur bondit. Très lentement, en priant que son lit ne craque pas, Julianne s'assit dans l'obscurité. Il était probablement près de minuit. Dehors, quelques étoiles brillaient. Un croissant de lune était suspendu dans un ciel en partie couvert. Leur fenêtre était entrouverte et une forte brise venait de l'océan. Un volet claquait contre le côté de la maison. En s'asseyant, elle entendit la cloche montée sur une balise qui se trouvait à l'extérieur de la crique.

Amelia ne bougea pas.

Allait-elle vraiment se lever pour rejoindre Charles dans sa chambre comme il l'y avait invitée ? Allait-elle vraiment faire l'amour avec un homme qu'elle ne connaissait que depuis deux semaines, et qui n'avait été conscient que la moitié de ce temps ? Allait-elle vraiment lui donner sa virginité ? Dans une semaine ou deux, il rentrerait en France.

Et il avait dit qu'il mourrait pour la cause de la liberté.

Elle ramena ses genoux contre sa poitrine. Il l'avait terriblement effrayée quand il avait dit qu'il était prêt à mourir pour leur cause, mais elle ne l'avait jamais autant respecté ni admiré. Et son cœur chantait follement. Elle ne doutait pas qu'elle était tombée profondément amoureuse de lui.

Elle n'avait jamais mesuré combien une femme pouvait désirer un homme. Elle l'avait trouvé terriblement beau avant même qu'il n'ouvre les yeux ; c'était bien pire maintenant. Chacune de leurs conversations, chacune de leurs rencontres alimentait son désir. Elle n'avait jamais éprouvé de désir auparavant, pas comme ceci. Le toucher et être avec lui étaient tout ce à quoi elle pouvait penser.

Julianne sentit monter des larmes. Il allait retourner en France, à la guerre. Elle détestait penser à la possibilité de ne plus jamais le revoir. Il leur restait si peu de temps à être ensemble !

Cette dernière pensée acheva de la convaincre. Elle rejeta ses couvertures et glissa lentement sur le plancher, qui grinça sous son poids. Figée, elle observa Amelia qui était toujours aussi profondément endormie.

Aussitôt, elle quitta vivement la chambre, refermant la porte sans bruit derrière elle. Son cœur battait la chamade dans sa poitrine, maintenant.

Son baiser farouche l'avait hantée depuis ce matin. Comment pourrait-elle ne pas aller à lui ?

Elle traversa le couloir, pieds nus. Le plancher était froid mais elle, ne s'en rendait pas compte tant sa peau était brûlante. Elle avait l'impression d'avoir de la fièvre.

La porte de Charles était fermée. Elle leva la main pour frapper et s'avisa que c'était absurde.

Elle poussa la porte. Lorsqu'elle entra, elle vit que la chambre était légèrement éclairée. Des braises luisaient dans l'âtre, restes du feu qui avait été allumé à l'heure du dîner. Charles se tenait debout près de la cheminée, vêtu seulement de caleçons qui lui arrivaient au genou. Il regardait la porte par-dessus son épaule.

— *Julianne*, dit-il doucement.

Elle ferma la porte derrière elle, tremblante. Elle se sentait soudain incertaine et curieusement effrayée. Il était un étranger, mais elle l'aimait et il risquait de mourir en France…

Il s'avança vers elle. Elle serra ses bras autour d'elle, contemplant son torse nu et sculpté, son ventre creux et musclé, puis la bosse qui se dessinait plus bas, sous le fin coton.

Il traversa rapidement la petite pièce, sans sourire, les yeux enflammés.

— *Je n'étais pas sûr que vous viendriez.*

Il saisit son épaule d'une main, son menton de l'autre.

— *Je veux que vous soyez certaine.*

— *Comment pourrais-je me refuser à vous maintenant ?* chuchota-t-elle.

Il l'embrassa.

Elle se glissa dans le cercle puissant de ses bras, tandis que sa bouche couvrait la sienne. Elle oublia ses doutes, ses craintes. C'était Charles. Elle était amoureuse.

Elle fit glisser ses doigts sur son dos dur tandis que Charles adoucissait son baiser, s'arrêtant finalement pour respirer fort contre sa joue.

— *Je ne veux pas vous faire de mal*, dit-il farouchement. *Ni maintenant ni jamais.*

— *Vous ne me ferez pas de mal,* répondit-elle en s'accrochant à ses épaules.

Ses mots paraissaient étranges, mais il était si difficile de penser de façon cohérente.

Son regard vert était brûlant.

— *Je vous veux, Julianne. J'ai envie de vous depuis le premier jour.*

Il l'enlaça de nouveau, sa bouche sur la sienne. Elle sentit son corps se détendre contre lui et lui rendit ses baisers avec la même ardeur. Elle était si faible de désir, maintenant. Il arracha sa bouche de la sienne, mais seulement pour la presser sur sa gorge et dans l'encolure de sa chemise de nuit. Elle gémit.

Doucement, il se mit à remonter sa chemise. Elle se figea quand il dénuda ses genoux et ses cuisses.

— *Vous êtes magnifique*, chuchota-t-il en faisant passer la chemise par-dessus sa tête avant de la jeter par terre.

Elle n'eut pas le temps de penser au fait qu'elle était nue, éclairée par la lueur du feu, il saisit ses seins et en baisa la pointe, puis fit glisser sa main sur son ventre. Elle étouffa un cri de plaisir.

Elle était désormais incapable de bouger, et elle n'en avait pas envie. Il passa sa langue sur un téton et ses mains se coulèrent entre ses cuisses. Il se mit à la caresser, habilement. Elle gémit plus fort, stupéfaite par le plaisir qu'il faisait monter en elle.

Les doigts de Charles semblaient aussi légers que des plumes entre ses cuisses et Julianne ne put réprimer un frémissement de délice. Elle était certaine qu'elle ne pourrait supporter longtemps les sensations qu'il faisait naître en elle. Elle était partagée entre le plaisir incroyable qu'il lui procurait et la terrible tension qui montait en elle, presque douloureuse.

Soudain, il la souleva et l'installa sur ses hanches en l'incitant à passer ses jambes autour de lui. Le dos contre la porte, Julianne comprit au dernier moment son intention. Il la pénétra d'un coup tout en continuant de lécher ses tétons durcis par l'excitation. La pression fut aveuglante, la douleur fugace, le plaisir choquant, l'explosion instantanée.

Elle s'accrocha à lui. Elle planta ses ongles dans son dos. Elle pleura. Et vaguement, elle l'entendit murmurer son nom de sa voix grave et sensuelle :

— Julianne…

5

Devant la chambre de Charles, Julianne hésita. Elle venait lui porter son petit déjeuner, mais après ce qui s'était passé entre eux la veille, elle ne savait plus comment se comporter. Son cœur s'emballait et ses genoux fléchissaient. Elle était ridiculement nerveuse à l'idée de le revoir.

Charles lui avait fait l'amour la nuit dernière.

Elle se rappela ses baisers, ses caresses. Ces souvenirs faisaient naître une joie délirante dans son cœur et dans son corps, une urgence qui la rendait folle. Ils étaient amants, maintenant.

Et elle n'avait pas de regrets.

Elle était profondément, irrévocablement amoureuse.

Tenant le plateau en équilibre, elle frappa doucement à la porte.

— *Charles ?*

— *Julianne ?* répondit-il, la voix rauque et ensommeillée.

Lorsqu'elle entra, il lui sourit lentement et remonta les couvertures sur son ventre.

— *Apparemment, j'ai trop dormi.*

— *Apparemment,* dit-elle dans un souffle, en admirant à la dérobée son torse nu.

Elle était choquée d'être de nouveau si excitée par sa seule présence. Elle se demanda si elle serait jamais capable de le regarder sans avoir ce genre de pensées terriblement licencieuses, sans rêver de se blottir dans ses bras. Elle posa le plateau sur la table, des images de leur étreinte envahissant son esprit.

— *Je vais vous laisser pour vous donner le temps de vous habiller convenablement.*

— *Je ne m'attendais pas à vous voir si prude*, dit-il doucement.

Elle sursauta.

— *Craignez-vous de me regarder ?*

En rougissant, elle croisa lentement son regard. Il était plein d'humour.

— *Bien sûr que non.*

Un peu de sa tension se dissipa.

— *Bien. Je préfère avoir votre compagnie,* dit-il en la fixant. *Il n'y a pas de raison de se sentir embarrassée, Julianne.*

— *Je ne suis pas embarrassée.*

Il jeta un coup d'œil à la porte ouverte.

Elle la laissait toujours ouverte quand ils étaient ensemble dans sa chambre. Il serait inconvenant d'agir autrement.

— *Je pense qu'il vaut mieux faire comme si rien ne s'était passé,* dit-elle à voix basse.

Il sourit en se levant, et elle détourna les yeux de son corps puissant. Son esprit se vida étrangement. Il n'y avait plus que ces souvenirs sidérants, passionnés, et son incertitude à propos de leur relation.

— *Comment va Amelia aujourd'hui ?* demanda-t-il en enfilant sa chemise.

— *Elle ne sait rien. Je déteste avoir à tromper ma sœur.*

— *Je sais. Je me suis déjà rendu compte à quel point vous êtes ouverte et honnête.*

Soudain, elle sentit sa présence dans son dos. Déjà, il posait les mains sur ses épaules pour la faire pivoter face à lui. Son regard vert était très sérieux.

— *Pourquoi avez-vous peur de me regarder aujourd'hui ? Ne le niez pas. Vous m'évitez et vous êtes terriblement tendue. Regrettez-vous la nuit dernière ?*

Elle croisa ses yeux intenses et scrutateurs.

— *Non.*

Son cœur tambourinait avec une force effrayante. Elle

avait une conscience si aiguë du désir qu'ils avaient partagé et savait combien cette passion pourrait être explosive, de nouveau.

— *Tant mieux, car de mon côté je n'ai aucun regret.*

Il prit un air grave.

— *Comment vous sentez-vous ce matin ? Je m'inquiète d'avoir été plus brutal que je ne l'aurais dû.*

Elle regarda derrière elle, vers la porte ouverte.

— *Nous sommes seuls,* dit-il en écartant une mèche de cheveux du visage de Julianne.

Ce geste tendre la transporta.

— *Vous ne m'avez pas fait mal. Pas du tout. Mais je ne me suis jamais sentie ainsi auparavant.*

Comme il ne disait rien, elle expliqua timidement :

— *Je me sens tendue et en proie à une fièvre terriblement merveilleuse...*

Il sourit et s'éloigna pour l'inviter à s'asseoir dans l'un des fauteuils. Puis, il s'assit à son tour, la laissant lui servir son thé pendant qu'il commençait à manger son petit déjeuner.

Julianne le fixa en silence. Et maintenant, qu'allaient-ils faire ?

Il leva les yeux vers elle.

— *Vous n'êtes jamais aussi silencieuse. Devrais-je m'inquiéter ?*

C'était la deuxième fois qu'il lui demandait ce qui n'allait pas. Elle sentit son sourire s'effacer. Ne lui avait-il pas dit qu'il aimait savoir ce qu'elle pensait ?

— *Je crains que nous ne soyons découverts.*

— *C'est ce que je pensais.*

Il posa ses couverts.

— *C'était de la folie de s'attarder autant. C'était entièrement ma faute. Vous auriez dû partir bien avant le lever du jour.*

— *Je le savais aussi*, dit-elle timidement. *Mais je n'avais pas envie de partir.*

— *Vous viendrez me rejoindre ce soir, n'est-ce pas ?*

Son cœur bondit d'excitation. Bien sûr, qu'elle viendrait ; ils étaient amants, maintenant.

Mais comment l'interroger sur ses sentiments ?

— *Pensez-vous aller à St. Just ou à Penzance, aujourd'hui ?*

En un sens, ce changement de sujet était bienvenu.

— *Je ne l'avais pas prévu. Pourquoi ?*

— *Je suis anxieux d'avoir des nouvelles, en particulier de la guerre et des derniers édits de Paris*, dit-il en buvant une gorgée de thé.

— *Je n'ai pas eu le temps d'en demander hier. Amelia est toujours pressée lorsque nous nous rendons en ville.*

— *Voudriez-vous aller à Penzance aujourd'hui, juste pour demander des nouvelles, peut-être à cet ami dont vous m'avez parlé, Treyton ?*

— *Bien sûr,* répondit-elle, étonnée qu'il se souvienne de Tom.

Elle ne l'avait mentionné qu'une fois.

— *Merci, Julianne. Je ne saurai jamais comment vous remercier.*

Son regard était perçant, comme s'il voulait connaître ses secrets les plus intimes. Elle se sentit mal à l'aise tout à coup. Elle avait le sentiment qu'il pouvait lire en elle comme dans un livre ouvert tandis qu'elle ne savait rien de lui. Elle était incapable de déchiffrer son expression.

— *Qu'y a-t-il ?* demanda-t-elle.

— *Pourquoi moi, Julianne ?*

Ainsi, il voulait avoir une discussion sérieuse sur leur liaison. Alarmée, elle hésita.

— *Nous sommes devenus de bons amis, des amis proches...*

Il resta silencieux, avant d'agréer :

— *En effet.*

— *Nous nous battons pour la même cause.*

Il mit un moment pour répondre.

— *Oui, nous chérissons tous les deux la liberté.*

— *Je vous respecte et vous admire beaucoup.*

Elle croisa enfin son regard. Il était toujours aussi intense.

— *Je suis flatté. Mais vous avez mis votre réputation en péril.*

— *Je ne me soucie pas de ma réputation, Charles,* déclara-t-elle sincèrement.

— *Toutes les femmes se soucient de leur réputation.*

— *A une exception près.*

Son regard vert étincela tandis qu'un sourire apparaissait sur son visage. Il semblait amusé par le discours de Julianne.

— *Et pourquoi, je vous prie, n'avez-vous pas de considération pour votre réputation ?*

— *Je ne suis pas comme les autres femmes. Et pas seulement parce que je suis radicale. Avant la guerre, quand j'étais invitée chez mes voisins, on jugeait déjà mon comportement bizarre. Certains sont même allés jusqu'à dire que j'étais un homme dans un corps de femme, simplement parce que je suis éduquée, cultivée et que j'ai des opinions. Je crois que j'avais douze ou treize ans quand une voisine a conseillé à maman de corriger mon caractère indépendant. Elle estimait qu'il n'était pas normal que j'aie des opinions politiques.*

Julianne sourit. A l'époque, elle avait été blessée par la critique de lady Delaware, mais c'était du passé à présent.

— *Cette dame a dit à ma mère que je ne trouverais jamais de mari si l'on ne me faisait pas taire.*

Le regard de Charles était rivé sur elle. Elle haussa les épaules.

— *J'ignore pourquoi je suis si différente. Je ne sais pas pourquoi je ne m'intéresse pas aux soieries, aux perles et aux beaux soupirants, mais c'est ainsi.*

— *Je ne peux vous imaginer bavant d'envie devant une robe de bal de soie, même si ce vêtement vous irait à ravir.*

Elle rougit.

— *Je n'ai pas l'usage de robes de bal.*

— *Vous n'êtes jamais allée à un bal ?*

— *Non. Ce serait assez hypocrite de ma part, vous ne pensez pas ?*

Malgré ses affirmations catégoriques, elle avait toujours rêvé d'assister à un bal. Ce devait être splendide, vraiment. Et puis, assister à un bal ou deux ne remettrait pas en cause son engagement. Après tout, elle se battait constamment pour la liberté du citoyen ordinaire.

— *Nul ne vous accuserait jamais d'être hypocrite.*

— *Merci.*

Il réfléchit un instant.

— *Je suis désolé que vos voisins n'apprécient pas votre tempérament et votre intégrité.*

— *Bien des portes qui m'étaient ouvertes me sont fermées, à présent.*

Bien sûr, cela l'attristait, la blessait même parfois, puisqu'elle avait grandi dans la paroisse. Mais elle ne pouvait prétendre être quelqu'un qu'elle n'était pas.

— *Cela ne doit pas être facile, d'être une paria*, dit-il doucement en tendant le bras vers elle pour lui caresser la joue.

— *Oh ! je ne suis pas vraiment une paria !*

Elle soupira.

— *Certaines personnes de la paroisse sont plus haineuses que d'autres. Ceux qui sont les plus grossiers sont ceux qui ont le plus peur des changements qui s'opèrent en France. Je comprends, et cela m'aide. Je ne suis pas haineuse en retour.*

— *Non, vous ne seriez jamais haineuse, envers personne, pas même vos adversaires politiques.*

Elle pencha la tête de côté, le regardant.

— *Vous m'avez bien cernée.*

— *Je le pense.*

Il caressa de nouveau sa joue.

— *Mais vous n'avez toujours pas répondu à ma question de départ, Julianne. Pourquoi moi ?*

Elle s'immobilisa. Son cœur tambourina. Que devait-elle dire ?

— *Pourquoi moi ?* répéta-t-il fermement.

— *Je tiens à vous, Charles*, répondit-elle d'une voix tremblante.

Il sembla se redresser sur sa chaise ; son regard était acéré.

— *Je tiens assez à vous pour vouloir être avec vous, quelles que soient les circonstances. Mais vous le savez déjà.*

— *S'il y a une chose que j'admire vraiment chez vous, c'est votre candeur*, dit-il.

Ce n'était pas ce qu'elle souhaitait entendre, mais il ajouta :

— *Et vous savez combien je vous ai désirée, dès que je me suis réveillé de cette fièvre, pratiquement dans vos bras.*

— *En vérité, même si vous avez badiné avec moi, j'ignorais que vous me désiriez, à ce moment-là.*

Elle sourit au souvenir de ses premiers moments de veille à Greystone.

Il lui rendit son sourire.

— *Parce que vous avez si peu d'expérience.*

— *Plus maintenant*, osa-t-elle répondre.

Il lui décocha un regard plein de sous-entendus. Puis, l'air pensif, il déclara :

— *Vous m'avez sauvé la vie. Je vous serai toujours redevable. Il n'est pas inhabituel pour un blessé de se sentir attiré par celle qui l'a sauvé, Julianne.*

Elle fut désorientée.

— *Je ne trouve pas cette attirance commune, pas du tout.*

— *Ce n'est pas exactement ce que je voulais dire.*

Un sourire passa sur son visage.

— *Vous êtes une jeune femme bien élevée. Je me rends compte que votre famille a connu des moments difficiles, comme beaucoup de bonnes familles, mais il y a des attentes, dans votre milieu. Non ? On doit s'attendre à ce que vous fassiez un jour un bon mariage, aussi excentrique que vous soyez. Comment ferez-vous, maintenant ?*

S'attendait-il à ce qu'elle envisage le mariage avec un

autre homme, après ce qui venait de se passer ? Ou la questionnait-il sur ses intentions à cause de ce qui était arrivé ?

— *Mon éducation n'a pas été ordinaire, je vous l'accorde,* dit-elle en hésitant. *Lucas a toujours espéré me trouver un mari qui apprécie mon esprit, et ce n'est pas une tâche facile.*

Elle pensa en elle-même que Charles, lui, appréciait son intelligence.

Il se montra surpris.

— *Votre frère doit beaucoup vous aimer.*

Envisageait-il de la demander en mariage ?

— *Il a toujours été plus un père qu'un frère, pour moi. Mon père nous a quittés quand j'avais trois ans.*

— *Je vois,* dit-il simplement.

— *Je ne me souviens même pas de lui. Il était le mouton noir de sa famille, déshérité à cause de son penchant pour le jeu et les femmes. Tout ce qu'il a eu, c'est ce domaine. Lucas a pris les affaires de la famille en mains à seize ans.*

— *Quand votre mère a-t-elle perdu l'esprit ?*

La question la surprit.

— *Peu après le départ de papa.*

— *Vous avez été élevée d'une manière inhabituelle, en effet. Et cela a fait de vous une femme originale et très intéressante.*

Il se pencha à travers la table et l'embrassa sur la bouche.

Dominic baissa les yeux sur Julianne. Il était tellement heureux qu'elle l'ait rejoint, cette nuit encore. Il avait envie d'elle. Il ne pourrait pas contrôler son désir explosif beaucoup plus longtemps.

Elle réagissait à ses baisers avec ardeur, attisant encore la flamme qui le consumait. Il s'écarta de ses lèvres pour suivre la ligne de son cou et descendit lentement vers sa poitrine tandis qu'elle soupirait de plaisir. Son cœur tambourinait, cette femme le rendait vulnérable. Il revint à sa bouche, glissant sa langue entre ses lèvres tandis que son souffle se faisait plus court. Il ne pouvait plus attendre. Il la pénétra profondément, enivré par le parfum qui se dégageait de ses cheveux. Elle fut prompte à atteindre l'extase et il s'abandonna lui aussi au plaisir, qui l'ébranla par son intensité.

Lorsqu'il eut repris ses esprits, il se tourna vers elle, mais ce n'était plus Julianne qui était étendue à son côté, c'était Nadine, qui gisait morte dans la rue à plat ventre, sa robe croûtée de terre et de sang. Il écarta cette image horrible, mais il était trop tard, d'affreux souvenirs de sang, de mort et de destruction tournoyaient dans son esprit.

Il serra Julianne contre lui, encore plus fort, juste un instant, son cœur se gonflant étrangement dans sa poitrine. Puis il embrassa son cou et roula sur le dos.

Le regard fixé sur le plafond, un bras autour de Julianne, il s'efforça de concentrer son attention sur le plâtre et la peinture blanche qui s'écaillait par endroits. Il ne voulait pas penser à Nadine ou à son assassinat ; il ne voulait pas penser à la France ou à la guerre, à la révolution ou à la mort.

— *Charles ?* murmura-t-elle.

Il la regarda. Si les circonstances avaient été différentes, il se serait peut-être autorisé à s'attacher à elle. Mais les circonstances étaient ce qu'elles étaient.

Il l'attira à lui et la tint contre son torse, caressant ses cheveux. A cet instant, il sentit son sexe se tendre de nouveau. Son désir pour elle était insatiable.

Néanmoins, il ne pouvait céder à son désir. Une lumière gris pâle filtrait déjà à travers la fenêtre. L'aube était là.

Il détesterait qu'ils soient découverts. Il était déjà assez grave qu'il ait pris son innocence tout en continuant sa duperie. Il embrassa distraitement sa tempe.

Son cœur fit une embardée à l'idée de la quitter. S'il n'était pas aussi lucide, il aurait pu imaginer qu'il s'était déjà attaché à elle. Mais seul un sot, dans sa situation, aurait des sentiments pour elle. Il allait partir. Ils ne se reverraient jamais, et c'était pour le mieux.

— *Vous devriez y aller, ma belle,* lui dit-il doucement, *afin que nous ne tentions pas le sort une nouvelle fois.*

Il était réticent à la lâcher. Elle lui sourit, le regardant dans les yeux, promenant le bout des doigts sur son torse.

— *C'était merveilleux,* chuchota-t-elle. *Et je déteste devoir vous quitter.*

Le cœur de Dominic manqua un battement. Bien sûr, il n'éprouvait pas de réels sentiments pour elle, mais il aurait été facile de s'abandonner à sa douceur.

Pourquoi était-elle si transparente ? Il devinait son amour et cela ne faisait que rendre la situation plus compliquée pour lui. Il luttait en permanence contre le sentiment de culpabilité qui le tourmentait depuis qu'il l'avait séduite. Il avait délibérément joué de ses affections, tout cela pour maintenir son personnage. Et il avait choisi de la traiter comme n'importe quelle autre maîtresse de passage. Il avait assez d'expérience pour savoir que les sentiments de Julianne s'épanouiraient de plus belle une fois qu'ils auraient fait l'amour, mais il ne s'en était pas soucié non plus.

Il ne s'était soucié que de se servir d'elle à ses propres fins, et à cause du désir qui faisait rage entre eux. Il avait menti quand il avait dit qu'il n'avait pas de regrets.

— *Vous êtes maussade. Qu'est-ce qui ne va pas ?*

Elle posa un baiser sur son torse. Il lui sourit légèrement.

— *Rien. Vous êtes parfaite.*

— *Je vous verrai demain matin*, dit-elle en souriant.

Il resta immobile tandis qu'elle se levait. Elle s'attendait à ce qu'il rentre en France. Elle n'apprendrait jamais qu'il n'était pas Charles Maurice, son héros bien-aimé.

Il la regarda enfiler sa chemise de nuit blanche, virginale.

— *Venez marcher avec moi sur les falaises, aujourd'hui,* proposa-t-il impulsivement.

Son visage s'éclaira.

— *C'est une idée charmante.*

— *Mes motifs ne le sont pas*, la prévint-il.

Elle rit.

— *Je sais exactement quels sont vos motifs, Charles.*

Là-dessus, elle se tourna et se glissa hors de la chambre.

Le sourire de Dominic s'effaça. Il était temps de partir. Avant leur liaison, il ne lui était pas venu à l'idée d'en discuter avec elle, il avait envisagé de disparaître simplement un jour, en laissant peut-être un billet de remerciement. Malheureusement, il ne pouvait rembourser les dépenses que sa famille et elle avaient faites pour le soigner sans risquer de se voir démasquer. A présent, il n'était plus aussi certain de ce qu'il devait faire. Parir sans un mot lui semblait une chose affreuse. Et un simple billet n'excuserait pas un tel comportement.

Quel sot il avait été !

— *Je pense qu'Amelia a des soupçons*, dit Julianne en souriant.

C'était un magnifique après-midi d'été, le soleil était haut et brillant. Au pied des falaises, où ils se promenaient, l'océan était d'un ton inhabituel, bleu saphir. Une légère brise marine fouettait ses jupes contre ses jambes tandis qu'ils marchaient. Deux chiens de berger hirsutes les avaient suivis depuis les écuries et chassaient la grouse parmi les genêts, agitant la queue.

— *Elle ne m'aime pas, ce qui n'a rien à voir avec les soupçons,* répondit-il.

Il se retourna et aperçut le manoir, encore bien visible. Il savait qu'on pouvait les voir à l'œil nu et Jack avait une longue-vue dans sa chambre. Aussi Amelia pouvait-elle être en train de les observer tandis qu'ils parlaient.

— *Est-ce qu'elle n'aime pas la plupart des hommes, ou est-ce seulement moi ?*

— *Elle a eu le cœur brisé voilà des années. Je ne m'en étais pas avisée avant que vous n'arriviez chez nous, mais je pense qu'elle a encore des sentiments pour cet homme. Vous lui ressemblez un peu. Je crois que c'est pour cela qu'elle est si méfiante avec vous.*

— *Elle a eu une histoire avec le gentleman que vous avez mentionné, St. Just ?*

— *Vous avez une mémoire extraordinaire, Charles.*

— *Vous avez dit qu'il était patriote, ce qui fait de lui mon ennemi. Je n'oublie jamais le nom de mes ennemis.*

Malgré son air assuré, Dominic était troublé par les révélations de Julianne. Il connaissait bien Grenville St. Just. Ce n'était pas un homme à femmes à proprement parler, mais il aimait se montrer en compagnie de superbes maîtresses. Dominic ne pouvait l'imaginer courtisant Amelia Greystone. La petite Amelia, si austère, avait sûrement mal interprété ce qui s'était passé.

— *Votre sœur avait des vues sur un comte ?*

— *Il n'était pas comte, à l'époque, ni même héritier. Et ma sœur n'a pas de vues sur qui que ce soit, ce n'est pas une mangeuse d'hommes ! St. Just l'a rencontrée au marché. Il est venu la voir plusieurs fois, mais son intérêt n'était manifestement pas authentique, car, lorsque son frère est mort, il a simplement quitté la paroisse et n'est jamais revenu.*

Elle prit un air furieux.

— *Il n'a même pas écrit une lettre.*

Dominic ne pouvait imaginer Simon Grenville se conduisant comme un sot énamouré, mais cette histoire remontait à une dizaine d'années. Les gens pouvaient changer, se dit-il.

— *Regardez*, dit Julianne.

Deux énormes rochers se dressaient devant eux. Ils étaient aussi hauts que des tours, et Dominic sentit tout son corps se crisper. Julianne glissa sa main dans la sienne. Avec un grand sourire, elle le tira en avant et lui fit contourner les rochers, jusqu'à ce qu'ils soient hors de vue.

Aussitôt, il l'enlaça, son cœur battant très fort. Elle avait perdu son sourire et il vit dans ses yeux une faim qui correspondait à la sienne. Cela ne faisait que quelques heures qu'elle avait quitté son lit, mais elle était aussi demandeuse que lui. Il la voulait avec une urgence affolante.

Pourquoi ne pas s'attarder quelques jours de plus ? Quand il partirait, il ne reviendrait jamais. Quand il partirait, sa vie se réduirait à quelques moments à Londres, puis à rien d'autre que la guerre et l'espionnage, la révolution et la mort.

— *Charles*, murmura-t-elle d'une voix altérée. *Faites-moi l'amour.*

Il inspira. Elle savait qu'il se portait assez bien pour partir ; elle savait que le jour de son départ approchait, même s'ils n'en avaient pas discuté.

Dominic l'embrassa ardemment avant de l'attirer par terre avec lui.

— Je ne vous ai jamais vue d'aussi bonne humeur, dit Tom Treyton, le regard acéré.

Julianne lui sourit avec chaleur tandis qu'ils remontaient en voiture la route rocailleuse qui menait à Greystone. Ils étaient installés sur le banc de devant et le cheval de Tom était attaché à l'arrière. Plusieurs jours avaient passé depuis que Charles et elle avaient fait l'amour au bord de l'océan.

Aujourd'hui, elle était allée à Penzance pour acheter des provisions et avait rencontré Tom devant l'échoppe du fabricant de bougies. Elle n'avait pas eu l'occasion de lui parler depuis que Charles était sorti de son délire, presque trois semaines plus tôt. Et, aussi impatiente qu'elle soit de retrouver son amant, elle tenait à apprendre de Tom les dernières nouvelles. Ainsi, elle pourrait rapporter ces informations à Charles.

Son amant.

Comme chaque fois qu'elle pensait à lui, son cœur se souleva. Elle était folle amoureuse de lui et le désirait un peu plus tous les jours. Depuis presque deux semaines, elle s'était faufilée dans sa chambre chaque nuit et était allée marcher avec lui sur les falaises ou dans la crique, ce qui signifiait qu'ils faisaient encore l'amour l'après-midi.

Julianne savait qu'elle ne pouvait plus penser correctement, pas quand elle était avec Charles.

Et elle était certaine qu'il l'aimait comme elle l'aimait. Sa passion était plus grande maintenant qu'au début. Il semblait aussi conscient qu'elle que le temps leur était compté. Et il était toujours en train de lui poser des questions sur sa vie à Greystone, à la fois passée et future. Il en savait tant sur elle à présent, qu'il pourrait probablement écrire une biographie.

Elle était terrifiée à l'idée qu'il la quitte.

Bien sûr, ils ne parlaient jamais de son départ imminent pour la France. C'était comme s'ils avaient passé un accord tacite pour vivre dans l'instant présent, dangereusement, passionnément, au gré du hasard.

Ce matin-là, elle lui avait dit à contrecœur qu'elle devait aller en ville. A sa surprise, il l'avait encouragée, comme si cela ne lui faisait rien de manquer leur étreinte de l'après-midi. C'était alors qu'il lui avait avoué combien il avait besoin de lire les journaux de Londres. Elle avait vu la sombre insistance qui brillait dans ses yeux et cela avait été comme un seau d'eau glacée jeté à son visage. Ils se comportaient comme deux amants isolés. Ils avaient oublié la guerre, la révolution et même la politique du gouvernement en Angleterre, et c'était inexcusable.

Alors elle lui rapporterait des nouvelles.

Et les nouvelles de Tom n'étaient pas particulièrement bonnes. Lyon, Marseille et Toulon étaient maintenant aux mains de chefs antirépublicains. Il y avait des émeutes continuelles à Paris, surtout à cause du prix élevé du pain et de la pénurie de nourriture, et la ville était dans un état proche de l'anarchie. Les foules commandaient, sauf quand la police était présente. D'après Tom, il y avait des émeutes dans tout le reste du pays, aussi.

Jusque-là, ils avaient passé tout le trajet à parler de la guerre. Ils n'avaient pas eu l'occasion de discuter de leurs affaires personnelles.

— Je suis toujours de bonne humeur, répondit-elle à

Tom. Mais vous ne semblez pas content. Y a-t-il quelque chose qui ne va pas, Tom ?

— J'ai entendu des rumeurs qui prétendent que Pitt a créé un ministère pour s'occuper de l'espionnage français en Angleterre.

Il leva les yeux au ciel.

— Il est appelé le Bureau des étrangers.

— Il y a des agents français en Angleterre ?

— J'imagine. Ces maudits émigrés sont partout, tramant toute sorte de complots royalistes contre la république. Mais la vraie rumeur est que Pitt souhaite utiliser ce nouveau Bureau pour pourchasser les sympathisants jacobins, comme vous et moi.

Une flèche de peur traversa Julianne.

— C'est absurde ! Notre gouvernement ne va sûrement pas persécuter ses propres citoyens !

— J'ignore si c'est absurde ou non. Ce que je sais, c'est que Pitt nous hait, que le roi nous hait et que les tories nous haïssent.

Elle frémit.

— Soyez simplement prudente, Julianne. Nous ne nous sommes pas parlé depuis des semaines. J'ai reçu une lettre de Marcel, dit-il en se référant à leur contact dans le club jacobin de Paris avec qui ils correspondaient. Il prétend qu'une famille émigrée s'est installée dans le sud de la Cornouailles ou va le faire. Il souhaite que je localise le comte d'Archand et ses deux enfants. Avez-vous entendu parler de cet homme ?

— Non, répondit-elle, déconcertée. Pourquoi veulent-ils savoir où il est ?

— Je n'en ai aucune idée, mais j'ai dit que nous aiderions.

— Bien sûr, nous aiderons, répéta-t-elle en lui tapotant le bras.

— Vous m'avez manqué, murmura Tom en la fixant du regard.

Julianne se raidit aussitôt.

— Qu'est-ce qui ne va pas, Julianne ? Pourquoi me

regardez-vous ainsi ? Je sais que vous connaissez mon affection pour vous.

— Bien sûr, parvint-elle à dire, consternée.

Le manoir apparaissait enfin, se découpant avec force contre le ciel et l'océan. Elle inspira.

— Je vous ai parlé de Charles Maurice.

Elle avait envoyé un billet à Tom des semaines plus tôt.

— J'ai dû m'occuper d'un hôte très malade. Je n'ai pas eu un instant pour penser à moi.

Elle tourna la tête, rougissant à ce mensonge éhonté. Tout ce qu'elle avait fait ces deux dernières semaines, c'était penser à elle et à son besoin d'être avec Charles.

— Je vous aurais cru contrariée par le fait d'avoir un invité pendant si longtemps, surtout un convalescent qui empiète sur vos intérêts et vos passions.

— Par bonheur, Charles est un homme très intéressant. Il m'a distraite et a tout fait pour ne pas me contrarier. Il va vous plaire énormément, Tom. Il s'exprime très bien et est tout à fait charmant.

Le regard de Tom s'acéra.

— Ainsi, c'est « Charles » ?

— Il est devenu mon ami, répondit-elle sans le regarder en face.

Tom soupira.

— Naturellement. C'est un officier de l'armée française, alors il me plaît déjà. Vous a-t-il raconté des histoires de guerre, Julianne ? Il semble étonnant qu'un officier de l'armée s'exprime si bien.

— C'est le fils d'un bijoutier, mais il possède une imprimerie à Paris et est très cultivé, comme vous le verrez, dit-elle avec entrain.

Charles lui avait tout dit sur sa famille et sa vie en France. Elle était impatiente que les deux hommes se rencontrent. Ils se plairaient immédiatement, ils avaient tant en commun.

Tom la dévisagea. Ils remontaient l'allée, son beau hongre trottant allègrement derrière le véhicule.

— Comme c'est peu commun, un fils de bijoutier cultivé.

— C'est très peu commun, agréa-t-elle, mais Charles n'est pas un homme ordinaire, vous vous en rendrez vite compte.

— Vous paraissez presque entichée de lui.

— Pas du tout, répondit-elle prudemment.

Tandis qu'ils approchaient de la maison, ils restèrent silencieux. Tom arrêta la voiture et mit le frein. Julianne descendit sans son aide et allait marcher avec lui jusqu'à la porte d'entrée, quand un sixième sens la fit se retourner. Elle jeta un coup d'œil par-dessus son épaule et vit Charles qui sortait des écuries.

Que faisait-il dans les écuries ?

Elle lui sourit tandis qu'il approchait lentement, sans lui rendre son sourire.

— C'est Maurice ? demanda Tom d'un ton âpre, visiblement mécontent.

Son expression était devenue sombre tout à coup.

— Evidemment. Qui d'autre cela pourrait-il être ?

— Vous aviez omis de préciser que c'était un grand et bel homme.

Le cœur de Julianne bondit, alarmé.

— Ce n'est guère un sujet de conversation, se défendit-elle.

— Il a l'air d'un vrai débauché, remarqua platement Tom.

Le regard de Julianne alla de l'un à l'autre tandis qu'elle prenait conscience du regard hostile que Charles posait sur Tom. Un demi-sourire étirait ses lèvres à présent, et Tom lui rendait son hostilité.

— Que faisait-il dans les écuries ? demanda-t-il. Il était peut-être sur le point de voler un cheval pour aller… espionner ?

— Nous sommes du même côté, rappela-t-elle sèchement. Alors, s'il avait l'intention d'espionner nos voisins, quelle différence cela ferait-il ?

Charles pouvait maintenant entendre leur conversation. Il sourit d'un air décontracté à Julianne, qui se hâta de présenter les deux hommes.

— Je suis très heureux de faire enfin votre connaissance, dit poliment Charles à Tom. Et je vous fais mes excuses pour mon mauvais anglais.

Tom lui serra la main.

— Julianne m'a parlé de vous, aussi. Je vois que vous êtes complètement remis.

— Mon état s'améliore de jour en jour et je dois la vie à Mlle Greystone.

Il se tourna vers Julianne.

— Avez-vous apprécié votre après-midi en ville ?

— Oui, bien sûr, et j'ai deux journaux pour vous.

— Merci.

Il hésita.

— J'apprécie ce que vous faites pour mon pays, monsieur.

— Je suis un homme de principes, répondit Tom. J'exècre le despotisme et la tyrannie. Naturellement, je soutiens la grande révolution française. J'apprécie aussi les sacrifices que vous avez faits, ajouta-t-il sombrement.

Charles sourit et jeta un coup d'œil à Julianne.

— Je vais vous laisser à votre conversation.

Tandis qu'ils se dirigeaient tous trois vers la maison, Tom retint Julianne et ils se retrouvèrent derrière Charles. Tom s'arrêta, l'obligeant à faire de même.

— Qu'y a-t-il ? demanda-t-elle.

— Je ne me fie pas à lui, dit Tom à voix basse.

— Tom !

— Un fils de bijoutier ? persifla-t-il. Cet homme est aussi aristocrate que St. Just !

Quand Tom fut parti, Julianne se hâta de monter au premier. Charles était assis dans l'un des fauteuils, lisant les journaux qu'elle lui avait apportés. Pendant un instant, tandis qu'elle l'observait, son cœur se retourna. Enfin, il leva les yeux et sourit.

— *Tom a des soupçons sur vous*, déclara-t-elle avec un air sombre.

Il haussa les sourcils, amusé.

— *Comment cela ?*

— *Il ne pense pas que vous soyez un officier de l'armée française.*

— *Il ne m'aime pas, Julianne.*

Charles reposa calmement son journal.

— *Il vous a détesté immédiatement. Et il semble avoir des soupçons sur notre relation, aussi.*

Elle alla à la table et s'assit. Charles lui prit la main.

— *Il est amoureux de vous, alors naturellement il ne m'aime pas. Mais nous nous sommes à peine parlé. S'il a des soupçons, nous n'y sommes pour rien.*

— *Devrions-nous nous inquiéter ?* demanda-t-elle.

Charles se montra indifférent.

— *J'ai traversé trop de choses pour m'inquiéter de ce que Treyton pense de moi. Y a-t-il des nouvelles de la guerre ?*

Bien sûr, il voulait avoir les dernières nouvelles. Elle ne considérerait même pas les suspicions de Tom.

— *Ce n'est pas très bon, Charles. Lyon, Toulon et Marseille sont aux mains des rebelles.*

Un frisson la parcourut tandis qu'elle prononçait ces paroles. Un jour, Charles retournerait en France pour affronter ces rebelles ou les armées alliées. Elle ne voulait pas y penser, pas maintenant, pas encore.

Mais l'expression de Charles ne changea pas. S'il était aussi affligé qu'elle, il n'en montra rien.

Puis elle se rappela l'étrange requête de Marcel.

— *Nous avons eu des nouvelles de nos amis à Paris, aussi. Apparemment, nous pouvons aider la révolution. Un émigré est venu s'installer en Cornouailles avec sa famille et on nous a demandé de le localiser, bien que je ne voie pas en quoi cela serait utile à la cause.*

— *Ils veulent sans doute infiltrer sa maison pour découvrir un complot quelconque contre la république,* répondit Charles d'un ton égal. *Ils pourraient même vouloir envoyer des assassins. Allez-vous faire ce que l'on vous a demandé ?*

Elle sursauta.

— *Je dois aider, bien sûr, mais ils ne songent sûrement pas à assassiner un émigré !*

— *S'il complote contre la république, comme la plupart des émigrés, on se débarrassera de lui.*

Elle fut atterrée.

— *Ne vous en mêlez pas,* dit-il platement, comme s'il donnait un ordre. *C'est une mission trop dangereuse. Si vous réussissez, on pourrait vous demander d'infiltrer la maison et d'espionner activement. Aussi intelligente que vous soyez, vous êtes trop honnête pour être une bonne espionne, Julianne. Restez en dehors de ceci.*

— *Je serais une très mauvaise espionne, c'est vrai, mais je ne pense pas que l'on me demande d'espionner quiconque.*

— *Vous êtes naïve. Cela fait partie de votre charme.*

Charles laissa le silence s'installer entre eux, puis reprit :

— *Vous aimez beaucoup Tom.*

Elle se figea.

— *Nous sommes amis.*

— *Il paraît aisé. Vient-il d'une bonne famille ?*

— *Oui. Pourquoi demandez-vous cela ?*

— *Est-ce un prétendant ?*

Elle fut déconcertée.

— *Comment pouvez-vous demander une chose pareille ?*

Le regard de Charles se fit plus intense.

— *Je le suggère parce que nous avons tous les deux esquivé le sujet de mon départ de Greystone.*

Son cœur se serra.

— *Ne faites pas cela.*

Il se leva lentement.

— *Quoi ? Aborder un sujet que nous voulons éviter ?*

— *Ne partez pas,* murmura-t-elle. *Pas encore.*

— *Julianne.*

Il passa devant elle pour aller fermer la porte. Elle

ne protesta pas, même s'ils prenaient le risque de devoir s'expliquer devant Amelia.

— *Je dois partir. Nous savons tous les deux que j'aurais pu partir voilà des jours. Nous savons tous les deux pourquoi je me suis attardé.*

Elle se mit debout, malade d'appréhension. Elle avait passé les dernières semaines à rêver de son sourire, de ses bras, de son rire et de leur prochain rendez-vous. Elle avait délibérément évité de penser à l'avenir. Elle avait délibérément évité de penser à son retour en France pour rejoindre la guerre.

Elle ne pouvait pas le laisser partir. Elle l'aimait si profondément.

— *Pouvez-vous rester un peu plus longtemps ?*

Il hésita.

— *Il me faudra probablement quelques jours pour établir mes plans de voyage.*

Elle lui prit la main. Elle savait qu'elle devrait lui dire qu'il lui suffirait d'aller à la taverne de Sennen et qu'il trouverait une demi-douzaine de jeunes gens, tous des contrebandiers, prêts à traverser la Manche s'ils étaient bien payés.

— *Allez-vous retourner sur le front, en première ligne ?* s'entendit-elle demander d'un ton âpre.

— *Sans doute.*

La peur s'insinua en elle.

— *Comment saurai-je si vous êtes vivant et si vous allez bien ?*

— *Il vaudrait mieux que nous coupions tout lien lorsque je quitterai Greystone.*

Elle en perdit la parole, choquée. Il était silencieux et sinistre.

— *Vous avez sûrement l'intention de m'écrire !* s'écria-t-elle enfin.

Son expression ne changea pas.

— *Oui, je pourrais vous écrire,* dit-il platement, sans sourire. *Mais à quoi cela servirait-il ? Je serai en France, tandis que vous serez ici à vous morfondre pour moi. Alors que vous devriez penser à d'autres hommes, des soupirants qui peuvent vous offrir le mariage. Devrais-je accepter que vous me manquiez ? Devrais-je continuer à vous désirer ? A quoi bon, Julianne ? Vraiment, il vaudrait mieux pour nous deux que nous nous disions adieu, en coupant toute attache.*

— *Je pourrais vous attendre. Toutes les guerres ont une fin.*

Il contourna la table et la prit par les épaules.

— *Je sais que c'est dur pour vous. Je ne veux pas que vous m'attendiez. Je ne veux pas que vous vous morfondiez pour moi. J'ai de nombreux regrets, mais je ne regrette pas notre histoire.*

Son ton était rude, ses yeux durs.

— *Vous ne méritez pas d'être une veuve de guerre ici, en Cornouailles. Vous méritez beaucoup plus que ce que je peux vous donner.*

— *Vous n'allez pas mourir en France.*

Elle leva les yeux vers lui, combattant ses larmes.

— *Je suis désolé,* dit-il.

— *Combien de temps nous reste-t-il ?*

Il resserra ses doigts sur ses épaules.

— *Quelques jours.*

Ils avaient vécu au jour le jour pendant des semaines, elle n'avait pas eu le temps de se préparer à cette séparation. Elle se glissa dans ses bras et il l'enlaça. D'une manière ou d'une autre, elle devait profiter de chaque minute qu'ils passeraient ensemble. Les dernières…

6

Julianne était allongée dans les bras de Charles, refusant de bouger. Il la tenait contre lui tandis que l'aube pâle pénétrait dans la chambre.

Elle lutta contre les larmes qui glissaient de ses yeux fermés. Elle essayait de ne pas penser à son prochain départ, mais c'était impossible après la conversation qu'ils avaient eue la veille. Il embrassa son cou, son épaule.

— *Vous feriez mieux d'y aller.*

Elle ne bougea pas.

— *Nous devrions profiter au maximum de cette journée. Allons pique-niquer dans la crique,* suggéra-t-elle.

Il sourit.

— *Je n'y vois pas d'objection. Mais, Julianne, être découverts maintenant est aussi dangereux qu'à n'importe quel autre moment.*

Il avait raison, sauf que tout était différent pour elle. Ils allaient se séparer et elle voulait profiter du temps qu'il leur restait. Bien sûr, elle ferait tout ce qui était en son pouvoir pour garder le contact. Elle trouverait bien un moyen de lui écrire, qu'il le veuille ou non.

Sa gorge se noua tout à coup. Et s'il mourait en France, sans qu'elle ait pu lui avouer son amour ?

Elle se tourna pour l'embrasser, avant de se glisser hors du lit. Elle enfila sa chemise de nuit sans le quitter des yeux. Elle aurait aimé voir une trace d'angoisse sur le visage de son amant, mais son expression était impassible, comme toujours. Jadis, elle avait admiré sa nature stoïque. Maintenant, elle espérait un signe de lui, un éclat ! Mais elle savait qu'il ne s'autoriserait jamais à épancher ses sentiments.

— *Je vous verrai au petit déjeuner*, se contenta-t-il de dire.

A la porte, elle hésita. Elle ne voulait pas le questionner sur ses sentiments pour elle, mais le doute la tourmentait. S'il l'aimait, pourrait-il partir ainsi ?

Il était un héros. Il allait à la guerre. Bien sûr, qu'il pouvait partir. C'était une question de patriotisme.

Elle sortit en hâte de sa chambre, se rappelant qu'elle devait se ressaisir et profiter du temps qu'il leur restait. Chaque minute était précieuse, maintenant.

— Où étais-tu ? demanda Amelia d'un ton acerbe.

Julianne se figea sur le seuil de leur chambre. Sa sœur était complètement habillée, ce qui signifiait qu'elle était levée depuis quelque temps, et elle l'attendait visiblement. Son expression était tendue et son regard brillait d'une lueur accusatrice.

Elle avait été découverte.

— Julianne ? Je suis debout depuis une demi-heure. Je t'ai cherchée à la bibliothèque. Où étais-tu ?

— J'ai été malade, dit-elle vivement, son pouls s'accélérant.

Elle détestait mentir à sa sœur.

— J'ai eu mal au cœur la plus grande partie de la nuit… C'est sûrement quelque chose que j'ai mangé.

Elle croisa les bras sur son ventre et regarda sa sœur sans respirer. Il lui traversa l'esprit que si elle prétendait être trop malade, elle ne pourrait pas voir Charles au petit déjeuner car Amelia ne la laisserait pas descendre.

Sa sœur la dévisagea, le regard scrutateur.

— Peut-être ferais-tu mieux de te recoucher, dit-elle enfin.

— Je pense que ma nausée est passée. Je vais m'habiller et descendre.

Amelia prit son châle, le drapa sur les épaules de Julianne et quitta leur chambre sans un mot de plus.

Dominic avait la maison tout à lui. Amelia avait emmené Mme Greystone en promenade, après avoir envoyé Julianne faire une course au village de St. Just. Julianne lui avait promis qu'elle serait de retour dans deux heures, à temps pour leur rendez-vous rituel dans la crique.

Il n'avait rien à faire à part lire. Il avait déjà parcouru la maison entière à plusieurs reprises, et sa découverte la plus intéressante restait les cartes de Jack. Il avait déterminé que les croix indiquaient des grottes. Il en avait découvert plusieurs en début de semaine, alors qu'il était laissé à lui-même. Deux grottes contenaient du cognac de contrebande.

La veille, il avait inspecté les chevaux à l'écurie. Ni le hongre ni la jument n'étaient assez jeunes et en forme pour faire le trajet jusqu'à Londres. Quand il partirait, il prendrait le hongre jusqu'à St. Just et se procurerait une meilleure monture dans les vastes écuries de son ami. Ainsi, il pourrait retourner le cheval à la famille Greystone. Julianne, bien sûr, penserait qu'il s'était embarqué pour la France.

Il devait l'admettre : les moments qu'ils avaient partagés lui manqueraient.

Elle lui avait demandé de rester quelques jours de plus. Il avait eu l'intention de refuser. Il était complètement guéri et n'avait plus aucune raison de rester. D'autant moins qu'il avait toujours détesté la campagne. Sans Julianne, il se serait ennuyé à mourir.

Et puis, il attendait avec impatience une série de réunions clandestines à Londres avec des hommes dans le coup, comme Warlock ou Windham. Il était également impatient de retrouver les meilleures choses de la vie qui n'existaient pas pour lui en France — des restaurants et des bars d'hôtel extravagants, des repas somptueux et des vins fins, ses vêtements faits sur mesure et, bien sûr, le luxe de sa maison de Mayfair.

Chez lui… Il pouvait à peine attendre. Il n'était pas rentré depuis un an et demi.

Toutefois, il avait accepté de rester quelques jours de plus. Il y avait de nombreuses règles dans l'espionnage. C'étaient toutes des règles de survie et il avait appris la plupart à la dure, en échappant de justesse à la mort. Certaines lui avaient été enseignées par Warlock. La règle de base était de rester sans attaches. Les attachements rendaient vulnérable.

Et il était bien placé pour le savoir. Quand Catherine et Nadine étaient en France, sans pouvoir communiquer avec lui, il avait été au bord de la panique. Il était étonné d'avoir réussi à retrouver sa mère et à la faire sortir du pays, vu son état d'esprit.

Hélas ! d'une certaine manière, il s'était attaché à Julianne. Il attendait avec impatience les moments qu'ils passaient ensemble. Il était certainement impatient de faire l'amour avec elle. Mais il espérait, vivement, que son attachement était plus dû au réconfort qu'elle lui apportait qu'à une véritable affection de sa part.

Cela n'avait pas d'importance, de toute façon, car lorsqu'il partirait il couperait tout lien avec elle et ce serait fini. Et même s'il lui avait dit qu'il n'accepterait pas qu'elle l'attende, peut-être, à la fin de la guerre, s'il était en vie, viendrait-il la voir, juste pour s'assurer qu'elle avait survécu à leur liaison et qu'elle était mariée et avait des enfants.

Dominic ouvrit les portes-fenêtres de la terrasse et, pendant un moment, il contempla l'océan Atlantique qui s'étendait à perte de vue. C'était une journée ensoleillée mais brumeuse, rendant l'océan de cette terne et monotone couleur grise à laquelle il était habitué, maintenant. Il était impossible de distinguer où le ciel et la mer se touchaient.

Certains pourraient trouver cette vue majestueuse ; il la trouvait insupportablement lugubre.

Il se versa un verre de cognac — Greystone avait un

très bon cognac français, peut-être le meilleur qu'il avait bu — et s'assit pour lire une nouvelle publication qu'il savait soutenue par le gouvernement, le *British Sun*. Il s'était juste plongé dans un article sur les succès de l'Association pour la sauvegarde de la liberté et de la propriété contre les républicains et les égalitaristes — de la pure propagande tory — quand il entendit claquer la porte d'entrée.

La porte de la bibliothèque était grande ouverte et il leva les yeux, s'attendant à voir Julianne, même si seulement une heure s'était écoulée depuis qu'elle était partie. Mais avant que quiconque n'entre dans son champ de vision, il entendit un bruit sec de bottes. Il se leva, alarmé, le regard fixé maintenant sur la portion du vestibule qu'il pouvait voir. Il savait que le placard à armes à feu était tout près, de l'autre côté de la pièce. Il y avait une dague dans le bureau près du placard, mais, alors même qu'il envisageait de traverser rapidement la pièce pour la prendre, il pensa que seuls Lucas ou Jack Greystone entreraient dans la maison sans frapper.

Les pas approchaient. Un grand homme aux larges épaules, aux cheveux blonds et aux yeux gris, vêtu d'une redingote, de culottes et de bottes, apparut sur le seuil de la bibliothèque. Il fixa son regard sur Dominic tandis qu'il ôtait ses gants en cuir. Puis il passa la pièce en revue, avant de ramener les yeux sur lui.

— Je vois que vous avez découvert mon cognac, Paget, dit-il. Lucas Greystone, milord.

Dominic fut aussitôt alarmé. Comment le frère de Julianne connaissait-il sa véritable identité ?

— Je crois que vous faites erreur, monsieur, dit-il dans son anglais au fort accent français.

— Vous pouvez laisser tomber votre couverture, dit platement Lucas, en fermant la porte. Je suppose qu'il n'y a personne à la maison ?

Dominic renonça à son accent.

— Non, il n'y a personne.

— Bien.

Le sourire de Lucas était fugace, et sans gaieté. C'était un homme froid et contrôlé, constata Dominic.

— Sebastian m'a envoyé en France vous récupérer le mois dernier, et il m'a envoyé à Greystone pour vous récupérer maintenant. Ses mots exacts ont été que vous aviez pris suffisamment de vacances. On a grand besoin de vous au ministère de la Guerre, milord.

La tension disparut quelque peu, mais pas complètement. Dominic sourit, car ces paroles correspondaient tout à fait au caractère de Warlock. Mais, si Sebastian Warlock avait envoyé Lucas Greystone le chercher en France, alors le frère de Julianne n'était guère un gentleman de la campagne ordinaire.

— Heureux de vous rencontrer, Greystone. Et je remplacerai le cognac. J'en ai profité une bonne semaine.

— Le plaisir est pour moi, dit Lucas en s'avançant.

Il tendit la main et Dominic la serra.

— Il paraît que vous avez charmé Julianne.

Amelia lui avait écrit, pensa Dominic. Elle n'avait pas approuvé le temps que Julianne avait passé avec lui. Il ne changea pas d'expression et ne put dire ce que pensait son interlocuteur.

— Quand je me suis réveillé de ma fièvre, dit-il prudemment, je ne me souvenais de rien après avoir été blessé à Nantes. Je ne me rappelais pas avoir été amené ici, et j'ignorais si j'étais en France ou en Angleterre. Votre sœur me parlait en français, mais je savais qu'elle était anglaise, alors ma confusion était encore plus grande. La vérité est qu'elle m'avait entendu crier dans mon délire et elle a sauté sur la conclusion que j'étais un officier de l'armée française.

Les yeux de Lucas s'élargirent.

— Ah, je comprends mieux, maintenant.

Il sourit légèrement.

— Ma petite sœur radicale a dû être transportée à l'idée d'héberger un officier français. Vous êtes aussitôt devenu un héros à ses yeux.

Comme il connaissait bien sa sœur, pensa Dominic.

— Oui, elle était enchantée. J'ai vu aussi qu'elle écrivait une lettre aux Jacobins de Paris, et j'en ai conclu qu'elle était une sympathisante jacobine. Quelques questions l'ont confirmé. Et, alors qu'il devenait clair que j'étais en Cornouailles, j'ai pensé que j'étais dans un nid de Jacobins. J'ai donc joué ce rôle tout au long de mon séjour. Une fois que je l'avais endossé, je ne pouvais évidemment pas le laisser tomber sans qu'elle comprenne ce que je faisais en France. J'ai fait très peu pour la charmer. Elle était charmée par la simple idée que j'étais un officier de l'armée française. Et elle croit toujours que je suis Charles Maurice.

Lucas alla au buffet magnifiquement sculpté et se servit un cognac.

— Et Amelia le croit aussi.

— Elle vous a écrit.

— Naturellement.

Lucas but.

— Quand je vous ai laissé ici, mes instructions étaient précises : je voulais connaître le moment où vous étiez hors de danger et sur la voie de la guérison.

— Je crois que j'ai commencé à me remettre une semaine après mon arrivée. Et je suis ici depuis trois semaines.

— Trois semaines et demie, corrigea Lucas. Amelia s'est sentie assez inquiète pour m'écrire voilà quelques jours. Et il se trouve que Sebastian venait de m'ordonner de revenir vous chercher.

Dominic but une gorgée de cognac et dut admettre qu'il ne pouvait toujours pas déchiffrer son hôte. Il posa son verre et s'assit sur le canapé, croisant les jambes. Il préférait ne pas discuter des inquiétudes d'Amelia.

— Dites-moi comment je suis arrivé ici, exactement.

Lucas sursauta. Le ton de Dominic était plein d'autorité ; il voulait rappeler à son interlocuteur qui commandait.

— On m'a donné l'ordre le 1er juillet, juste après l'aube, d'aller rapidement à Brest pour prendre un blessé et l'amener directement à Sebastian. J'étais à Londres.

J'ai recruté Jack, qui se trouvait justement en ville à faire la fête. Nul n'est aussi apte que lui à éviter la Marine, n'importe quelle marine. Sebastian a fourni une petite canonnière et un équipage. Nous sommes partis tout de suite et arrivés à Brest dans la soirée du 1er. On nous avait donné des indications très précises : nous devions chercher un feu de signalement à cinq kilomètres au sud du port principal. Il a été facile à trouver. Vous, mon ami, étiez plus mort que vif, et nous avons décidé que plus vite nous vous emmènerions sur la terre ferme, mieux ce serait. Alors nous vous avons conduit à Greystone, pas à Londres.

Il ajouta d'un ton sec :

— Sebastian n'était pas content. Je lui ai expliqué qu'il aurait été encore plus mécontent si nous avions apporté un cadavre à Londres.

Les frères Greystone avaient défié la Marine et l'armée françaises pour le sauver — sans parler des gendarmes —, et lui, il les avait remerciés en séduisant leur sœur, pensa Dominic. Il cernait bien les gens et savait que Lucas Greystone lui ferait la peau s'il apprenait ce qui s'était passé entre lui et Julianne. Lui-même aurait certainement fait de même s'il s'était agi de sa petite sœur. Mais la vie était injuste, et pleine de tours et de détours surprenants que personne ne souhaitait. Après tout, il était aussi redevable envers Julianne, et il l'avait récompensée en la séduisant.

La culpabilité maintenant familière revint.

— Je vous suis redevable, Greystone, ainsi qu'à votre frère. J'ai l'intention de vous le rendre, à vous et à toute votre famille.

Il donnerait une somme généreuse aux Greystone. Et si jamais l'un d'eux avait besoin d'un mot de lui, ou d'un soutien en haut lieu, il l'aurait.

— On peut toujours me joindre chez moi à Londres. Quand je n'y suis pas, la comtesse douairière s'occupe de mes affaires. Je rembourse toujours mes dettes.

— Vous ne nous devez rien du tout. Je suis un patriote, et j'étais heureux d'aider.

Il était évident que Lucas était sincère. Dominic observa Greystone faire les cent pas. Il était certain qu'il allait revenir à la question de sa relation avec Julianne. Mais il avait lui-même un commentaire ou deux à faire.

— Vous devriez surveiller votre sœur, dit-il platement.

Lucas sursauta.

— Pour une intellectuelle, sa naïveté est choquante. Elle n'a aucune idée de ce qui se passe en France, aucune idée de ce que signifie la guerre, et elle glorifie la révolution et les républicains. Nous sommes en guerre et elle soutient l'ennemi. Aucun bien ne peut sortir de cela.

— Je connais très bien les opinions de Julianne, dit Lucas d'un ton vif. Je les ai tolérées, mais je ne les approuve pas et elle le sait. Mais en quoi, je vous prie, cela vous concerne-t-il ?

— Elle m'a sauvé la vie. De cette manière, je sauve la sienne. Elle ne devrait pas être aussi ouverte sur ses penchants radicaux, pas en une période aussi dangereuse.

Lucas le dévisagea avec une grande attention.

— Je ne comprends toujours pas votre inquiétude, Paget.

Dominic secoua la tête.

— Vous n'avez pas besoin de la comprendre. Saviez-vous qu'elle pense aider les Jacobins de Paris en traquant une famille d'émigrés qui s'est installée en Cornouailles ?

— Non, je ne le savais pas, dit sombrement Lucas.

— Treyton est amoureux d'elle. Il est dangereusement radical.

— Je n'approuve pas Treyton. Elle peut trouver mieux. Comment êtes-vous au courant de cette mission jacobine ?

Dominic n'approuvait pas Treyton, non plus, alors il fut satisfait.

— Elle me l'a dit. Je l'ai avertie de ne pas pourchasser cette famille d'émigrés recherchée par ses amis jacobins. Elle ne survivra jamais à de tels jeux d'espionnage.

— Je l'ai tancée encore et encore. Je lui ai interdit d'assister à des réunions radicales. Et je suis d'accord avec vous, Julianne n'est pas faite pour jouer à l'espionne ! Mais ma sœur est entêtée et très difficile à contrôler. Je peux difficilement l'enfermer à clé.

— Elle doit être contrôlée, sinon elle risque de se mettre dans une situation dont elle ne pourra se sortir. Elle a des opinions séditieuses, pour ne pas dire traîtresses, et elle pourrait se retrouver en sérieux danger. Nos partisans pourraient décider de la poursuivre, et les Jacobins la supprimeraient dès qu'ils en auraient fini avec elle.

— Est-ce aussi grave que cela en France ? demanda Lucas.

— Oui, ça l'est.

Dominic choisit ses mots avec soin.

— Votre sœur a un charme bien à elle. Je me suis attachée à elle ces dernières semaines. Je ne veux pas la voir payer un prix terrible pour son inexpérience.

Ils se mesurèrent du regard.

— Elle devrait s'occuper de ses propres affaires, rester en dehors de la politique et faire un bon mariage, ajouta Dominic.

Lucas eut un rire sans joie.

— Vous savez, Paget, je vous respecte, et cela n'a rien à voir avec le fait que vous êtes le comte de Bedford. Mais j'ai beau être d'accord avec vous à propos de Julianne, si vous pensez que je pourrais l'obliger à se marier, vous ne la connaissez pas aussi bien que vous le prétendez. Je répugne à la forcer à quoi que ce soit, en vérité.

— Mais vous êtes le chef de cette famille, Greystone, et c'est à vous de décider de ce qui est son meilleur intérêt. Visiblement, quelqu'un doit prendre des dispositions pour elle. Je suis prêt à apporter mon aide.

Lucas fut surpris.

— Qu'est-ce que cela signifie ?

— Je vous le répète, je paie toujours mes dettes. J'en ai vis-à-vis de vous, de votre frère et de vos sœurs. Je peux aider pour sa dot.

Lucas parut choqué.

— Pourquoi diable feriez-vous ceci ? demanda-t-il

rudement. Amelia m'a écrit qu'elle était très inquiète de la sensibilité de Julianne à votre pouvoir de persuasion. Elle m'a dit qu'elle était alarmée, parce que Julianne était passée d'infirmière à dame de compagnie. Elle a précisé que vous étiez toujours ensemble. Bien sûr, je savais qui vous étiez quand j'ai reçu cette lettre, aussi n'ai-je pas été effrayé, même si j'étais surpris, connaissant ma sœur. Mais maintenant je le suis. *Quelle est l'étendue de votre relation ?*

Dominic fit un effort pour contrôler son expression.

— Vous n'avez pas à être inquiet. Vous connaissez déjà ce qui nous lie : elle m'a sauvé, elle m'a soigné et m'a tenu compagnie, ce que j'ai apprécié pendant que je devais garder la chambre. Et cela s'arrête là. Vous ne suggérez certainement pas une relation inappropriée ?

Lucas le dévisagea.

— Non, bien sûr, dit-il au bout d'un moment. Vous êtes un homme honorable.

Dominic faillit réagir. Il savait que la devise « la guerre dans l'honneur » existait, mais quiconque croyait cela était un sot qui ne vivrait pas longtemps.

— Considérez mon offre, Greystone.

— Vous n'aiderez pas à la dot de ma sœur, déclara platement Lucas.

Dominic comprit qu'on ne le laisserait même pas donner un penny. Son hôte l'impressionnait.

— Je crains aussi que Julianne ne soit manipulée par ses amis radicaux de Paris. Si j'étais vous, j'intercepterais sa correspondance.

Lucas s'empourpra.

— En vérité, je l'ai envisagé. Mais l'idée d'espionner ma sœur me répugne. Cela va à l'encontre de mon sens de l'honneur.

— Elle a besoin de votre protection. Si vous ne le faites pas, vous le regretterez.

Lucas but une rasade de cognac. Dominic savait

reconnaître une ouverture quand il en voyait une et il s'engouffra dedans.

— Elle m'a sauvé la vie et je ne veux pas que ses opinions mettent la sienne en danger. Saviez-vous qu'elle rencontre des problèmes avec vos voisins ? Qu'elle est rejetée par certains d'entre eux ? Que des portes qui lui étaient ouvertes sont maintenant fermées ?

— Oui, je le sais, dit sombrement Lucas. Mais si vous pensez que la solution est que je la marie, afin que son époux puisse être son geôlier, vous vous trompez. Même si j'arrivais à la conduire à l'autel, elle garderait ses principes radicaux, avec encore plus de force, je crois.

Lucas fit tourner son verre dans ses mains, les yeux fixés dessus.

Dominic se rendit compte qu'il avait fait le plaidoyer le plus virulent qu'il pouvait. Il était surpris de voir combien cela avait été important pour lui. Mais Julianne était sa propre ennemie. Il fallait que quelqu'un veille sur elle.

Il se rappela soudain que tout cela ne le concernait pas. Et ce rappel lui parut amer. Par ailleurs, il connaissait assez bien Julianne pour savoir que finalement, avec obstination, elle ferait ce qu'elle voudrait.

Il restait cependant encore une chose.

— J'ai exposé ce que je souhaitais, à une exception près.

Lucas leva les yeux.

— Je ne peux pas être démasqué, même maintenant.

— Julianne ne vous vendrait jamais à vos ennemis, Paget. Vous le savez sûrement ?

Il n'en savait rien du tout.

— Seuls cinq hommes sont au courant de mes activités, Greystone, six avec vous. Les femmes de cette maison ne doivent pas apprendre qui je suis, que je suis anglais ou que je suis le comte de Bedford. Il ne faut pas qu'elles le sachent. Cette information est confidentielle.

Lucas le fixa.

— Sebastian me l'a fait savoir. Je n'ai parlé de vous à personne, pas même à Jack.

— Bien.

Dominic sourit pour la première fois de la matinée et prit son verre.

— Alors je resterai Charles Maurice et vous pourrez feindre de m'arrêter.

A l'instant où Julianne conduisit la jument dans les écuries, elle vit le hongre rouan de Lucas dans sa stalle.

Lucas était à la maison.

Il allait découvrir que Charles était un soldat français et le remettre aux autorités.

Elle poussa vivement la jument surprise dans son box, ferma la porte, abaissa le loquet et sortit en courant des écuries, le cœur battant. Elle devait empêcher Lucas d'interférer ; elle ne devait pas le laisser arrêter Charles ! Elle releva ses jupes et courut dans l'allée, trébuchant plusieurs fois. Le temps qu'elle atteigne la porte d'entrée, elle était à bout de souffle. Elle se précipita à l'intérieur, sans se soucier de refermer derrière elle. La maison paraissait étrangement silencieuse. *Où étaient-ils ?* Tout ce qu'elle pouvait entendre était sa respiration saccadée.

Elle se dirigea vers l'escalier, passant devant la porte fermée de la bibliothèque. Alors elle hésita, discernant le murmure de voix masculines derrière le panneau.

Elle se figea, toujours hors d'haleine. Le ton de la conversation paraissait bas et ordinaire, comme si une tranquille discussion avait lieu.

Lucas devait être à l'intérieur, mais il ne pouvait pas être avec Charles. Ils devaient avoir un autre visiteur. Car Lucas n'aurait pas une discussion ordinaire avec un ennemi de l'Etat ! Les voix seraient échauffées, elle entendrait des marques d'alarme ou de colère. Elle entendit alors parler Lucas, très clairement, avec de l'amusement dans la voix.

Elle ferma les yeux de soulagement, peut-être Charles avait-il fui la maison.

Puis elle entendit le timbre parfaitement cultivé d'un Anglais qui lui répondait.

L'incrédulité s'empara d'elle.

Cela ne pouvait pas être Charles !

Sans réfléchir, elle colla l'oreille à la porte.

— Apparemment, il aura ma tête si nous ne sommes pas à Whitehall dans quarante-huit heures, dit Lucas.

— C'est la façon de faire des républicains et je dois admettre que je trouve la plaisanterie d'assez mauvais goût.

L'incrédulité se renforça. Ce n'était pas possible. Cet Anglais avait presque la voix de Charles ! Elle aurait pensé que c'était lui, sauf qu'il n'avait pas d'accent français. A la place, son élocution était cultivée et aristocratique.

— Nous partirons cet après-midi, si cela vous convient, Paget. Nous pouvons louer une voiture avec des chevaux frais à Penzance, et de cette façon vous serez au ministère de la Guerre à temps.

— Cela me convient, dit l'Anglais. J'ai débattu de l'idée d'essayer d'envoyer une lettre à Londres, mais j'ai craint de faire partir des renseignements par la poste.

— J'imagine que vous êtes impatient de quitter la Cornouailles.

— Franchement, je suis très impatient de retourner à Londres. J'ai du mal à m'imaginer marchant dans la rue d'une ville sans craindre de tomber sur une foule en colère, encline à la violence, à la brutalité et au meurtre. Et je suis très impatient aussi de rentrer chez moi. Je n'ai pas revu ma maison depuis plus d'un an, un an et demi, en fait.

L'incrédulité se changea en choc. Non. Ce n'était pas Charles, parce que Charles était français, avec un accent, et il n'avait pas de maison à Londres !

— Julianne va se battre bec et ongles contre notre ruse, dit Lucas. Elle va être furieuse quand je vous arrêterai pour vous conduire aux autorités de Londres.

— Elle ne doit jamais savoir qui je suis en réalité.

Julianne s'aperçut qu'elle était paralysée.

Sans s'en rendre compte, elle poussa la porte. Charles et Lucas se tenaient debout devant la cheminée.

Oh ! Seigneur.

Ils se tournèrent ensemble vers elle. Lucas sourit, mais l'expression de Charles était lugubre.

— Bonjour, Julianne. J'ai fait la connaissance de ton ami, Maurice.

Julianne ne vit même pas son frère. Elle ne voyait que Charles, qui n'était pas du tout français.

Son choc s'intensifia tandis qu'elle le fixait, muette de stupeur.

Il était un mensonge, leur histoire était un mensonge. Tout était un mensonge.

— *Je crains que notre pique-nique n'ait été annulé*, dit-il en français. *Votre frère a d'autres plans pour moi.*

— Avant que tu ne te mettes à crier, je dois l'emmener à Londres. Les autorités voudront l'interroger, dit Lucas.

Elle se mit à trembler terriblement, son regard soudé à celui de « Paget ».

— *Menteur.*

Les yeux verts de Charles étincelèrent.

Lucas marcha jusqu'à elle et posa une main sur son bras. Elle la chassa sans le regarder.

— Menteur ! Je vous ai entendu, parlant parfaitement anglais, sans accent ! Vous n'êtes pas français, vous êtes anglais !

L'expression de Charles ne changea pas. Il la fixa sans dire un mot, mais elle sentait que son esprit bouillonnait.

— Vous ne pouvez vous extirper de vos mensonges. Vous n'êtes pas un Français !

Où était son Charles Maurice bien-aimé ? pensa-t-elle. Comment ceci pouvait-il arriver ?

— Combien de temps es-tu restée derrière la porte, Julianne ? demanda calmement Lucas.

Elle ne pouvait s'arrêter de trembler. Elle continuait de fixer *l'Anglais*.

— Assez longtemps pour t'entendre l'appeler Paget, un

très beau nom anglais, ancien et révéré. Assez longtemps pour l'entendre parler anglais sans le moindre accent. Assez longtemps pour savoir qu'il vit à Londres, pas en France. Qu'il a là-bas une maison qui lui manque ! cria-t-elle. Assez longtemps pour t'entendre dire que vous devez être à Whitehall dans quarante-huit heures.

Elle poussa une exclamation étouffée.

— Tom avait raison ! Il m'avait dit que je ne devais pas me fier à vous !

Et elle s'était fiée complètement à lui, lui offrant son corps et son cœur.

Finalement, l'expression de Dominic changea.

— Je suis désolé, dit-il.

Comment cela pouvait-il arriver ? se répéta-t-elle. La bibliothèque semblait tourner autour d'elle. Elle ne parvenait plus à penser clairement. Cette histoire était impossible !

Et alors son esprit abasourdi comprit exactement qui était ce Paget. Il avait été blessé en France, mais il était anglais, ce qui signifiait une chose : il était un agent britannique, et il était en France pour saper la révolution.

— Vous êtes un espion !

— Je suis infiniment navré, Julianne, d'avoir dû vous mentir, mais je ne suis pas un espion, répliqua-t-il d'un ton ferme. Ma mère est française, et je rendais visite à ses propriétés en France quand j'ai été pris dans la violence qui régnait là-bas.

Elle faillit lui rire au nez. Comme si elle allait croire encore un mot de ce qu'il disait !

Où était son Charles bien-aimé — le héros révolutionnaire qui l'aimait ?

— Julianne, tu dois rester calme, dit Lucas. Paget n'avait pas le choix, il ne pouvait te dire la vérité sans risquer sa vie. Elle tourna finalement la tête vers son frère.

— Savais-tu qui il était ?

— Non.

Elle ne le crut pas non plus.

— Juste ciel, es-tu un espion, toi aussi ? Est-ce pour cela

que tu es tout le temps à Londres, ces temps-ci ? Peut-être que tu gambades autour de Paris, également !

— Je n'ai pas le temps d'espionner, Julianne, et tu le sais.

Elle regarda de nouveau Paget. Que savait-elle en fait ? Elle s'était laissé berné par un étranger, pourquoi pas par son propre frère ? Paget avait l'air arrogant, condescendant et fortuné, le noble anglais par excellence. Avait-il un titre ? Comment avait-elle pu se laisser duper ainsi ?

Son incrédulité, son horreur et son choc étaient devenus une masse confuse. C'était un cauchemar. Cela ne pouvait pas arriver.

— Je ne vous crois ni l'un ni l'autre.

Sur ces mots, elle pivota et sortit en courant de la pièce.

Julianne n'aurait su dire combien de temps elle resta debout à la fenêtre de sa chambre, regardant sans les voir l'allée et les écuries au-dessous. Elle ne pouvait pas bouger. Elle ne pouvait pas respirer. Il lui était impossible de penser clairement. Le choc était trop fort, et il la submergeait.

Tout était mensonge.

Elle était consumée par ses souvenirs de Charles et de tous les moments qu'ils avaient passés. Son sourire étincelait, son regard vert devenait chaud, puis brûlant…

Elle aimait Charles Maurice et Charles l'avait aimée, elle en était certaine ! Elle voulait le retrouver, désespérément !

Mais Charles Maurice n'existait pas. Son héroïque officier de l'armée française était un mensonge. Le mois qu'ils avaient passé ensemble était un mensonge. L'homme qui était en bas, cet étranger aristocratique aux yeux froids, était un Anglais et un espion !

Elle avait passé des semaines dans le lit d'un espion anglais !

Et, malgré son choc, la blessure commença à se faire sentir tandis que la colère l'envahissait.

— Voudriez-vous avoir une conversation raisonnable ?

Elle se figea au son de sa voix. Puis, lentement, elle se tourna.

L'Anglais, Paget, se tenait sur le seuil de sa chambre, le visage sombre, le regard intense et scrutateur.

Elle lutta pour respirer, tremblant follement.

— Sortez !

Il s'avança.

— Nous partons pour Londres dans très peu de temps et je souhaite avoir une discussion avec vous.

Il ferma la porte derrière lui, puis lui fit face.

Soudain, la rage l'aveugla. Elle alla vers lui à grands pas et lui assena une gifle retentissante.

Sa joue rougit, mais il ne cilla même pas.

— Je l'ai probablement mérité.

— Probablement ? s'exclama-t-elle.

— J'espérais partir en laissant vos souvenirs de Charles Maurice intacts.

Elle voulut le frapper de nouveau ; cette fois, il intercepta le coup en lui saisissant le poignet.

— Je ne vous blâme pas de vouloir me faire mal, Julianne, mais me gifler ne résoudra rien.

Elle se libéra brusquement.

— Vous aviez l'intention de partir sans me dire la vérité sur vous ?

— Oui. Julianne, vous êtes une Jacobine, en contact avec les Parisiens. Si j'ai survécu aussi longtemps, c'est parce que je me suis toujours fié à mon instinct. Et mon instinct m'a dicté de ne pas démentir la supposition que vous aviez faite à mon sujet en me faisant passer pour un officier dans l'armée française. Evidemment, je craignais que vous ne révéliez ma véritable identité à mes ennemis.

— Vous m'avez menti ! Je vous ai soigné, je vous ai fait la lecture, je vous ai préparé des repas, et vous m'avez récompensée en me trompant ! Vous avez poussé le vice jusqu'à m'entraîner dans votre lit ! Vous devriez avoir honte !

— Il était trop dangereux de me dévoiler. Et baissez le ton, je vous en prie.

Elle avait envie de le frapper encore, et de lui arracher les yeux. Mais elle baissa la voix.

— Nous avons été amants pendant des semaines ! A n'importe quel moment, avant, pendant ou après nos étreintes, vous auriez pu me dire la vérité !

— En fait, je ne le pouvais pas.

— Oh ! Dieu du ciel ! Tous ces sourires, ces regards échangés, la tendresse et l'affection… Tout ça, ce n'était qu'un énorme mensonge !

Il hésita.

— Je vous aime beaucoup.

Elle s'apprêta à le gifler de nouveau, mais renonça au dernier moment. A la place, elle éclata en sanglots.

— Je suis tombée amoureuse de vous !

— Vous êtes tombée amoureuse de l'homme que vous vouliez que je sois.

— Je suis tombée amoureuse de l'homme que vous prétendiez être ! Et cela vous convenait, n'est-ce pas ?

L'horreur la consumait, à présent, tandis qu'elle mesurait à quel point elle s'était montrée naïve.

— Oh ! vous aviez l'intention de me séduire, vous vouliez que je vous aime ! Espèce de scélérat impitoyable, menteur ! Sortez ! Eloignez-vous de moi ! Retournez en France ! J'espère que vous y mourrez !

Il tressaillit.

Comme il ne bougeait pas et ne parlait pas, elle finit par contrôler ses larmes, et se tourna pour prendre un mouchoir dans la poche d'une robe suspendue à un crochet. Lorsqu'elle lui refit face, il dit doucement :

— Je n'ai jamais eu l'intention de vous blesser. Je voulais seulement me protéger. Peut-être qu'un jour, vous comprendrez pourquoi j'ai agi ainsi.

— Je ne comprendrai jamais.

— Je serai à Londres pour plusieurs semaines, si vous avez besoin de moi.

Elle s'étrangla.

— Vous me dégoûtez. Je ne me tournerai jamais vers vous.

— Il vous suffira de me faire prévenir dans ma maison de Mayfair. Demandez Bedford.

Ses esprits embrouillés essayèrent de comprendre ce qu'il disait. Son nom était Paget, qui était Bedford ?

— Julianne. Vous m'avez sauvé la vie. Je sais que vous ne serez pas réceptive à quoi que ce soit que je dirai aujourd'hui, mais je vous suis très reconnaissant et j'ai une dette envers vous.

— Si j'avais su que vous étiez un espion, je vous aurais laissé mourir.

— Nous savons tous les deux que vous ne le pensez pas.

Les larmes lui montèrent de nouveau aux yeux, mais elle les combattit.

— Je dois partir. Votre frère est dehors avec une voiture de louage. Je suis infiniment désolé que cela ait dû finir ainsi.

Il partait. Et, curieusement, son cœur protesta soudain à hauts cris. Elle serra ses bras autour d'elle, ignorant ce subit désarroi.

— Bon débarras.

Il se tint là, les yeux rivés sur son visage, comme s'il voulait en dire davantage.

Et Julianne souhaita soudain que Charles s'avance, la prenne dans ses bras et lui dise qu'il l'aimait. Mais Charles n'existait pas !

Elle haïssait Paget !

Il soupira et alla à la porte, avant de se retourner.

— Une dernière chose. Vous oublierez que vous avez jamais entendu parler de moi, et plus encore que nous avons été liés.

N'avait-il pas voulu couper tous liens ? Elle savait pourquoi, maintenant.

— J'ai des ennemis, Julianne, mais je sais que vous n'êtes pas l'une d'eux.

La colère de Julianne était à son apogée à présent. Elle serra les poings.

— Allez au diable, où est votre place ! Charles était un héros ! Vous, Paget, vous êtes un lâche !

L'expression indéchiffrable, il tourna les talons et sortit.

7

Julianne hésita en passant devant la chambre d'hôte. Amelia avait laissé la porte ouverte après avoir refait le lit. Elle regarda dans la pièce vide, abattue.

Trois jours s'étaient écoulés depuis que l'Anglais avait quitté Greystone, et le choc s'était dissipé. A sa place, il y avait une terrible blessure à vif.

Elle fixa la chambre qui avait été celle de Charles pendant presque un mois. Elle lutta pour ne pas laisser un seul souvenir remonter à son esprit. Elle ne cessait de revoir sa beauté ténébreuse, ses intenses yeux verts. Elle l'avait aimé si profondément, si complètement… Mais elle s'était montrée stupide. Elle était tombée amoureuse d'un homme qui n'existait pas.

Abruptement, elle ferma la porte. Elle ne pouvait pas avoir le cœur brisé. C'était impossible. Avoir le cœur brisé n'aurait été possible que si Charles avait vraiment existé.

Charles Maurice était un pseudonyme. Son vrai nom était Dominic Paget.

Elle frissonna. Comment avait-elle pu être aussi aveugle ? Tom avait tout de suite eu des soupçons. Ne s'était-elle pas interrogée encore et encore sur son timbre de voix, sa posture, son éloquence, son éducation ?

Mais il avait toujours eu une explication, et elle avait absorbé avidement chacun de ses mots.

Elle trembla. Combien de temps souffrirait-elle ainsi ? Paget l'avait tenue dans ses bras, l'avait regardée avec des yeux brûlants pendant qu'il la transportait aux sommets de la passion ; il lui avait tenu la main, lui avait souri tendrement et l'avait contemplée avec chaleur et affection. Et tout n'avait été que mensonges.

Peut-être se sentirait-elle mieux si, au moins, ce maudit espion tory l'avait aimée, au lieu de l'utiliser pour ses propres fins.

Et s'attendait-il vraiment à ce qu'elle oublie qui il était ?

Julianne fit sombrement face à l'escalier, consciente qu'elle pourrait avoir sa revanche si elle le voulait vraiment. Dominic Paget était un espion et ses amis parisiens seraient heureux de recevoir une telle information.

Elle entendit Amelia et leur mère dans le salon et lutta pour se ressaisir. Elle avait appris à Amelia la vérité au sujet de Dominic Paget, mais elle avait désespérément essayé de cacher ses sentiments à sa sœur. Elle avait envie de pleurer en s'endormant le soir, mais elle résistait. Elle ne s'était octroyé le luxe des larmes que lorsque Amelia n'était pas là et qu'elle était seule dans la maison.

Elle était reconnaissante aussi que Lucas soit parti, sinon il aurait pu remarquer son humeur noire, son chagrin. Non pas qu'elle lui doive quoi que ce soit, maintenant. Il pourrait l'interroger sans fin et elle garderait un silence de pierre ! Elle était furieuse qu'il ne l'ait pas alertée au sujet de Paget dès le début. Mais elle avait beau être en colère, elle était inquiète, aussi. Lucas était visiblement impliqué dans la guerre d'une manière ou d'une autre, et elle n'aimait pas ça. Elle l'aimait en dépit de sa tromperie.

Julianne descendit. Elle nota pour la première fois qu'il tombait un fin crachin dehors. C'était parfait, pensa-t-elle, la journée était aussi morose que son humeur.

Etait-il à Londres, maintenant ?

Penser à lui ainsi la rendait furieuse contre elle-même. Qu'est-ce qui n'allait pas chez elle ? S'il était à Londres, il était au ministère de la Guerre, donnant des informations au ministre !

Amelia sortit du salon, un doigt sur ses lèvres.

— Maman vient de s'endormir.

Julianne se força à sourire.

— C'est la journée parfaite pour une sieste.

— Il n'est pas encore midi, Julianne.

Julianne sentit son sourire s'estomper. Amelia lui prit la main.

— Aide-moi à préparer le déjeuner.

Elle se laissa conduire dans la cuisine, repensant aux fois où elle portait ses repas à Charles sur un plateau. La douleur lui transperça le cœur et elle fut de nouveau irritée contre elle-même.

Dans la cuisine, Amelia lui tendit un saladier de haricots verts à laver et à trier. Julianne alla à l'évier. Tandis qu'elle emplissait le saladier d'eau, Amelia dit :

— Tu sembles plus reposée, aujourd'hui.

— Oui.

— Que vas-tu faire cet après-midi ?

— Lire, je pense.

— Pourquoi ne vas-tu pas voir Tom ?

Julianne égoutta les haricots. Elle se tourna pour regarder Amelia. Elle devrait affronter Tom tôt ou tard. En un sens, elle brûlait de courir lui dire ce qui s'était passé. Quand il saurait pour Paget, il serait outragé. Il écrirait aussitôt à Paris.

Mais cela la faisait hésiter. D'un autre côté, c'était la *guerre.*

— Je pense que cela te ferait du bien d'avoir une de tes discussions radicales, dit doucement Amelia.

Elle avait partagé tant de discussions politiques avec Paget. Et, maintenant, elle savait pourquoi il craignait les foules et accusait les Jacobins de fomenter la violence, pourquoi il avait regretté l'exécution du roi, la purge de l'Assemblée nationale, pourquoi il semblait déplorer le flot d'émigrés qui venaient se réfugier en Angleterre. Il avait *prétendu* soutenir la révolution. Il était *royaliste*.

— Julianne, quand parlerons-nous de ce qui s'est passé ?

Amelia vint à elle, le regard doux mais inquiet.

— Il n'y a rien à dire. Je le croyais un héros. Mais Charles Maurice était un pseudonyme.

Amelia lui prit les mains.

— Je sais combien tu étais éprise de lui. Je sais combien tu es accablée maintenant ! Laisse-moi t'aider, ma chérie.

Julianne se mit à trembler.

— Je vais bien, Amelia. Vraiment. Je dois simplement parvenir à accepter la réalité.

— Comment peux-tu aller bien ? Tu l'as soigné, tu es devenue son amie proche et tu lui tenais constamment compagnie. Tu lui as sauvé la vie, et il te l'a rendu par une terrible tromperie. Il nous a trahies toutes les deux, Julianne, mais je ne tenais pas à lui comme toi. Je suis en colère, mais je peux seulement imaginer ce que tu ressens.

— Je le méprise.

Amelia hocha la tête.

— Avec le temps, tu oublieras.

Il lui avait ordonné d'oublier qu'il avait jamais existé, ou qu'ils avaient été « liés ». Soudain, Julianne eut la nausée.

Il était l'être humain le plus froid, le plus indifférent qu'elle avait jamais rencontré. Comment avait-il pu la tromper comme il l'avait fait ? Comment avait-il pu partir sans sentiments, sans peine ? Il méritait le sort que la guerre lui réserverait !

Amelia l'enlaça.

— Je suis tombée amoureuse de lui, avoua Julianne dans un murmure. Je l'aimais tant ! J'ai si mal. Et, le pire, c'est que je ne cesse de me demander où il est maintenant, et s'il a tenu à moi… si ce satané tory a tenu à moi !

— Je suis sûre qu'il tenait à toi, vous étiez amis et tu lui as sauvé la vie. Mais tu l'oublieras, Julianne.

Curieusement, les paroles d'Amelia sonnaient comme une question, et il y avait du doute dans son ton.

— Comment pourrai-je jamais oublier ce qu'il a fait ? Amelia, j'ai vu son expression impassible, son manque d'émotion.

Elle était une sotte d'espérer qu'il avait tenu à elle,

pensa-t-elle avec un terrible serrement de cœur. Il ne l'aurait pas trompée comme il l'avait fait s'il avait eu des sentiments pour elle.

Amelia la fixa, le regard scrutateur.

— Julianne, le matin où tu étais malade, quand je t'ai demandé où tu étais…

Elle s'arrêta.

— Etais-tu vraiment malade ?

Julianne se détourna. Amelia lui prit le bras.

— De grâce, dis-moi que tu n'étais pas avec lui.

Julianne trembla, ayant l'intention de nier, mais elle croisa les yeux de sa sœur et eut désespérément besoin de son affection, de sa gentillesse, de son soutien. Elle s'entendit dire :

— Si, j'étais avec lui, Amelia.

— Oh ! mon Dieu !

Amelia était toute pâle soudain.

— Cela n'a vraiment pas d'importance, maintenant.

— Bien sûr que si ! s'écria Amelia, soudain rouge de colère.

— Tu ne dois le dire à personne !

Julianne commençait à mesurer dans quel danger sa confession l'avait placée.

— Amelia !

— Il n'était pas un vulgaire roturier. C'est un gentleman et un homme d'honneur !

Amelia était horrifiée.

Julianne eut envie de rire, mais elle n'y parvint pas.

— Désolée, il est peut-être un gentleman, mais il n'est pas un homme d'honneur, dit-elle.

— Bedford devrait être tenu à des principes plus élevés, murmura Amelia.

Julianne fut troublée d'entendre ce nom encore une fois.

— Il a mentionné que je devais demander Bedford si jamais j'avais besoin de lui.

Le seul Bedford qu'elle connaissait était un comte, un pair de très haut rang.

— S'il te plaît, ne me dis pas qu'il est apparenté au comte de Bedford, ou je pourrais vraiment mourir.

— Il *est* le comte de Bedford, dit doucement Amelia.

Tom leva les yeux de son bureau dans son cabinet de travail de la Grand-Rue, surpris. Puis sa surprise se changea en inquiétude.

— Julianne ?

Lorsqu'elle avait appris que Dominic Paget était le comte de Bedford, elle avait laissé Amelia plantée dans la cuisine, consumée par la colère. Durant le trajet jusqu'au cabinet de Tom, elle n'avait pensé qu'à l'étendue de sa tromperie.

— J'ai des nouvelles, dit-elle âprement, tremblante.

Tom s'était levé et enfilait sa belle redingote brodée vert olive. Il vint rapidement à elle.

— Vous paraissez très perturbée. Je crains fort de demander ce qui s'est passé.

Elle réussit à lui décocher un sourire crispé, mais, intérieurement, elle bouillait. Dominic Paget l'avait prise pour une idiote, prétendant être un officier de l'armée républicaine alors qu'il n'était pas simplement n'importe quel noble mais un comte, qui siégeait à la Chambre des lords ! Tout le monde savait combien Bedford était riche. Pire, il était un tory renommé ! Pitt lui avait même offert le ministère des Finances l'année précédente.

— Il s'est passé beaucoup de choses ces derniers jours.

Elle inspira, croisant le regard inquiet de son ami. Tom était visiblement alarmé.

— Vous êtes terriblement pâle. Vous devriez vous asseoir. Je peux faire du thé.

— Vous êtes mon ami et j'ai besoin de vous, Tom.

— Qu'est-il arrivé ?

Elle secoua la tête.

— Vous aviez raison à propos de Maurice. Il prétendait être un officier de l'armée française. En réalité, il est… le comte de Bedford.

Elle attendit une réaction, le besoin de blesser Paget se faisant pressant à présent.

Les yeux de Tom s'élargirent de stupéfaction.

— Attendez… Le comte de Bedford est un agent britannique ?

Soudain, Julianne éprouva une bouffée de désarroi, suivie d'un léger sentiment de honte. Elle venait de démasquer Paget. Tom n'était pas bête et avait compris instantanément les implications de sa duperie. Voulait-elle vraiment détruire Bedford ? Voulait-elle vraiment qu'il retourne en France, soit découvert… et guillotiné ? Tant de souvenirs la submergèrent qu'elle ne put parler. Dans chacun d'eux, elle était dans les bras de Paget.

— Pendant tout ce temps, un mois, vous avez soigné le comte de Bedford, et non pas un simple soldat ?

Tom semblait incrédule. Comme elle était incapable de répondre, il s'écria finalement :

— Bon sang ! Je savais que quelque chose n'allait pas. Je flairais la tromperie sur lui !

Julianne écarta ses souvenirs douloureux, serrant ses bras autour d'elle. Paget était un menteur. Il l'avait utilisée d'une façon misérable. Il ne méritait pas d'inquiétude de sa part. Il aurait ce qu'il méritait.

— Vous aviez raison et j'avais tort. Je suis une sotte.

Tom saisit son épaule.

— Julianne, vous êtes la femme la plus intelligente que je connaisse. Ce n'est pas votre faute. C'est la sienne. C'est un bel homme, charmant, et il le sait. Où est-il, maintenant ?

Elle hésita, réticente à en dire plus. Elle ne dirait jamais à Tom que Lucas était lui aussi impliqué dans la guerre contre la France, et qu'il avait ramené Paget à Londres. Mais devait-elle lui dire que le comte s'était rendu dans la capitale ?

— Il est parti.

Elle éprouvait soudain le besoin de fuir les questions de

son ami. Qu'est-ce qui n'allait pas chez elle ? Ne voulait-elle pas que Paget soit soumis à la justice qu'il méritait ?

« Je serai à Londres plusieurs semaines, si vous avez besoin de moi. Je vous aime beaucoup. »

Elle avait envie de crier haut et fort : « Menteur ! » A la place, elle dévisagea Tom.

— Je vais écrire immédiatement à Marcel, décida-t-il.

Il alla à son bureau, puis se tourna brusquement.

— Julianne, a-t-il dit où il allait ? Est-il retourné en France ?

L'hésitation de Julianne grandit. Elle était en pleine confusion. Voulait-elle vraiment qu'il meure ?

— Julianne ?

Si elle disait à Tom que Paget était à Londres, se donnerait-il la peine d'écrire au club parisien ? Ne vaudrait-il pas mieux attendre et décider soigneusement que faire ensuite, lorsqu'elle serait plus calme ?

— Il est à Londres, je pense. Mais il n'utilisera jamais le même pseudonyme s'il retourne en France.

Tom la fixa, l'étudiant avec attention.

— S'il est à Londres, nous pouvons le découvrir assez facilement. Je suis sûr que la moitié de la ville sait où il habite.

— Qu'allez-vous faire ? demanda-t-elle, soudain mal à l'aise.

— Le localiser, si je peux. Et, bien sûr, transmettre l'information à Marcel.

Tout à coup, Julianne était en proie à l'incertitude. Elle regrettait d'avoir parlé de Paget à Tom. Elle n'avait jamais cru à la vengeance, mais elle était simplement si triste. Exercer une vengeance était une décision qui devait être prise avec soin, pas dans un accès de colère.

— Que vont-ils faire ? Vont-ils… envoyer un assassin ?

Elle trembla.

— J'en doute. Mais ils ont probablement des agents en ville, et ils vont le surveiller étroitement. C'est ce que je ferais, du moins, et je serais prêt à continuer la surveillance lorsqu'il retournera en France.

Tom eut un grand sourire.

— Cette information est un cadeau du ciel !

Julianne eut envie de pleurer. Elle se tourna pour que Tom ne le voie pas.

— Allez-vous bien ? demanda-t-il doucement.

Si elle n'y prenait pas garde, elle se jetterait dans ses bras. Elle lutta pour recouvrer un peu de calme.

— Oui.

Il l'étudia encore.

— Que s'est-il passé, exactement ? Comment l'avez-vous découvert ? Il n'a certainement pas fait des aveux de lui-même !

Elle avait mis Paget en danger ; elle ne ferait jamais la même chose pour Lucas.

— Je l'ai entendu parler à notre valet d'écurie, dans un anglais parfait, mentit-elle. J'étais si troublée que je me suis confrontée à lui et il n'a pu nier la vérité.

— Mais comment avez-vous appris qu'il était Bedford ?

Julianne se figea. Et se rappela leur dernière conversation.

— Il l'a admis, répondit-elle en tremblant. Il l'a admis et m'a ordonné de garder son secret.

Tom accepta cette version.

— Savez-vous depuis combien de temps il était en France, espionnant pour Pitt ?

— Non.

Elle alla à l'un des fauteuils devant son bureau et se laissa choir dedans. Elle était épuisée.

Tom la rejoignit et posa une main sur son épaule. Elle lui sourit avec reconnaissance.

— Je ne veux plus répondre à des questions, pas aujourd'hui.

— Vous l'aimiez beaucoup, dit-il lentement. Je me suis tellement laissé emporter par le fait qu'il est un agent secret que j'ai négligé vos sentiments.

— Je vous en prie. Je vais bien.

— Comment pouvez-vous aller bien ? C'est une chose de trahir une cause, c'en est une autre de trahir une personne.

— Je suis en colère… et blessée. Je pensais que nous étions amis. Mais je me remettrai.

Tom resta silencieux. Finalement, il dit avec précaution :

— Vous ne le regardiez pas comme s'il était un simple ami. Vous le regardiez comme s'il était le prince de vos rêves.

Elle sursauta.

— Vous êtes tombée amoureuse de lui, n'est-ce pas ?

Elle serra ses bras autour d'elle, les larmes lui montant aux yeux.

— Oui.

— Maudit soit-il ! cria sauvagement Tom. Je le savais ! Eh bien, je vais m'assurer que Bedford ait ce qu'il mérite et il regrettera le jour où il s'est dévoilé à vous.

Julianne bondit sur ses pieds.

— Nous ne devrions peut-être pas intervenir. Nous devrions peut-être laisser ces jeux de guerre aux espions et agents qui savent comment y jouer !

Tom parut incrédule.

— Vous voulez sûrement qu'il connaisse son juste sort ?

— Je ne sais pas ce que je veux ! s'écria-t-elle.

Dominic sourit pour lui-même tandis qu'ils dépassaient les hautes flèches gothiques de l'abbaye de Westminster. Pour une fois, les odeurs assez nauséabondes de Londres en été lui semblaient agréables.

— Bon sang, la ville m'a manqué.

Lucas tenait un mouchoir sur son nez.

— Un an et demi, c'est long.

Dominic n'avait pas discuté de ses activités en France avec Lucas. Mais ils avaient voyagé pendant deux jours entiers, ne s'arrêtant que pour changer les chevaux et partager un rapide repas, et ils en étaient venus à se connaître assez bien. Ils avaient parlé de la guerre, de la révolution et des dernières nouvelles anglaises. Greystone connaissait tous les détails sur les guerres du continent et pas mal sur l'état de la politique française. Il était devenu clair pour Dominic que Lucas Greystone était impliqué dans l'effort de guerre, mais comment, il l'ignorait, ne le demandait pas et Lucas ne le disait pas. Il était manifestement aussi conservateur que Dominic, et fermement opposé à ce que la révolution atteigne les rives de l'Angleterre. Dominic l'appréciait, mais cela le mettait assez mal à l'aise : il avait l'impression de l'avoir trahi en séduisant sa sœur.

Ils n'avaient pas parlé de Julianne. Sachant que le voyage à Londres durerait deux ou trois jours, selon les voitures qu'ils louaient et le temps, Dominic avait pris soin de s'en tenir à des conversations impersonnelles.

Leur voiture tourna au nord dans Parliament Street et Dominic jeta un coup d'œil à la Tamise qui était emplie de bacs et de péniches de toutes les formes et de toutes les tailles, comme toujours. Sa dernière confrontation avec Julianne le tourmentait encore. Comme le moment où elle avait appris la vérité sur lui et sa duperie. Il n'oublierait jamais son incrédulité totale, ni sa colère justifiée. Il regrettait beaucoup que l'histoire se soit terminée ainsi ; il regrettait encore plus qu'elle ait appris que son héros n'existait pas.

Quelques minutes plus tard ils arrivèrent à l'Amirauté, et ils descendirent de voiture. Lucas demanda au cocher d'attendre.

Dominic resta silencieux tandis qu'ils gravissaient les larges marches de pierre claire et traversaient le vaste vestibule. Des officiers de Marine et des diplomates, des pairs et des officiels du gouvernement allaient et venaient.

— Bedford !

Dominic se tourna et aperçut le comte de St. Just qui traversait le vestibule. Grenville était un grand homme brun avec un air maussade qui faisait que beaucoup l'accusaient d'être distant, tandis que d'autres y voyaient de l'arrogance. Il était très bien habillé d'une redingote de velours brun, de manchettes en dentelle, de culottes claires et de bas blancs. A son habitude, il ne portait pas de perruque, ses cheveux sombres étant attachés en catogan. Dominic laissa Greystone aller à la réception tandis que St. Just le rejoignait, l'air sinistre.

— Je me demandais quand je vous reverrais. Ou même si je vous reverrais.

Il prit l'épaule de Dominic.

— Heureux de vous voir de retour, Bedford.

Dominic sourit.

— Vous êtes en ville alors que nous sommes fin juillet ? Je peux seulement imaginer pourquoi.

Il était à peu près certain que, même s'il avait deux jeunes enfants, Grenville passait le plus clair de son temps sur le continent. Comme Dominic, il s'opposait farouchement à la Révolution française.

— Il faudra que nous prenions un verre ensemble et partagions nos secrets, dit St. Just en haussant les sourcils, tandis qu'il enregistrait l'apparence de Dominic. Vous avez besoin d'un nouveau tailleur, mon ami.

— J'ai surtout besoin de ma propre garde-robe. C'est une longue histoire. Je pourrai vous la raconter.

— Je ne suis en ville que pour quelques jours encore.

Le sourire de St. Just s'évanouit. Dominic sentit le sien disparaître aussi.

— Je ne serai pas ici longtemps, moi-même.

Ils échangèrent un regard et St. Just s'éloigna. Dominic rejoignit Greystone à la réception. Lucas était en pleine conversation avec un pâle employé dégingandé aux cheveux blond clair.

— Milord, je suis Edmond Duke, l'assistant du secrétaire d'Etat, dit l'employé lorsqu'il aperçut Dominic. Il est enchanté que vous soyez ici. Je me ferai un plaisir de vous escorter jusqu'à lui.

Dominic serra la main du jeune homme.

— Duke.

— Monsieur Greystone ? Le ministre Windham aimerait vous voir aussi.

Duke leur fit signe de le suivre dans l'Amirauté.

Ils quittèrent le vestibule. A l'intérieur, de nombreux bureaux étaient occupés, surtout par des officiers de Marine et des employés. Suivant Duke, Dominic adressa un signe de tête à deux amiraux qu'il connaissait. Il n'avait jamais rencontré Windham personnellement, et il était curieux. Le bureau du ministre était au bout du couloir. Les deux portes en teck de la pièce étaient grandes ouvertes.

Duke frappa poliment.

Dominic eut le temps de voir une pièce très spacieuse par-dessus l'épaule de l'employé. Un mur de fenêtres donnait sur Whitehall, un salon luxueux était installé devant. A l'autre bout se dressait un grand bureau flanqué de plusieurs fauteuils. Un mur était recouvert d'une bibliothèque. Une grande table était poussée contre le dernier mur, avec plusieurs chaises et des piles de documents. Visiblement, de nombreux employés qui assistaient Windham travaillaient là.

Deux hommes assis sur le canapé se levèrent. Dominic ne fut pas surpris de reconnaître Sebastian Warlock et Edmund Burke. Les deux hommes étaient ses mentors, même si personne ne le savait à part les parties concernées.

Windham était un homme trapu, en redingote de velours vert et perruque blanche poudrée. Il s'avança en souriant, mais son sourire n'atteignait pas ses yeux.

— Bedford, enfin. C'est un plaisir.

Dominic serra la main du secrétaire d'Etat.

— L'honneur est pour moi, monsieur.

Windham se tourna et sourit à Lucas.

— Greystone.

— Monsieur.

Ainsi ils se connaissaient déjà, pensa Dominic.

— Je crois que vous connaissez Warlock et Burke.

Dominic hocha la tête.

— Oui.

Sebastian s'avança. C'était un grand homme brun, très beau, aux yeux perçants.

— Avez-vous bien profité des plages de sable de Cornouailles ? Vous semblez avoir pris le soleil.

— Une récompense bien méritée, vous ne pensez pas ?

— Si.

Warlock tendit la main et Dominic la prit, leurs regards se joignant. Il sut aussitôt que Sebastian avait des dizaines de questions à lui poser, et qu'il voudrait lui parler en privé quand Windham en aurait fini avec eux.

Burke n'était pas aussi distant. Il enlaça Dominic comme il l'aurait fait pour un frère ou un fils.

— Je suis heureux de vous voir en pleine forme, Dominic.

Il lui donna une tape dans le dos.

— Je suis content que vous soyez sain et sauf, et de retour.

Dominic jeta un coup d'œil à Lucas.

— Je le dois à Greystone et à toute sa famille. Sans eux, je ne serais pas ici.

— Edmund, servez un scotch à tout le monde. Mon meilleur, s'il vous plaît, dit Windham. Il y a de bonnes nouvelles pour vous, Bedford. Jacquelyn a vaincu une division entière de Biron le 17 juillet.

Dominic sentit le soulagement le submerger.

— Dieu soit loué. Nous avons été déroutés fin juin, à l'extérieur de Nantes. Nous étions dépassés en nombre et en armes.

— Nous le savons, dit Burke.

Dominic fit face au ministre.

— Monsieur, nous avons un besoin criant de fusils, de poudre, de canons et d'autres munitions, sans parler de pain et autres aliments. Et il nous faut des chirurgiens. Nous sommes dans l'impossibilité de soigner les blessés, surtout si nous subissons une autre déroute.

Il accepta un verre de Duke.

— Merci, Edmund, dit Windham en se tournant.

L'assistant sortit de la pièce, fermant les deux portes.

— Nous sommes très conscients de vos besoins, reprit le ministre. Jacquelyn nous a envoyé plusieurs lettres. Mais nous avons des problèmes de logistique.

Ils ne refuseraient sûrement pas leur aide aux rebelles de la vallée de la Loire ? pensa Dominic, incrédule.

— Monsieur, je suis ici pour vous demander des fournitures, et pour arranger un rendez-vous entre votre convoi et Jacquelyn. La Vendée doit être soutenue si vous voulez vaincre les républicains français.

Burke posa une main sur son épaule.

— Alors même que nous parlons, Toulon, Lyon et Marseille sont entre nos mains. Bordeaux est en proie à une contre-insurrection. Il y a des poches de rébellion en Bretagne, également.

— Ce sont d'excellentes nouvelles, approuva Dominic.

Il jeta un coup d'œil à Sebastian.

— La route de Paris est-elle encore ouverte ?

Si les alliés prenaient Paris, les républicains français seraient écrasés. Ils ne pourraient supporter une telle défaite.

— Oui, répondit Windham. Le général Kellerman marche sur Lyon avec huit mille soldats, mais nous pensons qu'il est face à quinze ou vingt mille citoyens farouchement antirépublicains. Les Français ont envoyé un officier très jeune et inexpérimenté du nom de Napoléon Bonaparte pour reprendre Toulon. Il ne réussira jamais. Et Coburg consolide les positions de la Coalition dans les Flandres, le Rhin et les Pyrénées. La guerre se passe bien.

Dominic humecta ses lèvres. Coburg ne marchait pas sur Paris ?

— Qu'en est-il de notre ravitaillement, monsieur ?

— Il y a des îles françaises dans les Indes occidentales qui nous intéressent. Pitt a envoyé plusieurs divisions dans les Caraïbes pour les prendre, répondit Windham. Nous sommes à court d'hommes, de navires et de fournitures.

Dominic eut envie de jurer.

— Est-ce pour cela que Coburg attend le long des lignes de front ?

— Coburg pense qu'il est vital de sécuriser notre position, déclara le ministre d'un ton réprobateur.

— Le duc d'York marchera-t-il sur Paris ? demanda encore Dominic, de plus en plus incrédule.

— Il va rejoindre Coburg. Finalement, dans un mois environ, ils marcheront sur Paris.

— Dans un mois ou deux, marmonna Dominic.

Dans sa frustration, il vida son verre. Comment pouvaient-ils manquer une telle opportunité ?

— La route de Paris est ouverte depuis avril, quand Dumouriez a fait défection, mais nous n'allons pas marcher sur la ville et la prendre ? La Vendée a besoin de troupes, d'armes et de pain, mais tout cela part dans les Indes occidentales ?

— Nous pourrons ravitailler la Vendée à l'automne, déclara Windham, mais pas avant.

— Je doute que nous puissions attendre aussi longtemps ! s'exclama Dominic. Je suis venu à Londres réclamer de l'aide, pendant que nous restons assez forts pour combattre les Français. Monsieur, je vous en supplie. Détournez l'aide sur nous, immédiatement.

— Vous ne pouvez laisser tomber la vallée de la Loire, dit doucement Sebastian.

— Nous enverrons un convoi à l'automne, soutint fermement le ministre, et je vous tiendrai informé de la situation.

Dominic savait que ce serait un miracle si Jacquelyn et ses hommes survivaient à l'été. Mais il était impossible de convaincre Windham.

— Monsieur, si je peux me permettre ?

Le secrétaire d'Etat hocha la tête.

— Les nouvelles de la guerre paraissent prometteuses. Mais, je vous le jure, la victoire n'est pas certaine en France.

Dominic marqua une pause.

— Le pays est en proie à l'anarchie. Il y a des disettes partout. Les foules contrôlent les rues, poussées par les Jacobins et l'Assemblée nationale. La Commune relie maintenant les rues à la campagne, et elle est dirigée par les éléments les plus radicaux de la ville. Les Jacobins ont formé un nouveau Comité central révolutionnaire pour lever des bandes armées à travers tout le pays, afin d'instiller la peur partout, au cas où quelqu'un songerait à soutenir une insurrection ! La France est consumée par la peur et la passion. Même ceux qui sont du côté de la révolution craignent d'être étiquetés comme ennemis de la république. La passion des radicaux pour répandre leurs mots d'ordre de liberté et d'égalité — ou de désordre et de mort — ne ressemble à rien de ce que j'ai jamais vu. Cette passion habite les officiers et les soldats de l'armée française. Vous pensez que l'armée française est une bande de conscrits dépenaillés ? Ils sont dépenaillés, certes, et rageusement déterminés à détruire les pouvoirs en Europe, à libérer le simple citoyen de la tyrannie et de l'injustice, et à conduire la Révolution française à son terme sans gloire. Une république sans élites, sans noblesse, sans prospérité. Une république du peuple, et pour le peuple, où personne ne peut avoir quelque chose qu'un autre n'a pas.

Dominic s'arrêta, avant de conclure :

— Ces conscrits mourront de bon cœur pour la liberté !

Il se rendit compte qu'il tremblait. Un silence sinistre suivit sa diatribe. Ce fut Greystone qui lui tendit un autre verre. Il prit une gorgée de whisky et dit :

— Ce ne sera pas une guerre courte.

— J'espère que vous vous trompez, dit sombrement Windham. Je veux une lettre de vous, Bedford. Détaillez vos besoins. Et je veux une deuxième lettre, me disant par écrit ce que vous venez de me dire en personne. J'ai une réunion, alors je crains que ceci ne mette fin à nos affaires pour aujourd'hui. Merci, Bedford. Et merci à vous aussi, Greystone.

Dominic sortit avec les autres. Dans le couloir, Sebastian lui murmura :

— J'aimerais vous dire un mot.

Dominic acquiesça et salua rapidement Burke et Greystone. Il jeta un coup d'œil à Warlock.

— Vous connaissez Greystone ?

— Oui. En vérité, je le connais assez bien.

Dominic attendit une explication, mais aucune ne vint. A la place, son compagnon indiqua une voiture noire aux rideaux tirés. Dominic sourit en entrant dedans.

— Avons-nous vraiment besoin de baisser les rideaux ?

Sebastian frappa à la cloison de verre derrière le cocher.

— St. James Park, dit-il.

Il regarda Dominic.

— Qui vous a tiré dessus ?

Dominic redevint sérieux tandis que la voiture démarrait.

— Je pense que j'étais espionné à Paris. Les radicaux sont en pleine paranoïa, espionnant tout le monde. Si j'ai été suivi à Nantes, j'ai été découvert quand j'ai rejoint Jacquelyn.

— C'est une chance que vous ayez survécu.

— Une grande chance, je peux voir combien vous êtes touché, dit Dominic avec ironie.

— Ne vous ai-je pas appris de ne jamais vous attacher à vos associés ?

Dominic eut un sourire crispé, sans joie. Il pensa à Julianne.

— Oui, vous l'avez fait. Et c'est une chance, pour nous deux, étant donné que je m'investis autant que vous pour reprendre la France aux radicaux. Jacquelyn a-t-il prévenu que j'étais blessé ?

— Oui. Je craignais de vous laisser vous remettre en France, pour le cas où l'on attenterait encore à votre vie. Cela dit, j'ai besoin que vous y retourniez immédiatement.

— Dans quel délai ?

— D'ici un mois au plus. Avez-vous la volonté de le faire ?

Dominic hocha la tête.

— Oh ! j'ai la volonté. Je ne pourrais jamais tourner le dos à mes amis et à ma famille là-bas.

— Bien, dit Sebastian.

Dominic se tourna pour regarder par la fenêtre. Ils étaient dans St. James Park, à présent, qui était vert et luxuriant, avec quelques voitures et chevaux de selle dans les allées. Mais il ne faisait pas attention à la beauté du paysage.

— J'ai tenu des hommes mourants dans mes bras, des hommes qui étaient mes voisins, mes amis et des parents éloignés. Nous avons besoin d'aide, Sebastian, désespérément.

Il leva les yeux.

— Pitt commet une énorme erreur en partant après quelques îles des Indes occidentales, dit Sebastian. Je presserai Windham de trouver quelque chose à envoyer à Jacquelyn. Vous êtes attaché, mon ami.

Dominic pensa à Michel, qu'il connaissait depuis l'enfance et à Julianne.

— Je suis attaché.

— La France n'a jamais été sûre pour vous. Elle l'est encore moins maintenant. Débarrassez-vous de vos attachements.

Dominic le fixa.

— C'est plus facile à dire qu'à faire.

— Vous êtes l'un de mes meilleurs agents. Vous êtes aussi impassible qu'un agent peut l'être. Mais vous avez des sentiments passionnés pour la France, la Loire, votre ami Jacquelyn… Cela m'inquiète.

Sebastian était direct.

— La bonne nouvelle, dit lentement Dominic en pensant de nouveau à Julianne, c'est que je sais contrôler ces passions.

— Vraiment ?

— Oui.

Sebastian l'étudia.

— Que s'est-il passé à Greystone ? Vous semblez complètement remis. Cela fait un mois. Pourquoi n'êtes-vous pas venu à Londres plus tôt ?

Dominic s'attendait à la question.

— Je profitais de mes vacances.

Sebastian parut l'accepter.

— Que savent les deux femmes ?

Dominic hésita.

— Les deux sœurs savent que je suis Bedford, et il y a pire que cela.

Sebastian se rembrunit.

— Pire à quel point ?

Dominic hésita encore, voulant protéger Julianne non seulement d'elle-même, mais aussi de Sebastian, maintenant.

— Que savez-vous de la famille ? demanda-t-il.

— Tout.

Pouvait-il savoir que Julianne était radicale ? Il espéra que non.

— Malheureusement, elles ont supposé que j'étais français et j'ai joué ce rôle. Maintenant, elles ont deviné ce que je faisais en France.

Sebastian regarda par la fenêtre.

— Je m'occuperai d'elles.

Dominic n'aimait pas ce que cela sous-entendait.

— Est-ce nécessaire ? demanda-t-il. Elles sont au fin fond du pays, Warlock. Elles ne sortent pas de la paroisse, encore moins de Cornouailles.

Mais, ce disant, il pensa à Julianne qui écrivait à ses amis jacobins en France.

— Laisseriez-vous entre leurs mains le fait qu'elles savent qui vous êtes et ce que vous faisiez ? Vous fiez-vous à elles pour garder ces informations ? Laisseriez-vous au hasard la possibilité qu'elles soient remises entre les mauvaises mains ?

— Qu'avez-vous l'intention de faire ? demanda froidement Dominic.

— Pourquoi n'avez-vous pas mentionné que Julianne Greystone était une activiste radicale ?

Dominic fut surpris.

— Parce qu'elle est probablement inoffensive, et qu'elle m'a sauvé la vie.

— Est-ce ce que vous croyez ? Qu'elle est inoffensive ?

Dominic hésita. Il ne voulait pas dresser Sebastian contre elle, même s'il jugeait que Julianne n'était pas inoffensive, elle était trop facilement manipulée.

— Elle ne pense pas à mal. Elle a de grandes idées sur l'homme du commun, et n'en avons-nous pas tous ? Elle est naïve, Warlock. Elle a de vastes convictions sur l'égalité universelle et croit que c'est ce qui se passe en France. Oui, elle pourrait être utilisée par nos ennemis, mais j'ai une grande dette envers elle. Je ne veux pas qu'elle soit sur votre liste de surveillance.

Sebastian le regarda bizarrement.

— Elle n'a pas seulement des penchants radicaux, elle correspond avec le club jacobin de la rue de Seine, à Paris. Elle est en contact avec eux depuis plus d'un an.

Dominic se figea.

— Elle est déjà sur votre liste de surveillance.

Sebastian avait l'air sombre.

— En fait, elle n'est officiellement sur aucune liste.

Le ciel soit loué, pensa Dominic.

— Alors pourquoi en savez-vous tant sur elle ?

— Elle est ma nièce, répondit Warlock avec une pointe d'ironie.

8

Dominic s'approcha de l'entrée de Bedford House tandis que la voiture de Warlock s'éloignait. Sa demeure avait été bâtie voilà des siècles, mais elle avait été rénovée et agrandie du vivant de son père. Assez carrée et haute de trois étages, elle arborait trois tours médiévales rondes, celle du centre abritant le vestibule. Une allée circulaire avait été dessinée devant la maison, et des jardins soigneusement entretenus se trouvaient à l'arrière. Des roses et du lierre grimpaient sur la façade, et de belles pelouses allaient jusqu'à la rue.

Soudain, des images traversèrent son esprit, des hommes blessés et mourants, le chaos sur les lignes de front et Nadine sans vie, un cadavre dans une rue pavée couverte de sang…

Avec difficulté, il revint au présent. Pourquoi fallait-il que ces souvenirs viennent le hanter maintenant ? Il était chez lui ! Il n'avait plus rien à craindre.

Il cligna des paupières. Les deux portiers en livrée bleu roi et or qui se tenaient devant la porte d'entrée en ébène le regardaient bouche bée. Il prit un instant pour se ressaisir. Il n'avait jamais eu autant besoin de se retrouver chez lui. Maudite soit la guerre !

Il gravit les marches du perron en souriant légèrement. Les portiers ouvrirent la porte et s'inclinèrent.

Les souvenirs vivaces avaient disparu, maintenant. Il s'arrêta un instant dans son vestibule arrondi et regarda autour de lui. Peu de chose avait changé. Des chaises dorées tapissées de damas rouge étaient rangées le long des murs. Le sol était en marbre noir et blanc, les murs en stuc blanc et le plafond voûté au-dessus de sa tête était haut de trois étages. Plusieurs portraits et paysages ornaient les murs, y compris une huile de ses parents et lui, peinte quand il était petit. Il était *chez lui.* C'était incroyable, il avait du mal à s'en convaincre.

Son majordome arriva en hâte du fond du vestibule. Le choc s'inscrivait sur les traits de Gérard.

— Milord ! s'écria-t-il. Nous ne vous attendions pas !

Dominic sourit. Pour le mois à venir, il voulait tout le confort, et toute la paix, que sa vie à Londres pouvait lui offrir.

— Bonjour, Gérard. Vous n'avez pas besoin de courir. Oui, je suis rentré. La comtesse douairière est-elle à la maison ?

Le domestique le rejoignit en rougissant.

— Milord, bon retour chez vous ! Lady Paget est dans le salon doré, milord, avec des visiteuses.

Gérard était un Français d'âge moyen qui avait été dans la famille de sa mère depuis qu'elle était adolescente. Mince, les cheveux gris, il était entièrement dévoué à Dominic et encore plus à Catherine. Il détailla la tenue de Dominic avec un air désapprobateur.

— Ils sont empruntés, l'informa Dominic.

Il sourit et passa devant le majordome, qui le suivit.

— Milord, que puis-je faire pour vous ?

— Où est Jean ? demanda Dominic en se référant à son valet, tandis qu'il franchissait le seuil d'un grand salon aux murs et au mobilier dorés.

Sa mère était assise au fond de la pièce avec deux autres dames, resplendissante comme toujours dans une robe de soie verte et une parure d'émeraudes. Elle le vit immédiatement. Personne, bien sûr, ne se doutait qu'il avait été ailleurs qu'à la campagne, où il avait plusieurs belles propriétés, ni qu'il n'avait pas vu sa mère depuis des mois.

— Bonjour, maman.

A son crédit, elle ne poussa pas de cri ou d'exclamation, alors qu'il savait qu'elle était stupéfaite. A la place, elle pâlit légèrement et conserva une expression impassible. Elle se leva lentement.

— Je vais appeler Jean tout de suite, dit Gérard.

— Je souhaite me changer, indiqua Dominic. Dites-lui de me préparer un bain chaud. Et Gérard ? Ouvrez mon meilleur pinot noir. Le 87.

Dominic s'avança ensuite vers sa mère. Catherine Fortescue Paget était une femme menue aux cheveux blond foncé et à la silhouette exceptionnelle. Elle était toute petite, mais elle avait un port royal. Elle restait incroyablement belle et charmante, au point qu'elle avait décliné une douzaine de demandes en mariage sérieuses ces cinq dernières années, depuis la mort de son époux. Elle sourit à son fils, et il comprit combien elle se contrôlait.

— Vous avez l'air en pleine forme, dit-il en guise de salut.

Elle était ravissante dans sa toilette verte et ne semblait pas assez âgée pour être sa mère.

— Dominic, dit-elle d'une voix enrouée.

Il savait qu'elle était au bord des larmes.

— Tu es resté bien trop longtemps à la campagne.

Il lui prit les mains.

— Oui, en effet, et je suis très heureux d'être à la maison.

Il l'embrassa sur les deux joues, puis la laissa le présenter à ses invitées. Les deux femmes le saluèrent avec enthousiasme, puis dirent à Catherine qu'elles reviendraient plus tard dans la semaine, étant donné qu'elle avait visiblement besoin de passer un moment avec son fils. Dominic attendit, les mains dans les poches de sa redingote, tandis que sa mère les raccompagnait à la porte et leur promettait d'aller les voir dans quelques jours.

— Vous devriez amener lord Bedford lorsque vous viendrez, proposa lady Hatfield.

— Je ferai de mon mieux, promit Catherine.

Quand elles furent parties, elle se tourna, le teint cendreux.

— Je vais bien, dit-il doucement.

Des larmes emplirent les yeux verts de sa mère.

— Oh ! Dominic !

Elle courut à lui et l'étreignit fortement. Puis elle s'écarta.

— Que t'est-il arrivé ? Il y a trois semaines, Sebastian Warlock m'a dit que l'on t'avait tiré dessus. Il a dit que tu rentrerais à Londres quand tu pourrais voyager. Mais ce vaurien ne m'a rien dit d'autre !

Elle s'empourpra. Quand elle était en colère, des étincelles jaillissaient de ses yeux.

— J'étais si furieuse qu'il ne veuille rien me dire !

Il la prit par le bras et la ramena au canapé. Il ne mentirait pas à sa mère, mais il ne l'alarmerait pas non plus en lui disant qu'il avait été démasqué en France et avait été la cible d'un assassin.

— Comme vous le savez, j'ai rejoint Michel Jacquelyn et ses rebelles dans la vallée de la Loire.

Il avait réussi à envoyer une lettre à sa mère après sa rencontre avec Michel.

— Nous avons attaqué l'armée française en mai et juin, plusieurs fois. Nos deux premières attaques ont été réussies, nous avons fait fuir les troupes françaises. Mais nous avons été moins chanceux dans la troisième bataille. Les combats ont été terribles. J'ai reçu une balle.

Il haussa les épaules, détestant le fait de devoir mentir à sa mère. Mais c'était nécessaire. Si elle apprenait qu'un assassin avait cherché à l'éliminer, Catherine ne s'en remettrait jamais.

— Warlock a envoyé des hommes pour me faire sortir de France. Je me souviens à peine d'avoir traversé la Manche, mais finalement j'ai survécu. Comme vous pouvez le voir, je vais bien.

Elle lui jeta un regard incrédule.

— As-tu été grièvement blessé ?

Il lui sourit.

— Seule la chair a été touchée.

Il ne lui dirait jamais qu'il avait été aux portes de la mort.

Elle le regarda d'un air chagriné, visiblement pas convaincue.

— Pourquoi n'as-tu pas écrit ? Warlock a dit que tu avais été emmené en Angleterre, mais il n'a pas voulu me dire où tu étais ! Quand je n'ai pas reçu de tes nouvelles, j'ai eu peur.

Il hésita.

— J'étais dans le sud de la Cornouailles, entre les mains d'une sympathisante jacobine.

Elle poussa une exclamation étouffée. Le visage de Dominic se ferma tandis qu'il repensait à Julianne.

— Mais elle était très aimable et m'a soigné. De fait, elle a supposé que j'étais de l'armée française, dit-il, et les yeux de sa mère s'élargirent. Naturellement, je ne pouvais révéler qui j'étais et une chose en a entraîné une autre.

Il songea à leur liaison brûlante et se demanda pour la énième fois si Julianne était toujours furieuse contre lui.

— Je ne pouvais vous écrire et prendre le risque que ma lettre soit interceptée par elle ou ses amis.

— Mon Dieu, s'exclama sa mère d'un ton âpre, les Jacobins sont partout ! Je ne puis croire qu'une Jacobine t'a guéri !

Elle prit le visage de son fils dans ses mains et l'embrassa sur les joues.

— Elle était d'une compagnie agréable, dit-il.

Catherine soupira.

— Ah, ainsi elle était belle, et t'a aidé à passer le temps.

Il décida de ne pas faire de commentaire.

— Viens t'asseoir avec moi, dit-elle en prenant place sur le canapé.

Il la rejoignit.

— Quand je suis parti, les radicaux d'Angleterre étaient une toute petite fraction de la population éduquée.

Elle lui décocha un regard noir.

— Ils restent un petit groupe, Dominic, mais ils sont bruyants, aussi enragés que les Jacobins de Paris. Ils tiennent une convention ici, à Londres, la semaine prochaine. Et cet horrible radical, Thomas Hardy, tient une convention à Edimbourg. Ils accueilleraient l'armée française à bras ouverts si elle arrivait sur nos côtes.

Dominic la regarda. Il détestait penser qu'elle restait aussi affectée par son séjour en France qu'il l'était, lui. Quand il l'avait retrouvée en France presque deux ans plus tôt, ils avaient passé plusieurs nuits dans différentes auberges, dans des chambres voisines, tandis qu'ils se rendaient à Brest pour s'échapper. Il savait qu'elle avait eu des cauchemars et des insomnies.

Il était reparti pour la France quelques semaines après l'avoir conduite en sécurité à Londres, pour chercher Nadine. Ils n'avaient pas eu l'occasion d'avoir une vraie conversation dans la longue année et demie qui avait suivi.

— Comment s'est passée cette dernière année pour vous ? demanda-t-il.

— J'ai été très inquiète, bien sûr.

— Ce n'est pas ce que je voulais dire. Comment Londres vous a-t-elle traitée ?

Elle eut un sourire fugace.

— La révolution a changé cette ville. Tout le monde parle des atrocités en France en permanence, sans mentionner la guerre. Et maintenant on parle même d'une invasion. Peux-tu l'imaginer ? Les Français pourraient-ils envahir la Grande-Bretagne ? Oseraient-ils ?

Dominic était calme.

— Certainement pas dans un proche avenir. Et, si jamais ils nous envahissaient, ce serait dans le Nord, peut-être en Ecosse, ou dans le Sud, où ils ont beaucoup de sympathisants.

Il pensa de nouveau à Julianne.

Catherine le fixa, puis prit ses mains dans les siennes.

— Je fais des allées et venues entre Londres et Bedford Hall. Je vais à des thés et à des dîners, au théâtre et dans des bals et, de temps en temps, j'encourage un prétendant. Non pas parce que cela m'intéresse d'aller à la campagne, ou au bal, ou de me faire courtiser, mais parce que je suis encore en vie, et que c'est ce qu'une femme doit faire.

Le cœur de Dominic se serra.

— Je suis désolé d'être parti si longtemps.

Sa mère devait se remarier, songea-t-il. Pourquoi n'y avait-il pas pensé auparavant ?

— Je sais que tu n'en parles pas, mais je suis heureuse que tu sois un patriote, Dominic, dit-elle doucement. Je suis heureuse que tu sois resté en France.

Elle n'acheva pas ses pensées, ce qui le soulagea, car il ne parlerait jamais ouvertement de ses activités avec elle.

— Je m'inquiète pour vous, dit-il. Vous n'êtes pas heureuse.

— Je suis heureuse que tu sois rentré ! s'écria-t-elle. Mais comment puis-je être heureuse quand mon pays est détruit, pièce par pièce, jour après jour, semaine après semaine ? Cela me rend malade.

— Il y a des rébellions partout, dit-il, à Lyon, Toulon, Marseille…

Elle l'interrompit.

— Je sais. Peut-être cela finira-t-il bien, finalement.

Il détourna les yeux.

— Tu n'as pas besoin de feindre, dit-elle doucement. J'essaie d'être optimiste, mais je ne me sens pas optimiste. Pas du tout. Es-tu retourné à l'appartement ? Reste-t-il quelque chose ?

— Il ne reste rien, répondit-il fermement, sans émotion. Mais le château est intact. Les vignobles vont bien.

— Intact, répéta-t-elle. Ils vont violer notre maison, Dominic.

Il lui prit la main. Elle était née au château et ne supporterait pas de voir le domaine de son enfance dévasté.

— Peut-être pas. La Vendée est forte, en ce moment.

Elle lui fit face, une étrange expression sur le visage, et resserra sa main sur la sienne.

— Dominic. Tu n'es pas au courant, n'est-ce pas ?

— Au courant de quoi ?

Il n'avait aucune idée de ce qu'elle voulait dire.

— J'ai des nouvelles. De bonnes nouvelles.

Elle humecta ses lèvres, puis sourit.

— Nadine est vivante.

— Je suis si contente que tu prennes ces vacances, dit Amelia avec un doux sourire, assise sur son lit face à celui de Julianne.

Julianne plaça une robe dans sa valise, ouverte sur son lit.

— Je suis excitée, admit-elle avec un sourire sincère. Cela fait un an que je ne suis pas allée en ville.

— Et je suis excitée pour toi, dit Amelia.

Julianne sourit de nouveau. Elle avait toujours adoré Londres, même si c'était une ville aux grandes contradictions. Elle adorait la foule, le bruit, l'animation ; elle aimait même la circulation. Elle adorait les bibliothèques, les musées et, surtout, les clubs.

Alors que toutes les classes de la société abondaient dans la capitale, des plus pauvres d'entre les pauvres aux pairs les plus fortunés, Londres était un aimant pour les intellectuels. La ville était pleine de poètes, d'écrivains et d'artistes, de philosophes, de professeurs… et de radicaux.

On pouvait y assister à des réunions d'hommes et de femmes de ses opinions, discutant des progrès de la société, de la libération du simple citoyen, qui se tenaient presque tous les jours. Des débats étaient organisés sur les Lois sur le blé et la liberté du commerce ; sur le salaire minimum et les conditions de travail. On trouvait à chaque coin de rue des pamphlets défendant le suffrage universel, critiquant la situation dans les fabriques et les mines, protestant contre la guerre avec la France, soutenant la réforme des quartiers. En longeant un pâté de maisons, on pouvait passer devant de somptueuses résidences, où les femmes portaient des diamants et des robes de soie, et puis, dans la rue suivante, on trouvait des pauvres et des sans-abri qui se bousculaient dans une misère abjecte, leurs enfants s'accrochant aux jupes de leur mère, mendiant un penny.

Londres était l'endroit le plus excitant qu'elle connaissait.

— Quelle chance que Tom parte pour cette assemblée à Edimbourg, ainsi tu peux voyager avec lui jusqu'à Londres, dit Amelia.

Julianne pensa que c'était en effet une grande chance que la convention de Londres ait lieu une semaine avant celle d'Edimbourg. Amelia ignorait qu'elle se rendait en ville pour assister à cette convention, mais Julianne pensait que sa sœur l'aurait encouragée à partir même si elle avait su la vérité. Amelia s'inquiétait beaucoup à son sujet depuis le départ de Dominic Paget.

Cela faisait une semaine qu'elle avait démasqué le prétendu Charles Maurice. Et cette semaine avait été la pire de sa vie. Elle avait dû voir la vérité en face : elle avait le cœur brisé parce qu'elle était tombée amoureuse d'un traître. Il lui avait menti et l'avait abandonnée. Sa souffrance était profonde, mais elle s'en remettrait.

Bien sûr, elle serait toujours en colère contre Paget. Et son ressentiment ne faisait qu'augmenter avec le temps, tandis qu'elle prenait conscience d'avoir été utilisée et abusée.

Mais elle ne pouvait changer le passé. Ce qu'elle pouvait faire, en revanche, c'était combattre les souvenirs de leur histoire et tourner la page. Elle n'allait pas laisser ce scélérat causer plus de dommages qu'il ne l'avait déjà fait.

Parfois, cependant, elle s'éveillait au milieu de la nuit, brûlant d'être avec Charles qui lui manquait terriblement. Et, dans ses moments-là, elle devait se répéter que l'homme qu'elle aimait n'existait pas.

Elle avait désespérément besoin de partir. Voyager avec Tom serait très agréable. Ils passeraient les deux ou trois jours de trajet à discuter de guerre et de politique. Il n'y avait rien de mieux que cela ! Avec Tom, et pendant qu'elle assisterait à la convention, elle ne serait pas aussi susceptible de laisser son esprit dériver vers de douloureux souvenirs de Charles, ou de détestables souvenirs de Paget.

— C'est aussi une chance que Lucas ait de la place pour toi dans son appartement, reprit Amelia. Mais je suis surprise que tu ne veuilles pas aller à Edimbourg avec Tom.

Julianne plaça sa robe dans la valise.

— Il me l'a demandé, Amelia, mais nous ne pouvons nous permettre un tel voyage. C'est deux fois plus cher que d'aller à Londres !

— Tu as envie d'y aller ? demanda doucement Amelia.

Julianne se redressa. Tom l'avait de nouveau invitée à se joindre à lui à la convention de Thomas Hardy. Il lui avait dit tout de go qu'il paierait ses frais, y compris sa chambre d'hôtel. Il lui avait rappelé qu'il pouvait se le permettre, et que ce serait un plaisir pour lui. Elle avait refusé.

Un mois plus tôt, elle aurait été enchantée d'accepter son offre, et d'avoir l'occasion de rencontrer Thomas Hardy, même si elle aurait considéré qu'accepter une telle invitation était très inconvenant.

Mais la vérité, c'était qu'elle n'avait plus envie d'aller à Edimbourg. Elle voulait se rendre à Londres, où était Paget.

L'espoir de le croiser ne la quittait pas. Et c'était effrayant. Même si elle ne pardonnerait jamais à ce maudit tory ce qu'il lui avait fait, elle voulait le revoir. Dominic Paget était toujours dans ses pensées.

Julianne sourit sombrement à Amelia et s'assit sur son lit, face à sa sœur.

— Je sais ce que tu penses. Tu as l'intention de te restreindre pour que je puisse aller à Edimbourg.

— Je veux que tu sois heureuse, dit Amelia en lui prenant la main.

— Je ne suis pas aussi abattue que je l'étais, commença-t-elle.

Amelia l'interrompit.

— Le chagrin se lit sur ton visage la plupart du temps.

Son cœur *était* brisé. Elle avait tant aimé Charles. Mais elle ne ferait pas ce que sa sœur suggérait.

— Tu ne dépenses rien pour toi. Je ne connais personne qui se sacrifie autant que toi ! Je ne veux pas que tu te prives encore plus pour que je puisse aller à des débats radicaux à Edimbourg ! En outre, tu n'aimes pas mes opinions politiques et tu ne souhaites sûrement pas m'encourager.

Des larmes apparurent dans les yeux d'Amelia.

— En ce moment, si ta politique pouvait faire renaître une lueur de joie dans ton regard, je t'encouragerais vivement ! J'ai envie d'écrire à Bedford et de lui dire ce que je pense.

Julianne se raidit, horrifiée.

— Ne t'avise même pas de faire une chose pareille.

— Pourquoi pas ? C'est un vaurien. Il a une dette envers nous et c'est ainsi que nous sommes remerciées. Si tu attends un enfant, je le dirai à Lucas.

Julianne se leva.

— Je suis certaine que je n'attends pas d'enfant !

Amelia se leva aussi.

— Il t'a perdue, Julianne. Tu es jeune et belle, et Lucas pourrait t'arranger un beau mariage, si seulement tu le laissais faire !

Julianne se sentit rougir.

— Tu sais ce que je pense du mariage.

Elle songea à Paget et à ses brûlants yeux verts. Avait-il éprouvé *quoi que ce soit* pour elle ?

— Mais, toi, tu mérites un bon époux et des enfants, Amelia, nous savons toutes les deux que tu adores les enfants. Tu ferais une mère merveilleuse !

— Nous parlons de toi ! rétorqua Amelia.

— Oui, parce que tu ne penses jamais à toi. Alors parlons de toi.

Julianne se laissa retomber sur son lit.

— C'est *toi* qui devrais aller à Londres. Tu es celle qui s'occupe toujours de maman, qui s'occupe de nous tous, en vérité. Tu fais la cuisine et le ménage pendant que je cours à mes réunions ou me plonge dans mes livres.

— Personne ne te laisserait cuisiner, tu fais tout brûler, plaisanta Amelia. Et tu nettoies autant que moi.

Julianne essayait bien de faire ses corvées ; mais, une

fois de temps en temps, elle se laissait tant absorber par un débat ou un journal qu'elle les oubliait. Elle avait été complètement accaparée par Paget pendant qu'il se remettait, et ensuite par leur liaison. Puis elle avait été consumée par sa douleur et son chagrin. A présent, elle s'enfuyait à Londres alors que c'était Amelia qui méritait ces vacances.

— Est-ce ce que tu as ressenti quand St. Just n'est pas revenu ? demanda-t-elle doucement.

Amelia pâlit.

— Oui, mon cœur était brisé. Mais j'étais une sotte, Julianne. Tu étais trop jeune pour t'en souvenir, mais tout le monde m'avait prévenue et je n'avais pas écouté. Après tout, quand nous nous sommes rencontrés, il était un noble fortuné et nous étions de la petite noblesse appauvrie. Quand son frère est mort, j'aurais dû comprendre que c'était fini, qu'il se tournerait vers une débutante aussi noble et privilégiée que lui. Tu n'as pas été une sotte comme moi. On a profité de toi. On t'a menti et trompée délibérément.

— Tu devrais aller à Londres à ma place.

Amelia secoua la tête.

— Je reste ici pour prendre soin de maman. Je n'ai rien à faire à Londres, Julianne, mais toi si. Je veux que Lucas t'emmène prendre le thé, se promène avec toi dans le parc, te présente à de beaux gentlemen. Je veux qu'il t'emmène à des dîners où l'on t'invitera à danser, où l'on flirtera avec toi.

— *Quoi ?* s'exclama Julianne, choquée.

— Tu es jeune et belle ! s'écria Amelia. La vie ne doit pas te passer devant !

— Lucas ne fréquente pas ces cercles-là !

Julianne était épouvantée par le discours de sa sœur. Amelia était-elle résignée à devenir une vieille fille ?

— Il le fait quand il le veut. Notre oncle Sebastian peut nous ouvrir toutes les portes.

Julianne serra ses bras autour d'elle.

— Je me souviens à peine de lui. Je ne l'ai pas vu depuis des années.

— Lucas et lui sont en bons termes.

— Suggères-tu que j'aille à Londres pour que Lucas me trouve un prétendant ?

— Pourquoi pas ?

Julianne se récria.

— Je ne veux pas épouser…

Amelia l'interrompit.

— Et si tu rencontrais quelqu'un qui te tourne la tête comme l'a fait Paget ? Si tu avais un soupirant qui t'intéresse autant que lui ?

Julianne la dévisagea, le cœur battant très fort. Elle aurait fait n'importe quoi pour Paget, s'il lui avait demandé de l'épouser, avant d'être démasqué, elle aurait dit oui.

— C'est ce que je pensais, dit Amelia, l'air satisfait.

— Amelia. Je ne ressentirai jamais la même chose pour un autre homme. C'est toi qui as besoin d'un prétendant, pas moi.

— Tu rencontreras quelqu'un d'autre. Je suis résignée à rester célibataire. Quelqu'un doit s'occuper de maman et de cette maison.

— Tu t'es occupée de cette famille depuis dix ans, au moins. Alors que tu aurais dû être une enfant insouciante, tu étais notre matriarche.

— Maman est tombée malade quand nous étions enfants. Elle ne l'a pas fait exprès. Et, même si je décidais de chercher un prétendant, aucun ne voudrait de moi, pour le cas où tu ne l'aurais pas remarqué. Je suis trop sérieuse et trop ordinaire.

— Tu n'es pas ordinaire, rétorqua Julianne. Toutefois, je suis d'accord, tu es trop sérieuse. Je ne sais plus, Amelia. Aller à Londres me paraît horrible, maintenant.

— Je veux que tu y ailles.

Amelia vint l'enlacer fortement.

— J'insiste pour que tu y ailles ! Et si tu veux aller à Edimbourg…

— Non, coupa Julianne. Je ne veux pas encourager Tom, dit-elle, et c'était en partie vrai.

Amelia l'étudia avec beaucoup d'attention. Julianne eut soudain l'impression que sa sœur savait pourquoi elle était si avide d'aller à Londres… Et cela n'avait rien à voir avec la convention en faveur des Droits universels de l'homme…

— Milord, la comtesse douairière m'a demandé de vous dire qu'elle en aura encore pour quelques minutes. Puis-je vous apporter quelque chose pendant que vous attendez lady Paget ?

— Non, merci.

Dominic se remit à arpenter le vestibule avec impatience. Il portait du velours noir, ce jour-là, choisi par son valet avec son approbation, et des culottes très claires, des bas blancs et des chaussures noires vernies à boucles d'argent.

Gérard s'éloigna et Dominic le suivit des yeux. Nadine était arrivée en ville la veille au soir, et il allait la voir.

Nadine était vivante.

Il avait eu une semaine entière pour se faire à l'idée qu'elle était en vie. C'était un vrai miracle. Il était encore sous le choc. Mais il était fou de joie.

Elle n'avait pas été piétinée à mort par cette foule, comme Catherine l'avait cru. Mais elle avait été gravement blessée dans l'émeute, et sauvée par une aimable famille parisienne. Elle avait mis des mois à guérir. Apparemment, elle avait souffert d'une amnésie temporaire. Le temps qu'elle ait pleinement conscience de sa situation, sa famille avait déjà fui la France. Alors, elle avait bataillé pour prévenir son père, qui se trouvait désormais en Angleterre. Lorsqu'elle l'avait fait, le comte d'Archand avait fait intervenir Warlock. Il avait envoyé ses gens la chercher. Elle était arrivée à Londres au printemps, mais le comte s'était déjà installé en Cornouailles et ils étaient immédiatement partis pour la campagne.

Pendant qu'il se remettait à Greystone Manor, Nadine était quelque part dans la même région. Pendant qu'il était dans les bras de Julianne, sa fiancée était bien vivante.

Bien sûr, il était rongé par la culpabilité. Et, même s'il se trouvait des excuses, il ne parvenait à alléger ce sentiment.

Que faire, à présent ? Son histoire avec Julianne *était* terminée, même s'il n'en avait pas l'impression. Même s'il souhaitait pouvoir lui reparler, et peut-être la convaincre qu'il n'était pas complètement dénué de morale. Quant à Nadine, deux ans avaient passé depuis leurs fiançailles, et il avait beaucoup changé.

Il connaissait Nadine depuis toujours. Catherine l'amenait en France chaque été, depuis qu'il savait marcher. Ils avaient pratiquement grandi ensemble et la famille de Nadine venait souvent les voir à Londres. Ils avaient joué ensemble, fait leur lecture ensemble, monté leurs poneys ensemble et joué dans les vignobles avec leurs amis et cousins. Il l'aimerait toujours.

Il pensa à la passion qu'il avait partagée avec Julianne. Son corps réagit aussitôt. Il la désirait encore, cela ne faisait aucun doute, et ce désir le rendait presque fou. Il avait pris Nadine dans ses bras et l'avait embrassée après leurs fiançailles, mais il ne se souvenait pas d'avoir jamais été aveuglé par une telle passion.

Peut-être que, lorsqu'il reverrait Nadine, ces terribles pulsions pour Julianne disparaîtraient. Il l'espérait même si, en réalité, cela n'avait pas d'importance.

Deux ans, c'était très long. Et alors que ces deux années ne pouvaient changer son affection et sa loyauté, elles avaient changé ses engagements. Il s'était engagé à arrêter la révolution en France. Il s'était engagé à préserver le mode de vie français. Il s'était engagé à soutenir les royalistes dans la vallée de la Loire, et dans le reste du pays.

Il avait dit à Julianne, une fois, qu'elle ne devait pas l'attendre.

Il n'avait d'autre choix que de dire la même chose à

Nadine. Elle méritait beaucoup plus que ce qu'il pouvait lui offrir, elle méritait un mari aimant et une vie ordinaire.

— Dominic ?

Il se tourna en entendant la voix de sa mère. Il parvint à sourire tandis que Catherine glissait dans le vestibule, portant une robe de soie rouge, des rubis et une perruque très ornée, constellée de bijoux. Elle souriait en s'approchant de lui.

— Tu es très séduisant, mais pourquoi avoir choisi du noir ? Tu vas voir ta fiancée après deux longues années. C'est une fête et non pas un deuil.

— Je crains que Jean n'ait insisté et j'ai choisi de lui faire plaisir.

Elle posa une main sur sa joue.

— Tu as bien fait, car il est un valet inestimable. La semaine a été longue, ajouta-t-elle, à attendre que d'Archand amène Nadine à Londres pour que vous puissiez enfin vous retrouver.

Son regard était scrutateur.

Impassible, Dominic lui prit le bras et ils se dirigèrent vers la porte.

— Cela fait deux ans. C'est une très longue période. Vous savez ce que je ressens pour Nadine. Mais j'éprouve une certaine nervosité.

Deux valets en livrée se précipitèrent pour leur ouvrir la massive porte d'entrée.

— Tu as connu Nadine toute ta vie. Elle t'aime et tu l'aimes. Dès que vous vous reverrez, je suis sûre que tout redeviendra comme avant.

Sa mère adorait Nadine. Elle ne serait pas contente d'apprendre que le mariage ne figurait plus dans les plans de son fils ; elle ne serait pas contente lorsqu'il retournerait en France.

Il aida Catherine à monter dans son luxueux carrosse noir, tiré par six chevaux.

— Je suis sûr que vous avez raison, dit-il sans s'engager, en montant à côté d'elle.

Catherine saisit son avant-bras.

— Dominic, il y a quelque chose que je dois te dire.

Elle était sombre. Il sentit monter son appréhension.

— Nadine n'est plus la même.

Sur le seuil du salon, Dominic hésita. A ce moment-là, Nadine, qui était assise sur le canapé, se leva lentement.

Il sentit une douce chaleur l'envahir. Dieu merci, elle était vivante.

Elle lui adressa un petit sourire. Il sourit en retour. Physiquement, Nadine n'avait pas du tout changé. Elle était très menue avec des cheveux sombres, des yeux noirs et un teint mat. Elle ne portait pas de perruque, et son épaisse chevelure lui tombait dans le dos. Avec son visage en forme de cœur, sa bouche en bouton de rose, ses yeux foncés frangés par d'épais cils noirs et sa silhouette bien dessinée, c'était une très belle femme.

Maintenant elle le dévisageait, son petit sourire disparaissant. Un instant, il devina l'appréhension dans son regard.

— Dominic ! crièrent ses deux jeunes sœurs, à l'unisson.

Il n'avait pas remarqué Véronique ou Angelina, ni même le comte d'Archand. A présent, il prenait conscience que le reste de la famille était présent. Tandis que les deux filles fonçaient sur lui à travers le salon, Catherine fit un pas de côté, comme le majordome.

— *Pourquoi êtes-vous parti si longtemps ?* demanda l'une des filles en français.

— Vous nous avez beaucoup manqué, et à Nadine aussi, dit l'autre en anglais.

Véronique avait douze ans, Angelina treize, mais elles étaient presque identiques, comme des jumelles. Elles tenaient de la défunte épouse du comte, blondes aux yeux ambrés.

— Vous m'avez manqué aussi, dit-il en les embrassant sur les deux joues. Mais, un instant, j'ai presque cru que j'allais être piétiné par des sauvages américains !

Il regarda finalement Nadine, souriant toujours.

— Vous avez oublié vos manières, toutes les deux, dit-elle doucement à ses sœurs, mais sans le quitter des yeux. Bonjour, Dominic.

Elle avait toujours été l'une des femmes les plus gracieuses et aimables qu'il connaissait. Il y avait quelque chose dans ses mouvements, ses gestes, son ton et son attitude qui était comme une main tendue à ceux qui l'entouraient, mais indiquait aussi sa noblesse. Elle aurait fait une comtesse exceptionnelle.

Néanmoins, Dominic se rendit compte tout de suite que, même si sa grâce innée demeurait, elle était pleine de tristesse. L'étincelle qui brillait dans ses yeux avait disparu. Il lâcha Véronique et alla à elle, prenant ses deux mains dans les siennes.

— Comment allez-vous ?

Elle hésita.

— Je vais bien.

Ses yeux se mouillèrent. Dominic n'hésita pas. Il se pencha pour l'embrasser sur les joues, puis ouvrit les bras. Elle se glissa entre eux et il la tint serrée, la réconfortant pour tout ce qu'elle avait traversé.

Cette étreinte était si familière, il l'avait tenue tant de fois dans ses bras ! Mais tandis qu'il la pressait contre lui, il pensa à Julianne. Il en fut choqué, pas simplement parce que ses pensées s'égaraient, mais parce que, lorsqu'il tenait Julianne, cela n'avait rien de désinvolte. Alors il se sentit mal à l'aise. Dans ses bras, Nadine était comme une sœur, pas une fiancée. Il l'aimait tendrement, il la protégerait toujours, mais il comprit soudain qu'il ne pourrait jamais lui faire l'amour.

Il la lâcha et esquissa un sourire.

— Je suis si heureux que vous soyez en vie. J'ai passé des mois à vous chercher en France.

Des larmes brillaient dans ses yeux. Mais Nadine n'était pas le genre de femme à pleurer facilement.

— Je sais. Je l'ai entendu dire. Je vous en prie, Dominic, ne vous blâmez pas de n'avoir pu me trouver. Je me cachais.

Il toucha sa joue. Nadine était une femme très forte, mais elle avait dû être effrayée, et elle avait été seule.

— J'aurais aimé être avec vous.

— Je sais, mais il ne sert à rien de déplorer ce qui ne peut être changé.

— Non, cela ne sert à rien, approuva-t-il.

Il se tourna vers le comte d'Archand et ils se serrèrent la main chaleureusement.

— Ainsi vous vous êtes installés en Cornouailles ?

— Oui. Nous avons été guidés vers une propriété qui avait été négligée pendant des années et je l'ai achetée, dit d'Archand.

C'était un grand et bel homme brun qui avait épousé une femme plus âgée alors qu'il était très jeune. Il était veuf depuis maintes années, maintenant. Il avait perdu deux grands domaines en France, un dans la vallée de la Loire, l'autre dans le Sud, près de Marseille.

— Cela semble être un endroit sûr pour élever Véronique et Angelina.

Il était ferme et, avant que les filles ne puissent protester, il les arrêta d'un regard.

Dominic se retourna vers Nadine, sachant que ses sœurs détestaient la campagne.

— Aimez-vous la Cornouailles ?

— C'est tranquille, isolé... mais nous sommes ensemble, maintenant.

Elle sourit brièvement et il se demanda ce qu'elle pensait vraiment.

— Vous avez changé, Dominic.

Il hésita.

— Je suis plus âgé.

— Nous sommes tous les deux plus âgés. Vous avez beaucoup changé, répéta-t-elle d'un ton pensif. Mais je suppose que nous avons changé tous les deux.

— Vous êtes encore plus belle que la dernière fois où nous nous sommes vus.

Elle sourit, essuya ses yeux humides et haussa un sourcil.

— Oseriez-vous jouer les galants avec moi ?

— Je le pense.

— Je ne m'en soucie pas, et vous le savez.

— Oui, je le sais.

Nadine ne s'était jamais souciée de son apparence et, contrairement à toutes les Françaises qu'il connaissait, elle n'était pas coquette.

— Voulez-vous faire une promenade ?

— Bien sûr.

Il lui offrit son bras et la regarda avec attention. Pourquoi y avait-il tant de tension entre eux ? Autrefois, ils avaient été aussi proches qu'un jeune homme et une jeune femme qui n'étaient pas amants mais bons amis pouvaient l'être. Il la connaissait bien, et elle n'avait jamais été aussi réservée. C'était comme si elle avait dressé un mur invisible entre eux. Ou était-ce lui ?

D'Archand ouvrit la porte-fenêtre qui donnait sur la terrasse et les jardins de derrière. Il leur sourit quand ils sortirent. Nadine semblait surveiller où elle allait, et Dominic étudia son profil classique.

— Je suis très heureux que vous soyez rentrée chez vous.

Il s'arrêta au bord de la terrasse en ardoise, juste au-dessus d'un petit jardin et d'une fontaine. Elle lâcha son bras et croisa son regard.

— Mais ce n'est pas ma maison, pas vraiment.

— Sincèrement, la Cornouailles vous plaît-elle ?

— Alors vous pouvez toujours lire dans mon esprit, comme un bohémien ?

— Non.

Elle sursauta, le regardant dans les yeux.

— J'étais capable de sentir vos pensées, autrefois, et je ne peux plus les sentir maintenant. Je sais seulement qu'il y a quelque chose de différent en vous, ou entre nous, dit-elle.

Il avait envie de lui dire qu'il avait passé les dix-huit derniers mois en France, à espionner pour Pitt. Il savait qu'il ne le devait pas. Et comment répondre à sa remarque ?

— Vous n'avez pas répondu à ma question.

Elle haussa une épaule.

— Je suppose que je m'habituerai à mes nouvelles conditions, mais ma maison dans la vallée de la Loire me manquera toujours.

— Vous avez besoin d'un peu de temps pour vous adapter, c'est tout.

Elle lui sourit légèrement.

— Oui, avec le temps, je me ferai à cette nouvelle vie.

Finalement, Dominic demanda doucement :

— Avons-nous tant changé tous les deux que nous sommes devenus des étrangers l'un pour l'autre ?

Des larmes emplirent les yeux de Nadine.

— J'espère que non ! Je vous aime, Dominic.

Il savait qu'elle ne voulait pas dire avec passion, et il la prit de nouveau dans ses bras.

— Etiez-vous en France tout ce temps ? demanda-t-elle, son visage contre son torse.

Il se crispa. Il ne voulait pas lui mentir.

— Il vaut mieux que nous parlions de l'avenir, pas du passé, dit-il lentement.

Elle le regarda.

— Alors nous ne parlerons pas de ce que nous avons enduré ces dernières années ? Cela fait deux ans, Dominic, que nous ne nous sommes pas vus.

Son cœur se serra. Il se rappela la dernière fois où il l'avait vue, dans un bal, la veille de son départ pour Paris. Ils s'étaient alors embrassés avec des sentiments, de la passion et, soudain, il fut attristé. Comme ils étaient innocents !

— Il y a des choses dont je ne peux parler, même avec vous, dit-il.

Elle s'écarta de lui et leva les yeux.

— Alors je supposerai que vous avez survécu à une période très difficile, comme moi.

— Oui, nous avons réussi tous les deux à survivre à deux années très difficiles.

Il prit sa main et la tint, souhaitant pouvoir être honnête avec elle. Mais il avait un devoir envers l'Etat. Et son devoir demandait de la duplicité, de la prudence et de la méfiance.

— N'est-ce pas un exploit ? demanda-t-il.

— Vous êtes l'un des hommes les plus forts que je connaisse. Je vous verrais bien survivre à un ouragan, même sur un radeau perdu dans l'océan.

Il sourit enfin sincèrement.

— Personne ne pourrait survivre à cela !

Elle sourit aussi. Un long moment passa, pendant qu'ils s'observaient.

— C'est embarrassant, n'est-ce pas ? demanda-t-elle.

— Oui.

— Je ne suis pas aussi forte que vous.

Il fut alarmé.

— Qu'est-ce que cela signifie ? Je peux voir que vous avez souffert. Je peux voir que vous êtes triste.

— Cela signifie que j'ai changé. J'ai perdu mon innocence, Dominic, ma naïveté.

Elle ne souriait plus.

— La femme que vous vouliez épouser n'existe plus.

— Non ! protesta-t-il. Vous existez, mais vous avez changé, comme moi. Je ne suis plus un garçon insouciant, comme vous n'êtes plus une fille naïve.

— Vous n'avez jamais été un garçon insouciant, dit-elle doucement. Vous avez toujours été un jeune homme plein d'honneur, de fierté, de courage et de devoir. Et je vois que ces qualités n'ont pas diminué, elles se sont renforcées.

Comme elle se trompait, pensa-t-il sombrement.

— Savez-vous ce qui n'a pas changé ? dit-il.

Elle sursauta légèrement, comme en alerte.

— Ma loyauté.

— Je savais que vous alliez dire cela…

Elle laissa retomber sa voix.

— Et cela vous ennuie ? Je prendrai toujours soin de vous et je vous protégerai toujours, si je le peux.

— Mais ? fit-elle.

Il se tut, ne voulant pas aborder un sujet particulièrement intime.

— *Mais* nous ne sommes plus deux enfants qui courent pieds nus dans l'herbe. Nous ne sommes même plus une riche héritière française et un puissant comte anglais, dansant toute la nuit ou assistant à des pique-niques.

Très prudemment, il dit :

— Peut-être que nous devrions parler des deux dernières années, en fin de compte.

— Oui, peut-être, à un autre moment.

Il fut soulagé qu'ils remettent la discussion à plus tard. Il hésita.

— La guerre change tout le monde. Je déteste qu'elle vous ait affectée. J'aimerais avoir pu vous épargner, Nadine. J'ai passé cinq mois à vous chercher. Je n'aurais jamais abandonné si j'avais pensé que vous étiez vivante. Et je ne laisserai pas les années passées détruire notre relation.

— Mais il y a un ouragan en France. La guerre, l'anarchie, les foules, les Jacobins… n'ont-ils pas tout détruit sur leur passage ?

Dominic resta de nouveau silencieux, laissant chaque souvenir sanglant qu'il avait le submerger, et laissant aussi venir chaque souvenir de Julianne. Et, durant ce moment horrible, il comprit que cette maudite révolution avait déjà détruit deux des relations les plus importantes de sa vie.

— Plus rien n'est pareil, n'est-ce pas ? dit finalement Nadine. *Plus rien.*

— Non. Plus rien n'est pareil, Nadine.

9

— Cela doit être la maison, dit Julianne, surprise.

Elle était assise à l'arrière de la voiture de Tom, faisant face à une très agréable demeure de deux étages dans Cavendish Square, à Londres. C'était un beau quartier plein d'autres belles maisons de deux ou trois étages. Des ormes bordaient la rue, ainsi que d'élégants cabriolets et coupés. Oxford Street, avec ses boutiques luxueuses, n'était qu'à un pâté de maisons. La demeure était bien plus grande et plus riche que ce qu'elle avait escompté.

— J'en conclus que la mine et la carrière doivent être plus rentables que ce que dit Lucas, remarqua Tom, paraissant amusé.

— Comment pouvons-nous nous permettre cela ? demanda Julianne.

Lucas ne pouvait absolument pas tenir une telle maison tout seul. Il lui faudrait au moins une gouvernante et une soubrette.

— Je suppose que vous le demanderez à votre frère, dit Tom en souriant. Ah, je vois qu'il y a un valet d'écurie.

Julianne vit un jeune homme s'approcher de derrière la maison, où elle distinguait un hangar à voitures et des écuries au bout d'une courte allée. Tom et elle descendirent de la berline, et Tom parla brièvement avec son cocher. Il devait passer la nuit ici avant de continuer vers Edimbourg, le lendemain matin.

Julianne regarda approcher un coupé très élégant, attelé de deux superbes chevaux bais. Lorsqu'il fut assez près, elle vit deux très belles jeunes femmes assises à l'arrière, vêtues de robes de soie claire et de hautes perruques. Elles agitèrent leur main gantée en passant.

Tout à coup, Julianne se sentit pauvre et gauche.

Tom vint la rejoindre, l'air sombre.

— Elles sont absolument indifférentes à la souffrance qui se trouve au coin de la rue, dit-il.

Julianne soupira.

— Oui. Mais vous devez admettre qu'elles étaient magnifiques.

Il lui décocha un regard bizarre, en partie réprobateur.

— Non. C'est vous qui êtes magnifique.

Julianne esquissa un sourire. Le trajet depuis la Cornouailles avait pris trois jours. Ils avaient passé chaque nuit dans une auberge. Cela avait été un voyage agréable, car elle appréciait la compagnie de Tom et celle de la veuve qui les accompagnait. Julianne ne pouvait guère voyager seule avec Tom, et Mme Reston avait l'intention d'aller voir ses enfants en ville depuis quelque temps déjà. Ils avaient passé tout le temps à lire des journaux, à écrire des lettres et à discuter politique tandis que leur chaperon somnolait.

Par chance, Tom avait été assez aimable pour ne pas aborder le sujet encore sensible de Paget. Il avait trouvé de nombreuses occasions d'admirer l'esprit de Julianne, son intelligence et sa tenue de voyage. Exprimait-il ses sentiments, ou se montrait-il simplement gentil ?

Le cœur de Julianne restait meurtri et à vif. Elle pensait toujours à Paget chaque jour, blessée, en colère et pleine de confusion. Elle espérait que Tom n'avait pas d'intentions sérieuses à son égard.

Le premier jour de voyage, elle avait osé soulever le sujet de la lettre qu'il devait écrire à leurs alliés jacobins de Paris, à propos de laquelle elle se tourmentait en permanence.

— Avez-vous déjà écrit à Marcel ?

— Oui.

Elle s'était sentie consternée.

— Avez-vous identifié Bedford ?

— Naturellement, Julianne. Vous n'avez sûrement pas de doutes sur la nécessité de révéler ses activités, n'est-ce pas ?

Elle était absolument certaine qu'elle ne voulait pas que ses activités soient connues de ses ennemis en France, mais elle était restée silencieuse. Tom avait pris son silence pour un acquiescement et la conversation s'était arrêtée là.

Maintenant, encore mal à l'aise de sa flatterie, elle dit :

— Entrons et reposons-nous un peu. Vous avez encore un long voyage devant vous.

Elle lui prit le bras. Alors qu'ils se tournaient vers la maison, la porte d'entrée s'ouvrit. Lucas sortit, souriant à sa sœur.

— Je vois que vous êtes bien arrivés à Londres. Bonjour, Julianne.

Il s'avança, portant une redingote vert foncé et un gilet argenté sur des culottes claires. Il n'avait pas de perruque et ses cheveux cendrés étaient attachés en arrière. Il était très séduisant.

Julianne l'étreignit, consciente que son sourire était fugace et son regard scrutateur. Elle n'était plus vraiment en colère contre lui, maintenant, et elle était impatiente d'avoir une conversation sincère avec lui, le plus tôt possible.

— Nous avons survécu à quelques très mauvaises routes, dit-elle légèrement.

Lucas se tourna vers Tom et lui serra la main. La dernière fois où elle les avait vus ensemble, c'était à Penzance. Cela remontait à plus d'un mois, le jour de la dernière réunion de la Société à laquelle elle avait assisté. Le jour où Jack avait amené Paget à Greystone.

Ce jour-là, Lucas avait eu un comportement à la limite de l'impolitesse à l'égard de Tom. Mais, à présent, il se montrait calme et courtois.

— Merci d'avoir accompagné Julianne, Thomas.

— C'était avec plaisir, répondit Tom.

— Tom passera la nuit ici, si cela ne t'ennuie pas, dit vivement Julianne.

— Il ne reste qu'une nuit ? demanda tranquillement Lucas.

Surprise, elle dévisagea son frère. Elle était incapable de deviner ses pensées. En cet instant, il lui rappelait Paget. Quand elle l'avait surpris en pleine conversation avec Paget, il avait été évident qu'il était impliqué d'une manière ou d'une autre dans la guerre contre la France. N'avait-il pas parlé d'ordres venant de Whitehall ?

— Je me rends en Ecosse, dit Tom.

— Ah, oui, cette convention radicale avec Thomas Hardy.

Le visage de Lucas était impassible, mais son ton était légèrement moqueur. Toutefois, avant que Julianne ne puisse s'alarmer, il dit :

— Ce n'est guère un secret. Entrez donc. J'ai fait préparer un souper pour nous.

Puis il se tourna vers sa sœur.

— Je suis étonné que tu n'aies pas essayé de me convaincre de te laisser aller à Edimbourg avec lui.

Julianne pensa à sa convention de Londres. Elle se contenta de sourire.

Julianne s'arrêta devant la porte ouverte du salon, où Lucas était assis seul avec un cognac et le *London Times*. Le souper était terminé depuis un moment et il avait mis une robe de chambre et ses pantoufles. Lorsqu'il l'aperçut, il se leva, visiblement étonné de la voir encore debout.

Julianne n'avait pas ôté la robe qu'elle avait portée au dîner. C'était la plus belle qu'elle avait, une robe de soie rose à fleurs avec un décolleté carré et des manches trois-quarts, les jupes amples relevées par des ruchés pour montrer la jupe de dessous d'un rose plus foncé. Amelia avait insisté pour qu'elle prenne le collier et les boucles d'oreilles en perles de leur mère, qu'elle portait encore.

Elle sourit en entrant dans le salon, mais referma la porte derrière elle.

— Le souper a été assez agréable, dit Lucas en tirant un petit fauteuil bleu clair aux accoudoirs et aux pieds blancs. Je suis content que tu sois venue en ville, Julianne. Hélas ! je dois partir demain matin. C'est assez inattendu, néanmoins ce ne sera que pour quelques jours.

Julianne songea à la convention, qui devait durer deux jours, et se sentit soulagée. Ainsi, Lucas ne découvrirait jamais la raison pour laquelle elle était venue à Londres.

— Ne t'inquiète pas pour moi, je m'en sortirai.

Elle hésita. De nouveau, il partait en voyage. Ne s'était-elle pas demandé s'il était toujours à Londres quand il disait qu'il y était ?

— Où vas-tu ?

— A Manchester. J'ai trouvé une nouvelle fonderie pour notre minerai.

Elle ne put s'empêcher de douter de lui.

— J'apprécie les efforts que tu as faits pour t'entendre avec Tom, Lucas.

Il s'assit aussi sur le canapé et étira ses longues jambes devant lui.

— Je n'aime pas ses tendances. Et je m'inquiète qu'il te pousse à des actions que tu n'envisagerais peut-être pas autrement.

— Je ne suis pas faible et écervelée, rétorqua-t-elle.

— Mais tu es souvent malléable.

Le regard gris de Lucas ne cilla pas. Se référait-il à sa sotte toquade pour Paget ? Elle ne savait pas par où commencer. Devait-elle le questionner sur la maison, Paget ou sa participation à la guerre ?

— Pourquoi ne m'as-tu pas dit qui il était ?

Lucas hésita.

— Cela ne semblait pas nécessaire, Julianne.

Elle se raidit.

— Je crois que tu me mens depuis le début !

Il s'empourpra.

— Dans quoi es-tu impliqué ? Tu n'es jamais à Greystone, mais toujours à Londres, enfin d'après ce que tu dis ! Et comment pouvons-nous nous permettre cette maison ? Es-tu aussi un espion ? s'écria-t-elle.

— Je ne suis pas un espion. Mais je suis un patriote. Si je peux aider mon pays, même un peu, je le ferai.

Son ton était dur, ses yeux aussi.

— La maison appartient à notre oncle, et il ne l'utilise jamais. Je loue ma chambre ici pour une très petite somme.

Cela expliquait la maison, se dit-elle, choquée par son ton et son expression.

— Et comment aides-tu notre pays ? En aidant Paget à survivre ? Je commence à penser que c'est toi qui l'as amené à la maison, et pas Jack.

Elle ne savait plus qui croire.

— On m'a envoyé chercher Paget. J'ai recruté Jack. Julianne, tu es la dernière personne avec qui je sois à l'aise pour divulguer ces informations.

Elle fut consternée par cet aveu.

— Tu es mon frère. Je t'aime.

— Je le sais. Tu ne dois dire à personne, et quand je dis personne j'inclus Tom et Amelia, que l'on m'a envoyé en France pour aider Paget à rentrer.

Julianne serra ses bras autour d'elle, le cœur battant. Bien sûr, qu'elle ne le dirait jamais à Tom.

— A quel point le connais-tu ? demanda-t-elle finalement.

— Je le connais à peine. Nous avons fait connaissance quand je suis arrivé au manoir, et ensuite je l'ai un peu mieux connu durant notre voyage à Londres. Pourquoi ?

— N'est-il pas normal que je sois curieuse ? Il a été notre hôte plusieurs semaines, et je n'ai aucune idée de qui il est réellement.

— Il est le comte de Bedford. Qu'as-tu besoin de savoir de plus ?

Elle avait été la maîtresse de Paget. Elle avait le sentiment qu'elle avait besoin d'en savoir bien plus que ce simple fait. Mais cela avait-il de l'importance ? Elle hésita et sentit ses joues la brûler.

— Est-il toujours à Londres ?

Lucas plissa les paupières.

— Je crois. Encore une fois, pourquoi ?

Elle ne sut pas que répondre. Pourquoi se souciait-elle de savoir où il était ? Elle n'irait certainement pas le voir. Il l'avait trahie de toutes les façons possibles. Elle le méprisait et leur histoire était terminée ; elle n'avait rien à lui dire. Ou bien si ?

Comment avait-il pu l'aimer comme il l'avait fait, tout en la trompant aussi délibérément ?

— Je ne sais pas. Va-t-il retourner en France ?

S'il y retournait, qu'en serait-il de la lettre de Tom à Marcel ? Elle eut soudain mal à la tête. Si elle apprenait qu'il retournait en France, elle devrait peut-être le prévenir que ses ennemis étaient au courant de ses activités et de son identité.

Lucas se leva.

— Je ne discuterai pas de Paget avec toi.

Il se durcit.

— Laisse-moi corriger cela : je ne parlerai pas de ses plans avec toi, absolument pas. Non pas que je les connaisse, d'ailleurs. Mais je veux discuter de la relation que tu avais avec lui. Tous les deux, vous vous êtes donné la peine de me dire que vous étiez devenus assez intimes au cours de son séjour à Greystone. Comme toi, il a dit que vous étiez devenus amis. Mais c'était une curieuse amitié, non ?

Il était soupçonneux, pensa-t-elle avec méfiance.

— C'est un homme intelligent et cultivé. Et il était très bien informé sur la guerre. Nous avions beaucoup à discuter. Comment ne serions-nous pas devenus amis ? En particulier quand je pensais que nous étions alliés dans la grande cause de la liberté.

— Je te connais, Julianne. Tu es devenue amie avec lui parce que tu le prenais pour un héros de guerre. Mais y a-t-il eu plus que cela ? C'est un bel homme, érudit. Il est charmant. Je peux concevoir qu'il suscite un intérêt romantique chez toi.

Elle voulait donner le change, vraiment, mais à la place elle resta silencieuse.

— Tu as des sentiments pour lui.

Lucas était sinistre.

— Je tenais à Charles Maurice, oui. Alors oui, je suppose que tu as raison. Sa tromperie m'a blessée. Elle me met en colère. Mais je n'ai pas de sentiments pour Paget.

Tandis qu'elle parlait, son cœur criait. C'était comme si Maurice ne pouvait être séparé de Paget, comme s'il était un seul et même homme.

L'air sombre, Lucas se leva et alla à l'élégant buffet du salon. Julianne le regarda servir un xérès, qu'il lui tendit. Il l'étudia.

— Je te conseille de te tenir éloignée de Mayfair, dit-il. Et de Bedford House.

Julianne descendit Newgate à la hâte. Elle était en retard. C'était son deuxième jour à Londres. Deux petits enfants maigres, en haillons, lui barrèrent le chemin. Elle leur tendit une pièce à chacun sans ralentir le pas. Ils reçurent son don avec un grand sourire et détalèrent. Elle sourit à son tour, même si elle savait qu'elle n'avait pas les moyens de donner de l'argent ainsi.

Puis son sourire disparut. Il y avait une heure de marche, au moins, de la maison de son oncle à l'auberge où la convention avait lieu. Et il n'était pas question de dépenser une somme faramineuse pour prendre un fiacre.

La veille au soir, alors qu'elle rentrait chez elle, elle avait été terriblement tentée de faire un détour par Mayfair. Elle avait eu tellement envie de voir où il vivait. Au nom du ciel, qu'est-ce qui n'allait pas chez elle ?

Elle s'était même demandé ce qui se passerait si leurs chemins se croisaient de nouveau.

Mais leurs chemins ne se croiseraient pas. Elle n'irait pas rôder à Mayfair, même si une partie d'elle le souhaitait, et il ne viendrait pas à Cavendish Square ou à Newgate. De fait, elle était certaine qu'il n'avait jamais mis le pied dans les quartiers pauvres de l'East End.

Newgate était aussi différent de Mayfair que le jour l'était de la nuit. Les rues étaient étroites, sales et jonchées de détritus ; des boutiques miteuses les bordaient, offrant des marchandises à un penny, serrées les unes contre les autres. Au-dessus se trouvaient de petits appartements avec du linge étendu aux fenêtres, en travers de la rue. Des cordonniers, des menuisiers, des prostituées et des lavandières avaient leurs petites échoppes. Les seuils des maisons étaient pleins de sans-abri et de gens affamés, et les mendiants abondaient.

Personne ne mourait de faim dans les beaux quartiers, mais, dans l'East End, la misère était partout. Cela mettait Julianne en rage et l'encourageait à soutenir sa cause. Et elle était outragée quand elle apercevait des gentlemen sur leurs beaux pur-sang ou dans leurs coupés laqués qui traversaient les bas-fonds en essayant de décider quelle prostituée leur convenait. Comme cela la dégoûtait !

Si Paget s'était jamais donné la peine de traverser les taudis de Londres, il comprendrait sûrement pourquoi elle soutenait les changements politiques et sociaux en France, et pourquoi elle aspirait à la justice et à l'égalité en Grande-Bretagne. Il ne changerait peut-être pas ses opinions de tory, mais il souhaiterait sûrement un certain degré de justice sociale, lui aussi.

Elle ne savait même pas quelles étaient ses véritables opinions. Elle souhaitait presque avoir eu la présence d'esprit de lui demander pourquoi il avait jugé nécessaire d'aller en France pour espionner les républicains.

L'auberge était en vue, maintenant. Julianne était d'humeur morose. Elle avait été trop blessée et en colère pour penser à demander des vérités élémentaires à Paget avant qu'il ne quitte la Cornouailles. Elle avait passé des semaines avec un homme, et elle ne savait rien de lui. Lucas n'avait rien fait pour la renseigner.

Elle aurait tant voulu savoir comment il avait été blessé. Il avait prétendu que c'était en se battant contre les royalistes de Vendée. Elle craignait que ce n'ait été en combattant l'armée républicaine !

Elle évita des ordures et poussa la porte de l'auberge en arborant une expression déterminée. Elle était à Londres pour assister à des débats et des discussions, pour promouvoir la cause de la Révolution française et les droits du citoyen, pas pour se morfondre sur le passé ou imaginer une rencontre avec Paget. Il incarnait tout ce qu'elle combattait : l'indifférence, l'ostentation, l'inégalité et l'injustice. Elle devait se rappeler sa tromperie et leurs différences. Elle devait se le sortir de la tête.

L'un des organisateurs de la convention se tenait juste à l'entrée, près d'une petite table. George Nesbitt s'occupait de gérer la liste des participants. Dès qu'il l'aperçut, il lui sourit avec courtoisie.

— Vous êtes en retard, miss Greystone. Entrez vite.

Elle lui rendit son sourire. Bien sûr, qu'il se rappelait d'elle. Sur les soixante-quinze personnes qui assistaient à la convention, il n'y avait que six femmes. La plupart des gens présents étaient des ouvriers d'usine, des artisans et des domestiques.

La salle commune était pleine, comme la veille. Heureusement, Julianne parvint à trouver une place sur un long banc et s'assit. Son voisin lui sourit gentiment.

— Bonjour. John Hardy, dit-il en tendant la main.

Il avait des cheveux noirs bouclés et un teint clair. Elle lui serra la main.

— Julianne Greystone. Etes-vous un parent de Thomas ?

— J'aimerais bien.

Il eut un grand sourire, puis il chuchota :

— C'est Jerome Butler.

L'intérêt de Julianne fut piqué. La veille, la convention avait consisté en une introduction, puis des discours de deux penseurs radicaux assez renommés. Mais tout le monde attendait le discours de Butler, un avocat peu connu mais très controversé. Il se tenait sur le podium, grand homme lourd à la présence magnétique.

Julianne écouta attentivement son discours. Butler écartait la notion de réforme en Grande-Bretagne. Il raya ensuite les réformes les plus attendues de la liste, comme la destruction des quartiers insalubres et l'élargissement du droit de vote. Puis il indiqua toutes les raisons pour lesquelles ces actions n'auraient pas de sens. Les réformes ne trancheraient pas les liens confortables entre les riches et le Parlement. Les réformes ne feraient pas avancer les salaires et l'emploi, parce que les gens au pouvoir conspiraient contre cet avancement. Seule une révolution comme celle qui avait lieu en France pourrait vraiment déloger les propriétaires terriens du contrôle qu'ils exerçaient sur le gouvernement et l'économie ! Seule la révolution, avec la dissolution de toutes les fortunes terriennes et la redistribution des terres à tous ceux qui n'avaient rien, apporterait la justice !

— Pour finir, s'écria Butler, le visage rouge et animé, je dirai ceci : nous devons accueillir à bras ouverts les troupes françaises quand elles accosteront sur les plages de Douvres et de la Cornouailles, sur les côtes rocheuses de l'Irlande ! Oui, nous suivrons l'exemple des républicains français ici, dans notre pays, et nous pourchasserons ceux qui s'opposent à nous et nous répriment ! Oui, nous épouserons la liberté et l'égalité pour chaque homme !

L'assemblée éclata en applaudissements bruyants. On lança des vivats. Julianne regarda les visages autour d'elle, déconcertée. Tous se montraient très enthousiastes. Mais elle-même ne voulait pas voler les riches pour donner aux pauvres. C'était illégal ! Butler n'avait même pas suggéré d'autres moyens d'instituer la justice sociale, comme l'application de l'impôt sur le revenu des riches ou l'annulation des Lois sur le blé.

— Il est bon, n'est-ce pas ?

Le jeune homme assis à côté d'elle était rouge d'excitation. Les gens acclamaient Butler debout, maintenant. Julianne se força à sourire et se leva à son tour, avec réticence. A ce moment-là, un vacarme se fit entendre au niveau de la porte d'entrée, la poussant à regarder par-dessus son épaule pour voir ce qu'il se passait. Elle remarqua une poignée d'hommes qui portaient leurs mains à leur bouche. Elle fut presque sûre qu'ils huaient Butler, mais dans le tohu-bohu elle ne pouvait pas entendre. Puis un jeune homme en redingote bleue traversa la foule d'un pas pressé, et Julianne pensa qu'il voulait quitter l'assemblée. Il ouvrit la porte par laquelle elle était entrée, mais il ne sortit pas. Il s'écarta.

Une douzaine d'hommes, peut-être plus, s'engouffrèrent dans la salle, agitant des bâtons et des gourdins.

Julianne se figea.

Les hommes qui se précipitaient dans la foule se mirent à crier, comme pour donner des ordres, mais elle ne put entendre ce qu'ils disaient, car tout le monde continuait à acclamer et à applaudir Butler. Du coin de l'œil, elle vit l'homme en bleu prendre la liste des auditeurs. Choquée, elle le fixa.

Il leva soudain les yeux et leurs regards se croisèrent. Il lui décocha un sourire moqueur en pliant la liste, apparemment sans se presser, et la mit dans sa poche de poitrine.

Puis il descendit l'allée d'un pas nonchalant, tandis que les hommes armés commençaient à pousser les gens vers les murs et à les menacer de leurs bâtons. Certains des auditeurs les repoussaient. Elle vit l'un des intrus frapper un radical au visage avec la crosse de son pistolet. Elle en vit un autre donner un coup de poing à un homme qui essayait de le repousser.

Ils étaient attaqués.

Il fallait qu'elle parte, tout de suite.

Mais elle était entourée de violence et de rixes. Elle recula se heurta à deux hommes qui se battaient et s'écarta d'eux d'un bond. Elle vit que Butler avait été empoigné et était mis à terre au-dessous du podium par quatre hommes. Horrifiée, elle vit comment il était bourré de coups de pied. Elle craignit qu'ils ne le tuent.

Julianne voulait s'élancer en avant pour aider Butler. Mais quelqu'un lui planta son coude dans les côtes tandis qu'elle essayait d'atteindre le podium. C'était un accident, mais le coup lui fit l'effet d'un boulet de canon et elle fut projetée en arrière, durement. Un moment, elle ne put plus respirer.

Puis, haletante, elle se redressa et poussa pour passer devant trois hommes qui luttaient, évitant le poing de quelqu'un. Elle vit que le diable d'homme en bleu se tenait au bas du podium. Leurs regards se croisèrent.

— Arrêtez ceci ! lui cria-t-elle.

Derrière lui, Butler gisait inerte sur le sol, et elle ne savait pas s'il était inconscient ou mort.

Il leva un porte-voix, l'expression de son visage incroyablement dure.

— La sédition ne sera pas tolérée en Grande-Bretagne ! lança-t-il à la foule. Nous appartenons à la Société Reeves ! Nous combattrons les radicaux et les égalitaristes. Il n'y aura pas de sédition et de trahison dans notre pays ! Subissez les conséquences de votre trahison maintenant !

Julianne regarda autour d'elle et vit que les auditeurs qui ne se défendaient pas étaient poussés contre le mur, les mains en l'air. Une douzaine de ses camarades radicaux étaient par terre, meurtris et ensanglantés. Plusieurs méchantes rixes continuaient, mais ses amis n'étaient pas armés. Quelques hommes refusaient d'avancer et ils étaient frappés avec les gourdins ou jetés à terre. Le cœur de Julianne tambourinait de peur.

Bien sûr, elle connaissait ces maudites sociétés réactionnaires, dont celle de Reeves. Elle avait lu des articles sur ces groupes brutaux qui interrompaient des réunions radicales chaque fois qu'ils le pouvaient, de toutes les façons qu'ils pouvaient.

Elle était trop effrayée pour être furieuse.

— Même les dames doivent aller contre le mur, si c'est ce que vous êtes, ricana un homme derrière elle.

Julianne tournoya et rencontra le regard enragé d'un énorme réactionnaire. Elle allait protester mais, avant qu'elle ne puisse parler, il la poussa vers les autres.

Ce fut la même chose que s'il l'avait frappée. Elle fut projetée en arrière, dans deux hommes qui se battaient. Un coude la cogna à la mâchoire.

Elle poussa une exclamation de douleur tandis que de la lumière explosait devant ses yeux. Avant qu'elle ne tombe, la grande brute la redressa et l'attira rudement contre son côté.

— Je me suis trouvé une jolie petite gueuse.

La peur se changea en alarme, puis en panique. Julianne essaya violemment de se dégager, mais il refusa de la lâcher. Sans réfléchir, elle le griffa au visage.

Il la lâcha aussitôt.

Elle bondit en arrière, choquée de voir des lignes rouges sur ses joues.

— Petite salope ! cria-t-il, incrédule.

Puis la rage emplit ses yeux. Il allait la tuer, pensa-t-elle.

L'homme en bleu s'interposa entre eux. Elle se tourna, déterminée à s'enfuir, mais elle trébucha et tomba au sol. Quelqu'un buta alors sur elle et elle sut qu'elle devait se relever.

Elle serait piétinée dans l'émeute si elle ne se relevait pas ! Juste comme elle essayait de se mettre debout et qu'elle était de nouveau envoyée à terre, on la remit sur ses pieds.

Elle plongea les yeux dans ceux du chef de bande, bleus et étincelants. Il la traîna à travers la foule qui se battait et la poussa vers la porte.

— Rentrez chez vous, dit-il.

Elle s'enfuit.

C'était une très belle journée, pensa Dominic.

Il faisait trotter son pur-sang noir dans l'allée cavalière

de Hyde Park, dépassant de beaux attelages. La plupart des voitures transportaient de très belles femmes, et il en connaissait beaucoup. Il hochait la tête et soulevait son haut-de-forme pour saluer tout le monde. Les gens le connaissaient tous, apparemment, car les femmes souriaient et lui souhaitaient avec chaleur un bon retour à Londres. Il reçut aussi plusieurs invitations à dîner.

Le ciel était d'un bleu d'azur avec quelques nuages blancs qui ne parvenaient pas à cacher le soleil brillant. L'herbe était verte, le feuillage luxuriant et des pâquerettes émaillaient les pelouses. Il inspira profondément et se rendit compte que les moments les plus simples de la vie lui avaient manqué. Il n'y avait pas eu de moments comme celui-ci en France. Par le passé, il avait jugé ce genre d'activité banale et naturelle. Il ne prendrait plus jamais ces privilèges pour acquis.

Une promenade longeait l'allée cavalière et deux jeunes filles marchaient en se donnant la main. Une domestique les suivait, tenant en laisse deux épagneuls qui gambadaient. Elles avaient l'âge des sœurs de Nadine et il leur sourit, ce qui les fit glousser et rougir.

Il redevint sérieux. Nadine avait visiblement souffert ces deux dernières années. Il ne voulait pas la blesser, mais il ne pouvait imaginer concrétiser le mariage pour lequel il s'était engagé. Il ne pouvait guère l'épouser et ensuite l'abandonner, quasiment à l'autel, pour poursuivre ses activités de guerre en France, et peut-être ne jamais revenir.

Un cavalier se plaça à sa hauteur sur un bel étalon alezan.

— On reluque les dames, Dominic ? demanda Sebastian, vêtu d'une redingote vert foncé, d'un gilet d'un vert plus sombre et de culottes fauves.

Il était amusé.

— Pourquoi pas ? répondit Dominic en lui souriant. Quand je cesserai d'apprécier le beau sexe, je serai sûrement mort.

— Elles sont très jeunes.

— Je savourais la vue, comme je savoure cette délicieuse journée.

Il mit son hongre au pas et Sebastian fit de même.

— Et j'espère que vous savourez aussi votre séjour en ville, dit Warlock d'un ton éloquent qui rappela à Dominic que le temps qu'il passerait à Londres ne serait qu'un bref répit.

— M'avez-vous demandé de venir ici pour faire la conversation ? s'enquit Dominic d'un ton égal.

— Non.

Sebastian tira une enveloppe sale et froissée de sa poche de poitrine. Il arrêta son cheval.

— Des amis sont arrivés en ville hier. Ceci est pour vous.

Dominic prit l'enveloppe, reconnaissant tout de suite l'écriture de Michel Jacquelyn. Son cœur manqua un battement.

— L'avez-vous ouverte ?

— N'est-elle pas cachetée ?

En fait, elle paraissait recachetée, pensa Dominic.

— Merci.

De quel genre d'amis parlait Warlock ? Etait-ce des émigrés ou des agents ?

— Avez-vous apprécié vos retrouvailles avec lady Nadine ? demanda Warlock.

— Si je n'étais pas fixé, je pourrais penser que vous avez des espions chez moi.

— Pourquoi en aurais-je ?

— Parce que vous êtes obsédé et que vous n'avez rien de mieux à faire que de jouer aux échecs avec des pions humains.

Il ne doutait pas que Warlock restait debout toute la nuit, à comploter et à déjouer les complots des autres.

— Vous restez fiancés, répondit le chef de réseau. Il était inévitable que vous alliez la voir, tôt ou tard.

— L'espionnez-vous aussi ? demanda Dominic, sans plaisanter tout à fait.

— Les ragots sont aussi précieux pour moi que les

lettres comme celle que vous tenez. J'ai entendu dire que le comte était arrivé en ville. La raison d'un tel retour, surtout par cette chaleur, était évidente.

Dominic rencontra son regard presque noir.

— Est-ce pour cela que vous vouliez me rencontrer ? Pour parler de ma fiancée ?

— J'ai des nouvelles.

Le cœur de Dominic se serra.

— Le convoi pour la Vendée quittera Douvres le 5 octobre.

Julianne pénétra en chancelant dans la maison de Sebastian Warlock, ferma la porte et la verrouilla, puis s'y adossa. Elle laissa éclater les sanglots qu'elle avait combattus tout le long du chemin depuis l'auberge de Newgate jusqu'à West End, moitié marchant, moitié courant.

Elle se mit à pleurer en gémissant. Juste ciel, elle avait eu si peur !

Elle avait été poussée, cognée, frappée et presque piétinée à mort. Elle n'oublierait jamais comment elle avait été allongée par terre, la douleur l'aveuglant, sachant qu'elle devait se lever et sachant aussi qu'elle ne pouvait se relever assez vite. Ce maudit chef de bande des Reeves l'avait remise sur pieds et, elle avait beau le haïr, elle en était reconnaissante.

Elle alla à l'escalier et s'affala sur la marche du bas, pour enlever ses chaussures. Ses pieds avaient été si malmenés que deux de ses orteils saignaient.

Elle se remit à pleurer. Elle voulait que Lucas soit là !

Puis elle pensa à Dominic, à son pouvoir, à sa force, et se dit combien il serait merveilleux de se cacher dans ses bras. Curieusement, elle était certaine qu'il ne laisserait jamais personne lui faire du mal.

Sauf que c'était lui qui l'avait terriblement blessée.

Elle pleura encore. Elle ne cessait de revoir les hommes qui étaient à la réunion avec elle être frappés à coups de gourdin, poussés, jetés en avant et tabassés ; elle revit Butler être traîné à terre et bourré de coups de pied.

Elle se leva, tremblant violemment, ses genoux flanchant presque sous elle. Elle parvint en titubant à aller dans le salon. Elle faillit tomber en atteignant le buffet ; elle s'y cramponna. Elle pleurait plus fort, maintenant.

Les images de l'émeute et des coups tournoyèrent longtemps dans sa tête. Quand son esprit se calma enfin, quand elle put entendre une respiration normale, elle s'écroula sur le sol.

Elle se pelotonna et resta là, essayant de ne pas penser.

Mais elle avait une seule pensée : si elle n'était pas aussi exténuée, si ses pieds n'étaient pas pleins d'ampoules, elle irait trouver Dominic.

A la place, elle se mit à quatre pattes et réussit à se redresser. Elle prit le xérès dans le buffet, ouvrit la bouteille et but une lampée. Puis, la bouteille à la main, elle alla en chancelant à l'escalier. Monter les marches jusqu'à sa chambre lui sembla être la plus longue épreuve de sa vie.

Une fois dans sa chambre, elle posa la bouteille sur la table de chevet et tomba sur le lit, exténuée. Le sommeil l'emporta tout de suite.

— Ouvrez ! Julianne Greystone !

Julianne cligna des paupières en s'éveillant, si fatiguée qu'elle dut se forcer à ouvrir les yeux. Puis elle fixa un plafond assombri par la nuit qu'elle ne reconnut pas. Où était-elle ?

— Ouvrez ! Julianne Greystone !

Aussitôt, elle fut bien réveillée. Elle se rappela qu'elle était dans la maison que Lucas louait à Warlock et se remémora la terrible attaque de la convention, l'émeute qui avait suivi, les rossées.

Un homme tambourinait à la porte d'entrée, l'appelant avec colère.

Elle s'assit, horrifiée.

Puis elle entendit que l'on forçait la porte, le bois qui craquait, le panneau qui heurtait bruyamment le mur.

Elle devait se cacher.

C'était un instinct animal. Elle ignorait qui courait dans la maison et montait l'escalier, mais elle entendait les pas de plusieurs paires de bottes !

— Julianne Greystone !

Julianne plongea de son lit par terre. Les bruits de pas étaient plus forts maintenant, ils étaient presque au sommet de l'escalier. Seigneur Dieu ! Elle ne sortirait jamais de la chambre à temps. Elle rampa sous le lit, en proie à une panique insensée.

Et, un moment plus tard, elle les entendit sur le seuil de la chambre. Une petite partie de la pièce s'éclaira. Quelqu'un devait tenir une bougie. Elle trembla de terreur.

Des pas résonnèrent. Elle vit apparaître une main qui toucha son épaule. Elle hurla.

Elle fut saisie par les cheveux et tirée de sous le lit. Puis on la mit debout et elle se retrouva face à un officier de l'armée britannique.

— Que voulez-vous ? demanda-t-elle dans un souffle.

Deux hommes se tenaient derrière lui, mais ils n'étaient pas en uniforme rouge, eux.

— Vous êtes en état d'arrestation, dit l'officier. La sédition est un crime contre Sa Majesté.

10

Le garde qui l'escortait dans le sombre corridor de pierre resserra son emprise sur son bras. Ses pieds étaient terriblement douloureux. Chaque pas la faisait souffrir. Mais ce qui était encore pire, c'était que ses mains étaient menottées dans son dos, si bien que si elle tombait, elle ne pourrait pas se protéger.

Elle était en état de choc, incrédule. On l'avait conduite à la Tour de Londres, comme prisonnière politique.

Des cellules à barreaux bordaient chaque côté du couloir. Des torches brûlaient dans des anneaux fixés aux murs. Les ombres qu'elles jetaient étaient sinistres, mais pas aussi sinistres que les prisonniers qu'ils dépassaient, venus à l'avant de leur cellule pour la lorgner.

Son cœur se serra si fort qu'elle en eut la nausée.

— Qu'allez-vous faire de moi ? demanda-t-elle dans un souffle.

Le garde tira sur son bras, sans répondre. L'officier qui l'avait arrêtée une heure plus tôt avait refusé de lui répondre, lui aussi. Elle avait été jetée à l'arrière d'une voiture et on lui avait dit de se taire. Elle avait posé des questions sur les accusations, sur les preuves, sur un avocat, mais on l'avait ignorée. Choquée et harassée, elle s'était affalée dans un coin de la voiture, trop effrayée pour pleurer.

— Cellule 16, c'est pour vous.

La cellule était vide. Aussitôt, le soulagement l'envahit. Au moins, elle ne serait pas enfermée avec d'autres prisonniers, qui semblaient tous être des hommes. Il y en avait cinq dans la cellule voisine de la sienne. Ils la fixaient tandis que le garde et elle s'approchaient de la porte. Elle détourna les yeux.

— Allons-y, dit sombrement le geôlier en ouvrant la porte et en lui ôtant ses menottes.

Julianne chancela à l'intérieur, saisissant les barreaux quand elle trébucha.

— Quand serai-je accusée ? Quand pourrai-je parler à un avocat ?

Si elle pouvait prévenir Tom, il l'aiderait.

La porte de la cellule claqua. La serrure cliqueta avec un bruit sinistre. Le garde ne la regarda pas tandis qu'il s'éloignait dans le corridor, disparaissant à sa vue. Finalement, les larmes vinrent.

Personne ne savait où elle était. Elle pourrait rester dans cette cellule des semaines, des mois même, avant d'être accusée ou jugée. Elle avait entendu tant d'histoires terrifiantes sur ce qui arrivait aux prisonniers. Elle se mit à trembler violemment. Elle ne parvenait pas à respirer.

— Miss Greystone ?

La voix était familière. Elle sursauta, incrédule, et vit George Nesbitt debout dans la cellule voisine, avec quatre hommes qu'elle reconnut ; ils étaient à la convention. Elle poussa un cri. Peut-être y avait-il de l'espoir ! Elle n'était pas seule !

— Allez-vous bien, miss Greystone ? demanda-t-il.

Son visage était meurtri, il avait un œil au beurre noir.

— Et vous George ? Comment allez-vous ?

— Je survivrai, si nous sommes seulement jugés pour sédition.

Julianne avait serré si fort les barreaux que ses doigts lui faisaient mal. Elle desserra son emprise. Elle ne comprenait pas. Mais elle était si fatiguée, et son esprit était à bout.

— Qu'essayez-vous de dire, monsieur Nesbitt ?

— Je dis que j'ai entendu les rumeurs depuis des mois, maintenant. C'est Windham, pas Pitt, dit-il en se référant au ministre de la Guerre, qui était renommé pour sa sévérité et son impatience. Le Bureau des étrangers était son idée. Et il s'agit de sévir contre la sédition, de traquer et d'arrêter des radicaux comme nous.

Julianne déglutit fortement. Le roi avait interdit la sédition en mai par sa Proclamation, et un édit royal faisait loi.

— Nous ne sommes pas coupables de sédition, monsieur Nesbitt. Et ce pays est un pays de droit. Notre gouvernement ne peut pas traquer ses propres citoyens, et encore moins les accuser à tort.

— Non ? Alors pourquoi sommes-nous tous ici ?

— Les lois sont ignorées tout le temps, et surtout en temps de guerre, dit l'un des compagnons de Nesbitt.

C'était un grand homme maigre. Il se présenta comme Paul Adams.

Julianne luttait contre la peur qui menaçait de lui faire perdre son sang-froid. Son estomac se retourna et elle songea au chef des Reeves. Il avait délibérément perturbé leur paisible assemblée. Quand ses hommes avaient commencé à brutaliser les auditeurs, il ne leur avait pas ordonné d'arrêter. Il avait aussi pris la liste de présence, elle l'avait vu. Travaillait-il secrètement pour le Service des étrangers ? Ou avait-il simplement décidé de l'aider de son plein gré ?

Pouvaient-ils véritablement être accusés de sédition ? Pouvaient-ils être déclarés coupables ?

Elle frissonna. Elle ne portait qu'une robe d'été, sale et tachée de sang, et elle n'avait pas songé à demander si elle pouvait prendre un châle. Nesbitt avait-il raison ?

— Le chef des Reeves, qui était-il ?

— Rob Lawton, cracha Nesbitt. C'est un fanatique et un réactionnaire.

Julianne frémit de nouveau.

— Avez-vous été accusé ?

— Non. Mais je me demande si nous serons accusés de sédition ou de trahison.

Il la regarda fixement. Elle lui rendit son regard, le cœur battant. La trahison était passible de pendaison.

— On peut peut-être faire valoir que notre assemblée contenait des discours séditieux, mais il y a une grande différence entre la sédition et la trahison, monsieur.

Mais, alors, elle se rappela Jerome Butler et elle se crispa. Il avait bel et bien fait l'apologie de la trahison.

— Ils pourraient aussi décider d'oublier que nous sommes ici jusqu'à la fin de la guerre, dit Adams d'un ton âpre.

— Nous avons des lois, parvint à articuler Julianne. Nous ne pouvons être détenus sans être accusés. A un moment donné, nous devons être accusés.

— Les hommes comme Windham se moquent de la loi. Vous vous en rendez sûrement compte maintenant ? s'écria Adams. Ils veulent arrêter la révolution, coûte que coûte.

Julianne avait envie de discuter, mais elle était trop fatiguée. Elle était radicale, mais elle ne croyait pas que des hommes comme Pitt et Windham détourneraient la loi pour atteindre leurs propres buts. Ils étaient anglais !

— Vous ne devriez pas être là, miss Greystone, dit Nesbitt, paraissant soudain las.

Il s'éloigna pour aller s'asseoir sur une couchette.

— Aucun de nous ne devrait être là. Nous n'avons rien fait de mal, déclara fermement Julianne.

Mais elle avait de nouveau envie de pleurer. Nul ne savait où elle était, ni qu'elle était dans une situation aussi critique.

C'était une terrible erreur ! Ne pouvait-elle trouver un moyen de convaincre les autorités de la relâcher sans l'accuser ? Sapristi, si seulement ce maudit Rob Lawton n'était pas arrivé à leur convention ! Julianne savait qu'elle ne réglerait rien avec des si, mais elle était si épuisée et effrayée qu'elle avait du mal à penser clairement. Son esprit tournoyait inutilement.

Il y avait plusieurs couchettes dans la petite cellule. Elle en rejoignit une en boitant, s'assit et se mit à ôter ses chaussures. Ses ampoules saignaient de nouveau. Il lui fallait du savon, de l'eau et des bandages. Visiblement, personne ne lui apporterait cela.

Elle serra ses genoux contre sa poitrine et s'abandonna au désespoir. Comment ceci était-il arrivé ? Des larmes montèrent sous ses paupières closes. Elle les combattit. Il fallait qu'elle trouve le moyen de sortir de cette situation.

Lucas rentrerait le lendemain. A un moment donné, peut-être tard le lendemain soir, il se rendrait compte qu'elle avait disparu. Alors il retournerait à Londres pour la retrouver.

Mais comment saurait-il où elle était ? Un voisin l'avait-il vue emmenée menottée de la maison au milieu de la nuit ? Elle tenta de se rappeler ce qui s'était passé exactement quand on l'avait escortée à la voiture qui attendait dehors, mais elle ne se souvenait de rien. Ce moment était brouillé, empli de panique, d'incrédulité et de choc. Elle pria que quelqu'un ait vu l'épisode.

Avait-elle laissé des indices derrière elle ? Son frère pourrait-il comprendre dans quelle situation elle se trouvait ? Et, même s'il comprenait, comment Lucas la ferait-il sortir de là ? Jadis, des siècles auparavant, le nom des Greystone était révéré et honoré. Mais la famille n'avait plus le même pouvoir à présent. Son frère n'avait pas les moyens de la faire libérer.

Sebastian Warlock, l'oncle qu'elle n'avait pas vu depuis des années, en avait les moyens, lui. Avait-il du pouvoir ? Il l'aiderait sûrement, même s'il la connaissait à peine. Amelia n'avait-elle pas dit que Lucas et lui étaient proches ?

Julianne se balança d'avant en arrière, malade d'inquiétude. Qu'allait-elle faire ? Si seulement sa migraine voulait s'en aller, si seulement sa peur pouvait diminuer, pour qu'elle puisse penser clairement !

Du pouvoir…

Des yeux verts surgirent dans son esprit.

Elle se redressa. Un visage lui apparaissait clairement à présent, celui de Dominic Paget.

« Vous m'avez sauvé la vie. J'ai une dette envers vous… Si vous avez besoin de moi, Julianne, il vous suffira de me faire prévenir. »

Dominic l'aiderait. Sans pouvoir se l'expliquer, elle avait confiance en lui en dépit de ses mensonges.

Elle se leva. Pieds nus, elle courut à l'avant de sa cellule.

— Garde ! Garde ! cria-t-elle.

— Ils ne vous répondront pas, dit Adams.

Elle le regarda sans le voir. L'espoir avait remplacé le désespoir. Il fallait qu'elle prévienne Dominic !

— Garde ! Garde !

Mais il n'y eut pas de réponse.

Julianne craignait de s'endormir et de manquer les gardes qui apporteraient leur petit déjeuner aux prisonniers. Aussi, elle resta allongée sur la couchette, serrant ses bras autour d'elle pour lutter contre le froid, les yeux grands ouverts.

Finalement, toutes les conversations moururent dans les geôles, remplacées par les bruits des ronflements et des rats qui détalaient.

Au bout de longues heures interminables, la lumière commença à pâlir dans sa cellule.

Elle resta immobile tandis que les premières lueurs de l'aube filtraient par la petite fenêtre loin au-dessus de sa tête. La cellule devint de plus en plus claire. Les autres prisonniers commencèrent à s'éveiller. Ils se mirent à parler.

Des pas résonnèrent, et elle entendit le bruit de roues rouillées.

Julianne s'assit tandis que deux gardes apparaissaient, poussant un chariot chargé de bols. Chaque cellule avait un petit judas par lequel les gardes passèrent les bols aux prisonniers avides. Julianne se rendit compte que ses compagnons mangeaient avec leurs doigts. Son estomac se retourna aussitôt.

— Eh bien, eh bien, si ce n'est pas la jolie traîtresse, dit le garde en s'arrêtant devant sa cellule. Viens chercher ta pitance, chérie.

Julianne se leva.

— Je n'ai pas faim. J'ai besoin de votre aide.

Il lui jeta un regard lubrique, en riant.

— Laisse-moi deviner. Tu t'occuperas de moi si je m'occupe de toi ?

Elle était si fatiguée qu'au début, elle ne comprit pas. Puis elle rougit lorsqu'il fixa ses seins.

— J'ai besoin de faire parvenir un message au comte de Bedford. Vous pouvez sûrement m'apporter une plume et du parchemin ?

Le garde s'approcha nonchalamment de sa porte.

— Oh ! je vous apporterai volontiers des diamants, Votre Grandeur, si vous me contentez d'abord.

Il fit un clin d'œil.

Elle savait que le sang empourprait son visage.

— Je dois prévenir Bedford. Et il y aura une belle récompense si vous m'aidez ! S'il vous plaît !

Dominic l'aiderait sûrement à récompenser cet homme. Et, s'il ne le faisait pas, elle trouverait un autre moyen.

Il la reluqua grossièrement.

— Comme si Bedford aurait quoi que ce soit à faire avec quelqu'un comme toi. Mais invitez-moi à entrer, disons ce soir, et je vous procurerai *une plume et du parchemin*, milady, dit-il en imitant son accent distingué.

— Ce soir ? s'exclama-t-elle. Je ne peux pas attendre jusqu'à ce soir. Je dois prévenir Bedford…

Il l'interrompit.

— Tu veux ta bouillie, ou non ?

— Non !

Il dépassa sa cellule, s'arrêtant devant celle de Nesbitt pour servir les hommes.

Julianne était incrédule. Elle saisit les barreaux de sa cellule.

— Qui est responsable ici ? Bedford aura votre tête, garde, quand il apprendra comment vous m'avez parlé et avez refusé de m'aider !

Elle devenait enragée.

— Qui est responsable ? Quel est votre nom ?

Le garde se tourna pour la regarder, les sourcils froncés.

— Le chef de la police est responsable de tous les prisonniers, lady. Et je sais que vous n'êtes pas la femme ou la sœur d'un comte. Le comte de Bedford se fiche bien de vous. C'est une ruse !

— Il se souciera de moi — je suis sa maîtresse ! cria-t-elle.

Une douzaine d'hommes se tournèrent pour la regarder, y compris ses camarades de la cellule voisine. Elle inspira et parla fermement.

— Il s'en souciera. Il s'en souciera beaucoup. Vous pouvez m'aider maintenant ou subir les conséquences de votre apathie plus tard. Parce que Bedford finira par apprendre que je suis ici. Et vous ne voudrez pas être celui sur qui il dirigera son courroux.

Le garde parut incertain. Il regarda son collègue, qui ouvrait de grands yeux, et dit :

— Tu devrais peut-être appeler le chef.

Julianne s'affala presque de soulagement contre les barreaux, mais elle ne voulait pas montrer de faiblesse maintenant. Le deuxième garde s'en alla. L'autre continua dans le couloir, distribuant des bols.

— Vous devriez manger, dit doucement Nesbitt.

Elle lui jeta un coup d'œil et vit la masse grise dans son bol. Elle fut certaine qu'elle contenait toute sorte de bestioles.

— Je vous aiderai aussi, dit-elle.

— Bedford est un tory, remarqua-t-il.

Elle fixa le corridor, l'air sombre.

Le temps s'écoula avec une terrible lenteur. Julianne n'aurait su dire si cinq minutes ou cinquante avaient passé. Mais, finalement, le garde revint.

— Alors ? s'écria-t-elle.

— Le chef n'est pas encore là.

— Eh bien retournez-y et attendez-le !

Le garde haussa les épaules et s'éloigna, visiblement indifférent.

Julianne fit les cent pas dans sa cellule. Ce garde parlerait sûrement au chef quand il arriverait.

Mais la matinée et l'après-midi passèrent avec une lenteur insupportable. Le chef de la police ne vint pas. D'autres gardes avaient apporté leur repas de midi. Ils avaient complètement ignoré ses requêtes de parler au chef. Julianne finit par s'endormir, étouffée par la peur et les larmes. Lorsqu'elle s'éveilla, il faisait noir à l'extérieur de la Tour.

Dans quelques heures, elle aurait été incarcérée un jour entier, pensa-t-elle, accablée. A présent, le chef de la police avait dû repartir. Elle l'imagina chez lui, dans un salon confortable, avec sa femme et ses enfants.

— Vous avez manqué le dîner, dit Nesbitt.

Elle essaya de lui sourire et n'y parvint pas. Son estomac était trop crispé par l'anxiété pour qu'elle ait de l'appétit. Elle arpenta lentement sa cellule.

Combien de fois Lucas l'avait-il suppliée d'être prudente en exprimant ses opinions ? Combien de fois lui avait-il interdit d'assister à des réunions radicales ? Il avait seulement voulu la protéger et il avait eu raison. Il était trop dangereux maintenant de prendre position ouvertement. Mais elle ne l'avait pas écouté.

Son frère était-il rentré à Londres ? Etait-il à la maison ? S'inquiétait-il à son sujet ? Parlait-il aux voisins ? Même s'ils l'avaient vue être poussée dans cette voiture, Lucas n'aurait aucune idée de l'endroit où on l'avait emmenée.

Mais peut-être qu'il demanderait l'aide de Paget.

Soudain, un étourdissement la prit. Elle s'empressa d'aller s'étendre sur sa couchette. Elle resta allongée sur le dos, combattant ses yeux lourds, son corps épuisé. S'étouffant de désespoir, elle se roula en boule, fermant les yeux, songeant à sa vie à Greystone Manor, à sa liaison avec Paget et à l'émeute. Finalement, à l'approche de l'aube, le sommeil s'empara de nouveau d'elle.

La vive lumière du matin l'éveilla. La prison était pleine

de conversations. Elle reconnut aussitôt le bruit du chariot de nourriture. Elle s'assit lentement, avec appréhension.

Elle était toujours dans la Tour.

Les deux mêmes gardes approchaient. Elle se leva et un nouvel étourdissement la fit se rasseoir. Elle attendit qu'ils passent devant sa cellule.

Lorsqu'ils furent devant elle, elle se leva avec difficulté et s'avança vers eux. Le garde à qui elle avait parlé la veille l'observait avec curiosité.

— Le chef de la police n'est pas venu, dit-elle.

— Il n'était pas là hier quand j'ai fini mon service.

— Bedford doit savoir que je suis ici.

Elle parlait doucement. Elle n'avait pas l'énergie de crier ou d'exiger.

— Vous serez récompensé.

— Je verrai si je peux lui parler quand j'aurai fini ici, dit-il.

Il prit un bol et le tendit près du judas. Elle ne pouvait refuser un repas de plus sans risquer de s'évanouir. Julianne prit donc le bol, s'assit sur la couchette et mangea avec ses doigts, en ignorant les points noirs qui parsemaient la bouillie.

Puis elle utilisa le pot de chambre le plus discrètement possible et se rassit, priant que ce maudit garde parle au chef de la police. Les minutes se changèrent en une heure, puis deux. Elle fixait le bout du couloir, refusant de penser à une éternité passée dans la Tour, sans moyen de sortir.

La porte s'ouvrit. L'homme qui approchait était bien habillé d'une redingote en velours brun, d'un gilet cuivré, de culottes claires et de bas. Sa perruque était même poudrée.

Julianne se leva lentement.

— Monsieur le chef de la police.

Il la jaugea du regard, l'air sceptique. Elle savait qu'elle avait l'air d'une pauvresse de l'East End.

— Je suis Julianne Greystone, dit-elle. Mon frère est Lucas Greystone, mon oncle Sebastian Warlock. Et mon ami est le comte de Bedford. De grâce, dites-lui que je suis ici.

L'homme la dévisagea.

— Vous vous exprimez très bien.

Elle combattit son désespoir.

— Bedford ne sera pas content quand il apprendra que je suis ici et que mes supplications n'ont pas été entendues.

Le chef de la police la fixa et elle sut qu'il s'efforçait de soupeser les dangers d'approcher un pair comme Bedford avec ce qui pouvait être une supercherie.

— Je vous dis la vérité. Vous devez prévenir Bedford que je suis ici. Monsieur, qu'aurais-je à gagner à vous envoyer dans une démarche sans fondement ?

— C'est précisément ce que j'essaie de décider, répondit-il.

— Bonjour, chéri, dit Catherine en entrant dans la salle à manger du matin, une pièce aux murs jaune vif située dans l'une des tours.

Dominic posa son journal et se leva pour aller l'embrasser sur la joue. Elle portait une tenue de cavalière et avait les joues roses, ce qui signifiait qu'elle rentrait d'une chevauchée matinale.

— Bonjour.

Il était étonné qu'elle ait écourté sa promenade pour le rejoindre au petit déjeuner.

— C'est une surprise agréable.

— Nous n'avons pas eu un moment à nous depuis des jours.

Elle sourit et prit la chaise qu'il lui offrait.

— C'est parce que vous êtes très en vogue et toujours prise dans un tourbillon, dit-il avec affection.

Catherine avait toujours des visites et son calendrier était plein.

— Devrais-je rester toute seule à la maison ? Ce serait bien morne.

— Dieu sait que vous n'êtes jamais morne.

Un domestique apparut et servit son thé favori à Catherine. Elle le remercia.

— As-tu apprécié la fête de lady Davis, hier soir ?

Dominic la regarda d'un air interrogateur.

— Je me suis assez ennuyé.

— C'est bien ce que je pensais. Nadine n'est pas venue, bien qu'elle ait été invitée.

En effet, Dominic n'avait pas revu Nadine depuis leurs retrouvailles et s'était attendu à la voir à la soirée. D'Archand était là et, même s'il semblait de bonne humeur, il n'avait pas voulu parler de sa fille avec Dominic, sauf pour dire qu'elle toussait.

Dominic ne l'avait pas cru. Il suspectait que Nadine ne tenait pas plus que lui à sortir dans le monde, maintenant.

En fait, ils avaient plus en commun à présent qu'avant le début de la révolution, pensa-t-il.

— Je la verrai plus tard aujourd'hui. J'ai déjà envoyé un billet.

— Bien.

Sa mère lui sourit.

— Tu es le parfait diplomate et le parfait gentleman, Dominic. Te l'ai-je déjà dit ? Nadine est une jeune femme chanceuse.

Il pensa soudain à Julianne, lui criant qu'il était un menteur. Elle ne serait sûrement pas d'accord avec sa mère.

— Etre diplomate est souvent la solution pratique à un conflit, dit-il d'un ton évasif.

Catherine serait horrifiée si elle savait qu'il avait sacrifié depuis longtemps sa distinction pour survivre.

— Eh bien, si tu vas la voir cet après-midi, j'attendrai et irai la voir demain.

Elle sourit, visiblement satisfaite. Puis elle ajouta doucement :

— Je suis sûre que la gêne passera, Dominic.

Il but son thé. Sa mère ne serait pas contente lorsqu'il romprait les fiançailles, pensa-t-il. Elle devrait s'y faire, comme elle devrait se faire à son départ pour la France.

Avant qu'il puisse émettre une réponse détachée, Gérard entra dans la pièce.

— Vous avez un visiteur, milord.

Dominic fronça les sourcils.

— Il est 9 heures. Personne ne vient à cette heure.

— Il prétend être le gardien-chef de la Tour.

Dominic sursauta.

— De quelle tour, je vous prie ?

— De la Tour de Londres, milord.

Dominic ne connaissait pas le gardien-chef de la Tour de Londres. Assez intrigué, il se leva.

— Où est-il ?

— Dans le vestibule.

— Excusez-moi, dit-il à sa mère, aussi surprise que lui.

Il passa devant le majordome, qui le suivit dans le couloir. La Tour servait de prison, d'armurerie et de coffre pour les trésors royaux. Le gardien-chef pouvait avoir toute sorte de responsabilités, mais aucune qui ait à voir avec lui.

— A-t-il dit pourquoi il souhaitait me voir ?

— Il dit qu'il a un message pour vous d'un de ses prisonniers.

Dominic ne pouvait imaginer connaître quelqu'un actuellement emprisonné à la Tour. Ceux qui y étaient incarcérés étaient souvent des gens de haut rang, surtout des prisonniers politiques. Mais il s'était absenté longtemps. Il pouvait avoir une connaissance détenue là-bas. Conscient que sa mère l'avait suivi, il la regarda par-dessus son épaule.

— Est-ce que quelqu'un que nous connaissons a récemment été emprisonné ?

— Pas que je sache, dit-elle.

Ces temps-ci, personne ne savait vraiment qui pouvait être un ennemi de l'Etat, pensa-t-il. Mais ceux qui étaient opposés à la guerre, et favorables à la république française, cachaient généralement leurs opinions.

C'est alors que l'image de Julianne lui vint à l'esprit.

Julianne, une sympathisante jacobine déclarée.

Son cœur sembla s'arrêter un instant. Il écarta cette

alarme. Julianne était en Cornouailles. Nul ne se souciait de sa Société des Amis du Peuple. Personne, à part Treyton et lui-même, ne savait que les Jacobins de Paris lui avaient demandé de localiser une famille d'émigrés. Personne à Londres ne connaîtrait même son existence.

Il se calma légèrement en entrant dans le grandiose vestibule au haut plafond. Le gardien-chef se tourna en souriant. Dominic ne le connaissait pas. Corpulent et élégant, l'homme s'inclina.

— Milord, je suis Edward Thompson. Je suis infiniment désolé de venir à cette heure matinale, mais une de mes détenues m'a donné un message à vous transmettre. C'est très inhabituel, certes, mais elle a insisté. Je prie seulement qu'il n'y ait pas d'entourloupe là-dedans, et que je n'aie pas été victime d'une petite conspiration.

Elle a insisté…

Dominic réussit à ne pas montrer son choc. Non, cela ne pouvait pas être Julianne !

— Qui souhaite prendre contact avec moi ?

— Miss Julianne Greystone, milord. Elle a insisté pour que je vienne vous voir directement et vous informe qu'elle a été incarcérée. J'espère ne pas avoir commis une grave erreur.

Julianne était à la Tour.

La colère l'envahit.

— Conduisez-moi à miss Greystone.

Dominic viendrait sûrement la chercher.

Julianne priait qu'il soit un homme de parole.

Elle était assise sur sa couchette, serrant ses genoux contre sa poitrine, fixant le bout du couloir. La porte était trop loin pour qu'elle la voie, et le fond du corridor était empli d'ombres. Mais elle savait que la porte était là. Dominic devrait la franchir s'il venait pour elle. Il viendrait, n'est-ce pas ?

Elle crut voir un mouvement au fond du couloir. Craignant

d'espérer, elle se figea. Puis elle entendit la lourde porte se refermer. Un léger bruit de pas.

Pourvu que ce soit Dominic !

Les pas étaient clairement audibles, à présent. Ils approchaient.

Elle avait si peur que ce soient des gardes. Son cœur tambourinait, l'empêchant de respirer.

Et Dominic émergea de l'ombre…

Il la vit au moment précis où elle le vit. Leurs regards se croisèrent ; il s'arrêta. Ses yeux verts s'élargirent sous le choc.

Lentement, Julianne se leva, tremblante et faible d'épuisement et de soulagement. Elle se demanda comment elle avait pu le prendre pour un simple officier de l'armée. Il était l'incarnation de la richesse, du pouvoir et de l'autorité, noble jusqu'au bout des ongles. Elle ne l'avait jamais vu dans ses propres habits. Il portait une redingote en velours bleu marine, un gilet de soie bleu argent, de belles culottes blanches, des bas blancs et des chaussures noires à boucles.

Il abaissa brutalement son regard sur sa robe salie et tachée de sang et se tourna.

— Relâchez-la immédiatement.

Sa voix contenait un avertissement dangereux. C'était un ton à qui personne n'oserait désobéir.

— Oui, milord.

Le gardien-chef hocha la tête, et un garde s'empressa d'obéir. Julianne combattit une terrible envie de s'effondrer et de pleurer. Il était venu. Il la faisait libérer.

Elle croisa de nouveau son regard. Elle se demanda s'il était en colère. Ses yeux verts étaient sombres.

— Allez-vous bien ? demanda-t-il calmement tandis que le garde tournait la clé dans la serrure.

Elle hésita. Elle n'allait pas bien, et ne pensait pas qu'elle irait de nouveau bien un jour.

— A qui est ce sang, Julianne ? s'enquit-il encore, toujours aussi calmement.

— Je ne suis pas blessée.

Elle inspira quand la porte fut ouverte.

— Je ne sais pas.

Il haussa les sourcils. Le garde lui fit signe de sortir, mais elle se tourna pour regarder Nesbitt, Adams et les trois autres hommes dans la cellule voisine. Ils la fixèrent. Elle leur avait dit que si elle était relâchée elle les aiderait à sortir, et Nesbitt l'avait pressée de révéler l'atroce despotisme du gouvernement de Pitt. Elle lui avait promis de le faire.

— Julianne, dit Dominic sans hausser la voix.

Néanmoins, c'était un ordre.

Elle sourit faiblement à ses amis et se tourna pour avancer. Quand elle le fit, la cellule vacilla terriblement. Elle vit tournoyer les barreaux.

Dominic cria.

Julianne vit son horreur tandis qu'il se précipitait vers elle et ce fut la dernière chose dont elle eut conscience.

Julianne sentit de la lumière presser sur ses paupières closes et un mur de muscles solide et familier dans son dos, ainsi que des bras tout aussi familiers autour d'elle.

— Charles, murmura-t-elle, le nuage se dissipant.

— Vous vous êtes évanouie. Ne bougez pas.

Elle ouvrit les yeux et regarda le visage bien-aimé de Charles. Mais ce n'était pas Charles qui la tenait dans ses bras, alors qu'elle était allongée à l'arrière d'une voiture aux sièges de velours rouge. C'était Dominic Paget.

Aussitôt, elle se souvint.

— Dominic.

— Oui.

— Vous êtes venu.

Le soulagement la submergea. Elle n'était plus dans la Tour. Elle était avec Paget, en sécurité.

— Bien sûr que je suis venu.

Son expression était indéchiffrable, son ton parfaitement contenu.

Elle lutta pour s'asseoir et il la lâcha. Son esprit fatigué s'emballa. Il avait tenu parole ; l'horreur des derniers jours était terminée.

— Je craignais que vous ne veniez pas.

Ses yeux verts scrutèrent les siens.

— Je vous avais dit de me prévenir si vous aviez besoin de moi, Julianne. Quand je disais que j'avais une dette envers vous, je le pensais.

Sa bouche se pinça légèrement.

— Nous sommes probablement quittes, maintenant.

Il était si dénué d'émotion. Avait-elle vraiment vu de la colère dans ses yeux un peu plus tôt ?

— J'avais peur que vous n'ayez quitté Londres.

— Comme vous pouvez le voir, je suis resté en ville.

Son regard passa lentement sur son visage.

Le cœur de Julianne manqua un battement. Elle resta allongée sur la banquette, près de s'effondrer, leurs corps se touchant. Elle ne souhaitait pas s'écarter de lui maintenant, alors qu'elle savait qu'elle devrait mettre de la distance entre eux. Son regard demeurait intense sur son visage. Il était scrutateur.

Il l'avait sauvée de la Tour.

Elle n'avait jamais pensé le revoir.

— Vous me fixez, parvint-elle à dire, avant d'ajouter dans un souffle : Vous n'avez pas l'air très républicain, maintenant.

Il détourna aussitôt les yeux. Pouvait-il se sentir coupable de sa tromperie ? se demanda-t-elle.

— Où sommes-nous ?

La voiture roulait à une vitesse modérée, mais les rideaux étaient en partie baissés et elle ne voyait pas l'extérieur.

— Dans ma voiture. Le gardien-chef voulait que je vous emmène dans son bureau, mais j'ai refusé. Je voulais vous faire sortir de là et vous conduire à mon médecin, le plus vite possible. Etes-vous malade ?

— Je suis faible. Je n'ai pas mangé depuis deux jours.

Elle regarda mieux la voiture luxueuse dans laquelle ils étaient. Les appliques étaient dorées et des glands en or pendaient aux rideaux écarlates. Les sièges étaient en velours, le bois laqué. Puis elle regarda Dominic. Son gilet de soie, ses manchettes en dentelle qui sortaient des manches de sa redingote en velours, les deux bagues qu'il portait. Sa chevalière était en saphir, l'autre était un gros rubis. Puis elle leva les yeux vers son regard vert qui ne cillait pas.

— Merci, Paget.

— Je vous en prie.

Il toucha son menton et elle tressaillit.

— Votre mâchoire est noire et bleue.

Elle hésita. Que savait-il ?

— J'ai été prise dans une terrible mêlée. Quelqu'un m'a frappée au visage.

Il fronça les sourcils, son regard encore plus sombre. Elle se demanda si elle oublierait un jour l'horreur de cette bagarre, ou l'horreur encore plus grande d'être emprisonnée à la Tour. Elle souhaitait presque qu'il la serre dans ses bras pour la réconforter, mais elle savait qu'elle devait combattre ces envies. Elle ne devait pas oublier ce qui les séparait.

Mais que signifiait son regard ?

Manifestement, elle n'était pas belle à voir. Elle était meurtrie, ses habits étaient sales et tachés. Elle avait l'intention de brûler sa robe. Dommage qu'elle ne puisse se débarrasser de la même façon de ses souvenirs.

— Pensez-vous que vous allez vous évanouir de nouveau ? Vous êtes très blanche.

Elle leva les yeux vers lui, se demandant s'il y avait de l'inquiétude dans son regard.

— J'ai encore la tête légère. Je n'ai jamais eu aussi peur, ajouta-t-elle sans réfléchir.

Quelque chose brilla dans ses yeux verts et il l'attira à lui, appuyant son menton sur son large torse. Elle ferma les yeux, combattant les larmes qui lui venaient. Il posa son menton sur sa tête. Comme s'il sentait sa détresse, il dit :

— Vous n'avez plus besoin d'avoir peur.

Les larmes roulèrent lentement sur son visage. Il resserra son étreinte et elle se tourna vers lui. Elle avait été frappée à la mâchoire et jetée à terre. Elle avait été tirée de son lit et enfermée à la Tour. Elle n'avait jamais eu aussi peur et elle avait vraiment compris ce qu'était l'impuissance, sans droits, sans protection.

— Savez-vous combien vous êtes courageuse ?

— Je ne suis pas courageuse du tout.

— Je ne suis pas d'accord.

Et, à sa surprise, son regard se porta sur sa bouche.

Même s'il releva aussitôt les yeux et s'écarta d'elle, elle savait ce que ce regard signifiait. Charles l'avait regardée ainsi des dizaines de fois avant de l'embrasser.

Elle se raidit. Son cœur s'emballa. Voulait-il l'embrasser ?

— Je veux savoir ce qui s'est passé.

Elle hésita, l'étudiant. Il avait l'air si sombre, et elle était presque sûre qu'il était en colère. Elle espéra qu'il l'était parce qu'elle avait été emprisonnée et maltraitée, pas parce qu'il était au courant de la convention et désapprouvait sa participation.

— Je suis venue à Londres pour assister à une assemblée radicale de deux jours. Je ne pouvais me permettre d'aller à la convention de Thomas Hardy à Edimbourg et Tom a suggéré que j'aille à Londres. Bien sûr, ni Amelia ni Lucas ne savent pourquoi je suis venue ici. Ils pensent que j'ai fait ce voyage pour…

Elle s'arrêta. Elle n'était pas sûre de pouvoir être honnête.

— … me changer les idées.

— A la suite de ma tromperie ?

— Oui, confirma-t-elle sombrement. A la suite de votre tromperie.

Il la regarda.

— Qu'est-il arrivé, Julianne ? Exactement ?

— Des hommes de Reeves ont fait irruption dans l'assemblée et nous ont attaqués. Une mêlée s'est ensuivie. J'ai été prise dedans. C'est ainsi que j'ai été blessée.

L'expression de Dominic se durcit.

— Avez-vous entendu parler de Rob Lawton ? Il était leur chef, ses hommes avaient des bâtons et des gourdins. Il a laissé faire ! s'écria-t-elle. J'ai été jetée à terre et j'ai cru que j'allais être piétinée à mort !

Il l'attira à lui, la surprenant.

— Je connais Lawton. C'est un fervent opposant des républicains, Julianne.

Elle s'écarta.

— C'est une vile brute, usant de la violence et de l'intimidation pour parvenir à ses fins réactionnaires !

Puis elle songea comment il l'avait remise sur ses pieds et lui avait fait quitter l'assemblée. Elle écarta ce souvenir.

— Ce sont les hommes de Reeves qui auraient dû être arrêtés, pas moi, pas nous.

— Je ne vais pas soutenir les réactionnaires, Julianne, tout comme je ne soutiens pas l'emploi de la violence. Mais nous sommes en guerre et vous soutenez l'ennemi. Y a-t-il eu des discours séditieux lors de cette assemblée ?

Elle se raidit.

— Vous ne pouvez pas vous promener à Londres, en Cornouailles ou dans n'importe quelle partie de l'Angleterre en prônant ouvertement la défaite de l'armée britannique et le triomphe de la république française.

Julianne était déjà parvenue à cette conclusion, mais elle ne voulait pas l'admettre.

— Je suis une citoyenne britannique, avec des droits. Lawton a pris la liste des auditeurs, je l'ai vu. J'ai été tirée de mon lit par un officier, cette nuit-là.

— Je suis désolé, dit-il sombrement.

Ses yeux étaient très durs, presque implacables.

— Etes-vous en colère ?

— Je suis très en colère.

— Contre moi ?

— Contre vous, contre Lawton, contre l'officier qui vous a arrêtée.

Et il l'enlaça de nouveau. Le cœur de Julianne s'emballa. Que faisait-il ? Et pourquoi ne protestait-elle pas ?

Puis il l'embrassa sur la tempe.

Ce fut un petit baiser, léger comme une plume. Mais il suffit à faire jaillir le désir entre eux. Les pensées de Julianne s'évanouirent. Son attirance pour lui n'avait pas diminué, pas du tout.

Il effleura son oreille de ses lèvres et elle frémit, devenant si faible, si vide. Elle inspira, tremblante, en feu. Si seulement elle pouvait penser clairement. Elle ne devrait pas être dans ses bras comme ceci. Mais il allait la protéger. En ce moment, elle sentait qu'elle avait besoin de protection.

Alors il lui prit le menton, releva son visage, les yeux brûlants et regarda sa bouche.

Le désir grandit.

— Embrassez-moi, Paget, s'entendit-elle murmurer.

Et, avant même qu'elle ait fini sa phrase, sa bouche couvrit la sienne, ferme et déterminée. Elle ne pouvait y échapper, et ne s'en souciait pas. Elle poussa un cri, s'ouvrant à lui avec ardeur. Sa langue la pénétra profondément. Elle glissa les mains sous sa redingote, sur son gilet, voulant sentir sa peau nue. Il lui arracha sa bouche et sema des baisers sur sa gorge, sur la peau nue de sa clavicule et de sa poitrine, au-dessus de son corsage. Elle gémit, tendant la main vers le devant de ses culottes. Son sexe était dur d'excitation.

— Promettez-moi de ne plus jamais tenter le sort, Julianne.

— J'ai envie de vous, chuchota-t-elle, l'entendant à peine. Dieu me vienne en aide, j'ai envie de vous.

Il la poussa sur la banquette de velours. Leurs bouches s'unirent de nouveau. Et, tandis que leurs lèvres fusionnaient et que leurs langues se répondaient, un besoin choquant se répandit en elle. La voiture s'arrêta. Elle ne s'en soucia pas. Il l'embrassa encore un moment, profondément, et elle lui rendit son baiser tout aussi farouchement. Il finit par l'interrompre. Relevant la tête, le souffle court, il la regarda.

Elle leva les yeux, stupéfaite que le désir qui faisait

rage entre eux n'ait pas changé. Si c'était possible, il s'était intensifié.

— Nous finirons cela plus tard.

Et elle se rendit compte qu'elle ne désirait rien d'autre au monde en cet instant. Toutefois, elle recouvra vite ses esprits. Elle ne pouvait reprendre leur liaison. C'était impossible.

Il se redressa, tendant la main.

Julianne hésita, puis se rassit sans son aide. Il lui décocha un regard indéchiffrable et arrangea sa redingote et son gilet. A ce moment-là, la portière s'ouvrit.

Julianne sursauta. Un valet en livrée bleu roi et or, coiffé d'un tricorne, l'invitait à descendre. Puis elle distingua une allée tapissée de coquillages et une fontaine au centre. Le choc la fit hésiter. Derrière le magnifique bassin se dressait une ancienne demeure dotée de trois tours aux murs ancestraux, sur lesquels grimpaient de magnifiques roses rouges.

— Bienvenue chez moi, Julianne.

11

Julianne fixa la façade imposante de la maison. C'était une demeure très ancienne, très bien entretenue et très impressionnante. Certes, elle savait que Paget était un aristocrate, mais elle ne s'était pas attendue à un tel étalage de richesse.

Il descendit à son tour et lui prit le coude.

— Vous allez bien ? demanda-t-il doucement.

Elle leva brusquement les yeux vers lui.

— Je ne sais pas.

Elle était tombée amoureuse d'un Français ordinaire, qui croyait en la justice sociale, comme elle. Mais il n'y avait rien d'ordinaire en Paget et ils défendaient des idées opposées.

— Cette maison est dans ma famille depuis des siècles, Julianne.

Bien sûr. Il avait hérité de sa maison, de son titre, de sa fortune. Il représentait l'injustice sociale qu'elle combattait. Pourtant, elle n'avait pas envie de le combattre et elle n'était pas assez hypocrite pour s'opposer à la notion d'héritage. Après tout, Lucas avait hérité du domaine de Greystone.

Sans la fortune et le pouvoir de Paget, elle serait encore à la Tour, songea-t-elle en frissonnant.

— Vous avez froid, dit-il d'un ton acéré, l'air soucieux.

— Je vais bien, mentit-elle, ses dents claquant légèrement.

Elle était malade ; c'était une chaude journée d'août, mais elle avait froid.

Il passa un bras autour d'elle et la guida à travers

l'éclatante allée blanche, puis le long de larges marches en pierre. Julianne avait l'impression que le cocher et les deux valets les observaient, comme s'ils étaient au courant de leur histoire.

Des portiers en livrée avaient déjà ouvert une grande et large porte en ébène et s'inclinaient maintenant devant eux. Le cœur de Julianne se serra. Il existait tant de différences entre eux.

Elle vacilla en montant la dernière marche. Comme s'il sentait sa détresse, il resserra son emprise sur elle.

— Vous êtes malade.

— Je ne devrais pas être ici.

— Sottises. Je vais appeler le médecin, Julianne.

Elle ne put répondre, car il lui faisait franchir le seuil et la faisait entrer dans le vestibule.

Tandis qu'elle découvrait la taille de la salle circulaire, la hauteur des plafonds, la beauté des sols et des meubles, elle l'entendit parler à voix basse au domestique qui était apparu devant eux. Elle se demanda si elle pouvait s'affaler dans le fauteuil le plus proche. Ses genoux étaient très faibles.

— Julianne, dit-il en interrompant ses pensées, voici Gérard. Quoi que vous désiriez, il suffit de le lui demander et il vous le fournira.

— J'espère que vous plaisantez, dit-elle, soudain consciente qu'il l'enlaçait toujours.

— Vous avez subi une terrible épreuve. Vous êtes ici pour vous remettre et vous reposer. Je suis très sérieux, déclara-t-il platement. Gérard, appelez le médecin maure, Al Taqur.

— Et si je demande des diamants et des perles ?

Des larmes lui montèrent aux yeux. Qu'est-ce qui lui avait fait dire une chose pareille ? Elle n'était pas sa maîtresse pour recevoir de tels présents.

Le visage de Dominic se durcit.

— Vous ne demanderiez jamais cela.

Elle était très près de pleurer, de nouveau, mais pas à

cause de l'horreur de ce qu'elle avait vécu. Son chagrin lui semblait récent, à vif et frais. Elle secoua la tête, essayant de lui faire comprendre que ceci était insupportable et impossible.

Des pas légers et féminins résonnèrent, de hauts talons claquant sur les dalles de marbre.

Julianne se raidit et se tourna. Une très belle femme venait d'entrer dans le vestibule à l'autre bout. Elle s'arrêta quand elle les vit, l'expression stupéfaite.

— Ma mère, lady Catherine Paget, comtesse douairière, dit doucement Dominic.

Julianne se rendit compte qu'elle était bel et bien dans les bras de Dominic, et que n'importe quel sot devinerait leur relation.

La comtesse douairière était la femme la plus élégante qu'elle avait jamais vue. Elle n'avait jamais contemplé autant de bijoux, ni une perruque blanche et un diadème aussi splendides. Les dames qui l'avaient dépassée dans Cavendish Square et l'avaient fait se sentir pauvre et gauche n'étaient rien à côté de cette femme magnifique, si manifestement riche. Son regard, du même vert que celui de Dominic, les observait avec curiosité. Tandis que Catherine s'arrêtait devant eux, le visage dur et fermé, Julianne s'avisa que le plus frappant chez elle était son air d'assurance et d'autorité absolues.

— Ainsi, c'est la radicale que tu as sauvée de la Tour, dit-elle.

— Mère.

Le ton de Dominic était lourd d'avertissements.

— Julianne Greystone m'a sauvé la vie. Elle a passé des semaines à me soigner en Cornouailles, sans une seule servante pour l'aider.

Catherine regarda Julianne. Son sourire était froid et contrôlé et n'atteignait pas ses yeux.

— Alors je vous suis redevable, miss Greystone. Bienvenue chez moi.

Julianne lutta pour se ressaisir. Dominic avait dit la

même chose, mais ses paroles avaient contenu une pointe de chaleur. Lady Paget, elle, n'en pensait visiblement pas un mot. Julianne était presque certaine qu'elle l'avait détestée au premier regard.

— Merci.

Catherine lui décocha un regard condescendant, comme si elle était très gauche et n'avait pas dit ce qu'il fallait.

Julianne n'avait pas envie de faire face à cette femme maintenant, alors qu'elle était dans son pire état. Elle se sentait si faible, elle avait si froid et était si fatiguée. Tandis que la pièce vacillait, des images surgirent dans son esprit, si rapides qu'elle put à peine les déchiffrer. Etre tirée de sous son lit, affronter les gardes qui la reluquaient et lui demandaient ses faveurs, s'accrocher aux barreaux de sa cellule, supplier de faire venir le gardien-chef…

— Vous allez encore vous évanouir ! s'exclama Dominic, qui la souleva dans ses bras.

Elle s'agrippa à ses épaules pour garder son équilibre, ayant le tournis, mais pas assez pour ne pas voir l'expression dure et réprobatrice de sa mère.

— Je peux marcher. Je dois partir. Je ne devrais pas être ici, dit-elle dans un souffle.

— Je ne vous laisserai aller nulle part, rétorqua Dominic en sortant à grands pas du vestibule.

Par-dessus son épaule, il lança :

— Envoyez-moi une soubrette avec une robe de chambre, un repas sur un plateau et une bouteille de cognac.

Julianne ferma les yeux, mais pas avant d'apercevoir la stupeur sur le visage des portiers. Elle pressa sa joue contre son torse.

— Tout le monde sait.

— Personne ne sait. Vous êtes très malade et je suis très inquiet. Vous m'avez soigné. A mon tour de vous soigner maintenant.

Il se mit à monter l'escalier.

Le tournis refusait de disparaître, mais elle ouvrit les yeux quand même, apercevant un escalier tournant avec un tapis rouge. En frissonnant, elle regarda en bas et vit plusieurs salons aux portes ouvertes, tous magnifiquement meublés. L'un contenait un piano à queue. Elle n'avait pas joué depuis des années. Elle réprima un sanglot.

Il avait atteint le premier étage.

— Qu'y a-t-il ?

— Nous avons vendu notre piano quand j'avais treize ans. J'ai beaucoup pleuré, ce jour-là.

Elle délirait. Pourquoi lui disait-elle cela ?

Il poussa une porte peinte en blanc et entra dans une très belle chambre rose et blanche. Julianne regarda autour d'elle lorsqu'il la déposa au milieu d'un lit à baldaquin, remarquant le canapé de soie rayée, les fauteuils rouges à fleurs, le tapis d'Aubusson, la cheminée de marbre. Il s'assit à côté d'elle, écartant ses cheveux de son visage, et elle se recula brusquement pour le regarder. Son sourire était tendre, mais il dit d'une voix grave :

— Vous avez de la fièvre, Julianne.

Elle avait très froid. Elle se rendit compte qu'il lui ôtait ses chaussures.

— Que faites-vous ?

— Je veux vous mettre sous les couvertures, dit-il, mais pas dans cette robe.

Il jeta les chaussures par terre, puis se mit à rouler ses bas sales et déchirés. Elle voulait protester, mais elle n'en avait pas la force. Elle se laissa tomber sur les nombreux oreillers du lit, absolument épuisée, tandis qu'il jetait aussi ses bas. Elle s'aperçut alors qu'ils n'étaient pas seuls dans la chambre. Une jeune soubrette était là, ouvrant de grands yeux, ainsi que lady Paget, qui les observait froidement.

— Je crois que Nancy peut la dévêtir, Dominic, dit la douairière.

« Il ruine ma réputation », pensa-t-elle. Puis, se sentant étrangement ivre, elle s'avisa qu'il ne lui restait plus de réputation à ruiner.

— Aidez-moi avec cette robe, ordonna Dominic.

Julianne s'assit tandis qu'aidé de la soubrette, il lui ôtait le vêtement taché de sang. Sa mère se tourna et quitta la pièce, le visage rigide de colère. Julianne regarda Dominic pendant qu'on lui enlevait son corset ; elle tremblait et essayait de garder les yeux ouverts.

— Elle ne m'aime pas.

— Non, en effet.

Il était calme, tendant chaque effet à la soubrette. Puis il l'aida à quitter le simple jupon de toile qu'elle portait.

— Je peux garder ma camisole, parvint-elle à dire.

Il la regarda dans les yeux.

— Elle a besoin d'être lavée.

Elle serait toute nue, sans elle. Dominic se leva et fit signe à la soubrette.

— Otez-la-lui.

Julianne trembla, soulagée, quand Nancy l'aida à quitter la chemise sale. Dominic garda la tête tournée tandis que la soubrette l'aidait à enfiler un magnifique caftan de soie.

Elle ne put rester assise un instant de plus et s'affala, mais Dominic l'attrapa et l'allongea doucement.

— Je pense que je suis malade, dit-elle.

— Julianne !

Elle céda. La noirceur l'enveloppa et elle en fut heureuse.

— Es-tu amoureux d'elle ?

Julianne tremblait, en feu. Elle essaya de se rappeler l'identité de la femme qui parlait, certaine qu'elle la connaissait.

— C'est une question très impertinente, dit calmement Charles.

— Je ne t'ai jamais vu aussi inquiet pour quelqu'un, pas même Nadine !

Julianne repoussa des pieds des couches de couvertures. Nadine était sa fiancée, pensa-t-elle, mais Nadine était morte.

— Elle m'a sauvé la vie. Je ferai tout ce que je pourrai pour sauver la sienne.

— Le médecin a dit qu'elle était jeune et en bonne santé, elle ne mourra pas. Elle a de la fièvre, c'est tout.

— Vous n'avez pas vu cet endroit. C'était infect.

— C'est une Jacobine, Dominic. Une ennemie. Tu ne peux pas lui faire confiance !

— J'ai une dette envers elle. Elle se réveille.

— Tu es amoureux !

— Julianne ? Tout va bien. Vous êtes avec moi, Dominic. Dans ma maison. Vous êtes malade.

Julianne parvint à le regarder. Dominic ? Non, c'était Charles, son héros révolutionnaire bien-aimé. Elle lui sourit et tendit la main vers son visage. Ses yeux verts s'élargirent. Elle l'attira à elle et essaya de l'embrasser.

— Je vous aime, dit-elle, puis il lui traversa l'esprit que Charles n'existait pas, que tout était mensonge, et que son héros était Dominic.

Il l'avait sauvée, l'emmenant de la Tour…

Sa bouche effleura la sienne. Puis il dit doucement :

— Vous avez de la fièvre. Vous délirez.

« Je l'aime », pensa-t-elle. Et elle se rendit compte qu'elle avait parlé à voix haute.

Il la dévisagea, le visage sombre.

— Qui ?

Son esprit se brouilla. Elle vit Charles, non, Dominic, une question brûlant dans ses yeux. Dominic, Charles…

Un linge frais fut posé sur son front, un autre sur sa gorge. Il lui caressa les cheveux.

— Fermez les yeux. Dormez. Votre fièvre est tombée.

— Charles.

Elle soupira.

Julianne s'éveilla et se figea un instant, ne reconnaissant pas la chambre somptueuse dans laquelle elle était. Elle fixa, choquée, le dais rose et plissé au-dessus de sa tête. « Où suis-je ? »

La mémoire lui revint avec force et clarté. Dominic Paget l'avait sauvée de la Tour et l'avait amenée chez lui.

Tandis qu'elle s'asseyait lentement, consciente de l'exquise sensation d'un vêtement de soie qui glissait sur sa peau nue, elle vit Dominic affalé sur une petite bergère rouge à fleurs, ses longues jambes croisées, une plume à la main, un plateau sur les genoux. Il écrivait rapidement sur une feuille de parchemin.

Son cœur se retourna. Si elle se souvenait bien, il l'avait soignée. Elle le fixa, stupéfaite, se rappelant qu'il l'avait portée dans la chambre, avait aidé à la déshabiller, lui avait même posé des compresses humides sur le front et la gorge.

« Es-tu amoureux d'elle ? »

Avait-elle rêvé, ou sa mère lui avait-elle vraiment posé cette question ? Qu'avait-il répondu ? Et était-elle folle de s'interroger sur sa réponse ?

Bien sûr, qu'il ne l'aimait pas.

Mais elle se mordit la lèvre, tremblante.

— Vous paraissez presque effrayée. Bonjour.

Elle sursauta quand il parla. Il y avait une note d'amusement dans sa voix. Elle rencontra son regard, qui était chaud. Il se leva, vêtu d'une robe de chambre et de pantoufles. Sa tenue était d'un vert ravissant qui lui rappelait ses yeux.

Elle n'oublierait jamais le moment où elle l'avait aperçu arrivant dans la prison, et la vague de soulagement qui avait accompagné son apparition. Elle avait eu désespérément besoin de lui et il était venu.

Elle était amoureuse de lui, pensa-t-elle, impuissante. Pourtant c'était un complet étranger, elle ne savait rien de lui à part qu'il était le comte de Bedford, un espion britannique, et qu'il l'avait implacablement trompée quand elle s'occupait de lui.

Elle savait qu'elle ne devait pas se permettre de l'aimer. Elle ne devait pas se permettre de lui faire confiance.

— Bonjour, murmura-t-elle, parvenant à détacher son regard de son visage.

Elle jeta un coup d'œil à une fenêtre. Un grand soleil

entrait dans la pièce et elle décida qu'il devait être près de midi.

Il posa le plateau et sa plume sur une belle petite table de bois de rose, qui portait un magnifique bouquet. Puis il la regarda, un air grave sur le visage.

— Comment vous sentez-vous ?

Elle réfléchit.

— Faible. Affamée. Mieux.

Il s'approcha.

— Vous avez été très malade.

— Vous avez pris soin de moi.

Elle l'étudia, presque incrédule. Pourquoi l'avait-il soignée ? Avait-il simplement voulu lui rendre ce qu'elle avait fait pour lui ? Ou cela avait-il signifié davantage ?

Il hésita, l'étudiant à son tour.

— Oui. J'étais inquiet.

— Vous devez avoir une douzaine de domestiques qui auraient pu s'occuper de moi.

— Je n'ai pas une douzaine de domestiques.

Son sourire fut fugace.

— Et, franchement, j'ai eu de l'aide. Deux soubrettes ont été assez aimables pour m'assister. Vous avez eu de la fièvre presque toute la nuit.

Soudain, il se pencha sur elle et posa sa paume sur son front. Son toucher était terriblement rassurant, mais il fit aussi bondir le cœur de Julianne.

Son contact l'exciterait-il et la troublerait-il toujours ? Il n'était *pas* son héros révolutionnaire. Il y avait eu tant de mensonges.

Il lui décocha un très long regard, comme s'il savait qu'il lui emballait le pouls, et laissa retomber sa main.

— Votre fièvre est tombée il y a quelques heures.

Son expression se crispa.

— J'espère que la leçon vous aura servi.

Elle ne cilla pas.

— Oui, à l'avenir, j'éviterai de me faire emprisonner, pour quelque raison que ce soit.

Il haussa ses sourcils élégants.

— Je crois que nous aurons bientôt une discussion sérieuse.

— Pourquoi ? Pourquoi vous souciez-vous de moi ?

Il la fixa un long moment.

— Je suppose que je me soucie de vous pour maintes raisons. Je vais m'habiller. Je vous ferai monter un petit déjeuner.

Il se souciait d'elle. Charles ne le lui avait jamais dit, mais il avait agi comme s'il l'aimait, et à l'époque elle l'avait cru. Quand il s'était révélé être un escroc et un menteur, elle n'avait plus su que croire. Oserait-elle croire Paget maintenant ?

Elle voulait le croire.

Elle serra ses bras autour d'elle et le regarda partir. Une partie d'elle souhaita soudain qu'il revienne et la prenne dans ses bras. Une autre partie, beaucoup plus sensée, la pressait de le fuir. Aussi loin et aussi vite que possible.

Lorsqu'il fut sorti, une soubrette entra sans frapper, portant un plateau de petit déjeuner. Lady Paget était derrière elle, resplendissante dans une robe de soie rose ornée d'or.

— Je vois que vous êtes éveillée, miss Greystone.

Le cœur de Julianne sombra. Sur le point de se lever, elle se rassit dans le lit, remontant les couvertures comme si elles pouvaient la protéger de la mère de Dominic. Son sourire n'avait pas changé. Il était d'une fausseté criante.

— Nancy, veuillez poser le plateau sur le lit pour que miss Greystone puisse l'atteindre, ordonna lady Paget.

Julianne mourait de faim, mais elle ne toucha pas le plateau.

— Bonjour, dit-elle prudemment.

— Mon fils était très inquiet à votre sujet, mais vous le savez déjà.

Elle fit un signe de tête vers la bergère que Dominic venait de quitter et la soubrette l'approcha du lit. Elle s'assit et dévisagea Julianne.

— Nous sommes amies.

Julianne ne savait pas que dire, mais elle était sûre que rien de bon ne sortirait de cet entretien.

— Il m'a tout dit à votre sujet, miss Greystone. Je suis très reconnaissante que vous l'ayez aidé à se rétablir alors qu'il était si gravement blessé.

Julianne n'aima pas le sous-entendu qui perçait dans ses premiers mots. Pourquoi cette femme la regardait-elle de haut ? Etait-elle simplement une personne snob, vaniteuse et condescendante ? Ou avait-elle une raison de la mépriser ? Car elle semblait certainement ne pas l'aimer.

— Je ne pouvais guère le laisser mourir.

— Même si vous aviez su la vérité ? Qu'il était un comte et un patriote ?

Julianne se mordit la lèvre.

— Même si j'avais su la vérité, je l'aurais aidé. Il vous a dit que je l'ai pris à tort pour un Français ?

— Il m'a dit que vous l'aviez pris pour un officier de l'armée française.

Son regard était effrayant d'intensité.

— Je suis très reconnaissante à Dominic de ce qu'il a fait..., commença-t-elle, mais Catherine l'interrompit.

— Je vous suis redevable d'avoir soigné mon fils quand il était blessé, alors je vous ai permis de vous rétablir ici de votre incarcération et de votre maladie.

Ses yeux verts étincelaient de colère.

— Mais vous allez bien, maintenant. Cette maison est la mienne, aussi. Je n'ai aucune tolérance pour les Jacobins, miss Greystone. Aucune.

Julianne inspira.

— J'en suis sûre, dit-elle, avant de décider sagement de ne pas faire remarquer qu'elles étaient dans un pays libre.

La douairière se leva.

— Vous avez certainement le droit d'avoir vos opinions politiques, mais vous n'avez aucun droit à une chambre dans cette maison. Vous êtes l'ennemi.

Julianne la dévisagea, raide de tension.

— Je soutiens la révolution, tenta-t-elle de se défendre, mais je ne suis pas votre ennemie.

— Vous êtes sans conteste l'ennemi ! s'écria Catherine. Je suis une Française, une comtesse, une royaliste ! Mon fils est un Anglais, un tory et un patriote ! Vous vous réunissez avec vos associés radicaux, épousant la grande cause de l'égalité et de la liberté pour tous ! Où est cette liberté, miss Greystone ? On ne la trouve pas à Paris, où ma maison a été vandalisée et détruite par une foule en colère. J'ai fui Paris, craignant pour ma vie. Est-ce la liberté ? Est-ce la révolution que vous soutenez ?

Julianne n'essaya pas de répondre.

— J'ai peur d'aller dans ma maison de campagne, qui est pourtant dans ma famille depuis des siècles ! Est-ce la liberté ?

— Je ne soutiens pas le vandalisme, la violence ou d'autres moyens d'intimidation, parvint à dire Julianne. Mais les serfs, les ouvriers et les paysans méritent la liberté, eux aussi.

— Dans cette maison, vous pouvez garder vos opinions pour vous. Quant à vos activités radicales, mon fils a de grandes responsabilités. Il n'a pas le temps de s'inquiéter de vous, de vous sauver, de vous abriter… Tout ça parce qu'il a le béguin de ces cheveux blond-roux, d'une belle silhouette, d'un joli visage.

— Nous sommes amis.

— Je sais reconnaître des amants quand j'en vois, dit âprement lady Paget. Si vous pensez que mon fils s'engagera sérieusement avec une femme comme vous, une radicale, une bohème jacobine, vous vous trompez ! C'est une passade de sa part. Je connais Dominic !

Le visage échauffé, elle se tourna et se rua vers la porte. Mais, avant de sortir, elle s'arrêta.

— Je veux que vous quittiez ma maison dès que vous serez pleinement rétablie, miss Greystone. J'espère que ce sera aujourd'hui. Dominic est aveuglé par vos charmes. Pas moi.

Julianne se laissa choir sur les oreillers. La comtesse serait intimidante même si elle n'était pas l'objet de sa fureur. Comment la comtesse pouvait-elle croire Dominic aveuglé par ses charmes ? Il était l'homme le plus détaché, le plus rationnel qu'elle avait jamais rencontré.

Pourquoi lady Paget avait-elle demandé à son fils s'il était amoureux d'elle ? Julianne fixa le plafond, si tendue maintenant qu'elle serrait les poings. Elle était attirée par un homme qu'elle ne connaissait même pas, alors qu'il y avait une guerre entre eux et qu'elle n'était qu'une passade. Juste ciel, que faisait-elle ?

Elle s'assit et repoussa ses couvertures. Aussitôt, elle fut prise d'un étourdissement.

Elle se rallongea. Il fallait qu'elle mange quelque chose, et ensuite elle partirait.

Julianne demanda ses vêtements, mais la soubrette lui dit que sa robe avait été jetée aux ordures et que ses dessous séchaient. Elle ne pouvait s'ôter de l'esprit son entretien avec lady Paget. Elle voulait partir immédiatement, avant une autre rencontre déplaisante. La perspective de ne jamais revoir Dominic était terriblement douloureuse, ce qui était une raison de plus pour s'en aller.

Après qu'elle eut supplié Nancy, celle-ci avait fini par lui apporter des habits et Julianne se tenait maintenant en camisole et jupon, tandis qu'elles attachaient une tournure sur chaque hanche.

— *Merci beaucoup de me prêter vos affaires*, murmura-t-elle.

Elle avait encore la tête légère après sa maladie et son épreuve.

Nancy était petite, brune et française, et probablement du même âge qu'elle.

— Monsieur le comte nous a ordonné d'exaucer tous vos désirs, milady.

Son accent français était très fort. Elle eut un sourire rusé.

— Je ne refuserais pas, pas quand monsieur le comte vous aime tant.

Julianne ne lui rendit pas son sourire. Elle savait exactement ce que la jolie soubrette pensait.

— Nous sommes amis, tenta-t-elle de dire.

Nancy rit. C'était un son joyeux.

— Bien sûr !

Puis elle ajouta, du même air rusé :

— Il a passé toute la nuit près de vous, milady.

Julianne revint au français.

— *C'est simplement miss Greystone, Nancy. Je n'ai pas de titre.*

Mais son cœur tambourinait, à présent.

— *Il est vraiment resté toute la nuit avec moi ?*

Avant que Nancy ne puisse répondre, Dominic lança :

— Pourquoi ne me le demandez-vous pas ?

Elle tournoya. Il était appuyé nonchalamment à la porte, vêtu d'une magnifique redingote chocolat avec des broderies dorées. Il portait dessous un gilet bronze et de la dentelle ornait ses manchettes et son col. Ses culottes étaient crème, ses bas blancs.

Il la détaillait du regard et Julianne eut l'impression qu'il pouvait voir à travers sa camisole et son jupon.

— Pourquoi êtes-vous levée ? demanda-t-il.

Nancy était figée derrière elle, la tête basse. Julianne devinait les pensées ravies de la soubrette.

— Je m'habille. Je m'en vais.

— Vraiment ? Depuis quand ?

Il s'avança à pas lents.

— Je dois partir, Paget.

Il tendit la main et toucha son menton, relevant son visage. Elle trembla, submergée de désir.

— Vous n'allez nulle part aujourd'hui.

Ses tremblements s'accrurent. Elle ne lui parlerait jamais de cet horrible entretien avec sa mère.

— Je ne peux m'imposer à vous plus longtemps.

Il eut un air amusé.

— Je me suis imposé à vous un mois entier.

— Dominic.

Il fit passer une partie de ses cheveux derrière son épaule, le geste naturel d'un amant.

— Nancy, voulez-vous nous laisser un moment.

Ce n'était pas une question. La soubrette sortit, réprimant un sourire entendu.

— Elle sait, tout le monde sait, dit Julianne.

— Elle suspecte, ce qui est une histoire bien différente. Mais personne ne peut rien prouver. Je nierai toute rumeur, si quelqu'un ose jaser.

Il était calme.

— Pourquoi me fuyez-vous ? demanda-t-il.

— Parce que je serais sotte de rester ! s'écria-t-elle.

— Alors, j'en déduis que je ne suis pas pardonné pour ma duperie ?

— Non.

Il s'éloigna.

— Vous avez besoin de vous reposer. Vous n'êtes pas en état de partir pour le moment.

Il plongea son regard dans le sien. Son expression sapa la résolution de Julianne.

— Lucas est probablement rentré. Il sera fou d'inquiétude en voyant que j'ai disparu.

— Lucas n'est pas rentré. Je lui laissé une lettre ce matin.

Elle le dévisagea avec appréhension.

— Que lui avez-vous dit ?

Il lui sourit lentement.

— Oh ! ne craignez rien. Je ne lui ai pas dit dans une lettre que vous avez été tirée de votre lit par les autorités et emprisonnée à la Tour, sous menace d'une accusation pour sédition. Je préfère le lui dire en personne.

— Je vous en prie, nous ne devons jamais lui dire ce qui s'est passé ! s'écria-t-elle.

Il lui jeta un regard acéré.

— Vous avez franchi de nombreuses limites, Julianne. Vous auriez pu être blessée, battue, violée dans cette prison, et accusée de trahison. Et peut-être que personne ne l'aurait jamais su.

Elle serra ses bras autour d'elle.

— Mais rien de cela n'est arrivé, et je compte être beaucoup plus prudente à l'avenir.

— Rien de cela n'est arrivé parce que je vous ai sauvée. Et suggérez-vous que vous allez continuer à faire de l'agitation pour vos causes radicales ?

Il était incrédule.

— Je ne peux pas changer ma façon de penser.

— Les gens changent d'avis tout le temps.

— Alors vous voulez que je devienne une tory, une réactionnaire, comme vous ? s'exclama-t-elle.

Il rougit.

— Je suis un tory, mais je ne suis pas réactionnaire, Julianne.

Son ton contenait un avertissement.

— Excusez-moi. Je ne vous connais même pas. Je n'ai pas le droit de présumer ce que vous pensez ou croyez.

— Non, en effet.

Il la fixa sans sourire.

— Je ne compte pas que vous changiez votre façon de penser. Je vous connais très bien. Vos opinions sont enracinées en vous. Elles sont dans votre cœur.

Il la connaissait bien parce qu'elle avait toujours été honnête avec lui. Mais, elle, elle ne le connaissait pas du tout parce qu'il n'avait fait que lui mentir.

— En revanche, je compte que vous changiez de conduite. Je vous ai demandé de me promettre de restreindre vos activités radicales quand nous étions dans ma voiture, et vous ne me l'avez pas promis.

Elle ne sut pas que dire. Elle ne souhaitait pas être arrêtée de nouveau, jamais, mais la cause qu'elle défendait la dépassait.

Il émit un bruit, un rire dur, sans gaieté.

— Julianne, la prochaine fois, vous pourriez être

blessée. Vous pourriez être accusée de sédition, ou pire ! J'ai entendu dire que Butler a parlé à votre assemblée.

Elle fut déconcertée.

— Je ne suis pas d'accord avec lui.

— Dieu merci !

— Pitt est un tyran.

Il s'étrangla.

— Croyez ce que vous voulez. Mais considérons les faits. Nous sommes en guerre, et ceux qui soutiennent la France ne seront plus tolérés, Julianne. Le gouvernement a déclaré la guerre aux radicaux comme vous. Vous pouvez garder vos opinions, mais vous ne pouvez pas les embrasser ouvertement et agir d'après elles. C'est de la folie de le faire ! Je vous en prie, ajouta-t-il d'un ton âpre.

— C'est presque comme si vous vous souciiez de moi, dit-elle lentement.

Il plissa les paupières. Puis il tendit le bras et l'attira contre lui.

— Je vous ai déjà dit que je me souciais de vous. Combien de fois dois-je me répéter ?

Elle était profondément troublée d'être dans ses bras.

— Vous m'avez trompée une fois, totalement.

— Oui, je l'ai fait, et je le regrette totalement.

Julianne se figea quand sa bouche réclama la sienne, farouchement. Puis son cœur bondit, le désir monta et elle fut incapable de résister. Il approfondit son baiser.

Le désir lui donna le tournis et la fit faiblir. Elle l'embrassa en retour, se demandant si elle devait oser le croire, lui faire confiance, ébranlée jusqu'au fin fond de son être. Il détacha sa bouche de la sienne pour embrasser sa gorge et ses seins. Seules deux fines couches d'étoffe couvraient son corps et elle gémit. Il était impossible de penser de façon cohérente.

Elle renonça donc à essayer de réfléchir. Il n'y avait que le tourbillon des sensations et du plaisir qui montaient, de la tension qui se formait en elle, de l'anticipation et du besoin.

Il mit fin au baiser, le souffle court, son regard vert enflammé.

— Je vous désire terriblement.

Elle le regarda dans les yeux, trop hors d'haleine pour parler, son esprit se remettant à fonctionner. Oserait-elle recommencer avec lui ?

Il toucha sa joue du revers des doigts.

— Je ne veux plus jamais connaître l'horreur de vous trouver en prison.

— Je ne veux plus jamais aller en prison.

— Bien, dit-il d'un ton ferme. Nous sommes d'accord. Et je veux que vous restiez ici avec moi jusqu'à ce que vous soyez complètement remise.

Elle savait que, si elle restait, elle redeviendrait sa maîtresse.

— Je ne vous laisserai pas partir, dit-il doucement.

Leurs regards se joignirent.

— C'est de la tyrannie.

Il sourit.

— Je suppose.

— Je ne pense pas que lady Paget m'autorisera à rester.

Il haussa les sourcils, l'air amusé.

— Je suis chez moi, dit-il, et elle fera ce que je veux.

A cet instant, Julianne sut qu'elle avait perdu la partie.

Julianne était pelotonnée dans son lit quand on frappa à sa porte. Elle avait été si épuisée qu'elle avait somnolé le plus gros de la journée. Elle venait de s'éveiller et c'était le début de la soirée. Son cœur bondit. Elle espéra que c'était Dominic.

Nancy entra, une pile de vêtements dans les bras.

— Vous avez un visiteur. Puis-je vous aider à vous habiller ?

La seule personne qui viendrait la voir était Lucas, pensa-t-elle. Elle pria que Dominic soit sorti. En se levant, elle demanda :

— Lord Paget est-il chez lui ?

— Il est en bas avec votre visiteur, dit Nancy en tendant une magnifique camisole de soie garnie de dentelle.

Julianne alla à elle et regarda le corset enrubanné, le jupon de basin et l'ensemble de soie bleu clair, une jupe drapée et une jaquette ajustée.

— A qui sont ces vêtements ? demanda-t-elle.

Elle n'avait jamais porté de si belles choses de sa vie.

— Je ne sais pas. Je crois que monsieur le comte a envoyé quelqu'un chez la couturière de lady Paget. Peut-être que ces habits avaient été commandés par quelqu'un d'autre et qu'il a trouvé un moyen de les acheter ?

— Je ne pense pas que je devrais les mettre.

— On m'a ordonné de vous les apporter, dit Nancy d'un air inquiet. Vous serez magnifique, miss Greystone, dans cette couleur bleu pâle.

Julianne céda. En cet instant, elle ne se souciait pas de ce qu'elle portait, mais plutôt de la fureur de son frère si Paget lui racontait ses mésaventures.

Un quart d'heure plus tard, ses cheveux simplement brossés avec quelques mèches attachées en arrière, elle suivit Nancy en bas. En descendant les dernières marches, elle put distinguer l'intérieur du grand salon dont les portes en acajou étaient ouvertes. Elle vit les deux hommes avant qu'ils ne la voient. Dominic était face à la porte, toujours vêtu de sa redingote marron. Il tenait un verre à la main. Lucas avait le dos tourné et portait une redingote fauve sans ornements, des culottes et des bottes. Elle hésita quand le regard de Dominic passa lentement sur elle, s'élargissant sous l'effet d'une franche appréciation.

Lucas se tourna et la regarda froidement.

Son cœur s'emballa. Elle n'essaya même pas de sourire. Elle finit de descendre et franchit le seuil du salon avec une terrible nervosité.

— Bonjour, Lucas.

Il ne mâcha pas ses mots.

— Je suis très fâché contre toi.

Elle se tourna vers Dominic.

— M'avez-vous épargnée un tant soit peu ?

— Non.

Elle alla à son frère et l'embrassa sur la joue, mais il lui prit le bras.

— Tu as été incarcérée.

— Oui. Mais, comme tu vois, je vais bien.

— Seulement parce que Paget a réussi à te libérer !

Ses yeux gris étincelaient.

— Tu es engagé dans tes propres activités clandestines. Il n'y a sûrement pas deux poids, deux mesures ?

Lucas s'étrangla d'incrédulité.

— Je ne participe pas à de la sédition, de la trahison ! Et ne te donne pas la peine de te défendre. Je suis las d'entendre parler de tes droits. Visiblement, je t'ai passé trop de choses.

— Quoi que Paget t'ait dit, je suis sûre qu'il a exagéré, dit-elle prudemment.

— Je lui ai tout dit, Julianne, déclara platement Dominic.

Elle se mordit la lèvre.

— Alors Lucas sait que je m'en suis bien tirée !

— Je sais que tu m'as menti, Julianne, s'écria son frère. Que tu as assisté à une assemblée pleine de discours séditieux, que tu as été frappée et jetée à terre. Ta mâchoire est bleue et noire ! Il paraît que tu as été très malade. Dès que tu seras en état de voyager, tu retourneras à Greystone Manor. Au moins, là-bas, nul ne fera attention à ce que tu fais ou dis.

— Je n'en suis plus sûr, dit Dominic à Lucas, son regard toujours rivé sur celui de Julianne.

Finalement, il le regarda.

— Ce qui vient d'arriver à Londres arrivera dans tout le pays. Mes soupçons ont été confirmés. Le Bureau des étrangers va pourchasser les radicaux anglais, partout.

Lucas se tourna vers Julianne.

— J'ai entendu dire la même chose. J'ai beaucoup de soucis. Et, maintenant, je dois m'inquiéter de toi.

Elle se sentit coupable.

— Je ne suis pas sotte, Lucas. Je n'ai pas l'intention de défendre ouvertement ma cause, ni de provoquer ou d'attirer les autorités et leurs agents.

Les deux hommes la regardèrent.

— Je le pense vraiment, insista-t-elle. Et je suis contente que tu sois rentré à Londres.

Elle lui sourit.

— Je dois repartir demain matin de bonne heure. Je déteste l'admettre, mais je crains de te laisser seule, livrée à toi-même dans la maison de Warlock.

— Elle peut rester ici, dit Dominic d'un ton ferme. J'ai une dette envers elle, et j'ai l'intention de lui rendre ce que je lui dois maintenant.

Elle se tourna vers lui. Il ajouta, sans regarder Lucas :

— Je m'assurerai qu'elle se repose jusqu'à ce qu'elle soit remise.

— Alors vous serez mon gardien ? demanda-t-elle, le cœur tambourinant.

— Oui, dit-il platement. Il faut que quelqu'un vous protège de vous-même.

— Que se passe-t-il ici ? demanda Lucas d'un ton vif.

— Votre sœur m'a sauvé la vie. Je sens que je dois maintenant sauver la sienne.

— Vous l'avez déjà fait, Bedford, en la faisant sortir de la Tour. Votre dette est incontestablement réglée, dit Lucas en les regardant tour à tour avec une certaine suspicion, maintenant.

— Je n'ai pas cette impression. Si les hommes de Pitt décident de l'interroger ? Elle est sans aucun doute sur une liste de surveillance, maintenant.

Lucas jeta un regard noir à Julianne.

— Vous avez raison. J'aimerais m'entretenir un instant en privé avec ma sœur, si cela ne vous fait rien.

Dominic hocha la tête, posa son cognac et quitta la pièce.

Julianne s'affala sur une chaise. L'épuisement, surtout

émotionnel, avait raison du peu de forces qu'elle venait de récupérer. Lucas tira une chaise et s'assit face à elle.

— Pourquoi es-tu au bord des larmes ?

Elle secoua la tête.

— Je suis épuisée.

— Oui, être emprisonné est très usant.

— Lucas !

— Il n'est pas Maurice, Julianne, il est *Bedford*.

Elle se crispa.

— Je sais.

— Vraiment ? Je pense que tu tombes amoureuse de lui.

Elle regarda ses yeux soucieux et scrutateurs.

— Je devrais rentrer chez toi, dit-elle en se référant à la maison de Cavendish Square.

— Tu ne m'as pas répondu.

Il lui prit la main.

— Je prie de ne pas tomber amoureuse de lui contre tout bon sens. Mais, quelquefois, c'est comme s'il était mon héros, en fin de compte.

Il l'attira à lui et la tint serrée.

— Il n'est pas pour toi, Julianne. Fie-toi à moi pour cela. Bien sûr, il te semble être un héros, il vient de te faire sortir de la Tour. Mais, un jour, il épousera une débutante fortunée. C'est ce que font les nobles. Aussi spirituelle, merveilleuse et belle que tu sois, tu ne seras jamais cette femme. Il est le comte de Bedford, Julianne, et tu n'as qu'à regarder autour de toi pour voir que tu ne peux pas combler la différence de classe et de fortune qui vous sépare. Je déteste qu'il t'ait affectée ainsi.

Julianne craignait que Lucas n'ait raison.

— T'a-t-il fait des avances ?

Elle se sentit blanchir. Elle mit un moment avant de pouvoir parler.

— Comment peux-tu demander une chose pareille ?

Il l'étudia avec soin.

— Dieu merci, tu es entière.

Lucas l'étreignit brièvement.

— Je dois partir, Julianne. J'ai voyagé toute la journée et il se fait tard. Mais je crois qu'il est mieux pour toi que tu restes ici un moment.

— Tu ne me diras pas ce que tu trames, n'est-ce pas ?

Quand il se contenta de sourire sans répondre, elle l'enlaça fortement.

— Je t'en prie, sois prudent, Lucas.

— Je suis toujours prudent.

Il était tellement sûr de lui ! Julianne l'accompagna à la porte. Dominic se tenait dans le vestibule. Elle s'arrêta sur le seuil tandis que son frère et Bedford allaient à la porte d'entrée. Elle les regarda se serrer la main, consciente que, dans un moment, Paget et elle seraient seuls dans la maison. La tension l'envahit à cette idée.

Quand Lucas fut parti, les portiers en livrée refermèrent la porte et Dominic se tourna. Le cœur de Julianne bondit quand leurs regards se croisèrent.

Il traversa le vestibule. Sa tension augmenta. Il faisait sombre dehors, maintenant. Elle savait qu'elle devait d'une manière ou d'une autre oublier qu'ils avaient été amants ; elle devait ignorer l'attirance qui continuait à couver entre eux.

Et il ne lui ferait pas d'avances maintenant, n'est-ce pas ? Elle avait été si malade la veille !

Il lui prit le bras et la ramena dans le salon. Elle ne protesta pas.

Il versa du cognac dans un verre et le lui tendit.

— La journée a été très longue.

Elle accepta la boisson.

— Oui.

Son cœur s'était mis à battre plus vite.

— Avez-vous pris votre parti de rester ici ?

— Je suppose que oui.

— Vous n'en semblez pas heureuse.

Elle reposa le verre sans l'avoir touché.

— Je suis damnée si je le suis et damnée si je ne le suis pas.

L'expression de Dominic était sombre.
— Apparemment, nous sommes du même avis.
— Qu'est-ce que cela signifie ? murmura-t-elle.
— Cela signifie que vous m'avez manqué, Julianne.
En cet instant, elle croyait chacun de ses mots.
— Dominic. Vous me manquez tant aussi.
Il l'attira à lui et réclama sa bouche.

12

Dominic tenait Julianne dans ses bras alors que le soleil du petit matin entrait dans sa chambre. Elle dormait profondément. Il avait l'impression qu'un énorme fardeau avait été ôté de ses épaules. Il ne pouvait nier qu'elle lui avait manqué. Quand il était dans ses bras, il dormait profondément, sans cauchemars.

Elle remua.

— Chut, murmura-t-il. Restez couchée. Vous devez vous reposer.

A contrecœur, il la lâcha et s'assit. Il s'était attaché à elle, beaucoup. Durant les dernières semaines, il s'était dit que cela n'avait simplement pas d'importance. Les événements des derniers jours avaient tout changé.

Il avait été malade de peur quand il avait appris qu'elle était à la Tour, et saisi d'horreur lorsqu'il l'avait vue dans ce trou à rats. Et il était furieux chaque fois qu'il pensait que les hommes de Reeves l'avaient maltraitée.

L'air sombre, il quitta doucement le lit, pour prendre une robe de chambre et la draper sur son corps nu. Il était un tory et elle une Jacobine. Ils étaient passionnés dans leurs opinions. Mais ils étaient amants, maintenant. Il pouvait sûrement lui faire confiance.

Et cela importait-il, de toute façon ? Ce qui se passait ne pouvait guère être un nouveau départ. Comment serait-ce possible, alors qu'il retournerait bientôt en France ?

Et puis, il y avait Nadine.

Tant de choses avaient manifestement changé entre

eux. Il ne se sentait plus lié à sa fiancée ; il ne pouvait plus deviner ce qu'elle pensait en la regardant dans les yeux. Elle avait admis qu'elle ressentait la même distance. Néanmoins, il la défendrait et l'admirerait toujours, et prendrait toujours soin d'elle. Il avait projeté de rompre leurs fiançailles pour des raisons politiques, mais à présent il abritait sa maîtresse sous son toit et cela rendait d'autant plus nécessaire, et urgent, de parler à Nadine.

Sa fiancée l'avait toujours compris. Ils ne s'étaient jamais disputés. Il avait toujours souhaité le meilleur pour elle et elle pour lui. Nadine avait indiqué qu'elle avait perdu tout intérêt pour leur union, elle aussi, mais il ne se réjouissait pas à la perspective de lui dire que c'était fini. Il ne pouvait imaginer aucune femme heureuse que son fiancé se soit attaché à une autre.

Il espéra qu'un jour Nadine s'intéresserait autant à un autre homme qu'il s'intéressait à Julianne.

Dominic traversa vivement sa chambre, mais s'arrêta à la porte de son salon pour jeter un dernier coup d'œil à Julianne. Le lit avait une courtepointe bleu marine et un dais assorti. Le sommet du dais était doré, ainsi que les tentures, les draps et les oreillers. Julianne était pâle et petite, allongée seule dans son lit massif. Une vague de tendresse l'envahit, mais il était toujours en proie à l'appréhension.

Si seulement il pouvait lui faire entièrement confiance. Il souhaitait pouvoir lui raconter tous les détails horribles des deux dernières années. Ce serait bon de se décharger. Mais il ne le ferait jamais.

Il entra dans son salon et alla à son secrétaire.

Personne n'était autorisé à entrer dans sa suite à part son valet, Jean. Les soubrettes qui la nettoyaient le faisaient sous la surveillance du valet. Or il allait sortir et Julianne serait seule dans ses pièces privées.

Les dernières années lui avaient appris à être méfiant et prudent. Il avait appris à ne se fier à personne. Il regarda son bureau avec attention, même s'il n'était pas dans sa nature de laisser traîner des signes compromettants. La lettre qu'il était en train d'écrire était inoffensive. Il y avait juste du parchemin, une plume et un encrier à côté. Celle qu'il avait reçue de Michel la veille était sous clé.

Dominic alla à sa bibliothèque massive et prit un livre sur une étagère à hauteur des yeux. Il l'ouvrit et retira une clé de la petite anfractuosité creusée dans la couverture, puis replaça le livre.

Il retourna à son bureau, ouvrit le troisième tiroir à droite et sortit la lettre. Il l'avait déjà lue et les nouvelles n'étaient pas bonnes. Le Comité de salut public avait ordonné au général Carrier d'entreprendre une « pacification » de la Vendée, en détruisant complètement la région. Michel avait besoin de ce convoi bien avant la mi-octobre.

Il écrirait à Michel plus tard et l'informerait du plan actuel, mais l'avertirait aussi qu'il ne cesserait pas ses efforts pour avancer le rendez-vous prévu. Il espérait envoyer la lettre par courrier à l'aube le lendemain.

Dominic prit un briquet dans un autre tiroir et l'alluma. Il brûla la lettre de Michel.

Comme il avait aussi dans le tiroir des cartes qu'il avait dessinées et quelques notes, il le referma à clé.

Il retourna à la bibliothèque, reprit le volume de poésie et replaça la clé. Il soupira. Il ne pensait pas vraiment que Julianne fouillerait dans ses affaires. Il se montrait simplement prudent.

Si elle avait été en train de tomber amoureuse de Paget auparavant, c'était certainement pire maintenant.

Julianne fixa le dais bleu marine au-dessus de sa tête. Elle avait juste ouvert les yeux et ne savait pas si elle devait être transportée ou affligée. Il n'y avait pas d'autre endroit où elle souhaitait être davantage que dans les bras de Dominic.

Soudain, elle l'entendit bouger dans le salon voisin et se dressa sur un coude. Il remettait un livre dans la bibliothèque, le dos tourné. Puis il traversa la pièce, disparaissant à sa vue. Elle entendit une porte s'ouvrir.

Son cœur se retourna violemment tandis qu'elle se radossait aux oreillers. Elle manquait peut-être d'expérience, mais elle n'était pas sotte. Il la voulait et il avait admis qu'il avait besoin d'elle, certes, mais cela ne signifiait pas qu'il l'aimait. Toutefois, les plus petits gestes produisaient le plus grand impact sur elle. Lorsqu'il posait un chaste baiser sur son épaule ou sur sa joue, elle avait l'impression étrange qu'il tombait amoureux, lui aussi.

Elle savait qu'il était dangereux de commencer à penser qu'il partageait ses puissants sentiments. Elle savait qu'elle ne devait pas se fier à sa parole, pas après sa duperie en Cornouailles. Et, même s'il tenait à elle, un énorme abîme les séparait. C'était l'abîme de la classe et de la politique. Un jour, il épouserait quelqu'un d'aussi riche et titré que lui.

Elle avait si peur. Elle avait peur des sentiments dans son cœur. Elle ne devait pas se permettre de tomber amoureuse. Et pas parce qu'il l'avait trompée, pas parce qu'il était un étranger, ou un espion et un tory, mais parce qu'il était le comte de Bedford. Elle était seulement sa maîtresse.

Elle se redressa lentement contre une douzaine de coussins bleus et or, serrant la courtepointe de soie sur sa poitrine. Elle n'avait jamais été dans sa suite privée auparavant. Elle avait l'impression d'être dans une chambre royale. Le bas des murs était lambrissé de bois doré, le haut tapissé d'étoffe bleu marine lamée d'or. Le plafond était blanc et doré, arborant deux grands lustres en cristal. Il y avait deux endroits où s'asseoir, l'un devant une cheminée de marbre blanc et doré, l'autre près d'une magnifique table de petit déjeuner de bois de rose placée sous une haute fenêtre par laquelle Julianne apercevait de superbes jardins. Le bouquet posé dessus était jaune et violet. Elle fut certaine que les fleurs venaient de leurs massifs.

Elle devrait le quitter. Elle devrait se lever, s'habiller et regagner Cavendish Square. Ensuite elle trouverait le premier voyageur retournant en Cornouailles et demanderait à se faire emmener. Là, elle pourrait revenir à sa vie ordinaire. Là, elle pourrait essayer de l'oublier.

Mais elle ne le ferait pas, car elle voulait voir Paget encore une fois. Elle voulait le regarder dans les yeux après cette nuit. Elle savait qu'elle espérait y voir le reflet de ses propres sentiments.

La robe de chambre qu'elle avait portée la veille était posée sur le dossier d'un fauteuil, pour elle. Elle l'enfila et crut entendre une porte se fermer. Elle se précipita dans le salon voisin, mais Dominic n'était pas là.

Elle était certaine qu'il venait de partir, car la porte de sa garde-robe était ouverte, comme celle qui donnait dans le couloir. La pièce était dorée, avec des touches bleu pâle qui la rendaient plus gaie et moins majestueuse que la chambre. Il y avait un petit canapé devant la cheminée et une table de dîner était dressée devant les fenêtres qui donnaient sur les jardins. La bibliothèque couvrait un mur, tandis que son secrétaire était poussé contre un autre.

Elle alla à sa garde-robe et frappa poliment. N'ayant pas de réponse, elle appela doucement son nom et jeta un coup d'œil à l'intérieur. Elle vit sa robe de chambre par terre et comprit qu'il s'était habillé et était parti. Absurdement, elle en fut déçue.

C'était le milieu de la matinée et elle était prête à prendre son petit déjeuner, mais elle aperçut le parchemin et la plume sur le bureau et s'arrêta. Elle devrait écrire à Tom. Cela ne lui prendrait qu'un moment et elle voulait le mettre au courant des récents événements. Elle alla au secrétaire, ignorant la lettre qu'il avait commencée. Elle prit une feuille. Alors qu'elle s'installait, son regard tomba sur l'écriture haute de la lettre, et elle vit la date et l'apostrophe.

Elle avait été commencée une semaine plus tôt, et débutait par « Mon cher Edmund ».

Guère intéressée, Julianne prenait la plume quand elle vit l'enveloppe près de l'encrier. Elle ne put faire autrement que de la lire.

Elle était adressée à l'infâme réactionnaire, Edmund Burke !

Julianne fut choquée. Elle haïssait les opinions de Burke ! Elle méprisait cet homme, qui avait retourné sa veste ! Comme il était détestable ! Autrefois ami de longue date et soutien de Charles James Fox, que Julianne admirait tant, il avait annoncé récemment qu'il se séparait des whigs et était devenu presque d'un jour à l'autre l'un des tories les plus influents de la nation. Burke était célèbre pour avoir écrit de nombreux pamphlets sur les maux de la Révolution française, qu'il considérait comme de l'anarchie pure et simple. Il proposait même d'arrêter la révolution !

Emplie d'appréhension, Julianne prit la lettre de Dominic et se mit à lire, si agitée qu'elle ne pouvait respirer correctement.

Et elle fut prise de confusion.

Dominic avait commencé par écrire :

« Vous savez, mon cher ami, que je suis d'accord avec vous sur les principes qui nous unissent — et que je suis pour l'absolue nécessité d'empêcher la révolution d'atteindre les côtes de ce grand pays libre. Cependant, j'ai de graves réserves sur l'emploi du Bureau des étrangers pour réprimer la dissension à travers le pays. Dans une nation comme la nôtre, une saine discussion entre des idées opposées renforce la liberté. Elle ne l'affaiblit pas.

» Naturellement, la sédition ouverte doit être réprimée, mais il y a une limite entre autoriser la libre parole et condamner les discours séditieux. »

Il continuait en disant que le tissu social et politique de l'Angleterre devait être renforcé par des réformes en douceur et graduelles, bien nécessaires, comme l'élargissement du droit de vote et l'établissement d'un salaire minimum. Il trouvait même l'idée d'un impôt sur les revenus des riches digne d'être étudiée. Il terminait ainsi :

« Je prie que vous considériez mes suggestions. Et ne

doutez pas que je reste fermement loyal au Premier ministre Pitt et au parti tory, et que je continuerai à faire tout ce qui sera en mon pouvoir pour empêcher les radicaux et les républicains d'importer la révolution sur nos rivages. »

Julianne était stupéfaite. Certes, il était contre la révolution et voulait la combattre, mais il n'était pas le total réactionnaire pour qui elle l'avait pris. Elle n'était pas opposée, elle non plus, à des réformes graduelles et en douceur dans son pays. Mais elle était certaine qu'elles ne seraient jamais faites, les parties au pouvoir avaient trop à perdre. Néanmoins, les opinions de Dominic n'étaient pas insupportables pour elle, pas du tout !

« Il n'est pas pour toi, Julianne. Fie-toi à moi pour cela. Un jour, il épousera une débutante fortunée… »

Elle frissonna, bien qu'elle n'ait pas froid. Importait-il vraiment qu'il soit partisan de réformes en Grande-Bretagne ? Elle ferait mieux de ne jamais oublier qu'il serait toujours le comte de Bedford, si loin au-dessus d'elle qu'il aurait pu être un prince et elle Cendrillon. Tenir à quelqu'un n'était pas aimer, et les hommes de sa position ne se mariaient pas par amour, de toute façon !

Julianne reposa la lettre, ébranlée. Désirait-elle secrètement épouser Paget ?

Son cœur tambourinait.

Elle avait perdu toute envie d'écrire à Tom. Peut-être écrirait-elle à Amelia, se dit-elle, se sentant soudain très malheureuse.

La plume n'était plus sur le bureau. Elle regarda par terre ; elle était tombée. En la ramassant, elle vit que le bout était cassé. Elle voulut ouvrir un tiroir pour en trouver une autre, non pas qu'elle se soucie vraiment d'écrire à quelqu'un, maintenant.

Il était fermé à clé.

Elle essaya encore de l'ouvrir, en vain. Elle le fixa. Que gardait-il à l'intérieur ? Elle n'avait même pas à y réfléchir, des rapports et des secrets de guerre étaient probablement cachés dedans.

Elle fut heureuse qu'il soit fermé à clé. Elle ne voulait pas espionner Dominic. Elle essaya le tiroir du dessus, qui s'ouvrit aussitôt. Elle vit plusieurs plumes, ainsi qu'une liasse d'enveloppes attachées par un ruban noir.

L'écriture délicate sur l'enveloppe supérieure était sans aucun doute féminine. Julianne se figea. Elle était sûre qu'il s'agissait de lettres d'amour.

Elle referma immédiatement le tiroir. Elle savait qu'elle ne devait pas lire ces lettres. Mais son esprit était étrangement vide. Avait-elle une rivale ? Il s'agissait sûrement d'anciennes lettres !

Elle continua à fixer le tiroir. Elle partageait le lit de Paget. Bon sang ! il fallait qu'elle sache de qui étaient ces lettres, et si elles étaient récentes ou non.

Elle prit le paquet d'enveloppes, d'une main tremblante. Elle dénoua le ruban et retourna la lettre du dessus. Elle était de Nadine d'Archand.

La surprise la figea. *D'Archand.* Etait-elle l'une des émigrés que Marcel voulait localiser ? Etait-ce possible ? D'Archand était-il un nom courant, ou peu usité ? Elle pouvait à peine croire à cette coïncidence.

Cette lettre était de la fiancée de Dominic. Etait-elle vraiment morte, comme il l'avait prétendu ? Après tout, lorsqu'il lui avait parlé d'elle, il était engagé dans sa tromperie.

En tremblant, elle regarda par-dessus son épaule, mais la porte restait fermée. Elle ouvrit l'enveloppe, tira la lettre et la lut.

« 15 avril 1791

» Mon très cher Dominic,

» Je sais que nous nous sommes dit adieu hier soir. Mais je n'ai pas pu me retenir de vous écrire. La soirée d'hier a été merveilleuse, parfaite avant mon voyage en France avec votre mère. J'aurais pu danser avec vous jusqu'à l'aube. Vous savez bien sûr que vous êtes un superbe danseur, et que nous avons rendu tous les autres couples verts d'envie ? »

Julianne se sentit soudain malade. Elle pouvait presque entendre le rire doux et chaud de Nadine, à présent. Elle pouvait presque la voir dans une robe de bal, jolie, resplendissante et si amoureuse. Les yeux embués, elle continua.

« Je sais que vous êtes un peu anxieux au sujet de nos vacances en France, mais être chez moi me manque, et à Catherine aussi. Paris me manque tellement ! Mon très cher, nous irons bien et reviendrons avant même que vous ne vous rendiez compte que nous sommes parties ! Merci pour les fleurs, pour le magnifique bracelet.

» Merci, Dominic, pour ce moment que nous avons partagé. Vous me manquez déjà.

» Avec tout mon amour,

Nadine. »

Julianne fixa la lettre dans sa main, incapable de distinguer clairement la délicate écriture. Nadine était amoureuse de Dominic. Naturellement. Elle ne doutait pas qu'elle avait été une femme belle, aimable, chaleureuse. Dominic l'avait-il aimée en retour ?

Elle lui avait demandé s'il l'aimait encore lorsqu'ils étaient à Greystone. Il avait répondu qu'il ne l'aimait plus.

Mais comment pouvait-elle le croire à présent ? Lorsqu'il lui avait dit ça, il se faisait passer pour Charles Maurice. Et maintenant ? Elle avait peur. La famille de Nadine était-elle en Cornouailles ? *Nadine* était-elle en Cornouailles ?

Elle replia la lettre, les mains tremblantes, en se répétant qu'elle datait de deux ans. Elle tenta de se rassurer. Pourquoi prétendre que Nadine était morte si elle ne l'était pas ? Elle glissa la lettre dans l'enveloppe et se mit à renouer le ruban. Des larmes brouillaient sa vision. Elle avait tant d'appréhension. Et alors elle entendit des pas dans la chambre.

Elle fourra la pile de lettres dans le tiroir et le claqua. Alors qu'elle bondissait sur ses pieds, Dominic ouvrit la porte et la surprit. Ses yeux s'élargirent.

Elle leva les yeux sur lui, affolée.

— J'allais écrire à Tom, prétendit-elle.

A l'instant où elle parla, elle sut qu'elle aurait dû rester silencieuse.

— Je vois.

Son ton était plat, son expression indéchiffrable. Elle humecta ses lèvres.

— Je cherchais une plume.

Elle s'arrêta, mesurant son erreur. Mais elle n'avait jamais été aussi troublée.

— La plume est là, sur le bureau.

Son visage était un masque d'indifférence, mais elle savait qu'il la suspectait d'avoir fouillé dans ses affaires.

— Elle est cassée.

— Je vois, répéta-t-il très doucement.

Elle le fixa et il lui rendit son regard. Si elle l'interrogeait sur sa fiancée, il saurait qu'elle avait lu ses lettres, pourtant elle brûlait de lui poser ses questions.

— Est-ce que vous m'espionniez ? demanda-t-il enfin.

— Non ! s'écria-t-elle.

Un silence terrible s'ensuivit.

— Je pensais que vous voudriez prendre votre petit déjeuner. Hélas, je ne peux me joindre à vous. Il est servi dans votre chambre.

Elle s'écarta du bureau. Il n'avança pas vers elle. Il n'essaya pas de l'enlacer. Ils n'échangèrent pas de salutations enjouées, leur nuit de passion ne fut pas mentionnée. Le regard de Dominic était intense et scrutateur, méfiant même.

Julianne souhaita ne jamais avoir fouillé son bureau ni vu ces lettres.

Julianne était très surprise en approchant du salon où Sebastian Warlock l'attendait. Elle ne pouvait se rappeler quand elle avait vu son oncle pour la dernière fois — peut-être lorsqu'elle avait dix ou onze ans. Mais Amelia avait dit que Lucas et lui étaient proches ; Lucas avait dû mentionner qu'elle séjournait à Bedford House. Elle supposa que c'était une chance d'avoir l'occasion de connaître le frère de sa mère. Mais tandis qu'elle longeait le couloir, suivant Gérard, elle pensa au fait qu'il ne venait jamais voir sa sœur.

Sebastian Warlock se tenait debout près du canapé dans le petit salon bleu aux touches blanches. Elle hésita. C'était un bel homme brun, assez impressionnant. Il paraissait impatient. Il était vêtu d'une veste marron terne, sans perruque, ce qui indiquait soit une indifférence à la mode, soit des circonstances difficiles. Ayant vu sa maison de Londres, Julianne supposa que la première raison était la bonne. Elle ne le reconnut pas du tout.

Pendant un moment il la dévisagea, son regard la jaugeant de la tête aux pieds, l'inspectant visiblement. Elle fut déconcertée.

Finalement, il eut un bref sourire et s'avança pour la saluer, lui prenant la main.

— Cela fait longtemps, Julianne.

Il s'inclina sur sa main et la lâcha.

— Oui, en effet, répondit-elle, se sentant étrangement tendue.

Elle se rappela que cet homme prêtait sa maison à Lucas et que son frère l'appréciait.

— C'est une surprise, mais une surprise agréable.

Il l'étudia encore un moment.

— C'est vous qui êtes la surprise, ma chère. Vous êtes très belle et vous me rappelez tant votre mère.

La tension de Julianne s'accrut, même si elle savait que sa mère avait été une beauté.

— Je pense que vous me flattez.

— Je remarquais juste combien vous êtes plaisante à regarder.

Il haussa les sourcils.

— Vous savez sûrement que maman n'a plus toute sa tête.

— Ah, oui, je le sais, comme je sais que vous êtes une intellectuelle bohème.

Elle ne sut pas que dire. Etait-ce un compliment ? Lucas avait-il dit quelque chose d'autre ? Il ne révélerait jamais ses opinions radicales à personne hors du cercle de famille proche, se dit-elle.

— De nombreux sujets m'intéressent. Je suis une lectrice avide, mais je peux à peine me tenir à jour dans mes intérêts.

Son expression était impassible.

— Je crois que Lucas a mentionné quelque chose de ce genre.

Julianne commençait à ressentir une certaine alarme, même si c'était sûrement absurde. Pourquoi Lucas avait-il parlé d'elle ? Avait-il mentionné Amelia ?

— Ma sœur est aussi une grande lectrice, mais elle préfère les romans, pas les journaux.

— Je ne suis pas ici pour voir Amelia.

— C'est aimable à vous d'être venu, dit-elle, embarrassée. Je vous offrirais bien à boire, mais je suis une invitée ici.

— Je n'ai besoin de rien. Comment vous sentez-vous, après votre épreuve ?

A quoi se référait-il exactement ? Appréciait-il de la tenir incertaine et perplexe ? Car elle commençait à deviner qu'il ne faisait pas une simple visite de politesse.

— Lucas vous a-t-il dit que j'ai été malade ?

— Lucas est très inquiet pour vous.

Elle se sentit très nerveuse, tout à coup.

— Je suis inquiet aussi.

Il désigna le canapé. Julianne s'assit, craignant le pire. Lucas n'avait sûrement pas parlé à leur oncle de son accrochage avec les autorités, car sinon il aurait dévoilé ses tendances radicales.

— Lucas s'occupe du domaine et de la famille, il s'inquiète toujours, souvent pour rien.

Elle sourit fermement, espérant clore le sujet. Sebastian

sourit lentement, mais ce n'était ni avec chaleur ni avec amabilité.

— Julianne, j'ai peu de temps. Je suis venu pour deux raisons, la première étant mon inquiétude en tant qu'oncle.

Julianne sourit de nouveau. Lucas lui avait dit qu'elle était malade, décida-t-elle.

— J'ai été malade dernièrement, mais je suis en bonne voie de guérison. C'est aimable à vous de vous enquérir de moi.

— Je parle de vos associations radicales, ma chère.

Elle se figea.

— Je parle de votre Société des Amis du Peuple en Cornouailles, du club de la rue de Seine à Paris et, bien sûr, de votre présence à la convention de Newgate en début de semaine, avec votre arrestation et votre emprisonnement à la Tour.

Elle se leva. Il la prit par le bras et la fit rasseoir.

— Vous n'avez pas à me craindre. Je suis votre oncle, après tout.

— Comment Lucas a-t-il pu vous dire tout cela ? s'écria-t-elle.

— D'abord, je veux que vous m'écoutiez.

Il ne souriait plus.

— Je ne suis pas venu vous voir depuis des années, Julianne, mais cela ne signifie pas que je ne me soucie pas de votre sort à tous. Et vous avez été très fortunée, cette fois, d'avoir un grand pair comme Bedford pour venir à votre secours.

Elle inspira. Il suspectait leur liaison, elle en était certaine.

— Pensez-vous vraiment triompher sur le gouvernement anglais ? Nous ne sommes pas en France. Nous ne sommes pas prêts, ou pas mûrs, pour une révolution, ici. Les radicaux comme vous n'ont que trois perspectives, Julianne : l'incarcération, la déportation ou l'exécution.

Elle poussa un cri.

— Vous essayez de m'effrayer. Je ne peux concevoir pourquoi Lucas vous a révélé tous mes secrets.

— Pouvez-vous admettre votre défaite et renoncer à vos causes ?

Son regard était dur et direct. Elle trembla de peur.

— Non, je ne peux pas. Je ne peux pas et ne veux pas admettre notre défaite. Et je ne renonce à rien du tout, monsieur !

Elle se leva de nouveau. Il se leva aussi.

— Alors écoutez-moi bien. Vous ne jouez pas aux cartes. Vous jouez à un jeu qui affecte la vie d'hommes et cause leur mort.

Il fallut un moment à Julianne pour absorber une déclaration aussi dramatique. Elle retint une exclamation.

— Je ne joue pas à un jeu.

— Oh ! que si, un jeu dangereux, ma chère. C'est un jeu de vie et de mort. Les enjeux sont très élevés et, si vous insistez pour jouer, vous devez le faire avec une grande prudence.

Elle voulait terminer la conversation, mais elle ne pouvait détacher son regard de son oncle, presque fascinée.

— Vous êtes pleine de promesses, dit-il doucement. Vous avez du courage.

— Que voulez-vous ?

— Ce jeu ressemble aux échecs. Nous bougeons, ils contrent. J'ôte Paget. Vous écrivez aux Jacobins de Paris. Je cherche à localiser un traître. Vous cherchez à localiser une famille. C'est un jeu, un jeu très dangereux, et nous sommes tous impliqués dedans.

Savait-il qu'on lui avait demandé de retrouver la famille d'Archand en Cornouailles ? Julianne était stupéfaite. La considérait-il comme une *traîtresse ?*

Et qu'était-il, exactement ? Parce qu'elle ne pensait pas que Warlock soit simplement le seigneur d'un petit domaine.

— Avez-vous eu peur quand Rob Lawton a interrompu la convention ? Quand vous avez été jetée à la Tour ?

Il parlait avec douceur.

— Bien sûr ! s'écria-t-elle.

— Bien. Si vous devez jouer, vous devez avoir peur, la peur rend prudent.

— Qu'est-ce que cela signifie ? demanda-t-elle en le regardant.

Pendant un moment, il la dévisagea.

— La Convention britannique des délégués du peuple a pris fin avant de commencer. Tom Treyton a été arrêté à Edimbourg avec trois cents autres participants.

Julianne poussa un cri incrédule. L'expression de Warlock était dure.

— Ils vont être jugés pour haute trahison, Julianne.

Elle pouvait à peine assimiler ce qu'il disait. Comment était-ce arrivé ? Puis elle mesura le terrible danger dans lequel se trouvait Tom.

— C'est un crime passible de pendaison, murmura-t-elle.

— Oui.

— Je dois libérer Tom !

Il sourit lentement.

— J'espérais une telle réaction.

En croisant son regard, elle n'éprouva que de la terreur.

— Je peux aider Treyton, dit-il.

L'espoir surgit.

— Alors faites-le, je vous en prie !

Il hocha légèrement la tête.

— Je le ferai relâcher, et toutes les charges contre lui seront abandonnées… à condition que vous fassiez quelque chose pour moi en échange.

La terreur revint aussitôt.

— Que voulez-vous de moi ?

— Je veux que vous continuiez vos activités radicales, Julianne et qu'ensuite, vous me fassiez vos rapports.

Il lui fallut un instant pour comprendre.

— Vous voulez que j'espionne mes amis et associés ?

— Oui.

Pendant un moment, elle le fixa, choquée. Puis elle se sentit outragée.

— Il n'y a rien de familial dans cette visite. Vous

voulez m'utiliser. Vous êtes méprisable ! s'écria-t-elle. Lucas sait-il ce que vous me demandez ?

— Certainement pas, et je suggère que vous gardiez cette conversation pour vous.

— J'ai l'intention de dire immédiatement à Lucas combien vous êtes horrible !

— Ce n'est pas sage, Julianne. Rappelez-vous, j'ai ce que vous voulez : la capacité de faire libérer Tom.

Son regard se durcit.

— J'ai quelques usages pour des radicaux comme Treyton, ma chère. Ils ne sont pas plaisants, et cela arrivera si vous ne vous exécutez pas, si vous parlez à votre frère, si Treyton reste derrière des barreaux.

Elle mesura lentement ce qu'il disait — il ferait du mal à Tom si elle le défiait.

— Vous êtes impitoyable !

— Oui. Nous sommes en *guerre,* Julianne.

Elle se mit à secouer la tête. Mais, tout en voulant refuser, elle se demandait jusqu'où il irait. Torturerait-il Tom si elle refusait de l'aider ?

— Je dois partir, dit-il d'un ton plaisant.

Julianne avait envie de lui cracher au visage. A la place, elle le regarda prendre son bicorne sans rien dire.

— Je vous suggère de penser avec soin à ce pauvre Treyton, seul dans une cellule, à la merci de ses geôliers.

Il se dirigea vers la porte.

— Mieux encore, pensez à Treyton se balançant au gibet, car il sera sûrement jugé coupable si je n'interviens pas.

Sans voix, Julianne le regarda fixement. Comme elle haïssait son oncle !

— Je ne suis pas entièrement mauvais, Julianne. De fait, je suis un patriote, et je ferai tout ce que je dois faire pour préserver ce pays.

Il coiffa son chapeau et hocha poliment la tête.

— J'attends votre réponse d'ici la fin de la semaine.

Julianne le regarda partir. Puis elle éclata en sanglots.

13

Dominic suivit le domestique des d'Archand dans le salon pour attendre Nadine, se rappelant Julianne qui refermait le tiroir droit de son secrétaire quand il s'était arrêté sur le seuil de la pièce. Son ventre se crispa. *Elle avait fouillé son bureau.*

Elle ne l'espionnait sûrement pas pour ses amis radicaux. Mais elle lui avait déjà dit que ses amis jacobins de Paris lui avaient demandé de localiser une famille d'émigrés installée en Cornouailles ; que lui avaient-ils demandé d'autre ?

Nadine apparut sur le seuil, interrompant ses sombres pensées. Elle portait du rose pâle, une couleur qui seyait à son teint mat, et son sourire se reflétait dans ses yeux. En cet instant, elle lui rappela la femme qu'il connaissait depuis l'enfance. Mais son humeur ne s'allégea pas. Nadine était une amie et une alliée ; il lui faisait entièrement confiance ; il lui confierait sa vie. Mais il ne pouvait pas se fier à Julianne, la femme qui était son amante, celle à qui il tenait.

— Je me demandais quand vous reviendriez, dit-elle, une question dans les yeux.

Il s'avança, lui prit les mains et l'embrassa sur les deux joues.

— Tout ce que vous aviez à faire était de demander.

— Je pensais que nous avions besoin tous les deux de quelque temps pour nous faire à nos retrouvailles, après une si longue séparation.

Il la guida au canapé. Nadine avait toujours été une personne réfléchie et décidée. Son commentaire ne le surprit pas.

— Nous avons toujours pensé de la même façon. Il me fallait quelque temps à moi aussi pour m'adapter à notre situation.

Elle l'étudia tandis qu'elle s'installait confortablement sur le canapé.

— Je peux voir que vous êtes soucieux, Dominic. Cela se lit dans vos yeux.

Il hésita. Il avait l'intention de lui parler de Julianne, mais il devait amener le sujet avec précaution.

— J'ai beaucoup de choses à l'esprit, à propos de la guerre et de la révolution.

— Y a-t-il des nouvelles ?

— Il y en a toujours. Le duc d'York a décidé d'assiéger Dunkerque, ce qui serait une grande prise pour Londres. Mais je crois que York devrait marcher sur Paris.

— Je suis d'accord, la route de Paris ne restera pas ouverte indéfiniment, mais je ne suis pas un général.

Elle haussa les épaules, silencieuse pendant un moment.

— Qu'est-ce qui ne va pas ?

Il finit par sourire.

— J'ai pris l'habitude de ruminer, Nadine.

Elle ne lui rendit pas son sourire.

— Nous avons tant changé tous les deux, n'est-ce pas, Dominic ? Après tout ce que nous avons traversé, c'est comme si j'avais passé toutes ces nuits à danser avec quelqu'un d'autre, quelqu'un d'insouciant, sans compréhension de la guerre et de la mort.

— Cela me fait cet effet, agréa-t-il. Nous étions si innocents, n'est-ce pas ? Dire que je considérais comme un drame qu'un métayer ne paye pas son loyer… Je ne vous ai jamais jugée jeune ou naïve quand nous nous sommes fiancés, mais vous êtes tellement plus expérimentée maintenant, c'est presque comme si vous étiez une autre femme.

Elle secoua la tête.

— Je reconnais à peine cette jeune fille. Elle n'avait pas la moindre idée de la misère et de la brutalité qui existent dans le monde. Elle n'avait pas de soucis, pas de vrais tracas, elle était heureuse tout le temps ! Qui est heureux tout le temps, Dominic ? Moi, aussi, j'ai pris l'habitude de ruminer, ajouta-t-elle.

Il dit prudemment :

— Vous paraissez assez heureuse, aujourd'hui.

— Je suis heureuse d'être avec vous. Vous avez changé de sujet, habilement, mais pas assez, observa-t-elle doucement. Alors qu'est-ce qui vous tracasse vraiment ?

Ils ne pourraient pas échapper à une discussion, se dit-il. Il l'étudia un moment, voyant son regard sérieux et scrutateur.

— Nous devons discuter de nos affaires, Nadine, mais je ne veux pas vous bouleverser — ce n'est pas mon intention. Vous en avez déjà assez supporté.

Elle posa une main sur son bras.

— Nous avons toujours été honnêtes l'un avec l'autre. Je refuse d'être autrement avec vous. S'il y a quelque chose que vous souhaitez dire, même si vous pensez que cela peut être perturbant, vous devez le dire.

Elle ajouta :

— Vous pourriez être surpris, Dominic. Très peu de chose me bouleverse aujourd'hui, à part la mort et l'anarchie, la guerre et la révolution.

Elle avait raison. Ils avaient toujours été honnêtes l'un envers l'autre, et il était venu lui parler de Julianne. Il le lui devait, il le devait à Julianne.

— Je n'étais pas sincère quand j'ai dit à votre famille que j'avais passé les derniers mois à la campagne.

Elle sourit.

— Je sais.

Elle se leva, alla vivement à la porte du salon et regarda dans le couloir. Puis elle ferma et revint s'asseoir.

— Avez-vous été en France tout ce temps ?

Son geste l'avait alarmé.

— Pensez-vous que l'on vous espionne ?

Elle hésita.

— Nous avons tant de choses à discuter.

Dominic ouvrit de grands yeux. Elle craignait des espions, dans sa propre maison !

— Pourquoi quiconque vous espionnerait-il ?

— Dites-moi pourquoi vous avez jugé bon de tromper ma famille, d'abord.

Elle eut un sourire fugace.

— Et je veux savoir ce que vous faisiez en France, et combien de temps vous y êtes resté.

— J'ai passé plus d'un an et demi en France.

Des images vagues, brumeuses, horribles commencèrent à se former. Il les chassa vivement.

— Quand j'ai rejoint Catherine à Paris et que nous n'avons pas pu vous trouver, je l'ai escortée à la maison, c'était fin novembre.

Sa mère et Nadine étaient parties en France au printemps 1791.

— Puis je suis revenu pour continuer à vous chercher. J'ai abandonné au bout de plusieurs mois, mais alors j'étais déjà Jean-Jacques Carré, un imprimeur jacobin. J'avais tant appris sur les Jacobins, y compris ceux de l'Assemblée nationale, que je me suis rendu compte que je devais rester, poursuivre ma comédie et envoyer les informations que je pouvais rassembler en Angleterre.

Il s'arrêta, pensant à ses voisins qu'il devait tromper quotidiennement. Il prenait des verres avec le boulanger, célébrant un triomphe républicain après l'autre, mais ce n'était qu'une façade. Ensuite, il retournait à son échoppe, fermait pour la soirée et redevenait Dominic Paget.

— Continuez, murmura-t-elle.

— Mais, au printemps suivant, il y a eu des rumeurs de soulèvement dans la vallée de la Loire. Vous pouvez imaginer combien cela m'a affecté, et excité. Ces rumeurs parlaient du chef des rebelles, Jacquelyn.

Elle ouvrit de grands yeux.

— Michel ? Notre Michel mène les rebelles de Vendée ?

— Oui. Michel est en vie et combat courageusement l'armée française. Je l'ai rejoint en mai dernier.

— Vous étiez à Saumur ? s'écria-t-elle, atterrée.

— Nous avons capturé une division entière début mai, puis nous avons renforcé le contrôle sur la rivière et la ville en juin.

Il savait qu'il devait garder les souvenirs à distance, mais ils avaient commencé à se cristalliser dans son esprit. Les morts et les mourants dans la rivière ensanglantée, le père Pierre inerte dans ses bras, Michel hurlant qu'ils devaient battre en retraite.

— Dominic.

Nadine posa une main sur sa joue, le regard soucieux. Il revint au présent avec un sursaut.

— Excusez-moi. Nous avons été vaincus à l'extérieur de Nantes, fin juin.

— Je l'ai entendu dire. Je ne peux croire que vous étiez là ! Vous avez eu tant de chance de survivre, Dominic, des milliers d'hommes sont morts ! Comment va Michel ?

— La dernière fois que je l'ai vu, il allait bien et était déterminé.

— Y a-t-il un moyen de lui envoyer une lettre ?

Dominic s'étonna.

— C'est mon ami, je le connais depuis des années, se justifia-t-elle.

— Oui, il y a un moyen de l'atteindre.

Il hésita. Elle prit sa main dans les siennes.

— Il y a de mauvaises nouvelles, n'est-ce pas ?

— Vous souvenez-vous du père Pierre ?

— Bien sûr. Il a marié mon cousin Lucien et enterré ma mère.

— Il est mort dans cette dernière bataille.

Elle émit un bruit étranglé.

— C'était un vieil homme ! Il combattait l'armée française ?

Dominic hocha la tête et passa un bras autour d'elle.

Nadine trembla, mais ne se pressa pas contre lui comme elle l'aurait fait deux ans plus tôt. Il tira un mouchoir de sa poche et le lui tendit ; elle se tamponna les yeux. Il voyait qu'elle était déterminée à ne pas pleurer.

— Quand cette maudite guerre va-t-elle se terminer ? demanda-t-elle d'un ton brusque.

— Je ne sais pas.

Elle s'écarta et il la laissa faire.

— La guerre m'a changé, Nadine, dit-il. Et elle a aussi changé ma vie.

— Naturellement. Personne ne peut être le même. Pas si l'on a vécu une seule bataille, une seule émeute.

Elle inspira.

— Je ne suis plus la même non plus.

— Mais vous restez une femme belle et intelligente, plus que jamais. Vous restez extraordinaire.

Ses grands yeux étaient rivés sur lui.

— Pourquoi suis-je certaine que vous allez me laisser tomber, d'une certaine manière ?

Il eut du mal à parler.

— Mes sentiments pour vous n'ont pas changé. Je suis votre plus fervent admirateur, votre ami le plus loyal. Mais j'ai changé, Nadine, beaucoup, et je ne pourrai plus jamais aller de bal en bal avec vous.

Elle le fixa, les mains nouées.

— J'aimerais beaucoup aller à un bal. Mais cela paraîtrait un peu absurde. Qu'essayez-vous de dire ?

— Je ne peux pas me marier maintenant. De fait, je ne sais pas si je repenserai un jour au mariage.

Elle fut visiblement surprise, mais, à part cela, il ne put dire ce qu'elle pensait. Autrefois, elle était si transparente !

— Je sais qu'il y a des contrats. Je sais que j'ai donné ma parole. Mais le mariage est devenu impossible.

— Je vois, dit-elle. Vous retournez là-bas, n'est-ce pas ? Vous allez retourner à votre imprimerie et à votre vie en tant que Jean-Jacques Carré.

Un mensonge se forma sur le bout de sa langue. Mais

il la connaissait depuis trop longtemps, et il lui faisait confiance.

— Je vais prendre un nouveau nom, de fait.

Elle inspira.

— Je veux retourner là-bas avec vous.

— Absolument pas ! s'écria-t-il, offusqué.

Il s'était attendu à ce qu'elle lui demande peut-être de continuer leurs fiançailles, mais pas à ce qu'elle exige de le suivre en France.

— Pourquoi voudriez-vous retourner en France ? Cela n'a rien à voir avec nos fiançailles, n'est-ce pas ?

Elle se leva, ses yeux noirs étincelant.

— Non. J'ai ma propre histoire à raconter, Dominic. J'ai subi de graves blessures dans l'émeute, mais des os cassés guérissent en quelques mois, pas en un an et demi.

Il la fixa. Il s'était demandé pourquoi elle avait mis si longtemps à rentrer en Angleterre.

— J'ai été sauvée de la foule par un aimable boutiquier, dit-elle, très pâle. Il avait assisté à l'émeute, et quand la populace est partie il m'a trouvé inconsciente dans la rue. Il m'a crue morte, mais je vivais et il m'a recueillie. Sa femme et sa fille m'ont soignée jusqu'à ce que je guérisse. Ce sont des gens merveilleux, simples et bons, qui vivent dans la peur que leur trahison de l'Etat soit découverte un jour.

Dominic se leva et lui prit la main, conscient de l'angoisse qu'elle combattait.

— Restez-vous en contact avec eux ?

— Non, cela les mettrait en danger.

— Qu'est-ce qui vous a retenue de rentrer immédiatement ?

Elle se libéra et se mit à faire les cent pas.

— J'ai découvert une mère et sa fille qui se cachaient dans une boutique vide, terrifiées pour leur vie, dit-elle en s'arrêtant devant une fenêtre et en regardant les jardins, dehors. Elles étaient d'une famille noble. C'était leur crime. Le mari avait été tiré de son lit chez elles à Marseille et matraqué à mort, devant leur fille. Les deux femmes ont été violées. Marianne et Jeanine ont été abandonnées comme des détritus. Elles ont fui à Paris, espérant trouver des parents. Mais leur famille était partie. Je les ai cachées dans une cave pendant des mois tout en essayant de trouver le moyen de les envoyer au Havre et ensuite en Angleterre. Finalement, j'ai trouvé le bon contact. J'ai rencontré un gendarme qui est en réalité un royaliste, je crois qu'il doit toujours être dans la police, aidant des gens comme Marianne et Jeanine. A moins qu'il n'ait été découvert et ne soit mort.

Elle se tourna face à Dominic.

— Vous auriez pu être découverte, dit-il.

— Oui. Une fois que j'ai eu mon contact, Marianne et Jeanine sont parties en sécurité. Et j'avais appris que je pouvais aider des gens comme elles, comme moi, à échapper aux horreurs des Cordeliers, des Brissotins, des Girondins, des Jacobins. Marianne et Jeanine ont été les premières d'une douzaine d'hommes, de femmes et parfois d'enfants que j'ai aidés à fuir la France.

— Ce que vous avez fait est courageux, Nadine, et dangereux. Le ciel soit loué que vous ayez quitté la France saine et sauve.

— Je n'ai pas de regrets.

— Je ne vous laisserai pas retourner en France. Vous pouvez nous aider ici, en Angleterre, au lieu de retourner là-bas où vous finirez sûrement par être découverte et exécutée.

Elle trembla.

— Une part de moi redoute d'y retourner. Je vivais constamment dans la peur, et je ne me fais pas d'illusions ! En fait, je ne suis pas rentrée simplement parce que mon père et mes sœurs me manquaient. Un gendarme haut placé s'intéressait terriblement à moi. Je pensais qu'il avait appris la vérité et qu'il n'était plus sûr pour moi de rester à Paris.

— Alors je suis heureux que vous soyez partie quand vous l'avez fait.

Il comprenait maintenant sa peur des espions, elle était peut-être pourchassée par des agents français.

— Restez ici en Angleterre, Nadine, et je vous mettrai en contact avec les hommes qu'il faut, des hommes qui ont besoin de vos talents.

Elle serra ses bras nus autour d'elle, comme si elle avait froid.

— Vous ne devriez pas y retourner, non plus.

— J'y retourne, déclara-t-il fermement.

Alors il vit les larmes qui lui montaient aux yeux.

— Vous ne pleurez jamais.

Elle les essuya.

— J'ai appris à pleurer, Dominic.

Elle hésita.

— Vous dites que vos sentiments pour moi n'ont pas changé, mais je sens que si. Et, si c'est le cas, je comprends. Je ne suis plus la femme que vous avez quittée dans un bal il y a deux ans, et vous n'êtes plus le même homme. Aucun de nous n'a de temps pour une romance, maintenant.

Il se crispa, pensant aussitôt à Julianne. Il se demanda s'il devrait cacher le fait qu'il avait une relation avec elle.

— Vous ne discutez pas pour notre mariage, dit-il prudemment.

— Non. Comme vous, il ne m'intéresse plus, mais pas à cause de vous, à cause de la révolution.

Elle laissa retomber sa voix. Son regard se fit lointain.

— Je ne peux pas me marier maintenant. Comme vous le disiez, le mariage est devenu impossible.

— Alors je ne vous ai pas blessée ?

— Non, vous ne m'avez pas blessée.

Elle sourit et revint vers lui.

— Je vous aime encore. Je vous aimerai toujours. Je pourrais vous attendre, si c'est ce que vous voulez. Quand cette terrible période prendra fin, nous pourrons décider alors si nous voulons nous unir.

Il savait qu'il devait lui parler de Julianne. Avec beaucoup de précaution, il dit :

— J'ai été blessé avant de quitter la France.

Il n'aimait pas mentir, mais il le ferait maintenant, pour lui éviter de s'inquiéter pour lui.

— J'ai passé le mois de juillet à me remettre en Cornouailles.

— Vous me dites cela maintenant ? Avez-vous été gravement blessé ?

Il hésita.

— J'ai failli mourir.

Elle le fixa, atterrée.

— Mais j'ai survécu. J'ai été soigné nuit et jour par une seule femme, Julianne Greystone.

Nadine sursauta.

— Est-elle parente avec Lucas et Jack Greystone ?

— Comment connaissez-vous ses frères ?

— Ils m'ont aidée à fuir la France, Dominic. Jack Greystone m'a sauvé la vie.

Il fut surpris.

— En vous faisant quitter le pays ?

— La gendarmerie nous a attaqués sur la plage, juste avant que nous puissions atteindre son bateau. Plusieurs hommes ont reçu des balles. J'ai presque été tuée.

— Que s'est-il passé ?

— Quelqu'un nous a trahis. La gendarmerie se cachait dans la crique quand nous sommes arrivés, et ils nous ont tendu une embuscade. Cela a été une terrible bataille. Je suis redevable à Greystone, qui m'a protégée des tirs de son propre corps. Il m'a fait quitter la plage et monter sur son bateau.

Il avait une double dette envers Jack Greystone, pensa Dominic sombrement.

Il la regarda avec plus d'attention, certain qu'elle se remémorait cette nuit en détail.

— Julianne est l'une de ses sœurs, Nadine. Et il se

trouve que je les connais tous les deux. Lucas et Jack m'ont fait sortir de France ensemble.

Elle était incrédule.

— Le monde est si petit ! Vous dites qu'ils vous ont emmené en Cornouailles ? Notre nouvelle maison est à côté du village de St. Just. Le connaissez-vous ?

— Oui. Le comte est un ami à moi et j'étais à Greystone Manor, tout près.

Elle lui sourit étrangement.

— Quelle ironie, sa sœur vous a sauvé et il m'a sauvée.

— Oui, c'est une curieuse coïncidence.

Il s'éclaircit la voix. Elle lui jeta un coup d'œil.

— Julianne est actuellement à Bedford House. Elle est mon invitée.

— Bien. Je veux la rencontrer.

Il tressaillit presque.

— Nadine, il n'y a pas de façon aisée de dire ceci. J'espère que vous comprendrez. Je me suis attaché à elle et pas simplement comme à une amie.

Pendant un moment, elle le regarda fixement. Puis ses yeux s'élargirent. Tandis qu'elle le fixait avec une profonde surprise, il dit :

— Alors, quand vous m'avez demandé si mes sentiments pour vous ont changé, ma réponse reste non, ils n'ont pas changé. Néanmoins, j'ai… poursuivi Julianne de mes avances, ajouta-t-il après une hésitation.

Elle le fixait toujours, maintenant incrédule.

— Etes-vous amoureux ? demanda-t-elle enfin.

Il se sentit mal à l'aise.

— Pourquoi me demandez-vous une chose pareille ?

— Vous venez de me dire que vous courtisez quelqu'un d'autre, alors que nous restons officiellement fiancés. M'abandonnez-vous pour elle ? demanda Nadine, assez calmement.

Il s'empourpra.

— Je retourne en France. Je refuse d'abandonner une fiancée, dit-il platement. Vous connaissez aussi bien que moi les risques d'être un agent dans ce pays. Et je ne suis pas amoureux.

Elle plissa les paupières.

— Est-elle votre maîtresse ?

Il s'étrangla. Il savait qu'il devait le nier pour maintes raisons, y compris le fait que Lucas Greystone ne devait jamais le découvrir.

— Nadine, c'est une femme convenable.

— Oui, elle l'est sûrement, ce qui signifie que, si vous l'avez séduite, vous êtes un vrai butor. Sans mentionner que vous êtes redevable envers ses frères qui vous ont sauvé la vie. Il se trouve que je sais que vous n'êtes pas dénué de moralité, alors cela me ramène à ma première question : êtes-vous amoureux d'elle ?

Il se demanda s'il rougissait de nouveau.

— Non, coupa-t-il. Et je n'aime pas être interrogé. Quoi qu'il en soit, elle est mon invitée en ce moment et vous la rencontrerez sans doute.

— Oh ! vous êtes agacé ! Ce sujet vous irrite.

Nadine fronça les sourcils.

— Je ne sais pas que faire de cette… situation, ajouta-t-elle. Je ne vous ai pas perdu au profit de la guerre, mais au profit d'une autre femme, d'une maîtresse !

— Vous ne m'avez pas perdu. Vous ne me perdrez jamais, dit-il en le pensant.

— Je vous ai perdu si vous la courtisez, et pas moi.

Il la fixa. Peut-être avait-elle raison, d'une certaine façon.

— Vous êtes affligée, mais pas autant qu'une fiancée abandonnée devrait l'être.

Elle fit une grimace.

— Je ne veux pas me marier, mais je *suis* affligée. Je suis troublée. Nous avons été séparés pendant deux ans, mais nous nous connaissons depuis l'enfance !

— Ce qui est la raison pour laquelle je serai toujours votre ami le plus loyal, tenta-t-il de dire.

Elle ne l'entendit pas, réprimant une larme.

— Il se trouve que je veux que vous soyez heureux.

Mais elle est seulement votre maîtresse. A moins, bien sûr, que vous ne soyez réellement amoureux. Envisagez-vous de l'épouser ?

Ce fut le tour de Dominic d'être déconcerté. Que penserait-il d'un mariage avec Julianne si la guerre cessait ? S'il n'existait plus de gouffre politique entre eux ? Ce serait une union difficile et pleine de défi, mais pas impossible.

— Envisagez-vous de l'épouser ? redemanda Nadine, surprise.

Franchement, il l'ignorait. Et ne l'avait-il pas soupçonnée de supercherie, ce matin même ?

— Je tiens beaucoup à elle, mais notre relation est tendue par les conflits.

— Qu'est-ce que cela signifie ? Exige-t-elle le mariage ?

— Non.

— Alors qu'est-ce qui cause des conflits entre vous et votre amante ?

Il hésita. Elle découvrirait tôt ou tard les opinions politiques de Julianne, vu que Catherine ne lui cacherait jamais les faits.

— Il y a quelque chose que vous devez savoir. Elle a des sympathies jacobines.

Nadine le fixa, incrédule. Il se mit sur la défensive.

— Elle m'a sauvé la vie, Nadine, et elle ne comprend simplement pas les réalités de la révolution. Elle n'a aucune idée de l'anarchie qui règne en France. Son désir de servir le commun des hommes est admirable, en réalité. Elle donnerait son manteau à un étranger, même si c'était le seul qu'elle possède.

Nadine s'étrangla.

— Ecoutez-vous ! Vous défendez une Jacobine ?

Elle ne pouvait le croire.

— Je suis certain que…

Elle l'interrompit.

— Il n'y a rien à admirer chez les Jacobins !

Elle le regarda avec attention.

— Elle doit être très belle.

Après un long silence, elle s'écria :

— Vous n'avez pas besoin de répondre ! Je sais qu'elle est superbe. Je sais qu'elle partage votre lit. Vous couchez avec l'ennemi !

Quand Warlock s'en alla, Julianne se laissa choir sur le canapé, tremblante. Elle se couvrit le visage de ses mains.

Tom était dans un terrible danger. Il était bien plus radical qu'elle. Il se pouvait même qu'il approuve les idées de Butler. Il détestait certainement l'aristocratie anglaise, il avait même parlé de déposséder toute la noblesse d'un seul coup, quoi qu'il faille pour cela ! Il avait également évoqué la possibilité de renverser le roi pour mettre en place un gouvernement comme en France, conduit par des représentants élus de la population.

Mais Julianne n'avait jamais vraiment débattu avec lui des mérites de ces idées révolutionnaires, trop excessives. Comme l'avait dit Warlock, l'Angleterre n'était pas la France et ils n'étaient pas mûrs pour une révolution, ici.

Néanmoins, les opinions de Tom relevaient bien de la trahison. Et donc, s'il était accusé de trahison, elle avait toutes les raisons de croire qu'on le déclarerait coupable.

Comment pourrait-elle ne pas faire ce que son détestable oncle lui avait demandé ? Si seulement il y avait un autre moyen d'obtenir la libération de Tom !

— Julianne ?

Elle bondit du canapé en entendant la voix de Dominic. Il se tenait sur le seuil du salon, la regardant intensément.

— Vous êtes au bord des larmes. Gérard m'a dit que Warlock était ici. Que s'est-il passé ?

Dominic avait-il le pouvoir d'obtenir la libération de Tom ? Elle se hâta vers lui.

— Je n'ai jamais détesté davantage quelqu'un.

Elle claqua la porte derrière lui et il élargit les yeux.

— Tom a été arrêté. Il va être jugé pour haute trahison.

Dominic la prit par les épaules.

— Calmez-vous.

— Comment puis-je être calme ? Les autorités ont interrompu la convention d'Edimbourg. Trois cents délégués ont été arrêtés. L'un d'eux était Tom !

Il la lâcha.

— J'ai eu vent des arrestations hier soir. Il ne m'est pas venu à l'idée que Treyton serait concerné.

— Je suis si inquiète, et vous ne l'êtes pas du tout.

Il avait un air sombre.

— Treyton est un Jacobin enragé. Je pense qu'il pourrait être dangereux pour des gens comme moi, pour des hommes comme votre frère.

Julianne se figea. Elle avait oublié que Tom avait écrit à Marcel pour identifier Dominic comme un agent anglais. Elle trembla, consciente qu'elle était maintenant obligée de lui dire la vérité. Il pouvait être en danger. Il pouvait y avoir des espions à proximité de Bedford House, ou même à l'intérieur.

Mais elle n'oublierait jamais son expression quand il l'avait surprise à son bureau ce matin-là. Si elle lui disait ce qu'elle avait fait, il ne lui ferait plus jamais confiance et il n'aiderait certainement pas Tom.

Elle ne savait pas que faire.

— Pourquoi vous tordez-vous les mains ?

— Il ne peut pas être jugé pour trahison. S'il est pendu ? C'est mon ami, je le connais depuis l'enfance.

— Qu'est-ce que Warlock a dit d'autre ?

Il parlait calmement, trop calmement. Elle inspira. Son oncle ne lui avait pas interdit de révéler leur conversation à Dominic, mais elle était assez certaine qu'elle était censée la garder secrète.

— Julianne ? Vous êtes d'un gris de cendre.

— J'ai peur de lui.

Le regard de Dominic s'acéra.

— Je suppose que vous vous référez à Warlock ?

— Vous ne devez pas l'affronter.

Il lui prit le bras avec force.

— Que voulait-il ?

— Il veut que j'espionne pour lui.

Dominic parut choqué.

— Il a dit une telle chose ouvertement ?

Elle hocha la tête et s'écria :

— Il veut que je trahisse mes propres amis. Il veut que je conserve mes relations radicales et que je lui rapporte tout ce qui se trame et ce qui se fait.

Cela la rendait malade.

— Si je le fais, il fera libérer Tom sans qu'il soit accusé. Sinon, il s'en prendra à lui, il l'a affirmé ! Dominic, il est mon *oncle*.

— Que lui avez-vous dit ? demanda-t-il d'un ton vif, en la lâchant.

Elle recula.

— Je n'espionnerai jamais mes amis. Je ne trahirai jamais la révolution.

Il la fixa, son regard vert était si dur qu'il en était presque effrayant. La tension de Julianne grimpa en flèche. Si seulement elle n'avait pas appris la vérité sur Dominic à Tom.

— Pourquoi me regardez-vous ainsi ?

— Parce que vous me rappelez combien vous êtes passionnément jacobine.

Il la contemplait avec une certaine méfiance. Elle l'avait trahi, mais il l'ignorait. Il ne devait jamais le savoir, pensa-t-elle désespérément.

— Qu'y a-t-il que vous me cachez ? demanda-t-il.

Elle secoua la tête, horrifiée par sa propre duplicité.

— Je vous ai tout raconté.

— Vous êtes une mauvaise menteuse.

Il alla brusquement au buffet. Julianne le regarda, incertaine, tandis qu'il servait deux cognacs et se retournait vers elle. Il lui en tendit un. Elle trembla.

— Vous m'avez trahie en Cornouailles, mais je ne veux pas vous trahir, jamais.

— Bien. Alors ne le faites pas.

Il but. Elle était tellement bouleversée.

— Qu'allez-vous faire à propos de Warlock ?

— Pour le moment, rien. A partir du moment où vous restez en dehors de ses jeux.

— C'est exactement de cette façon qu'il a décrit l'espionnage, Dominic. Comme un jeu terrible et dangereux, mortel. Est-il un chef de réseau ? Il doit l'être ! Lucas est-il un espion ?

— Vous ne buvez pas votre cognac.

Il n'allait pas lui répondre.

— Comment pouvez-vous être aussi calme ?

— L'hystérie ne réglera rien.

Elle devait se concentrer sur le problème immédiat, se dit-elle. Warlock était un chef de réseau, Lucas était impliqué d'une manière ou d'une autre, et elle devait penser à Marcel et à ce qu'il pouvait faire. Mais, pour l'instant, la vie de Tom était dans la balance.

— Je suis terrifiée à l'idée que Tom soit pendu. Vous m'avez aidée. Vous m'avez fait libérer de la Tour avant même que je sois accusée. Vous pouvez sûrement faire la même chose pour Tom.

Il but une gorgée de cognac.

— Pourquoi aiderais-je Treyton ?

Elle réprima une exclamation et posa son verre intact sur une table basse.

— Pour toutes les raisons que j'ai évoquées !

— Je suis désolé, Julianne, mais je ne me soucie pas qu'il soit votre ami. Je pense qu'il devrait être en prison, où il ne peut pas faire de mal.

C'était définitif.

Elle vit qu'il pensait chacune de ses paroles. Elle était atterrée.

— Je ne peux pas le laisser pendre, Dominic. Je ne le peux simplement pas. Je vous en supplie, si je signifie quoi que ce soit pour vous, vous allez faire un effort, oublier vos principes et l'aider.

— C'est un coup bas. Vous signifiez beaucoup pour moi, mais ma réponse reste la même. C'est non.

Elle vit à son expression combien il était remonté contre Tom.

— Mon Dieu, ma seule solution pourrait être de faire ce que Warlock a demandé.

— Par tous les diables, non ! Vous n'allez pas jouer à ces jeux d'espions, Julianne.

Julianne tressaillit. Elle savait qu'il pensait qu'elle avait fouillé ses affaires lorsqu'il l'avait trouvée à son bureau ce matin-là. Soudain, il posa son verre et s'approcha. Elle se crispa lorsqu'il tendit la main et l'attira à lui. Il demanda très doucement, son souffle caressant sa joue :

— Voulez-vous me dire autre chose, Julianne ?

Elle le regarda craintivement, pensant à Tom et à Marcel, aux lettres de Nadine.

— Je veux vous faire confiance, murmura-t-il.

Il lui releva le menton de son index.

— Vous partagez mon lit.

Avec la détresse et la peur, il y avait tant de désir.

— Nous avons fait l'amour cette nuit, dit-elle doucement, comme en Cornouailles.

Il attendit.

— Nous avons fait l'amour ce matin, ajouta-t-elle, impuissante.

Elle avait envie d'avouer l'étendue de ses sentiments pour lui.

— Vous m'avez sauvée de la Tour, quand j'étais au fond du désespoir.

— Alors vous faites l'amour avec moi parce que vous m'êtes redevable, maintenant.

— Non. Je fais l'amour avec vous parce que je tiens à vous.

— A moi, ou à Charles Maurice ?

Elle se sentit rougir.

— Je tiens à vous, Dominic.

Il la regardait intensément.

— Vous n'avez jamais admis auparavant que vous teniez à moi.

— Vous savez que vous êtes mon premier amant. Je n'aurais pas pu faire l'amour avec vous si je ne tenais pas à vous.

— Mais c'était quand vous me preniez pour un révolutionnaire. Je suis un tory, maintenant. Comment pouvez-vous tenir à un conservateur comme moi ?

Son regard ne cillait pas. Il était dur, exigeant.

— Pensez-vous que je me joue de vos affections ? s'écria-t-elle.

— Je veux vous croire. Que faisiez-vous à mon secrétaire ce matin ?

Elle se raidit.

— J'avais l'intention d'écrire à Tom.

Elle humecta ses lèvres, se sentant désespérée.

— J'ai lu votre lettre à Burke, Dominic, et je suis désolée !

Son cœur tambourinait tandis qu'il la considérait.

— Je le méprise ! Quand j'ai vu son nom sur l'enveloppe, je n'ai pas pu me retenir.

— J'apprécie l'aveu.

— Cela a été une telle surprise de voir que nos vues ne sont pas totalement incompatibles, et de découvrir que vous n'êtes pas un réactionnaire, finalement.

Il l'étudia un long moment.

— Non, nos vues ne sont pas totalement incompatibles.

Elle lui toucha le bras.

— Il y a autre chose. De grâce, ne vous fâchez pas… J'ai fouillé dans vos affaires personnelles. J'ai aussi lu une lettre de Nadine.

Son expression ne changea pas.

— Je vois. Ces lettres n'étaient-elles pas attachées par un ruban, et rangées dans un tiroir ?

— Si. Mais je ne vous espionnais pas, je cherchais une plume.

— Je souhaite sincèrement vous croire, Julianne. Je n'étais pas content de vous trouver à mon bureau.

— Cela ne se reproduira jamais !

Il parut vouloir sourire, mais il ne le fit pas ; il toucha sa joue, fugacement. Et il était très grave.

— J'ai quelque chose à vous dire. A propos de Nadine.

Elle se figea. L'appréhension la saisit aussitôt. N'avait-elle pas su que cela viendrait ?

— Elle n'est pas morte, n'est-ce pas ?

— Non, elle n'est pas morte.

Sa fiancée était vivante.

Et le savoir lui fit l'impression d'une autre trahison impossible, qui lui transperçait le cœur. Elle s'affala contre lui.

— C'était un autre mensonge ?

Elle essayait désespérément de comprendre, elle ne pourrait supporter une autre tromperie.

— Non. Je ne vous ai pas trompée.

Il était ferme. Il glissa les mains dans son dos.

— Tout le monde pensait qu'elle était morte dans une émeute en 1791. Je le croyais, car je suis allé la chercher en France et je ne l'ai jamais trouvée. Des témoins l'avaient vue disparaître dans la foule. Ma mère pensait qu'elle avait été piétinée à mort. Jusqu'à ce que je revienne à Londres la semaine dernière, je croyais sincèrement qu'elle était morte.

Sa fiancée était vivante. Nadine était vivante. Nadine, qui l'aimait. Comment ceci pouvait-il arriver ? Comment pouvait-elle être dans les bras de Dominic alors que Nadine vivait ?

Mais, tandis que ses pensées s'emballaient, ses mots la pénétrèrent et elle fut horrifiée pour l'autre femme.

— Dieu merci, elle n'est pas morte, et pas de cette façon, murmura-t-elle.

— C'est généreux de votre part.

— L'aimez-vous ? s'écria-t-elle.

Il la serra encore plus fort.

— Pas de la façon que vous pensez. Je l'aime comme une sœur.

Elle pouvait à peine respirer. Et des larmes montaient, mais c'étaient des larmes de soulagement.

— Vous en êtes certain ?

— Absolument.

Il prit son visage entre ses mains, mais ne l'embrassa pas.

— J'ai mis fin à nos fiançailles.

Julianne le dévisagea, de nouveau sous le choc.

— Je l'aime beaucoup. Je l'ai connue presque toute ma vie. Elle a de l'affection pour moi et moi pour elle. Je me soucierai toujours d'elle. Mais nous avons changé tous les deux et nous ne sommes ni l'un ni l'autre intéressés par le mariage, maintenant. Elle est d'accord avec moi.

L'esprit de Julianne tournoya.

— Je lui ai parlé de vous.

Son choc fut complet.

— Qu'avez-vous fait ?

— Quel genre d'homme serais-je si je couchais avec vous en étant fiancé à elle ? Je lui devais une partie de la vérité. Je ne lui dirais jamais quelle est notre relation, mais, je vous avertis, elle est fine et a supposé que vous étiez ma maîtresse. Je ne l'ai pas confirmé, évidemment.

Elle restait sidérée.

— Je n'arrive pas à croire que vous lui ayez parlé de moi.

— C'était important pour moi de le faire, parce que vous êtes devenue importante pour moi.

Julianne réprima une exclamation et, finalement, il l'embrassa.

14

Julianne descendit lentement l'escalier. Il était près de midi le lendemain, et elle quittait à peine sa chambre. Bien que Dominic lui ait fait l'amour la nuit dernière, elle n'avait pas pu dormir, après. Elle ne pouvait penser qu'à Tom emprisonné à Edimbourg, à la terrible proposition de Warlock et à la nouvelle stupéfiante que Nadine était vivante. Et, maintenant, elle s'inquiétait d'avoir dit la vérité sur Dominic à Tom. Elle redoutait que Dominic n'apprenne un jour ce qu'elle avait fait.

L'espoir luttait avec la peur. Dominic tenait à elle. C'était évident. Il avait rompu ses fiançailles et il avait parlé d'elle à Nadine. C'était aussi manifeste dans chacun de ses gestes, chacune de ses caresses. Mais tenir à elle et l'aimer étaient deux choses différentes. Y avait-il la moindre chance que leur relation progresse et devienne légitime ? Julianne voulait beaucoup plus qu'être une simple maîtresse. Mais brûler d'être courtisée — brûler de devenir sa femme — était dangereux. Elle comprenait la situation et l'étiquette ; comme Lucas l'avait dit, elle était trop loin au-dessous de lui dans l'échelle sociale pour qu'il envisage jamais le mariage avec elle. D'un autre côté, Bedford pouvait faire ce qu'il voulait.

Elle savait qu'elle devait être patiente. Seul le temps dirait où son voyage avec Dominic s'achèverait. Mais Tom n'avait pas le temps de son côté. Il allait être accusé de trahison et aurait droit à un procès. Elle savait qu'elle ne pourrait jamais obtenir une grâce royale pour lui. Il fallait donc qu'elle trouve quelqu'un pour l'aider à le faire libérer maintenant, avant qu'il ne soit accusé, soit cela, soit elle devrait faire le jeu de Warlock. Elle ignorait si Lucas était revenu en ville, mais elle priait que oui. Elle allait le voir pour lui demander son aide.

En approchant du rez-de-chaussée, elle entendit des voix qui venaient d'un salon. Elle hésita, jetant un coup d'œil dans l'escalier tournant, certaine que l'une des voix appartenait à la comtesse douairière. Elle n'avait aucune envie de voir lady Paget maintenant. Elle décida de battre en retraite plutôt que de se précipiter vers la porte d'entrée. Mais, avant qu'elle ne puisse se tourner et remonter, Catherine apparut sur le seuil du salon.

— Quelqu'un est ici pour vous voir, miss Greystone.

Juliane se raidit. Le sourire de la comtesse était aussi froid que jamais. Elle songea à son oncle et craignit qu'il ne soit son visiteur. Mais alors une femme aux cheveux sombres apparut au côté de lady Paget.

Et Julianne sut tout de suite qui elle était. Elle sentit son cœur sombrer de consternation. La jeune femme était d'une grande beauté et vêtue de façon exquise. Elle était si manifestement noble, si élégante et si policée, tout ce que Julianne n'était pas. D'une manière quelconque, elle savait qu'elle était face à Nadine.

Celle-ci paraissait parfaite pour Dominic. Pourquoi avait-il rompu avec elle ?

Julianne se rendit compte qu'elles se fixaient. Elle se força à sourire. Un sourire qui lui parut pitoyable.

— Avancez-vous, miss Greystone.

Lady Paget sourit.

— Connaissez-vous lady d'Archand, la fiancée de mon fils ?

Julianne lui jeta un coup d'œil. Dominic n'avait rien dit à sa mère à propos de ses fiançailles. Et même si elle voulait se rassurer, se disant qu'il le ferait bientôt, elle ne se sentit pas réconfortée. Nadine était trop élégante, trop riche et trop belle. Elle était exactement le genre de femme avec qui Dominic devrait être. Et soudain, Julianne perdit toute confiance en elle. Comment pourrait-elle rivaliser avec elle pour les affections de Dominic ? Pourquoi avait-il décidé de ne pas l'épouser ? S'il changeait d'avis ? Il avait dit qu'il se soucierait toujours de Nadine !

Et comment pouvait-elle faire la connaissance de cette femme alors que Nadine avait été sa fiancée, et qu'elle-même partageait maintenant son lit ?

— Bonjour, miss Greystone. Dominic m'a parlé de vous.

Nadine s'avança, la main tendue. Son sourire était crispé, mais son ton était poli.

Et Julianne se sentit encore plus mal à l'aise. Elle s'aperçut qu'elle retenait son souffle. *Qu'avait dit exactement Dominic à son sujet ?*

— Je suis très heureuse de vous connaître, lady d'Archand.

Elle ne sut pas comment elle réussit à prononcer ces mots. Tout ce qu'elle souhaitait, c'était mettre fin à la rencontre avant qu'elle ne commence.

— J'étais impatiente de vous rencontrer. Il paraît que vous avez soigné et guéri Dominic en Cornouailles. Je vous suis très reconnaissante.

Le regard de Nadine était scrutateur, comme si elle voulait percer tous ses secrets. Julianne se sentit une femme adultère, alors qu'elle n'était rien de tel. Dominic et elle n'avaient-ils pas cru tous les deux que Nadine était morte quand ils étaient devenus amants ? Mais elle ne souhaitait pas de mal à cette femme, même maintenant !

— Dominic et moi sommes amis depuis que nous avons appris à marcher. Enfants, nous montions nos poneys ensemble, nous déjeunions ensemble et nous explorions ensemble. Avant la guerre, il y avait tant de thés et de soirées. Il y avait des bals merveilleux, des bals de conte de fées.

Elle sourit, mais son regard resta froid.

— Je ferais n'importe quoi pour lui et il ferait n'importe quoi pour moi. Je ne pourrais supporter de vivre dans un monde sans lui, alors merci de lui avoir sauvé la vie.

Elle pensait ce qu'elle disait, se dit Julianne. Et elle avait très habilement éclairci les choses. Dominic et elle avaient tout en commun, alors que Julianne n'était qu'une lubie pour lui.

Dominic n'avait-il pas dit que Nadine avait présumé qu'ils étaient amants ? Elle pria de ne pas se rappeler correctement ses paroles.

— Il était très malade, et j'aurais soigné n'importe qui dans un tel état.

— Vous êtes aimable et pleine de compassion, dit Nadine. J'ai cru comprendre que vous l'avez soigné pendant un mois entier.

Quelle était cette tactique ? se demanda Julianne, mal à l'aise.

— Je ne pouvais guère lui tourner le dos. J'aurais fait la même chose pour tout autre blessé.

Nadine l'étudia.

— Un mois est une longue période à passer ensemble dans un endroit isolé comme la Cornouailles. Et, maintenant, vous êtes à Londres, chez lui.

Julianne fut certaine de rougir. Nadine avait-elle insisté sur ces derniers mots ?

— Je suppose que nous sommes devenus amis, du fait de l'épreuve que nous avons partagée.

Nadine la fixa un moment.

— Quelle épreuve ? demanda-t-elle doucement. L'épreuve de le voir aux portes de la mort pendant qu'il était chez vous, ou l'épreuve de votre emprisonnement à la Tour comme prisonnière politique ?

Julianne sursauta.

— Il vous a dit cela ?

— Non, il ne me l'a pas dit, répondit Nadine de la même voix douce.

Son regard restait rivé sur Julianne.

— C'est moi qui le lui ai dit, déclara Catherine d'un ton vif. Nadine est la fille que je n'ai jamais eue. Je lui ai *tout* dit, miss Greystone.

Julianne était certaine que lady Paget avait dit à Nadine que Dominic et elle étaient amants. Nadine pouvait suspecter la vérité, mais la comtesse n'avait qu'à demander à un domestique où elle avait dormi pour en avoir confirmation. Comme elle avait envie de fuir !

— Vous devez être très reconnaissante à Dominic. Je ne peux imaginer être emprisonnée n'importe où, encore moins à la Tour de Londres, dit Nadine d'un ton brusque. Nul ne devrait avoir à souffrir ainsi, miss Greystone, et certainement pas une femme. Mais vous semblez remise.

La dernière chose dont Julianne souhaitait discuter avec Nadine était son emprisonnement, ou son séjour chez Dominic. Mais Nadine se montrait très généreuse.

— Je lui en saurai toujours gré.

Il était temps de filer, se dit-elle.

— Je suis en retard, commença-t-elle, mais Nadine l'interrompit.

— Et Dominic doit être très attaché à vous, en retour.

Que pouvait-elle dire ? Elle se sentit figée.

— Nous sommes devenus amis.

— Oui, naturellement. Je peux voir comment Dominic et vous avez dû devenir proches, pendant qu'il était convalescent. Dominic peut être absolument charmant et très persuasif quand il veut. Il est aussi très beau. Je comprends que vous vous soyez rapprochés, bien que vous soyez jacobine et qu'il ait seulement feint d'être républicain. Mais vous n'êtes plus une infirmière et un invalide. Vous n'êtes plus dans l'isolement de la Cornouailles. Vous restez une Jacobine et il n'est pas un officier de l'armée française. Pourtant vous êtes à Londres, et son invitée à Bedford House.

Julianne fixa Nadine, qui lui rendit son regard.

— Oui, dit-elle finalement, j'ai des sympathies jacobines et il m'a invitée quand même à rester ici, à cause de notre amitié.

Il y eut un silence. Ce fut comme si Nadine luttait pour garder sa dignité.

— Comment une Jacobine et un tory peuvent-ils être amis, en temps de guerre ? demanda-t-elle avec un calme forcé. Cela semble impossible.

— Nous avons décidé de mettre nos divergences politiques de côté, répondit platement Julianne.

— Comment cela se peut-il ? Je connais bien Dominic. Sa vie est assiégée par vos alliés. La France est en guerre civile et vous êtes du côté de ses ennemis.

Son ton monta légèrement. Julianne ne sut que répondre.

— J'ai des sympathies pour la révolution, mais je suis navrée pour vos pertes et je ne soutiens pas le chaos et l'anarchie, ou la dépossession de toute une classe de la société.

— Vous a-t-il jamais parlé de sa vie en France ? Vous a-t-il parlé des nombreuses relations qu'il a là-bas ? Il a une douzaine de cousins dans la vallée de la Loire, miss Greystone, la plupart mariés et avec des enfants ! Vous a-t-il décrit Noël là-bas ? Du houx partout, une odeur de pin dans l'air, quand nous partageons notre dîner de Noël avec nos cousins et nos voisins ? Quand tout le monde ne tient même pas dans trois pièces ? A-t-il mentionné les vendanges à l'automne ? Savez-vous qu'il remonte ses manches et se met pieds nus pour cueillir le raisin avec les paysans et les enfants ? Et qu'il adore le faire ?

Ses yeux étaient embués, à présent.

— Enfants, nous jouions à cache-cache dans ces vignobles, miss Greystone, avec mes sœurs et ses cousins.

Elle rendait de nouveau les choses très claires, pensa Julianne avec consternation. Dominic était à moitié français, elle était française et ils avaient tout en commun, y compris un long passé intime.

— Vous êtes aussi belle que je le supposais, lâcha Nadine, une larme roulant sur sa joue.

Julianne se sentait très mal, et elle voulait s'échapper.

— Il ne m'a rien raconté de tout cela, parvint-elle à dire d'une voix rauque.

Nadine lutta pour se ressaisir. Finalement, elle sourit.

— Non, il ne l'a pas fait, parce qu'il ne peut pas parler de sa vie avec vous, pas vraiment.

Elle inspira. Une autre larme coula.

— Combien de temps resterez-vous à Londres, miss Greystone ?

Julianne hésita, tentant elle-même de se reprendre et admirant l'autre femme malgré elle.

— Je ne sais pas.

— J'aimerais vous connaître mieux.

Nadine esquissa un autre sourire.

— Dominic vous reçoit chez lui, aussi devons-nous nous fréquenter. Il faut que vous veniez me voir. Je n'habite pas loin. Et puis il y a la Cornouailles. Vous savez certainement que nous sommes voisines.

Julianne sursauta, prise d'effroi.

— Non, je ne le savais pas.

Nadine hocha la tête d'un air sombre.

— Oui, nous nous sommes installés dans un manoir près du village de St. Just. Mon père a pensé que la solitude de la Cornouailles serait un refuge sûr pour nous. Apparemment, nous sommes à un court trajet en voiture l'une de l'autre.

La famille de Nadine était à coup sûr celle qu'on lui avait demandé de localiser. Son père avait des ennuis, il était pourchassé par les Jacobins. Julianne fut dévastée par sa découverte.

— Vous semblez surprise… non, bouleversée.

— Je suis heureuse d'avoir de nouveaux voisins.

Julianne parvint à sourire, son esprit s'emballant. Elle le dirait immédiatement à Dominic.

— Ou peut-être irai-je vous rendre visite, dit Nadine, l'air pensif. Si cela ne vous ennuie pas ?

Julianne ne pouvait rien imaginer de pire, mais elle sourit malgré tout.

— Ce serait charmant.

Visiblement, Nadine avait l'intention de s'immiscer dans sa relation avec Dominic. Julianne souhaitait pouvoir se défendre et expliquer qu'elle aimait Dominic, et qu'elle avait cru Nadine morte, mais, bien sûr, elle ne dirait jamais rien de tel. Elle parvint à murmurer :

— Je suis contente que nous ayons pu nous rencontrer. Mais je suis désolée, je dois m'en aller. Je dois retrouver mon frère, Lucas, et je suis très en retard.

— M. Greystone est en ville ? demanda Nadine avec surprise.

Julianne sursauta.

— Oui. Le connaissez-vous ?

— Je le connais. Mais pas bien. Toutefois, Jack Greystone et lui m'ont sauvé la vie sur une plage près de Brest.

Julianne la fixa, stupéfaite.

— Lucas et Jack vous ont aidée à fuir la France ?

— Oui.

L'esprit de Julianne allait à toute allure. Lucas avait ramené Dominic de France sur le bateau de Jack ; il avait fait la même chose pour Nadine. Jack était-il lui aussi impliqué dans la guerre, ou était-il seulement un contrebandier comme Lucas et lui l'affirmaient ?

Elle se rendit compte que Nadine et elle se fixaient, et elle se demanda ce que pensait la jeune femme.

— Je suis heureuse que vous ayez quitté le pays saine et sauve, dit-elle finalement.

— Vous semblez le penser, répondit lentement Nadine.

— Je le pense.

Le regard de Nadine était perçant.

— Vous n'êtes pas exactement ce à quoi je m'attendais, dit-elle enfin. Etes-vous tombée amoureuse de lui ?

Julianne se raidit.

— Je lui ai posé la même question, insista Nadine. Il a aussi refusé de répondre.

Julianne se sentit mal. Pourquoi Dominic n'avait-il pas répondu ?

— Aussi peu diplomatique que ce soit, je dois être directe, maintenant, reprit Nadine, le regard acéré. Soit vous êtes éprise, soit vous vous servez de lui, miss Greystone.

Julianne pâlit. Elle refusa de regarder lady Paget.

— Je ne trahirai pas Dominic.

— J'espère que non, dit Nadine.

Julianne frappa fort à la porte de la maison de Cavendish Square, priant que Lucas soit rentré. Elle s'attendait à ce qu'un domestique ouvre et fut stupéfaite quand ce fut Jack.

Le regard gris de son frère s'élargit de surprise quand il la vit. Manifestement, il ignorait qu'elle était à Londres.

— Julianne !

Il eut un grand sourire et l'étreignit.

Julianne était bouleversée, mais transportée de le voir. Elle s'accrocha un instant à lui, puis s'écarta tandis qu'ils entraient. Jack était dépenaillé, ses habits tachés, peut-être bien de sang séché et de poudre.

— Que fais-tu à Londres, Julianne ?

— J'ai pris des vacances, répondit-elle vivement. Jack ! Au nom du ciel, où étais-tu tout l'été ? Et que s'est-il passé ?

— Je faisais fortune sur le dos de cette guerre, dit-il avec entrain.

Il ferma la porte d'entrée.

— Et ce n'est pas une tâche facile, d'échapper à deux Marines. Mais qu'est-ce qui t'afflige ? Tu parais dans tous tes états.

Julianne repassa dans son esprit sa rencontre avec Nadine. Mais elle était venue ici pour supplier Lucas d'aider Tom à éviter la pendaison.

— Et pourquoi viens-tu en visite ? reprit Jack. Si tu es en ville, n'habites-tu pas ici ?

Il plissa les paupières. Elle refusa de rougir.

— Je séjourne à Bedford House, où je suis invitée.

— Depuis quand fréquentes-tu ces cercles ?

— Depuis que j'ai sauvé la vie de Bedford.

— Oh ! oh ! Il y a anguille sous roche. Que ne me dis-tu pas ?

— Où est Lucas ? s'écria-t-elle. J'ai désespérément besoin de son aide. Bon, tu feras l'affaire !

— Merci beaucoup.

Jack passa un bras autour de ses épaules et l'entraîna dans le salon.

— Tu sais que je ferai tout pour t'aider.

— Dieu merci. Il est arrivé quelque chose de terrible, Jack. La convention d'Edimbourg a été attaquée et Tom a été arrêté.

— J'en ai entendu parler. Alors Treyton a été pris ?

Il ne parut pas troublé par la nouvelle.

— Il sera bientôt accusé de haute trahison ! s'exclama Julianne. Nous devons l'aider. Tu as toujours apprécié Tom.

— Non, en fait, j'appréciais qu'il soit amoureux de toi, mais je trouve qu'il est un politicard enragé et ennuyeux.

— Je suis une politicarde enragée et ennuyeuse !

— Mais tu parviens à être radicale avec charme. Et tu es ma petite sœur.

Il fit un clin d'œil.

— Vas-tu l'aider ?

— Julianne, même si j'acceptais de l'aider, je n'ai pas le pouvoir de le faire libérer.

Il était sérieux, à présent, ce qui était rare.

— Warlock en a le pouvoir.

— Qu'est-ce qui te le fait penser ? demanda-t-il l'air surpris.

— N'est-il pas votre chef de réseau d'espionnage ? Le tien et celui de Lucas ?

— Pardon ?

Devait-elle lui parler de l'affreuse tentative de chantage de leur oncle ? Jack serait furieux et le dirait à Lucas. L'un ou l'autre se confronterait à Warlock. Jack l'attaquerait probablement. Pour finir, Warlock s'en prendrait à Tom.

— Je n'aime pas Warlock et je pense que vous ne devriez pas vous fier à lui.

— Lucas lui fait confiance, alors moi aussi. Mais il n'est pas un chef de réseau !

Jack était amusé.

— C'est un gentleman appauvri avec de mauvaises manières et un domaine en mauvais état.

Julianne se mordit la lèvre, abandonnant cette tactique.

— Très bien. Mais je sais ce que tu trames, Jack ! Alors ne prétends pas que tu n'es pas impliqué dans la guerre. D'abord, tu as aidé Dominic à fuir la France, et tu as aussi aidé Nadine. Je me demande combien d'autres Français et Françaises tu as aidé à se réfugier ici. Ne soutiens pas que tu es un simple contrebandier ! Tu as des moyens !

— Comment sais-tu pour lady d'Archand ?

— Je viens de la rencontrer. Elle a dit que tu lui avais sauvé la vie.

— Je ne pouvais guère la laisser tuer, Julianne.

Ils s'écartaient du sujet.

— Vas-tu aider Tom, ou non ?

— Je te l'ai déjà dit, je n'ai pas les moyens de l'aider.

— Lucas et toi pouvez faire n'importe quoi quand vous le décidez !

Jack leva les yeux au ciel.

— Alors tu aimes toujours beaucoup Tom ?

Il ne comprenait pas.

— Oui. De grâce, Jack, je t'en supplie.

Il la regarda avec attention.

— Pourquoi ai-je l'impression que l'on se joue de moi ?

— Promets-moi que tu aideras Tom.

Il l'étudia un moment, puis alla au buffet de sa démarche chaloupée. Il se servit un verre de scotch et la salua.

— Je ne promets rien de tel. Alors, parle-moi de Bedford.

Elle eut envie de taper du pied.

— Bedford n'a rien à voir avec ceci.

Le regard de Jack se durcit.

— Tom est un égalitariste, Julianne.

Elle ne s'était pas avisée que Jack savait quoi que ce soit à propos des radicaux. Visiblement, il s'y connaissait mieux en politique que ce qu'il prétendait.

— Il ne mérite pas de mourir.

— Probablement pas.

— Alors tu vas l'aider ?

Il était sérieux, maintenant.

— Mon instinct me dit de le laisser où il est, Julianne. Mais j'en parlerai à Lucas.

Elle frissonna. Jack avait changé. Il était dur, à présent, comme jamais auparavant. Mais la guerre ne les avait-elle pas tous changés ? Et elle savait que Lucas serait peu enclin à aider Tom.

— Bien, dit-elle furieusement. Mais, si vous le laissez pendre, je ne vous pardonnerai jamais.

— Jamais, c'est long.

Julianne se glissa devant les portiers en livrée, se demandant si Dominic était rentré. C'était la fin de l'après-midi et elle était prête à sauter dans ses bras pour être réconfortée. Lucas n'accepterait jamais d'aider Tom et Jack était tout aussi remonté contre lui. Pouvait-elle simplement le laisser pendre ?

Si c'était elle qui était en danger, Tom ferait tout son possible pour l'aider.

La maison était tranquille lorsqu'elle entra. Elle se hâta de monter, se dirigeant tout droit vers la suite de Dominic.

Elle se trouvait au bout du couloir, après sa propre chambre. En s'approchant, elle entendit des voix qui en venaient. Elle hésita devant la porte du salon, qui était entrebâillée, ne voulant pas déranger.

— Ce sera tout, François, dit lady Paget d'une voix plaisante.

Sur le point de frapper, Julianne se rabattit contre le mur. Elle voulait tellement éviter la comtesse ! Catherine était-elle en train de raconter à Dominic son horrible rencontre avec Nadine ? Elle ne bougea pas quand le domestique sortit vivement de la pièce, se demandant si elle devait frapper quand même ou simplement se retirer.

François lui jeta un regard impassible. Elle sourit poliment tandis que la voix de lady Paget devenait stridente.

— Tu es mon fils et elle profite de toi !

Julianne inspira. Ils se disputaient à son sujet.

— Vous êtes injuste, répondit calmement Dominic. Et je n'apprécie pas que vous vous mêliez de mes affaires privées.

— Tu savais sûrement que Nadine la rencontrerait tôt ou tard ?

— J'espérais être présent au moment des présentations, dit-il, paraissant agacé.

— Tu ne peux guère présenter ta maîtresse à ta fiancée ! s'écria Catherine.

Julianne retint son souffle, craignant ce qu'il pourrait dire. Et il déclara :

— Nadine et moi sommes d'accord, comme toujours. Nous ne souhaitons ni l'un ni l'autre poursuivre nos fiançailles, et encore moins nous marier.

Lady Paget étouffa une exclamation.

— Je sais que vous êtes déçue. Mais je n'ai pas de temps pour une épouse en ce moment.

Il était péremptoire.

— Nadine est l'une des femmes les plus belles et les plus intelligentes que tu connaisses. Vous êtes amis d'enfance et vous vous aimez beaucoup…

— Je ne changerai pas d'avis.

— Julianne Greystone est une Jacobine ! Pourtant tu as rompu avec Nadine à cause d'elle ?

— Elle n'est pas l'ennemi. Je vous demande de respecter mes affections, et de lui laisser une chance d'obtenir les vôtres.

Il y eut un silence total. Julianne osa risquer un coup d'œil dans la pièce. Catherine était couleur de cendre, tandis que Dominic arborait une expression déterminée et autoritaire qu'elle connaissait bien.

— Si elle était une espionne, envoyée ici pour te détruire ?

— Je sais ce que vous avez traversé, alors je ne peux

vous blâmer d'avoir peur de Julianne. Je sais aussi que vous vous inquiétez pour moi. Si vous dépassiez les opinions politiques de Julianne, elle vous plairait beaucoup. Je vous demande d'essayer.

— Mais je ne peux pas dépasser ses opinions !

— Je sais que vous ferez ce que je demande.

Il était ferme.

— Où est Jean ? Qui est ce François ?

Son ton était si acéré que Julianne regarda de nouveau dans la pièce. Dominic avait une expression mécontente.

— Il y a eu un décès dans sa famille, dit lady Paget. Jean a dû partir pour la France. J'ai eu la chance de trouver tout de suite un nouveau valet. Il est chaudement recommandé par lord et lady Frasier.

La réponse de Dominic fut immédiate.

— La mère de Jean est morte il y a deux ans et il n'est pas rentré chez lui. Les Frasier sont du Nord, non ? De la frontière avec l'Ecosse ?

— Oui, répondit lady Paget, paraissant perplexe.

— Débarrassez-vous de lui. Il pourrait être un agent envoyé pour nous espionner.

Julianne fut atterrée.

— Mais les Frasier…

Il l'interrompit.

— Ses recommandations ont pu être fabriquées de toutes pièces et il faudrait des semaines ou plus pour le découvrir.

— Juste ciel, Dominic, en est-on vraiment arrivé là ? s'écria Catherine. Nous devons craindre des espions dans notre propre maison ? Que faisais-tu réellement en France ? Pourquoi es-tu parti ?

— Vous savez que je ne réponds pas à ces questions. Débarrassez-vous simplement de François.

Il y eut de nouveau un silence et Julianne s'adossa au mur, les larmes lui montant aux yeux. Ceci était sa faute. Elle n'en doutait pas. Si François était un agent français, envoyé pour espionner Dominic, c'était parce qu'elle l'avait trahi. Elle n'avait jamais regretté davantage une de ses actions. Et, maintenant, elle devrait faire une confession. Il fallait qu'il sache.

Des pas résonnèrent. Julianne se crispa. Lady Paget franchit le seuil, le visage pâle et pincé, et la vit.

— Vous ! Depuis combien de temps êtes-vous là ?

Elle trembla.

— J'étais venue voir Dominic. Je n'avais pas l'intention d'écouter, mais je ne voulais pas déranger.

— Je prie que vous ne détruisiez pas mon fils !

Ses yeux verts fulminant, Catherine releva ses jupes et partit à grands pas dans le couloir.

Dominic sortit de la pièce et fixa Julianne.

— Je suppose que vous me cherchez ?

Elle se mordit la lèvre.

— Oui. Je ne voulais pas entendre ce que vous disiez. Mais je craignais encore plus de rencontrer lady Paget, alors je me suis cachée.

Il l'étudia, s'adoucissant.

— Elle a été une véritable ogresse avec vous, n'est-ce pas ?

Julianne éprouva un peu de soulagement.

— Je comprends pourquoi elle ne m'aime pas.

Il lui fit signe d'entrer dans le salon bleu et or.

— Mais vous ne m'espionnez pas.

Elle se raidit.

— Non, je ne ferais jamais une chose pareille.

Il sourit brièvement.

— Vous avez rencontré Nadine. Comment cela s'est-il passé ?

Elle inspira.

— C'est une femme exquise, mais cela a été horrible !

— Je suis désolé que vous soyez bouleversée.

— J'ai l'impression que nous la trompons.

— Non. Nous ne la trahissons pas. Elle n'est ni ma fiancée ni ma femme.

Elle scruta son regard, qui se réchauffait. Elle redoutait de lui parler de Tom.

— Julianne ?

— Dominic, je m'inquiète que le comte d'Archand soit en danger.

Son expression changea.

— Comment cela ?

— J'ignorais que le nom de famille de Nadine était d'Archand avant de lire sa lettre. J'aurais dû m'aviser alors que c'était sa famille que le club de Paris m'a demandé de localiser. Je pensais que c'était un nom courant. Ce matin, j'ai appris que sa famille s'est installée en Cornouailles et j'ai compris qu'ils devaient être les émigrés que Marcel poursuit.

Les yeux de Dominic s'étaient élargis.

— Je vais les avertir immédiatement.

Il la lâcha, se tournant vers la porte. Julianne éprouva un certain désarroi. Mais il était naturel qu'il coure prévenir le comte du danger dans lequel il se trouvait. Elle ne voulait pas qu'il arrive du mal à Nadine ou à son père. Et sa confession ? Son cœur tambourinait dans sa poitrine.

A la porte, il s'arrêta.

— Y a-t-il autre chose ?

Il suspectait déjà des espions, alors pourquoi devrait-elle lui dire quoi que ce soit ? Elle parvint à sourire.

— Hâtez-vous juste de revenir, Dominic.

— Un ordre auquel je ne peux guère désobéir.

Julianne s'éveilla en souriant.

Elle soupira, sachant qu'elle était seule. Peut-être une heure plus tôt, Dominic l'avait embrassée sur la joue et lui avait dit qu'il devait partir. Elle soupira de nouveau. Elle était complètement repue et elle avait dormi profondément, sans rêves, comme si elle n'avait aucun souci. Mais, dès qu'elle ouvrit les yeux, l'anxiété s'empara d'elle.

Elle espérait tant ne pas avoir commis une terrible erreur

en ne disant pas à Dominic qu'elle l'avait trahi auprès de Tom plus tôt dans l'été. Elle priait qu'il n'y ait pas d'espions chez lui. Et, maintenant, elle allait être obligée de faire ce que Warlock avait demandé : espionner ses amis pour lui.

Les rideaux de la chambre étaient fermés, mais un soleil brillant se glissait à travers les fentes. Julianne repoussa les couvertures et se leva. Ce faisant, elle fit tomber quelque chose de l'oreiller à côté d'elle par terre.

Il y avait une enveloppe sur l'oreiller, avec son nom écrit en grosses lettres. Elle reconnaîtrait l'écriture de Dominic n'importe où. Son cœur bondit et elle jeta un coup d'œil au splendide tapis à côté du lit. Elle avait fait tomber un écrin en velours bleu !

Qu'est-ce que…

Elle sauta du lit et ramassa le coffret, son cœur battant comme un fou quand elle l'ouvrit.

Elle se figea, incrédule. Un somptueux bracelet de diamants étincelait sous ses yeux.

Dominic lui avait donné des diamants.

Des larmes lui montèrent aux yeux.

Elle posa l'écrin sur le lit et ouvrit l'enveloppe. Elle contenait une carte.

« Portez-le bien. A vous, Dominic. »

C'était une très belle journée pour sortir, pensa Julianne assise à l'arrière d'un petit cabriolet conduit par l'un des cochers de Dominic. Elle sourit et admira le bracelet à son poignet droit. Il jetait des feux quand elle le tendait au soleil. Dominic lui avait donné des diamants, et maintenant ses soucis lui semblaient sans importance. Elle était amoureuse, son cœur s'envolant toujours plus haut, et peut-être, juste peut-être, éprouvait-il la même chose qu'elle.

Elle était en route pour Hyde Park. Dominic n'était pas à la maison quand elle avait fini de s'habiller et était descendue. Elle devrait le remercier plus tard.

Hyde Park apparaissait. Elle avait envoyé un billet à Warlock demandant un entretien, mais il ne lui avait pas encore répondu — la soulageant un peu et lui accordant un petit répit. Elle avait décidé impulsivement de profiter de la journée pendant qu'elle le pouvait. Elle avait eu l'intention de se promener à pied, mais lady Paget était sortie en même temps qu'elle et avait insisté pour qu'elle prenne le cabriolet.

Le sourire de Julianne pâlit. Quand la comtesse était entrée dans le vestibule, elle était à la porte. Elle n'avait même pas eu à réfléchir, elle avait tiré sa manche sur le bracelet pour le cacher à lady Paget. Elle pouvait imaginer combien la mère de Dominic serait caustique en découvrant ce que son fils avait fait.

Puis la comtesse avait mentionné qu'il y aurait des invités à dîner et qu'une toilette du soir était requise. Julianne avait été stupéfaite. Elle venait d'être invitée à dîner par l'intolérante Catherine.

Le cabriolet franchissait les imposantes grilles en fer forgé de l'entrée de Knightsbridge et Julianne se pencha en avant.

— Je vais marcher un peu, Eddie.

Le jeune cocher contourna plusieurs véhicules qui se trouvaient dans l'allée et s'arrêta pour qu'elle puisse descendre. Julianne alla jusqu'à lui.

— Vous n'avez pas besoin d'attendre. C'est un bel après-midi et je veux en profiter.

— La comtesse douairière m'a dit d'attendre, miss Greystone, répondit Eddie.

Julianne trouva cela étrange, mais peut-être que lady Paget faisait ce que son fils lui avait demandé, peut-être essayait-elle de lui donner une chance. Elle sourit au jeune homme et s'engagea dans une allée voisine. Elle était loin d'être seule. Plusieurs dames se promenaient par deux, ainsi que deux couples et un gentleman.

Julianne avait l'impression que c'était la plus belle

journée qu'elle avait jamais vue. Elle souriait quand elle heurta le gentleman.

— Oh ! je vous demande pardon, s'écria-t-elle en croisant des yeux bleu pâle.

Elle avait été si distraite, perdue dans ses rêveries, qu'elle avait marché droit sur lui.

— Allez-vous bien… miss Greystone ? demanda-t-il.

Il était grand, dégingandé, avec des cheveux d'un blond presque blanc et un grand nez busqué. Perplexe, elle rencontra son regard clair.

— Je vais bien. Est-ce que je vous connais, monsieur ?

Il sourit lentement, et cela lui fit passer un frisson dans le dos.

— Non, mais je vous connais et je pensais que vous aimeriez savoir comment se porte Tom Treyton.

Le cœur de Julianne se serra violemment.

— Là, là.

Il lui prit le bras et le passa sous le sien.

— Je ne voulais pas vous effrayer, miss Greystone.

— Qui êtes-vous ? Nous ne nous sommes pas rencontrés, j'en suis certaine.

Elle tenta de libérer son bras, mais il ne la laissa pas faire, et elle fut vraiment alarmée.

— Vous pouvez m'appeler Marcel.

Elle inspira, saisie de peur. *Marcel était le contact jacobin de Tom à Paris.* Mais cet homme était anglais. Néanmoins, ce n'était sûrement pas une coïncidence.

— Que voulez-vous ?

Il eut un sourire froid.

— Je veux vous aider. Et vous voulez aider Tom.

Un Anglais au cœur de Londres travaillait pour le gouvernement français.

— Bien sûr, que je veux aider Tom. Comment va-t-il ? A-t-il déjà été accusé ?

— Il sera accusé de trahison d'ici la fin de la semaine, miss Greystone.

A présent, son cœur sombra tout aussi violemment. Cela était-il seulement vrai ? Warlock n'avait rien dit de tel.

— Que voulez-vous de moi ?

— Je suis quelqu'un qui peut aider votre ami — si vous m'aidez.

Elle demanda avec appréhension :

— Comment puis-je vous aider ?

Le sourire de Marcel disparut.

— Il y a des plans pour ravitailler les royalistes de Vendée. Je dois les connaître.

— Comment vous les fournirais-je ?

— Bedford a ces plans, ma chère. Et nous savons tous les deux que vous avez la meilleure chance de les découvrir.

Julianne fut saisie d'horreur. Il voulait qu'elle espionne Dominic ?

— Bedford va bientôt retourner en France, dit Marcel tout à trac. Je dois connaître la date du rendez-vous du convoi avec les royalistes et l'endroit exact avant qu'il ne parte et n'emporte ces informations avec lui.

Ce fut un autre choc pour Julianne. Dominic retournait en France ? Elle ne le croyait pas !

— Je crois qu'il part dans la semaine, ajouta-t-il, alors vous devez faire vite. Et, bien sûr, sentez-vous libre de transmettre toute autre information utile que vous trouverez afin de nous aider dans nos efforts pour gagner cette guerre contre la révolution.

Elle n'espionnerait jamais Dominic ! Elle savait qu'elle avait les joues rouges, car elles la brûlaient.

— J'ignore de quoi vous parlez.

Il sourit lentement.

— Nous savons tous les deux qu'il est un agent anglais, miss Greystone, et que vous êtes une Jacobine — active. Nous savons tous les deux que vous couchez avec lui. Il ne devrait pas être terriblement difficile pour vous de fouiller son bureau et ses affaires personnelles, pour trouver ce que nous cherchons. Et si ces fouilles ne donnent pas les informations qu'il nous faut, je suis sûr que vous pouvez les lui extorquer directement par des cajoleries.

Elle ne pouvait plus respirer.

— Je ne l'espionnerai pas.

— Alors Treyton sera pendu, et je m'assurerai qu'il soit le premier des trois cents à se balancer au gibet.

Son regard bleu pâle était brûlant.

Julianne poussa un cri. Son esprit s'agitait frénétiquement. Elle travaillerait pour Warlock afin d'éviter d'espionner Dominic. Elle dirait tout à son oncle. Il protégerait sûrement Tom. Comme s'il pouvait lire dans ses pensées, Marcel dit :

— Vous ne parlerez à personne de cette conversation, miss Greystone. Ni à votre amant, ni à votre frère, ni à votre oncle. Je peux vous rendre la vie très difficile — et faire facilement la même chose pour Treyton.

Julianne le fixa, réfléchissant. Si elle apprenait qui il était réellement, Warlock, Lucas ou Dominic pourraient l'arrêter.

— Regardez les choses ainsi, miss Greystone. Nous surveillons déjà Bedford nuit et jour, grâce à vous. Qu'est-ce qu'une trahison de plus ?

— Espèce de scélérat, dit-elle.

— Vous soutenez une grande cause, à laquelle vous êtes dévouée, et vous empêcherez votre cher ami d'être pendu. Eh bien ? Vous ai-je convaincue d'aider la république ?

Elle hocha la tête, priant qu'il ne s'aperçoive pas qu'elle mentait.

Il plissa les paupières.

— Le temps n'est pas de notre côté. Je vous recontacterai dans deux jours. Assurez-vous d'avoir quelque chose pour moi.

Elle ne bougea pas. Elle devait découvrir où on pouvait le trouver.

— Et si j'obtiens les informations plus tôt ? Comment puis-je vous joindre ?

Il eut de nouveau son lent sourire.

— Vous ne pouvez pas.

Elle inspira, abattue. Comment pourrait-elle le livrer à Dominic s'ils ne pouvaient pas le trouver pour l'arrêter ?

— Si vous faites le moindre mal à Tom, je ne vous aiderai pas.

— Oh ! vous ferez exactement ce que j'ai dit. N'y a-t-il pas deux femmes sans défense qui vivent à Greystone Manor ?

Julianne se figea.

— Votre mère n'est-elle pas invalide ? Et votre chère sœur — comment s'appelle-t-elle, déjà ? Ah, oui, Amelia. Elle est l'aînée, non ? Une célibataire convaincue ? Je suis surpris que deux femmes vivent seules dans un endroit aussi isolé. S'il y avait un problème, disons un incendie dans la maison, une attaque par des hors-la-loi ou des voleurs, ou même un enlèvement, elles ne pourraient se tourner vers un seul voisin. Je ne comprends pas que l'on laisse deux femmes se débrouiller seules à une époque aussi dangereuse.

— Menacez-vous ma sœur et ma mère ? parvint à demander Julianne.

— Oui. Si vous ne faites pas exactement ce que je dis, l'une d'elles ou les deux en subiront les conséquences. Et, si vous avez besoin de preuves, je peux envoyer mes hommes pour faire un exemple de votre mère. Juste pour que vous sachiez que je suis très sérieux.

Julianne poussa un cri.

— Ne leur faites pas de mal, dit-elle d'une voix rauque. Je ferai ce que vous voulez.

— Bonne journée, miss Greystone.

Il s'inclina et s'éloigna.

Julianne le suivit des yeux, au-delà de la peur.

15

Assise sur une méridienne dans sa chambre, Julianne fixait la cheminée noire et vide. C'était plusieurs heures plus tard et elle avait passé l'après-midi dans un état d'horreur. Il y avait un agent français en Angleterre, et il voulait qu'elle espionne Dominic. Et, maintenant, le sort de Tom n'était pas le seul dans la balance. Si elle n'obéissait pas, il ferait du mal à sa mère ou à Amelia.

C'était bien pire que ce que Warlock avait exigé d'elle. Elle ne savait pas que faire. Sa première impulsion avait été d'écrire à Amelia et de l'avertir du danger, mais elle était certaine d'être surveillée — après tout, Marcel espionnait Dominic. Cela ne servirait à rien ; sa lettre serait interceptée. Et elle ne voulait pas fâcher Marcel.

Elle n'osait pas aller trouver Warlock, Lucas, Jack ou Dominic. Ils ne pourraient pas agir contre lui, puisqu'elle n'avait aucun moyen de les diriger jusqu'à lui. Elle sentit les larmes lui monter aux yeux. Elle était dans une terrible situation et elle le savait !

Elle allait être obligée d'espionner Dominic, se dit-elle avec un mouvement de recul, pour protéger sa mère et sa sœur.

— Bonjour.

Julianne tressaillit, n'ayant pas entendu Dominic ouvrir la porte de sa chambre. Elle s'empressa de corriger son expression et lui sourit en se levant.

— Quelque chose ne va pas ? demanda-t-il, perdant son sourire.

Son instinct fut de tout dire à Dominic — parce que Marcel était son ennemi, qu'il lui voulait du mal et qu'il n'en savait rien.

Mais elle ne put rien dire. Et, alors qu'elle pouvait causer du tort à la rébellion en Vendée, elle ne faisait pas directement de mal à Dominic en protégeant Amelia et sa mère. Elle aidait même Tom.

— J'adore mon bracelet, murmura-t-elle.

— Est-ce pour cela que vous pleurez ?

Perplexe, il alla à elle. Elle hocha la tête, les larmes montant rapidement. Elle était prête à pleurer dans ses bras.

— Vous êtes si bouleversée, s'exclama-t-il en l'enlaçant.

Elle s'accrocha à lui.

— Je vous aime, chuchota-t-elle contre son torse.

Il recula, surpris. Elle leva les yeux vers lui, n'ayant pas l'intention de retirer ses paroles.

— Que s'est-il passé, Julianne ? demanda-t-il calmement.

— Vous m'avez donné des diamants ! s'écria-t-elle en souriant à travers ses larmes. Je suis renversée.

Il lui rendit son sourire, mais elle vit qu'il restait troublé.

— Vous m'avez demandé si je tenais à vous, et je voulais faire une déclaration sans équivoque.

Elle se coula hors de ses bras et s'éloigna pour se ressaisir. Si elle ne le faisait pas, il comprendrait que quelque chose n'allait vraiment pas.

— Je viens de parler avec d'Archand, dit-il doucement.

Elle tournoya, surprise. Il sourit légèrement.

— En vérité, cela s'est très bien passé. Il n'a pas été surpris et, comme Nadine et moi avons décidé de rompre d'un commun accord, il a été aimable.

Ses fiançailles étaient officiellement rompues. Mais cela importait-il, maintenant ? Car elle s'avisa soudain que si jamais Dominic découvrait ce qu'elle était sur le point de faire, il ne lui parlerait plus jamais. Et il y avait le terrible fait qu'il retournait en France — à la guerre et à la révolution.

— L'avez-vous prévenu hier soir au sujet de Marcel ? demanda-t-elle.

— Oui. Qu'est-ce qui vous préoccupe réellement, Julianne ?

Il était si perspicace, pensa-t-elle nerveusement, qu'elle devait être prudente. Si elle réussissait à l'espionner, il ne devrait jamais l'apprendre. Alors elle lui sourit et fit glisser ses mains sur ses épaules.

— Je veux vous remercier pour le bracelet, murmura-t-elle, et elle l'embrassa.

Il sursauta lorsqu'elle effleura sa bouche de la sienne, puis il lui rendit son baiser. En quelques instants, leurs lèvres furent soudées et il parcourut son dos de ses mains. Elle laissa son esprit se vider. Juste ciel, elle n'avait jamais eu plus besoin de lui. Elle ne l'avait jamais aimé davantage.

Il interrompit ce baiser brûlant.

— Si je n'étais pas fixé, je penserais que vous essayez de me distraire.

— Faites-moi l'amour, dit-elle dans un souffle.

Il ouvrit de grands yeux.

— Nous sommes attendus en bas dans deux heures…

— Peu m'importe.

Ses yeux verts étincelèrent et soudain elle fut dans ses bras, et il la porta au lit à baldaquin. En l'allongeant, il dit :

— Je dois d'abord vous dire quelque chose.

Elle posa une main sur sa mâchoire.

— Alors faites vite. Dites ce que vous avez à dire.

— Femme impatiente !

Mais son sourire disparut. Il s'assit près de sa hanche.

— Julianne… je vous aime aussi.

Julianne hésita au bas de l'escalier. Elle pouvait entendre des conversations animées, les accords d'une harpe et des tintements de verres. Son cœur tambourinait.

Il y avait un miroir de l'autre côté du vestibule et elle

se reflétait dedans. Elle ne reconnut pas la femme qu'il renvoyait. Elle contemplait une étrangère, pâle et élégante.

Dominic lui avait envoyé une magnifique toilette pour l'occasion : une robe du soir de soie argentée, avec des manches évasées, un corselet décolleté et de larges jupes drapées. Elle était somptueusement brodée et semée de perles, la jupe de dessous plus foncée et ornée de pierres noires. Elle portait également une superbe perruque rousse agrémentée de dentelle et de perles. Elle n'avait jamais été vêtue d'une façon aussi exquise ni si coûteuse auparavant, et elle doutait que cela se reproduise.

Il l'aimait et lui faisait confiance. Elle allait violer cet amour, cette confiance.

Julianne pouvait voir l'intérieur du grand salon. Il était exactement comme elle l'avait imaginé, avec son mobilier doré, ses lustres en cristal et ses chefs-d'œuvre. Maintenant, il était empli d'invités vêtus de manière aussi élégante qu'elle. Elle vit lady Paget, qui portait du rouge, et une douzaine d'autres dames avec leurs robes du soir et leurs bijoux. Les gentlemen arboraient leurs plus belles jaquettes de soirée, des culottes en satin, des bas de soie et des chaussures à boucles. La plupart des hommes étaient coiffés de perruques blanches, poudrées.

Puis elle vit Dominic.

Son cœur se serra violemment, d'abord d'amour, et ensuite d'effroi. S'il apprenait un jour ses actions, il ne lui pardonnerait jamais.

Il portait une redingote en velours bleu marine, brodée, avec de la dentelle française aux poignets et au col, ainsi que des culottes en satin fauve et des bas beiges. Sa perruque était de la couleur de ses cheveux. Il n'avait jamais paru aussi élégant, aussi noble, aussi magnifique. Elle l'aimait complètement, tel qu'il était, et elle ne pouvait l'imaginer autre que Bedford ou qu'un tory.

« Il n'est pas pour toi… Fie-toi à moi pour cela… »

Elle ne voulait pas se rappeler les mots de Lucas, mais il avait raison, encore plus qu'il ne le pensait. Elle commença à s'avancer. Puis elle hésita. Nadine se tenait avec Dominic et ils bavardaient.

Elle sentit pointer le désarroi. Elle ne le combattit pas. Nadine était une belle femme chaleureuse et généreuse, et une aristocrate. Ils étaient profondément attachés l'un à l'autre et ils étaient parfaits l'un pour l'autre — Nadine ne l'espionnerait jamais. En cet instant, Julianne eut l'impression d'avoir une boule de cristal devant elle et de pouvoir voir dedans.

Dominic apprendrait sa trahison un jour — et il se tournerait vers cette femme. Il épouserait Nadine, finalement, et ils vivraient heureux pendant des années…

Dominic l'avait vue. Ses yeux s'élargirent et il traversa le salon en souriant. D'une manière quelconque, Julianne parvint à lui rendre son sourire.

Il la surprit en lui prenant la main et en la baisant avec chaleur.

— Pourquoi restez-vous là ? Je ne vous avais pas vue.

Il n'avait jamais montré son affection en public, auparavant.

— Je suis désolée d'être en retard.

— Pas moi. Vous n'avez jamais été plus ravissante. Je dois vous emmener plus souvent dans des dîners.

Elle croisa son regard chaleureux et se rendit compte qu'elle ne désirait rien d'autre. Comme elle souhaitait qu'il n'y ait pas de maudite guerre, comme elle souhaitait une vie ordinaire !

— Je suis certaine que cela peut être arrangé, parvint-elle à dire, un mensonge patent.

— Vous ne portez pas le bracelet, remarqua-t-il.

— Comment le pourrais-je ? Si quelqu'un le voyait, il ou elle saurait que c'est un cadeau de vous et il n'y aurait qu'une conclusion à en tirer.

— Que je suis épris ?

Il sourit. Elle sentit son cœur s'emballer.

— Que je suis une femme perdue.

— Vous avez raison. Je vous offrirai quelque chose de plus discret.

Il prit son bras sous le sien. Il pensait ce qu'il disait, se dit-elle avec plus de désarroi encore.

— Dois-je vous présenter à la ronde ? Ce sera un plaisir pour moi.

Son sourire disparut.

— Nous sommes remarqués.

Julianne sentit son cœur battre très fort. Warlock se tenait avec un bel homme brun et séduisant, superbement vêtu, et tous deux la fixaient.

— Warlock est ici.

Elle éprouva une terrible tension, mais après tout il avait dit dans son billet qu'il lui parlerait ce soir-là.

— Et qui est avec lui ?

— Le père de Nadine, le comte d'Archand. Allez-vous bien ? Vous paraissez nerveuse.

— Je vais bien.

Tandis qu'elle parlait, elle vit Nadine se détacher d'un groupe pour s'approcher avec un sourire agréable. Julianne ne pouvait imaginer une conversation avec elle maintenant, mais Nadine s'arrêta devant eux.

— Bonsoir, miss Greystone. Vous êtes certainement la plus belle femme ici ce soir.

Surprise, Julianne sursauta. Le compliment paraissait sincère.

— Merci, mais j'en doute. C'est une splendide assemblée, n'est-ce pas ? hasarda-t-elle, au désespoir de faire la conversation.

Nadine posa sa main gantée sur son bras.

— Je ne suis pas venue pour vous bouleverser.

— Je vais bien, dit Julianne pour la deuxième fois.

Si elle ne se ressaisissait pas, elle devrait plaider une migraine et s'en aller. Comme s'il sentait sa vulnérabilité, Dominic posa la main sur son épaule. Elle s'appuya contre lui.

— Je ne suis pas venue non plus pour bavarder. Je veux

vous remercier d'avoir prévenu ma famille du danger qui nous menace, dit Nadine, le regard direct et scrutateur.

Julianne jeta un coup d'œil à Dominic.

— Vous le lui avez dit ?

— Oui.

Nadine lui prit la main.

— Je vous suis redevable, miss Greystone. Et, apparemment, je vous avais mal jugée.

Se sentant mal, Julianne protesta :

— Vous ne me devez rien.

— Je paie toujours mes dettes, dit simplement Nadine.

Elle leur sourit et s'éloigna.

— Je savais que vous finiriez par vous apprécier, toutes les deux, dit Dominic d'un ton satisfait.

Avant de pouvoir répondre, Julianne s'avisa que lady Paget s'approchait. Elle afficha un sourire.

La comtesse douairière lui sourit en retour.

— Bonsoir, miss Greystone. Je suis ravie que vous vous soyez jointe à nous. Votre robe est tout simplement splendide — elle vous va très bien.

Julianne fut interloquée.

— Je dois dire, Julianne, que je suis intrigué.

Sebastian Warlock entra d'un pas nonchalant dans le salon de musique, où Julianne l'attendait.

Il était plus de 23 h 30. Le dîner, qui se composait d'une douzaine de plats, avait été interminable. La tension habitait Julianne quand elle le suivit à l'intérieur.

— Nous devrions peut-être fermer la porte, pour que personne ne nous remarque ?

— Ce n'est pas une bonne idée, dit-il d'un ton détaché. Si l'on nous trouvait derrière des portes fermées, les gens sauteraient sur les mauvaises conclusions.

— Ils penseraient que nous badinons ? Vous êtes mon oncle !

— Je doute qu'ils penseraient à un badinage — mais ils

pourraient se demander quelles affaires nous arrangeons. Jouez pour moi, dit-il en souriant.

Il était si malin, pensa-t-elle en le fixant.

— Vos sentiments sont inscrits sur votre visage, ma douce petite nièce.

Alors il savait qu'elle le détestait, se dit-elle en s'asseyant sur le tabouret du piano.

— J'ai averti Jack à votre sujet.

Il haussa un sourcil sombre.

— Vraiment ? Jack me plaît et j'aime beaucoup Lucas. Ils m'apprécient tous les deux. J'imagine qu'il a écarté vos avertissements comme de simples divagations.

— Un jour, ils s'apercevront tous les deux que vous êtes un scélérat amoral, qui sert ses propres intérêts.

— Oh ! oh ! Vous savez manier les mots, ce que j'admire. Et quel tempérament ! Mais je ne suis pas surpris. Votre mère avait du caractère, aussi.

Elle le regarda, surprise.

— Ma mère ?

Sa mère était la personne la plus douce qu'elle connaissait.

— Oui, mais c'était il y a longtemps, quand elle était une débutante trop gâtée, habituée à n'en faire qu'à sa tête.

Il tira une chaise et s'assit.

— Jouez-vous ?

— Je n'ai pas joué depuis des années.

Elle posa les mains sur le clavier, le cœur battant. Comment osait-il parler de sa mère de cette façon ?

— Vous ne venez jamais la voir.

— Elle ne se souvient pas de moi.

Julianne frappa une touche, assez brutalement. Il tressaillit.

— Vous devriez venir la voir — ainsi qu'Amelia. Elle est votre *autre* nièce.

Elle se mit à jouer une sonate d'Haendel, étonnée de la connaître encore par cœur. Elle était si inquiète, mais la musique l'emporta. Elle envahissait chaque partie de son être, l'emplissant comme de l'eau emplit une jarre. Cela faisait si longtemps…

Tandis que les riches accords résonnaient, il dit :

— Je présume que vous avez accepté ma proposition ?

— Je suis encore en train de la considérer.

Elle promena les doigts sur les touches, le souffle court, tandis qu'il sursautait, mécontent. Avec un sentiment de satisfaction, elle termina par une série d'accords puissants qui retentirent dans la pièce.

Warlock lui saisit brusquement le poignet droit.

— Je vous demande pardon ?

Elle leva lentement les yeux vers lui.

— Vous devez d'abord faire quelque chose pour moi.

— Quel audacieux complot est-ce là ?

Elle chassa sa main et se leva.

— Libérez Tom et j'espionnerai qui vous voudrez.

Elle mentait effrontément. Elle doutait qu'il accepte. Mais, s'il le faisait, elle aurait à se soucier d'un pion de moins.

— Sûrement pas, dit-il doucement, en la fixant avec froideur.

Elle se sentit alarmée.

— Que se passe-t-il ici ?

Dominic entra à grands pas dans la pièce, l'expression orageuse. Puis il se tourna et claqua la porte.

— Julianne joue pour moi, dit Warlock d'un ton aimable.

Le regard noir de Dominic était meurtrier. Si des regards pouvaient tuer, Warlock se serait effondré.

— Laissez-nous, Warlock. Je m'occuperai de vous à un autre moment.

Warlock se montra amusé.

— Quel attachement.

Dominic désigna la porte fermée. Warlock sourit à Julianne.

— Je suis impatient de vous revoir, Julianne. Ce fut un plaisir.

Elle le regarda partir, soulagée que l'entretien soit terminé. Dominic alla à elle.

— De quoi discutiez-vous ?

Il n'y avait pas lieu de mentir.

— De Tom.

— Treyton a eu ce qu'il méritait.

— Les prisons sont des endroits dangereux, dit Julianne en lui rendant son regard.

— Je n'interviendrai pas pour son compte.

Il était ferme.

— Vous ne vous mêlerez pas de ces jeux d'espionnage, Julianne. Je ne l'accepterai pas. Je veux votre parole.

Elle se mordit la lèvre et hocha la tête.

— Je n'ai pas envie de jouer à l'espionne, dit-elle, et c'était vrai.

— Bien.

Il l'attira à lui.

— Les derniers invités s'en vont, dit-il doucement.

Elle ne pouvait attendre de bondir dans ses bras.

Un soleil éclatant frappait ses paupières. Julianne s'éveilla et vit qu'une soubrette ouvrait les rideaux de la chambre de Dominic. Pendant un instant, ensommeillée, elle sourit, pensant à la façon dont Dominic lui avait fait l'amour — et à son amour. Puis elle se remémora ce qu'elle avait à faire.

Elle remonta les couvertures et s'assit, l'estomac crispé par la terreur. Elle se rappela qu'elle n'avait pas le choix. La sécurité de sa mère et d'Amelia, peut-être même leur vie, étaient en jeu.

Son estomac se retourna. Elle combattit une nausée.

Tous les rideaux étaient maintenant ouverts. Un grand soleil baignait la pièce.

— Je vous ai apporté le petit déjeuner, mademoiselle, dit Nancy en souriant. Monsieur le comte est parti à 9 heures et m'a dit de venir à 10 heures.

Julianne ne put lui rendre son sourire.

— Mademoiselle ? Vous ne vous sentez pas bien ?

Julianne poussa un cri, bondit du lit et courut au pot de chambre. Là, elle vomit violemment.

Quand elle eut fini, Nancy enfila son caftan sur son corps nu. Elle trembla, la nausée disparue. Elle se releva lentement, avec l'aide de Nancy. Son regard croisa celui de la soubrette, soucieux.

— Allez-vous mieux ? demanda doucement la jeune femme.

Quelle explication pouvait-elle donner pour avoir été si malade ? se demanda Julianne. Elle sourit.

— Je ne me sentais pas bien, ces derniers jours, dit-elle, et en le disant elle s'avisa que c'était vrai.

Elle avait souvent dormi tard et s'était réveillée encore fatiguée, sinon épuisée. Parfois, elle avait une faim de loup. D'autres fois, elle avait mal au cœur. Et sa peur et son anxiété la rendaient vraiment malade, à présent. Elle avait toujours mal à la tête.

— Je pense que j'ai dû prendre froid, dit-elle.

Mais elle savait que ce n'était pas pour cela qu'elle avait vomi.

Nancy dissimula un sourire et détourna les yeux.

— Des toasts vous feront du bien.

Julianne se demanda si la soubrette française avait deviné qu'elle portait l'enfant de Dominic.

— Oui, j'en suis sûre.

Julianne lui sourit et alla se brosser les dents. Cela pouvait-il être encore pire ? se demanda-t-elle. Elle était transportée d'être enceinte — si elle attendait bien un enfant. Mais mettre l'enfant de Dominic au monde maintenant, alors qu'elle devait le trahir, ressemblait à une terrible parodie.

Elle acheva ses ablutions matinales et s'attarda dans le coin-toilette, écoutant la soubrette qui faisait le lit. Finalement, Nancy s'en alla.

Le cœur battant la chamade, Julianne quitta le réduit.

Haïssant ce qu'elle s'apprêtait à faire, elle alla à la porte de la suite, souhaitant pouvoir la fermer à clé et sachant qu'elle ne le devait pas. A la place, elle guetta les bruits qui pouvaient venir du couloir. Il n'y en avait pas.

Sûre qu'il n'y avait personne dehors, elle ouvrit tout de même légèrement la porte et jeta un coup d'œil dans le couloir. Il était vide.

Se mouvant vivement, à présent, elle ferma la porte et se hâta d'aller au secrétaire de Dominic. Le tiroir du bas, à droite, était toujours verrouillé. Où cachait-il la clé ?

Elle s'assit au bureau et fouilla rapidement les autres tiroirs. Elle trouva de nombreux objets, mais pas de clé. Alors elle se tourna face à la porte et réfléchit.

Son esprit s'anima. Ne l'avait-elle pas vu devant cette bibliothèque plusieurs fois, tôt le matin, quand elle s'éveillait ? Et c'était toujours au même endroit. N'allait-il pas souvent à son bureau pour prendre des notes ou écrire des lettres après avoir fait l'amour, pendant qu'elle s'endormait ? Et maintenant elle se rappelait l'avoir vu là, à cet endroit précis, près de la fenêtre en coin.

Elle contempla le mur de livres. Quel meilleur endroit pour cacher une clé ? Elle se leva, alla là où elle l'avait vu se tenir et se mit à prendre des livres sur les étagères du haut, certaine de l'avoir vu remettre un livre sur la deuxième ou troisième étagère.

Dix minutes plus tard, une petite clé en laiton tomba d'un volume de poésie.

Julianne fixa le sol, le cœur battant si fort. Elle l'entendait et on aurait dit un tambour. Elle posa le livre à plat sur les autres, se baissa lentement et ramassa la clé.

Elle allait de nouveau être malade, pensa-t-elle.

Jetant un coup d'œil à la porte fermée, elle se hâta de retourner au secrétaire. Elle déverrouilla le tiroir, l'ouvrit et s'assit.

Il y avait quelques notes griffonnées, à l'intérieur. Son écriture était illisible, et elle fut soulagée. Mais il y avait aussi un croquis et une lettre.

Elle jura.

Le croquis représentait une côte. Il y avait plusieurs marques, mais pas de noms de lieux. Aucune importance. Elle était assez certaine de reconnaître les péninsules à droite et à gauche. Il avait dessiné les côtes de Bretagne et de Normandie. Les endroits marqués semblaient être entre les deux.

Elle se sentait plus mal, à présent, mais elle grava le croquis dans sa mémoire. Puis elle prit la lettre. Il écrivait à quelqu'un qu'elle ne connaissait pas.

« Mon cher Henri,

» Merci pour votre lettre. Je suis toujours content d'être tenu au courant des affaires du château. S'il vous plaît, commencez les vendanges la deuxième semaine d'octobre. J'ai constaté que c'est le meilleur moment pour ramasser les raisins, nous assurant les meilleurs fruits. Mes agents arriveront à Granville pour inspecter la récolte et discuter de divers prix avec vous, une fois que la qualité sera assurée. S'il devait y avoir du retard du fait des difficultés inhérentes à ces temps troublés, je vous en informerai au plus vite.

» Sincèrement vôtre,

Dominic Paget. »

Ecrivait-il à son intendant d'un vignoble sur l'un de ses domaines, ou bien toute la lettre était-elle codée ? Se soucierait-il vraiment en ce moment de vendanges et du prix du vin ? D'un côté, Julianne espérait fortement n'avoir trouvé qu'un croquis énigmatique. De l'autre, elle priait que Marcel soit satisfait.

Elle replaça les notes, le dessin et la lettre, referma le tiroir et remit la clé dans le livre.

Et pensa, désespérée, combien cela avait été facile.

— Vous semblez troublé.

Warlock se leva lentement du fauteuil dans lequel il était assis. Il était 5 heures de l'après-midi et Dominic était à l'heure pour leur rendez-vous. Ce club de gentlemen était sombre et sinistre, les lambris presque noirs, les tapis rouge foncé, le mobilier aussi lugubre. Divers groupes de gentlemen étaient assis à travers la pièce, certains lisant, d'autres buvant ou parlant à voix basse. C'était la première fois qu'ils se retrouvaient là. Personne ne regardait Warlock, mais plusieurs messieurs virent Dominic et tentèrent d'accrocher son regard.

Il ignora tout le monde. Julianne s'était comportée bizarrement ces derniers jours et il ne pouvait deviner ce qui la préoccupait. Il sentait que ce devait être bien plus que la situation critique de Tom Treyton.

Leur relation progressait si rapidement, maintenant, et il était stupéfait par l'étendue de ses sentiments pour elle et par la nouvelle nature de l'intimité qu'ils partageaient. Même leur façon de faire l'amour avait changé. Mais elle était perturbée et lui aussi, pour ses propres raisons. Il détestait l'idée de retourner en France, néanmoins il savait qu'il le devait. Mais c'était presque comme s'il était soudain déchiré entre rester avec elle et se battre pour son pays.

Warlock était seul avec un cognac et un journal. Il désigna un fauteuil en cuir voisin, aux accoudoirs usés.

— Si vous êtes toujours en colère contre moi d'avoir parlé à Julianne hier soir, vous devriez être heureux d'apprendre qu'elle n'a rien accepté.

Dominic s'assit abruptement.

— Laissez-la en dehors de vos maudits jeux d'espionnage — si vous voulez mon aide.

Warlock sursauta.

— Vous êtes amoureux !

— Peut-être. Quoi qu'il en soit, je suggère que vous laissiez Julianne tranquille.

Il claqua des doigts pour appeler un valet qui passait, très agacé maintenant. Il commanda un scotch.

— Vous me menacez ?

Warlock était amusé.

— Je vous connais mieux que vous ne vous connaissez

vous-même. Quel que soit votre attachement, vous ne tourneriez jamais le dos à la Vendée.

Warlock avait raison. Il était amoureux, mais il n'avait pas l'intention de renier ses engagements ou de manquer à son devoir patriotique. Il se pencha en avant.

— Laissez-la juste en dehors de cette maudite guerre. Avez-vous du nouveau du côté de chez Windham ?

— Il y a une taupe à l'Amirauté, dit Warlock, très doucement.

Ce n'était pas ce qu'il avait demandé. Dominic se raidit, choqué.

— Vous devez savoir qui c'est — ou être sur le point de le découvrir. Sinon, vous ne seriez pas de si bonne humeur.

— C'est l'un des employés de Windham, répondit Warlock avec un grand sourire.

Dominic s'étrangla presque. Un agent français était à l'intérieur du ministère de la Guerre, travaillant pour le ministre ? Il était incrédule.

— Je ne sais pas encore qui il est, mais je suis sur sa piste et je le saurai bientôt.

Dominic connaissait bien Warlock, aussi.

— Maintenant, je vois pourquoi vous êtes de si bonne humeur. Vous allez le laisser en place et jouer au chat et à la souris avec lui.

Warlock le salua de son verre.

— Oh ! oui. Quand le moment sera propice, nous lui donnerons de fausses informations. Finalement, je découvrirai et démantèlerai tout son réseau.

Il adorait cette guerre, pensa sombrement Dominic. Mais il fallait que quelqu'un fasse ce qu'il faisait.

Sebastian sortit de sa poche de poitrine une lettre cachetée et la tendit à Dominic. Il reconnut aussitôt l'écriture de Michel.

— J'ai moi aussi reçu une lettre de Jacquelyn, dit Warlock. Les soldats français qui ont été vaincus et emprisonnés à Mayence ont été relâchés. Ils ont été redéployés — et marchent sur les rebelles de Vendée dans la vallée de la Loire.

Le cœur de Dominic se serra. La cible des opérations sur le Rhin avait été la ville de Mayence, qui avait été assiégée par les alliés en mars.

Il ouvrit la lettre de Michel en la déchirant et se mit à lire. Comme il le pensait, les rebelles mouraient de faim et manquaient cruellement d'armes et de munitions. Et Jacquelyn savait que les troupes de Mayence marchaient sur eux, il réclamait une aide immédiate.

Tandis qu'il lisait la lettre de son ami, ses entrailles se nouaient. Il allait retourner à la guerre, à l'anarchie et à la révolution… Il n'était pas sûr de survivre, cette fois. Et pour la première fois, il ne pensait pas à sa vie, mais à sa santé d'esprit.

— Windham envisage-t-il d'avancer les dates pour le convoi de ravitaillement ? demanda-t-il finalement.

— Non.

Il enverrait la lettre qu'il venait d'écrire par courrier le lendemain à l'aube, pensa-t-il sombrement. Michel ne serait pas heureux de savoir que le rendez-vous avec le convoi de ravitaillement n'aurait pas lieu avant six semaines — à la mi-octobre.

— J'ai organisé une traversée pour vous le 7 à l'aube, dit Warlock.

Dominic sursauta. Il allait retourner en France dans quatre jours ! Son répit était terminé.

— Vous irez directement à Nantes, rencontrerez Jacquelyn et évaluerez la situation. Restez hors des combats. Faites-moi un rapport immédiatement. Peut-être que votre témoignage direct fera changer Windham d'avis.

Dominic fut soudain furieux et jeta la lettre à la poitrine de Warlock.

— C'est tout là-dedans. Ils meurent de faim. Ils ont peu d'armes. Pas de munitions. *Voilà* mon rapport !

— Nous estimons que les troupes françaises seront à portée de feu dans une semaine, dit calmement Warlock en prenant la lettre et en la mettant de côté. Et je suis sérieux, Paget : vous êtes trop précieux, ne songez même pas à vous joindre à la bataille.

Dominic savait qu'il ne resterait jamais sur le côté, comme un lâche, pendant que les siens se battaient. Mais à présent la réalité commençait vraiment à s'insinuer en lui. Il partait dans quelques jours.

Que deviendrait Julianne ?

Et quelque chose se contracta dans son cœur. C'était douloureux. Il n'avait pas envie de la quitter.

En cet instant, il sut qu'il devait prendre des dispositions pour elle. Elle ne pouvait guère retourner en Cornouailles, et vivre à Greystone Manor dans la pauvreté à laquelle elle était habituée. Il dirait à Catherine de la laisser résider à Bedford House ; il pourrait même faire venir sa sœur et sa mère à Londres pour lui tenir compagnie, si elle voulait. Et puis quoi ? Il ne pouvait pas lui demander de l'attendre. Ce ne serait pas juste.

Il se leva abruptement. Il n'allait pas s'attarder avec Warlock. Il emmènerait Julianne à l'opéra, ce soir, ou au théâtre, ou dans quelque autre distraction qu'il pourrait trouver. Demain, il ferait venir une modiste. Il avait eu l'intention de le faire depuis quelque temps. Et il lui achèterait une babiole qu'elle pourrait porter tous les jours, un petit pendentif ou un camée discret.

— Je dois partir, dit-il.

En réalité, il s'arrêterait chez le bijoutier en rentrant.

Warlock secoua la tête.

Hyde Park était désert en ce début de soirée. Il était 6 heures du soir.

Les dernières heures avaient été horribles, tandis qu'elle attendait des nouvelles de Marcel. Dominic l'avait emmenée à Vauxhall la veille au soir, puis ils avaient dîné aux chandelles dans sa suite. Ce matin, il avait fait venir une modiste dans sa chambre — et lui avait commandé une garde-robe entière ! Puis il l'avait emmenée au British Museum, où ils avaient passé l'après-midi. Julianne avait été déchirée entre la joie et le désespoir ; l'affection de Dominic n'avait jamais été plus évidente, mais elle était malade d'inquiétude à propos de ce qu'elle devait faire.

Elle ignorait pourquoi Dominic se montrait si prévenant. Elle suspectait qu'il était devenu aussi conscient qu'elle du temps qui passait. Il n'avait pas encore mentionné qu'il allait retourner en France, mais il se comportait comme si leur temps ensemble tirait à sa fin.

Et maintenant Julianne faisait les cent pas, pas loin d'une allée pour les voitures, emplie de peur, d'anxiété et d'appréhension.

Comment pouvait-elle trahir Dominic de cette façon ? Comment pouvait-elle ne pas le faire ? Même si Dominic ne l'avait pas avertie en lui disant combien il était dangereux de jouer les espions, elle serait effrayée. Marcel paraissait implacable.

Elle continua à aller et venir. Des images de la merveilleuse soirée de la veille la hantaient : le sourire de Dominic tandis qu'il l'observait regardant les musiciens sur la scène, son regard chaud quand il la contemplait par-dessus la table du dîner, son regard brûlant et son tendre sourire tandis qu'il lui faisait l'amour plus tard, au lit. Dominic jetant de côté des morceaux de tissu et de fourrure, acceptant ceci et refusant cela dans sa chambre, alors qu'elle le regardait bouche bée en compagnie de la modiste. Leur promenade à travers le musée, main dans la main, avec d'autres visiteurs qui se tournaient pour les regarder.

Julianne pouvait à peine réfléchir. Sa vie était sens dessus dessous.

Un petit cabriolet remontait l'allée qui venait de Park Lane. Elle s'immobilisa, serrant fort son petit réticule, le cœur tambourinant dans la poitrine. Elle était presque sûre que Marcel serait à l'intérieur. Elle était emplie d'effroi.

Le véhicule ralentit en s'approchant. Julianne marcha vers l'allée et s'arrêta à côté. Le cabriolet arriva enfin à sa hauteur et le cheval bai fut arrêté. Marcel lui sourit, touchant le bord de son haut-de-forme.

Julianne ne lui rendit pas son sourire.

— Vous êtes méprisable.

— Qu'avez-vous pour moi ?

Elle tira de sa poche et lui tendit la carte de Dominic, qu'elle avait dessinée de mémoire, et les notes qu'elle avait prises de sa lettre.

Il regarda les deux feuilles. Ses yeux s'élargirent.

— Où avez-vous trouvé ceci ?

— Le croquis original est enfermé à clé dans un tiroir, ainsi que la lettre. Je les ai appris par cœur. J'ai fait ma part. Je veux votre parole que vous laisserez ma sœur et ma mère tranquilles.

— Et pourquoi ferais-je cela, alors que vous venez de prouver combien vous pouvez m'être utile ? Votre frère Lucas s'apprête à partir pour la France. Pour Le Havre, je crois. Trouvez exactement quand il partira — l'heure et le lieu du départ — et où il a l'intention de débarquer.

Elle retint une exclamation. Il voulait qu'elle espionne Lucas, maintenant ?

— Scélérat ! Vous avez menti ! Je ne le ferai pas !

— Si vous ne le faites pas, j'imagine que votre pauvre mère pourrait bien tomber dans l'escalier et se rompre le cou.

Il sourit, mais ses yeux pâles restèrent froids.

— Maintenant, vous m'appartenez, Julianne.

Il était presque 8 heures et Dominic n'était pas encore rentré. Julianne arpentait le salon qui donnait sur le vestibule, alors que les douces ombres grises du crépuscule filtraient dans la pièce. Ce qui s'était passé l'avait rendu tellement malade qu'elle avait vomi en rentrant à la maison. Cette fois, elle savait que ses nausées n'avaient rien à voir avec une grossesse.

Oserait-elle parler à Dominic de Marcel ? Elle pouvait

difficilement continuer dans cette voie. Mais, si elle lui en parlait, elle devrait *tout* lui dire.

Elle entendit un mouvement près du seuil du salon et pirouetta. Lady Paget se tenait là, paraissant prudemment concernée.

— Est-ce que tout va bien ?

Julianne serra ses bras autour d'elle. Catherine s'était montrée polie et même agréable avec elle depuis le jour du dîner. Etait-elle dans les bonnes grâces de la comtesse ? Si elle parlait de Marcel à Dominic, elle ne doutait pas que sa mère apprendrait sa tricherie et la détesterait de nouveau, de plus belle.

Il lui vint à l'idée que lady Paget ignorait que Dominic avait l'intention de retourner bientôt en France. Elle la connaissait assez bien maintenant pour savoir qu'elle était fougueuse et emportée — pas du genre à cacher ses sentiments. Si elle était au courant, elle serait accablée.

— Il est tard. J'attends Dominic.

— Je fais attendre le dîner pour nous trois, dit Catherine, surprenant Julianne.

Ils n'avaient pas encore dîné à trois.

— Il a fait savoir qu'il serait un peu en retard.

Soudain, elle aperçut du mouvement devant les fenêtres qui donnaient sur l'allée. Elle se tourna et vit la grande voiture laquée en noir de Dominic s'arrêter. Un valet en livrée se préparait à ouvrir la portière.

Etrangement soulagée, Julianne sourit à lady Paget et passa du salon dans le vestibule. La comtesse la suivit. La porte d'entrée était déjà ouverte et elle s'empressa d'aller jusque-là. Dehors, le ciel s'obscurcissait et était teinté de rouge.

Dominic descendit de la voiture.

Julianne s'arrêta à la porte, Catherine à côté d'elle, et se mordit la lèvre. En s'approchant des larges marches en pierre du perron, Dominic leva la tête pour lui sourire.

Alors, du coin de l'œil, elle vit quelqu'un qui traversait l'allée, comme s'il venait des écuries. Il n'était pas loin derrière Dominic. Ce dernier avait dû entendre l'homme, car il jeta un coup d'œil derrière lui et sursauta.

— Qu'est-ce que François fait là ? demanda la comtesse.

Intriguée, Julianne regarda le domestique qui s'approchait — et le vit lever un pistolet pour le pointer sur Dominic. Ce dernier plongea à terre quand le coup fut tiré, dans une explosion assourdissante.

Julianne hurla.

François jeta le pistolet, se tourna et partit en courant. Dominic bondit sur ses pieds et se mit à le poursuivre. Ses cochers et ses valets le prirent aussi en chasse.

Julianne releva ses jupes et descendit vivement les marches, Catherine devant elle. François était en avant de Dominic et de ses hommes, il traversait déjà les pelouses, et elle ne savait pas s'ils pourraient le rattraper. Mais, alors qu'elle regardait, il trébucha et tomba.

Un instant après, Dominic lui sauta dessus.

Julianne les rejoignit en courant. A cheval sur François, Dominic demanda :

— Qui vous a envoyé ?

En haletant, Julianne chancela et s'arrêta. *Marcel était là derrière.*

François cracha à la figure de Dominic :

— Cochon ! Vous vous nourrissez sur les pauvres. Vous engraissez et nous souffrons. Je ne vous dirai jamais qui m'a envoyé. Porc !

Dominic eut un sourire sauvage et asséna son poing dans le nez du Français. Du sang jaillit.

— Qui vous a envoyé ? Dites-le-moi, ou je vous casserai les genoux avec un gourdin.

François lui cracha de nouveau au visage. Dominic le mit sur ses pieds, les yeux étincelant de fureur.

— Allez me chercher une barre, Eddie. Du fer conviendra.

Julianne inspira.

— Dominic.

Il se tourna pour la regarder.

— Rentrez à la maison, Julianne. Vous aussi, mère.

Julianne ne bougea pas. Ses oreilles tintaient. Elle se sentait faible. En fait, elle avait l'impression d'être sortie d'elle-même et d'être sur le point d'assister à une terrible scène.

— Je sais qui l'a envoyé. C'est Marcel.

Dominic relâcha François et la regarda d'un air incrédule.

— Qu'a-t-elle dit ? s'écria Catherine tandis qu'Eddie et un valet saisissaient François.

Julianne fixait avec effroi Dominic qui la fixait en retour, l'expression rigide. Il alla à elle et parla d'une voix calme.

— Marcel est le Jacobin qui vous écrivait, à vous et à Treyton.

Elle humecta ses lèvres.

— Oui.

— Et pourquoi pensez-vous que Marcel a envoyé cet assassin ?

Elle trembla.

— Parce que j'ai dit à Tom qui vous étiez juste après votre départ de Greystone Manor — et qu'il l'a dit à Marcel.

Dominic ne bougea pas.

— Oh ! mon Dieu, j'avais raison, murmura Catherine avec horreur.

— Cela fait bien plus d'un mois, dit-il lentement, sans la quitter du regard.

— Oui, fit Julianne.

Elle devait lui dire le reste, mais elle était paralysée.

— Ella a rencontré un homme deux fois cette semaine, au parc ! s'écria Catherine.

Maintenant, Julianne savait pourquoi on avait dit au cocher de la conduire et de l'attendre. Il était chargé de l'espionner.

Dominic ne regarda pas sa mère.

— Qui avez-vous rencontré au parc ?

Les larmes arrivèrent.

— Marcel.

Il ouvrit de grands yeux.

— Il a menacé Amelia et ma mère. Il était sérieux !

Je n'avais pas le choix, Dominic. Je vous en prie, essayez de comprendre !

Mais, alors même qu'elle le suppliait, elle savait que ses supplications tomberaient dans l'oreille d'un sourd.

Son visage s'était durci, mais il y avait de l'angoisse et de la révulsion dans ses yeux.

— Qu'avez-vous fait ?

Il ne changea pas de ton, ne haussa pas la voix.

— J'ai ouvert le tiroir fermé à clé de votre bureau.

Il hocha lentement la tête.

— Et vous avez donné à Marcel mes notes, ma carte, la lettre ?

— Non.

Elle se mouilla les lèvres.

— J'ai appris la carte et la lettre par cœur et je lui ai transmis le contenu.

Il trembla d'émotion.

— Je vous aime, s'écria désespérément Julianne, mais je n'avais pas le choix !

— Où est Marcel maintenant ?

— Je l'ignore, c'est lui qui me contacte.

Un terrible silence tomba.

Dominic fixa la pelouse à ses pieds, comme s'il réfléchissait. Julianne l'observait et ne pouvait respirer. Puis il leva les yeux et dit :

— Mère, faites appeler Warlock.

Il se tourna.

— Eddie, ligotez François, mettez-le dans la bibliothèque et gardez-le. Armez-vous.

Enfin, il regarda Julianne. Elle se recroquevilla en elle-même.

— Vous n'êtes plus la bienvenue ici.

16

Julianne suivit Dominic, sa mère et les domestiques dans la maison, marchant derrière eux dans un état de choc. « C'est fini », pensa-t-elle. Un portier ferma la porte d'entrée dans son dos et elle s'arrêta. Et maintenant ? Elle n'avait aucune idée de ce qu'elle devait faire ni d'où elle devait aller.

Lady Paget s'éloigna en hâte, ayant manifestement l'intention de convoquer Warlock. Eddie et le valet traînaient François dans le couloir, vers la bibliothèque. Dominic ne ralentit pas et disparut dans le grand salon, fermant les portes derrière lui. Il n'avait pas regardé en arrière, et Julianne se retrouva seule dans le vestibule.

Elle s'avisa qu'elle tremblait comme une feuille. Elle avait l'impression d'avoir cessé d'exister pour tout le monde dans la maison.

Elle fixa les portes closes du salon. Ce matin, elle était dans les bras de Dominic. Maintenant, elle craignait de tenter de lui parler.

Comment réussirait-elle à vivre sans lui ?

Mais n'avait-elle pas su que c'était le prix à payer pour sa duperie ?

Elle crispa les paupières, se rappelant son expression impassible un moment plus tôt. Il devait être blessé — il devait être en rage.

Et c'était entièrement sa faute à elle s'il avait failli être assassiné. Elle se méprisait presque.

Elle trouva le courage d'aller vers le salon et d'ouvrir

une porte. Dominic était debout près du buffet, un verre à la main. Quand il parla, son ton demeura incroyablement exempt d'émotion.

— Je n'entrerais pas, si j'étais vous.

— Il fallait que je les protège, dit-elle.

Il lui tourna le dos, buvant.

Julianne referma la porte et monta l'escalier en courant pour rejoindre sa chambre. Là, elle s'effondra sur le lit et pleura. Elle savait combien il était discipliné. Une fois qu'il avait pris une décision, on ne pouvait l'en faire changer. Il l'avait exclue de son cœur et de sa vie, elle en était certaine.

Elle ne sut pas combien de temps elle pleura, mais finalement elle resta allongée, immobile, et fixa le plafond mauve et blanc. Elle ne s'était jamais sentie aussi vidée.

Tant de souvenirs se bousculaient et, dans chacun d'eux elle était avec Dominic et il était amoureux d'elle, comme elle était amoureuse de lui. Sans pouvoir faire autrement — sans espoir —, elle s'abandonna à ces souvenirs.

On frappa à la porte. Julianne se redressa et fut déçue quand Nancy entra dans la chambre.

— Je ne veux pas être dérangée, dit-elle d'une voix enrouée.

La petite soubrette était sombre.

— Je suis désolée, mademoiselle, mais on m'a dit de vous aider à emballer vos affaires. Monsieur le comte a une voiture qui vous attend.

Elle tendit un mouchoir à Julianne. Celle-ci trembla. Il la renvoyait ce soir même. Naturellement. Son cœur en morceaux se brisa de nouveau.

Nancy haussa les épaules d'un air impuissant, puis elle chuchota :

— Qu'avez-vous pu faire pour qu'il vous renvoie ? Il était si amoureux de vous, mademoiselle !

Julianne s'entoura de ses bras.

— Je l'ai trahi, Nancy.

La jeune fille ouvrit de grands yeux.

Julianne s'assit sur le bord du lit, essayant de penser

alors qu'elle était étourdie, épuisée et ravagée par le chagrin. Il avait fait appeler une voiture. Elle n'avait pas la force, la volonté ou le courage d'essayer de rester chez lui, s'il voulait la jeter dehors. Et pourquoi resterait-elle ? C'était fini, maintenant. Elle se demanda soudain si ses frères étaient à Cavendish Square. Elle leur dirait tout ! Elle avait tant besoin de Lucas ou de Jack, pour pouvoir pleurer sur leur épaule solide.

Elle avait l'impression de vivre un cauchemar. Ce matin, il l'aimait ; à présent, il la méprisait et voulait qu'elle s'en aille.

— Nous devrions commencer à faire mes sacs, dit-elle, la décision de partir prise.

Mais, dès qu'elle se leva, le sol bascula, les murs tournèrent et elle sut qu'elle était si épuisée qu'elle allait s'évanouir. Nancy poussa un cri et l'attrapa, l'aidant à se rallonger sur le lit.

— Lui avez-vous dit que vous êtes enceinte ? Il vous pardonnera votre trahison, mademoiselle. Je n'en doute pas — il vous aime et il n'a pas d'héritier !

Julianne prit une grande inspiration. Elle ne se faisait pas d'illusions comme Nancy. Elle ne pensait pas que Dominic lui pardonnerait jamais, enfant ou pas. Et elle ne se servirait jamais de leur enfant pour le faire revenir. Elle n'avait même pas réfléchi à ce qu'elle devait faire à propos de cet enfant. Elle n'avait pas la force de le faire maintenant.

— S'il vous plaît, ne dites rien. Pas encore. Je me sens mieux, maintenant. Après une gorgée de thé, je pourrai vous aider à emballer.

— Vous devriez lui dire pour l'enfant, insista Nancy. Il vous pardonnera avec le temps, mademoiselle, parce qu'il vous aime.

Julianne ne la crut pas — et elle n'était pas sûre d'avoir envie de la croire. L'espoir lui paraissait maintenant une émotion dangereuse, qu'elle ne pouvait se permettre. Mais est-ce que toute leur histoire n'avait pas été une sorte de conte de fées ? Deux amants séparés par la politique et la guerre. Lui un prince, elle une terne fille de la campagne…

Avait-elle été folle de croire à cet amour ?

— Je ne pense pas qu'il m'aimera de nouveau un jour.

Elle lança à Nancy un regard sévère ; elle ne voulait pas discuter maintenant. Elles se mirent à emballer ses affaires. Ce faisant, Julianne sentit la toile du désespoir et du découragement l'envelopper. Elle se voyait s'enfoncer de plus en plus loin dans son bourbier poisseux. Finalement elle s'arrêta, fixant les affaires sur son lit. C'était fini. Elle partait. Mais chaque vêtement qu'elle possédait lui avait été donné par Dominic. Chacun contenait des dizaines de souvenirs. Et c'était tout ce qu'elle aurait, désormais. Mais avait-elle même le droit de prendre ces choses-là ?

On frappa de nouveau à la porte. Alors qu'elle pliait une camisole, très raide, Julianne se figea. Elle ne doutait pas que Catherine était venue la tancer et la dénigrer à propos de sa tricherie.

Nancy lui jeta un regard interrogateur.

Julianne sut qu'elle ne pourrait pas supporter un autre conflit maintenant.

— Renvoyez-la, dit-elle d'un ton laconique.

Mais la porte s'ouvrit, révélant Dominic. Warlock se tenait légèrement derrière lui. Son cœur bondit. L'espoir renaquit.

— Dominic ?

L'expression dure, il entra. Comme s'il jaugeait froidement où elles en étaient, il considéra les sacs et les vêtements sur le lit. Puis il la regarda.

— Vous ne partirez pas ce soir, finalement.

De la révulsion brillait dans ses yeux. Julianne sentit fléchir ses genoux. *Il la haïssait.*

Dominic ne bougea pas ; ce fut Warlock qui se précipita pour l'attraper.

— Etes-vous souffrante ?

— Je suis malade d'avoir le cœur brisé, dit-elle en regardant Dominic.

Son regard dur ne vacilla pas. Son expression de dégoût ne changea pas. Il congédia Nancy, qui s'enfuit. Puis il ferma la porte, alarmant Julianne.

— Vous auriez pu venir me trouver, Julianne. Je veux Marcel, dit Warlock en l'encourageant à s'asseoir sur le lit.

— Je l'aurais fait — si je savais qui il était et où vous pourriez le trouver. Mais il est trop malin. C'est lui qui me contacte, jamais le contraire, dit-elle d'un ton âpre. Il a menacé maman et Amelia, Sebastian ! Je vous en prie, faites-les venir, pour que nous puissions les garder en sécurité !

— Absolument pas. Si je les envoyais chercher, il saurait que vous avez été découverte.

— Vous sacrifieriez votre propre sœur à vos desseins ? s'écria-t-elle, incrédule.

Il sourit.

— Non, Julianne. Je vais envoyer un de mes hommes en Cornouailles ce soir comme votre nouveau domestique. C'est un très bon tireur et il m'a souvent servi de garde du corps. Il protégera Amelia et Elizabeth.

Le soulagement lui mit les larmes aux yeux. *Sa mère et Amelia seraient en sûreté.* Puis elle regarda Dominic. Il la fixait. Il détourna les yeux.

Il ne pouvait même plus la regarder en face, maintenant, pensa-t-elle, accablée. Il la détestait à ce point. Nancy se trompait tellement — il ne lui pardonnerait jamais.

— Et Tom ? demanda-t-elle.

— Je l'ai déjà dit et je vais me répéter. Si vous m'aidez, j'aiderai Tom.

Warlock sourit plaisamment, comme s'ils parlaient de courses de chevaux.

— Il nous faut Marcel. Quand vous contactera-t-il de nouveau ?

Elle sursauta.

— Je l'ignore. Il veut que j'espionne Lucas, maintenant.

— Sans doute parce qu'il supposait que je serais mort ce soir, dit Dominic, durement.

Oh ! Dieu, il avait raison, pensa Julianne. Marcel avait eu les informations qu'il voulait — ce qui signifiait qu'il pouvait se débarrasser de Dominic. Elle était aussi responsable que Marcel de cette tentative d'assassinat sur lui, se dit-elle avec horreur.

Warlock l'étudia.

— Vous allez rester ici. Paget et vous continuerez comme si rien ne s'était passé. Nous ne pouvons laisser penser à Marcel que vous avez été compromise.

Elle fut troublée — elle avait certainement mal entendu. Elle regarda Dominic.

— Que dit-il ?

— Il dit que nous allons faire comme si nous étions toujours d'heureux amants, déclara-t-il d'un ton bref. Vous reviendrez dans ma suite. Vous y dormirez. En public, devant les domestiques, nous nous sourirons avec affection.

Soudain, il mit la main à sa poche de poitrine et jeta un objet sur le lit, près de sa hanche. C'était un petit écrin en velours bleu roi.

— Vous porterez même ceci, que je vous ai acheté cet après-midi. Nous jouerons parfaitement le jeu.

Elle ne toucha pas la boîte. Elle ne pouvait être plus dévastée.

— Il a raison, Julianne. Vous devez jouer à la perfection le rôle d'amants. Marcel ne doit pas soupçonner que nous vous demanderons de nous conduire à lui.

Warlock haussa un sourcil.

— Vous paraissez absolument ravagée. Il va falloir que vous jouiez la comédie.

Alors elle commença à tout comprendre. Elle n'était pas chassée de Bedford House. Pas tout de suite, en tout cas. Mais seulement parce qu'ils avaient l'intention de localiser et d'arrêter Marcel. Et, maintenant, elle devait prétendre que tout allait bien avec Dominic — alors qu'il la méprisait.

Elle trembla. Elle haïssait Marcel. Elle voulait qu'il soit jeté à la Tour et pendu.

— Bien sûr, que j'aiderai, dit-elle en regardant de l'un à l'autre. Et que se passera-t-il lorsque vous aurez trouvé Marcel ?

Warlock ne répondit pas ; ce fut Dominic qui le fit.

— Nous cesserons de prétendre, dit-il froidement, et vous pourrez retourner d'où vous venez.

Julianne sortit lentement de la garde-robe dans la suite de Dominic, portant une chemise de nuit rose et une petite coiffe blanche, les cheveux nattés. Elle n'avait jamais été moins sûre d'elle, ou dans un tel désespoir. Dominic la détestait et elle ne l'en blâmait pas. Mais comment allait-elle partager sa chambre maintenant ?

Et lorsqu'elle en sortirait, ne fût-ce que pour descendre, comment allait-elle feindre que rien de terrible n'était arrivé ?

Elle ne pouvait s'arrêter de trembler. Nancy lui avait apporté un plateau pour le dîner, mais elle n'avait rien pu boire ni manger. A la place, elle ne cessait de revivre la tentative d'assassinat perpétrée par François, et la réaction de Dominic à sa confession.

Il était très difficile de supporter sa colère froide, et elle avait peur de lui, maintenant. Non pas qu'il lui ferait jamais de mal, mais elle redoutait de recevoir un autre regard cinglant et révolté. En cet instant, elle avait envie de se pelotonner dans son propre lit et de rester seule avec son malheur.

Au moins, sa mère et Amelia n'avaient plus rien à craindre de ce monstre jacobin, maintenant.

Elle se demanda si elle devait monter dans le lit, tirer les couvertures sur elle et feindre de dormir lorsqu'il reviendrait. Son estomac se retourna violemment. Allaient-ils vraiment partager son lit ? Devait-elle prendre une couverture et se retirer sur le canapé ? Pouvait-elle vraiment survivre dans une telle situation ? Dans combien de temps Marcel la contacterait-il et serait-elle chassée aussitôt de Bedford House ?

Elle tressaillit en entendant la porte du salon s'ouvrir et se refermer. Lentement, aussi rigide et aussi froide qu'un bloc de glace, elle se tourna. Dominic entra dans la pièce, sa jaquette sur un bras. Il ne parut même pas la remarquer debout près de la bibliothèque quand il passa devant elle. Sans la regarder, il pénétra dans la chambre. Là, elle l'entendit se déshabiller.

C'était comme si elle était invisible pour lui, maintenant.

Elle se laissa choir sur un pouf. Que devait-elle faire — attendre qu'il s'endorme et choisir un fauteuil dans lequel s'affaler ? Mais il se couchait toujours tard, comme il se levait tôt. Elle était épuisée, et doutait de pouvoir attendre qu'il se couche.

Elle se leva lentement et alla vers la chambre. Elle le vit à l'intérieur et inspira. Il était entièrement nu et lui tournait le dos, les épaules larges et les hanches minces, les fesses hautes et dures. Il attrapa un caftan rouge et l'enfila.

Le cœur de Julianne tambourina. Elle connaissait chaque pouce de son corps encore mieux qu'elle ne connaissait le sien.

Comment ceci pouvait-il arriver ?

Il se tourna face à elle, l'expression dure. Elle avait été dans ses bras ce matin, pensa-t-elle, le caressant partout, comme il avait touché toutes les parties cachées de son corps. Incroyablement, elle s'échauffa.

— N'y songez même pas, l'avertit-il. Je ne vous toucherais pas même si j'étais mourant et si c'était ma dernière nuit sur terre.

Elle frémit.

— Que voulez-vous que je fasse ?

Il la parcourut du regard. Puis il se tourna, arracha la couverture de dessus et alla à elle, la lui mettant dans les bras. Elle l'attrapa vivement, mais alors un oreiller fut lancé dans sa direction. Elle ne put le saisir et il tomba par terre. Sidérée par son geste de colère, elle recula. Les joues empourprées, il lança :

— Peu m'importe ce que vous faites. Dormez sur le canapé, dans le fauteuil ou par terre, pour ce qui est de moi.

Elle lutta pour ne pas crier, car ses paroles la blessaient encore plus.

Puis il passa près d'elle en tournoyant et rentra à grands pas dans le salon. Elle serra la couverture sur sa poitrine, souffrant le martyre. Elle le vit se diriger vers la bibliothèque, prendre le volume de poésie et sortir la clé. Elle gémit.

Il l'ignora, alla à son bureau et s'assit. Il déverrouilla le tiroir, prit la lettre qu'il avait écrite à Henri et se mit à raturer des phrases. Puis il déchira le parchemin en petits morceaux qu'il jeta. Son visage exprimait la rage.

Julianne ne bougea pas. Elle pleura en silence.

Il ouvrit un autre tiroir, sortit une feuille blanche et trempa sa plume dans l'encrier. Il réfléchit un moment, puis se mit à écrire furieusement.

Battant des cils mais incapable de retenir ses larmes, Julianne ramassa l'oreiller par terre. Elle alla au canapé, se sentant âgée — non, très vieille. Elle ne survivrait pas à cette comédie, pensa-t-elle avec angoisse. Plus vite Marcel serait pris, mieux ce serait.

La plume grattant bruyamment le parchemin, Dominic continua à écrire avec fureur.

Julianne s'allongea sur le canapé et se pelotonna sous la couverture, lui tournant le dos.

Trois jours plus tard, Julianne s'accrochait à la lanière dans le cabriolet de lady Paget tandis qu'il remontait Oxford Street. C'était un bel après-midi de septembre, l'été s'attardant encore, et il y avait pas mal de véhicules. Plusieurs dames nobles se promenaient aussi bras dessus bras dessous dans leurs beaux atours, regardant les vitrines.

Marcel l'avait contactée ce matin, fixant un rendez-vous à 3 heures. Julianne n'avait jamais souhaité autant que quelque chose finisse que sa comédie à Bedford House.

Prétendre être l'heureuse amante de Dominic était infiniment douloureux ; elle ne pouvait dormir ni manger et elle luttait constamment contre la nausée et les étourdissements.

Mais, surtout, elle souffrait terriblement. Quand Dominic lui prenait la main, la portait à ses lèvres ou lui souriait — pour le compte d'un visiteur ou d'un domestique — elle était prête à fondre en larmes. Mais elle se rappelait alors qu'elle haïssait Marcel et qu'elle ferait n'importe quoi pour aider à le capturer. Et elle rendait son sourire à Dominic.

Les soirées passées derrière des portes closes étaient le pire. Il l'ignorait, à présent, sa colère perdurant. Visiblement, pour lui, elle avait cessé d'exister.

Elle ne s'était jamais sentie plus seule, en particulier parce que ses frères n'étaient pas en ville et n'avaient aucune idée de ce qu'elle traversait. Elle avait commencé à écrire à Amelia, mais, sachant qu'elle allait bientôt rentrer chez elle et incapable de trouver les mots pour s'exprimer, elle avait déchiré le parchemin et jeté la lettre.

Julianne se rendit compte qu'ils approchaient du Panthéon où elle devait rencontrer Marcel. Elle se mit à transpirer, la peur crispant chaque fibre de son être. Dieu merci, cette terrible période finirait bientôt, se dit-elle. Elle ne souhaitait rien tant que de rentrer chez elle et d'échapper à la totale indifférence de Dominic.

Eddie ralentit la voiture. Peu après, il l'aida à descendre.

— Je doute d'en avoir pour plus d'une demi-heure, dit-elle.

Elle entra dans le Panthéon, serrant fortement son réticule. La salle principale était vaste, de la taille de Belford House ou presque, avec un haut plafond en forme de dôme. Elle savait qu'il y avait plusieurs autres salles à l'intérieur, mais Marcel lui avait dit qu'il la retrouverait dans le grand vestibule. Une douzaine de groupes étaient présents : des gentlemen en perruque qui discutaient, des dames qui se promenaient et plusieurs couples. La salle était flanquée des deux côtés par des ailes hautes de deux étages, dissimulées derrière nombre de colonnes magnifiques. Elle ne pouvait voir dans l'ombre de ces pièces latérales.

Alors qu'elle regardait à travers le vestibule, elle ne vit pas Marcel. Il se cachait sans doute derrière un pilier ou dans une salle du fond, se dit-elle. Etait-ce là que se trouvaient Dominic et Warlock, aussi ? On lui avait dit qu'ils iraient au Panthéon et prendraient position avant son arrivée.

Elle observa un couple qui badinait près d'une colonne, pas loin d'elle. Il portait du velours vert, elle du bleu foncé. Il lui tournait le dos, mais elle pouvait apercevoir le joli visage de la femme. Ils étaient amants, pensa-t-elle avec un serrement de cœur, car la femme ne cessait de toucher son bras en souriant et il lui tenait la main. Elle le regarda la baiser avec ardeur. S'ils n'étaient pas encore amants, ils le seraient bientôt.

Elle était une femme d'expérience, maintenant.

Soudain, l'homme se détacha de la femme et se tourna. Julianne se figea en reconnaissant Marcel, qui portait une longue perruque blanche bouclée. Il s'approcha d'un pas nonchalant.

— Bonjour, Julianne. Mon Dieu, vous avez une mine affreuse, dit-il d'un ton acéré. Qu'est-ce qui ne va pas ?

— Espionner ne me convient pas.

Il l'étudia.

— Et ?

Julianne lutta pour ne pas regarder au-delà de lui. Jusqu'ici, ni Dominic ni Warlock n'étaient dans son champ de vision.

— Lucas part pour la France demain à la première marée, et il débarquera à Saint-Malo.

Marcel sursauta, puis sourit.

— C'est très bien, Julianne. Avez-vous autre chose pour moi ?

— N'est-ce pas suffisant ? demanda-t-elle, consciente de la tension de sa voix.

Où était Dominic ? Warlock ? Elle se rendit compte qu'elle avait jeté malgré elle un coup d'œil dans la salle.

— Qui cherchez-vous ?

— Personne.

Elle trembla, en plein désarroi. *Où étaient-ils ?*

— J'espère que vous n'envisagez pas de me trahir.

Elle eut envie de lui cracher au visage.

— Un jour, vous aurez ce que vous méritez.

Il rit et s'éloigna.

Julianne resta seule au milieu du grand vestibule, complètement incrédule. Que s'était-il passé ? Pourquoi Dominic n'avait-il pas saisi Marcel ?

Elle se tourna pour regarder le Jacobin quitter la salle, par la porte d'entrée qui le conduirait dans Oxford Street. Elle serra les poings de frustration et de désespoir. Puis elle regarda de nouveau autour d'elle, mais ne vit aucun des deux hommes.

Très en colère, elle releva ses jupes et sortit précipitamment dans la rue, où Eddie attendait près du cabriolet.

— Ramenez-moi à la maison, je vous prie, dit-elle d'une voix crispée, en montant.

Cette terrible période n'était pas terminée, finalement, pensa-t-elle avec désespoir. Elle ne pourrait survivre à une autre nuit derrière des portes closes avec Dominic.

Elle serra ses bras autour d'elle et combattit le besoin de s'apitoyer sur elle-même. Son esprit tournait en rond tandis qu'elle essayait de deviner ce qui était arrivé à Dominic. Elle commença à s'inquiéter. Sûrement, seul un terrible accident ou un incident dramatique l'aurait empêché de capturer Marcel au Panthéon.

Une demi-heure plus tard, le cabriolet tourna dans l'allée de Bedford House. Julianne n'en crut pas ses yeux. Le coupé fermé de Warlock était garé dans l'allée, devant le perron, pas loin de la voiture noire de Dominic.

Elle sauta pratiquement du cabriolet, sans aide, et allait monter les marches en courant quand la porte d'entrée s'ouvrit et que deux domestiques sortirent — portant des sacs qui lui parurent étrangement familiers. On aurait dit les sacs que Nancy avait apportés dans sa chambre pour rassembler ses affaires le soir où Dominic avait appris sa trahison. Elle se figea.

Les domestiques ne la regardèrent pas. Ils portèrent les sacs à la voiture de Dominic et les attachèrent sur le toit.

— Bien joué.

Elle tournoya en entendant la voix de Warlock. Dominic et lui venaient de sortir de la maison et se tenaient sur le perron. Warlock avait l'air satisfait ; Dominic était sombre.

— Vous ne l'avez pas attrapé !

— Je n'ai jamais dit que nous comptions le capturer, Julianne. Mais à présent je connais l'identité de notre homme.

Ils s'étaient joués d'elle.

— Vous étiez au Panthéon ?

— Bien sûr, dit plaisamment Warlock.

Elle se tourna vers Dominic et comprit que, qui que soit Marcel, ce n'était pas une bonne nouvelle. Et, pour la première fois depuis des jours, son regard croisa le sien.

— Qu'y a-t-il ? murmura-t-elle, effrayée.

Il ne parla pas.

— Marcel est hélas haut placé, dit Warlock.

Elle fut saisie d'effroi. Son oncle descendit les marches, lui prit la main et la baisa.

— Je sais que vous ne m'aimez pas, mais, si vous avez besoin un jour de mes services, prévenez-moi.

Elle retira sa main comme si elle s'était brûlée. Lui disait-il adieu ? Et d'une façon quelconque, en se tournant vers Dominic, elle sut. Son cœur se serra avec une force effrayante tandis que leurs regards se joignaient.

Il descendit à son tour.

— Vous pouvez prendre ma voiture pour rentrer en Cornouailles.

Elle inspira.

— Je ne peux pas partir ainsi.

— Je ne vous donne pas le choix.

Il lui prit le bras et commença à la guider vers le véhicule.

La panique s'empara d'elle. Comment pouvait-elle partir de cette façon ? Si Nancy avait raison, après tout ? Si, un jour, il était capable de lui pardonner ? Mais il ne le ferait jamais si elle partait maintenant, sans une vraie chance de lui expliquer ses actions !

— Je vous en prie, laissez-moi vous parler avant de partir. S'il vous plaît — si j'ai jamais signifié quelque chose pour vous.

Ils avaient atteint la voiture, et un valet lui ouvrit la portière.

— Il ne reste rien à dire.

Il ne la regarda pas.

— Je regrette ce que j'ai fait ! Je vous aime !

Le visage fermé, il la poussa en avant et vers le haut. Elle se trouva propulsée dans l'habitacle et tomba sur la banquette. La portière claqua.

Elle se redressa brusquement, se glissa vers la fenêtre et l'ouvrit d'un geste vif.

Dominic la fixa ; elle lui rendit son regard. Puis il hocha la tête, sans détacher les yeux d'elle. Elle entendit que l'on desserrait le frein.

— Allez-vous en France ? cria-t-elle.

Il se recula tandis que la voiture commençait à rouler.

Il la renvoyait et retournait en France. C'était fini.

Julianne resta à la fenêtre, regardant dehors, jusqu'à ce qu'elle ne puisse plus le voir.

17

Septembre 1793 — Cornouailles, Angleterre

Julianne resserra sa cape de drap autour d'elle tandis que la puissante silhouette de Greystone Manor apparaissait. Assise dans la voiture de Dominic, elle regardait misérablement devant elle. Comme le manoir semblait désolé, gris et solitaire, maintenant, se découpant sur le ciel bleu pâle balayé de nuages, le vaste océan Atlantique, les falaises presque blanches. Il y avait de la pluie dans l'air, pensa-t-elle avec impuissance, et elle se sentait aussi désolée, aussi isolée et aussi seule que la maison en avait l'air.

Elle serra ses bras autour d'elle, mais pas à cause du froid.

Le voyage depuis Londres avait été sans fin. Nancy avait été envoyée pour lui tenir compagnie, et elle était assise en face d'elle maintenant. Elle avait fait de son mieux pour l'égayer, mais, bien sûr, ses efforts avaient été vains. Julianne pouvait à peine soutenir sa partie de la conversation. Après leur premier jour sur la route, Nancy s'était plongée dans un roman, se rendant compte que sa compagne n'avait pas envie de bavarder. Comment pourrait-elle parler de choses et d'autres ? Elle souffrait trop. Elle avait voyagé tant de fois avec Dominic dans cette voiture, et elle se souvenait de chacun de leurs trajets. Ses souvenirs la consolaient et la dévastaient à la fois. Ils étaient comme la marée. Jamais Dominic ne lui avait autant manqué.

Son avenir lui paraissait aussi gris que ce jour d'automne en Cornouailles.

Elle regarda fixement le manoir pendant que la voiture s'arrêtait. C'était vraiment fini, et elle devait l'accepter d'une manière ou d'une autre. Ses souvenirs seraient ses seuls compagnons, désormais. Au lieu d'être écrasée par eux, elle devrait en être réconfortée. Elle avait à penser à leur enfant, maintenant.

Finalement, elle devrait parler de l'enfant à Dominic — s'il survivait.

Elle restait si effrayée pour lui, si effrayée de ce qu'il affronterait en France. A présent, il était là-bas, en république. Etait-il au milieu d'une bataille dans la vallée de la Loire, alors qu'elle était assise en sécurité dans sa voiture ? Ou bien était-il engagé dans une mission dangereuse, jouant à l'espion à Nantes ou à Paris ?

Ses ennemis étaient partout ! Il y avait les soldats républicains ; il y avait les Jacobins dans les rues. Elle avait entendu parler des « représentants en mission », les citoyens à la ceinture tricolore qui parcouraient le pays à la poursuite de traîtres à la révolution. Ces agents pouvaient accuser des généraux de trahison et prendre leur poste. Ils pouvaient si aisément accuser Dominic d'être un traître. Comment Warlock avait-il pu le laisser retourner là-bas ?

Y aurait-il une autre tentative d'assassinat contre lui ? Serait-il arrêté et emprisonné en attendant la guillotine ? se demanda-t-elle en frissonnant, et cette pensée la rendit encore plus malade.

Elle avait besoin de savoir qu'il allait bien. Elle avait déjà décidé d'écrire à Nadine, car sûrement son amie de toujours serait tenue au courant de son sort. Mais elle craignait que Nadine ne lui réponde pas. Catherine lui avait probablement tout dit, maintenant.

— Nous sommes arrivées, mademoiselle, dit Nancy en lui touchant doucement la main.

Julianne esquissa un sourire forcé.

Un valet leur avait ouvert la portière. A ce moment-là,

la porte d'entrée du manoir s'ouvrit et Amelia se précipita dehors, suivie par un grand homme musclé.

— Julianne !

Elle rayonnait, ses jupes gris tourterelle volant tandis qu'elle courait vers elles.

Et soudain Julianne se mit à pleurer. Elle n'avait jamais vu une scène qui soit autant la bienvenue. Elle descendit en hâte de la voiture et se jeta dans les bras de sa sœur. Elles s'étreignirent.

— Vas-tu bien ? s'écria Amelia, le regard scrutateur, son sourire disparu. Est-ce la voiture de Bedford ?

Ouvrant de grands yeux, elle dévisageait Julianne.

Julianne lui avait écrit deux fois depuis Londres. Elle n'avait pas parlé à Amelia de la reprise de leur liaison, bien qu'elle ait eu une envie folle de se confier à sa sœur. Mais Amelia n'approuverait pas, comme elle n'avait pas approuvé leur histoire en juillet. Elle lui avait dit que Dominic se sentait en dette envers elle et qu'elle était son invitée. Elle lui avait assuré que Lucas était d'accord, puis elle l'avait distraite en racontant des cancans de la haute société et des événements auxquels elle avait assisté.

— Oui, c'est la voiture de Dominic.

Sa voix trembla. Elle ne pouvait plus jouer le jeu devant Amelia ; elle n'avait jamais eu autant besoin de sa sœur.

Amelia posa une main sur sa joue, inquiète.

— Je suis si contente que tu sois de retour. Tu m'as terriblement manqué. Entre, Julianne.

Elle était ferme. Elle savait que quelque chose n'allait pas du tout, se dit Julianne.

— Nancy, entrez. Vous passerez la nuit ici.

Nancy fit une courbette.

— Merci, mademoiselle.

Amelia se tourna vers l'étranger qui se tenait près de la porte, les observant.

— Garret, s'il vous plaît, conduisez Nancy dans la cuisine.

Se donnant le bras, les deux sœurs entrèrent dans

la maison. Leur mère était assise dans l'un des grands fauteuils bourgogne devant la cheminée où brûlait un grand feu — il faisait déjà froid à l'intérieur. Elle tourna la tête, les vit et ses yeux brillèrent.

— Julianne ! s'écria-t-elle avec chaleur.

Elle l'avait reconnue. Un instant, Julianne fut incrédule. Puis elle courut et tomba à genoux près de sa mère qui l'enlaça.

— Comment vas-tu, ma chérie ? demanda-t-elle en lui caressant les cheveux. Et pourquoi es-tu si bouleversée ?

Elle leva les yeux vers sa mère, pleurant. Elizabeth ne l'avait plus reconnue depuis des mois.

— J'étais en ville, maman, à Londres. Je suis simplement fatiguée par le voyage.

Elle parvint à sourire.

— J'espère qu'il y a eu de nombreux bals.

Sa mère sourit.

— Je ne me souviens pas — as-tu un soupirant ?

Julianne se raidit, mais continua à sourire.

— Bien sûr.

Elizabeth hocha la tête, puis regarda Amelia.

— Je me sens lasse, tout à coup…

Sa voix retomba. Amelia regarda Julianne, ses propres yeux gris embués de larmes.

— Je vais l'emmener en haut et je reviens.

Julianne acquiesça et se leva tandis qu'elles s'en allaient. Elle serrait ses bras autour d'elle quand Nancy entra.

— Puis-je faire du thé pour votre sœur et vous ?

Elle hocha la tête, essayant de sourire. Puis elle entendit sa sœur qui redescendait. Amelia s'approcha vivement et lui prit la main.

— Elle s'est souvenue de moi, murmura Julianne.

— Cela a été son moment le plus lucide depuis des mois, peut-être même des années.

Le regard d'Amelia était scrutateur.

— Tu as le cœur brisé et, cette fois, c'est encore pire que la première.

— Oui, j'ai le cœur brisé.

Amelia tendit les bras et Julianne se réfugia contre elle. Elle avait pensé qu'il ne lui restait plus de larmes, mais, peut-être à cause de l'enfant, elle les sentit rouler sur ses joues. Puis elle s'écarta.

— J'aime tant Dominic et il m'aimait — jusqu'à récemment.

— Oh ! Julianne, dit Amelia avec une pointe de pitié.

Elle comparait Dominic à St. Just, Julianne le savait.

— Il est tombé amoureux de moi, Amelia. Il a rompu avec sa fiancée et il m'a donné ceci.

Elle remonta sa manche longue pour révéler le bracelet de diamants. Amelia retint une exclamation. Elle ne montra pas à sa sœur le camée qu'il lui avait offert dans un moment de colère — elle ne le porterait pas, ne pourrait pas le porter.

Amelia la regardait avec attention, maintenant.

— S'il est amoureux de toi, alors pourquoi as-tu le cœur brisé ?

Julianne trembla.

— J'ai été menacée par un radical, Amelia, et je n'ai eu d'autre choix que de l'espionner.

Amelia blanchit.

Elle parlerait de Marcel à sa sœur plus tard, car il fallait qu'Amelia ait tous ses esprits, même si elles avaient un garde, maintenant.

— A cause de mes actions, Dominic a presque été assassiné. Et j'ai dû avouer ma tricherie.

Se sentant terriblement faible, Julianne s'affala dans un fauteuil bourgogne.

— Il était furieux, bien sûr, et ne m'a pas pardonné.

Amelia s'agenouilla près d'elle et lui prit la main.

— Il m'a jetée dehors, Amelia, et m'a tourné le dos comme si nous ne nous étions jamais aimés ! Mais je pourrais accepter de le perdre si seulement je savais qu'il était en sécurité. Il est retourné en France pour espionner ses ennemis. Au moment où nous parlons, j'ignore s'il est vivant.

— Oh ! Julianne. Je ne sais pas que dire.

Amelia la scrutait du regard.

— S'il avait connu un sort terrible, nous le saurions sûrement. Es-tu sûre qu'il t'aimait ? Il était si implacable l'été dernier… De grâce, dis-moi que vous n'avez pas repris votre liaison.

— Amelia, il y a tant de choses que tu ne sais pas. J'ai été jetée à la Tour de Londres pour mes opinions radicales et il m'a sauvée. Je suis tombée malade et il m'a soignée, et être dans ses bras était le plus parfait des endroits ! s'écria Julianne, en s'accrochant aux mains de sa sœur. Je l'aimerai toujours et il n'y aura jamais quelqu'un d'autre pour moi. Mais il me méprise, à présent, et pire — bien, bien pire — il est en France où il peut mourir.

Amelia devrait savoir, tôt ou tard.

— J'attends son enfant, Amelia.

Elle toucha son ventre, qui commençait juste à s'arrondir. Amelia la dévisagea, en état de choc. Elle était d'une pâleur mortelle.

— Tu es certaine d'être enceinte ?

— Oui. Je n'ai pas eu mes menstrues depuis juin.

Il n'y avait plus de doute, maintenant.

Amelia passa un bras autour d'elle.

— J'ai le vertige. Il doit t'épouser, Julianne.

Julianne rit, d'un rire hystérique et sans joie.

— S'il survit à la guerre, je serai heureuse — c'est tout ce que je demande à Dieu dans mes prières. Mais on ne le forcera jamais à aller à l'autel, Amelia, et je ne l'épouserais jamais dans ces conditions.

— Tu portes son *héritier,* dit Amelia en se redressant. C'est peut-être un butor, mais je suis certaine qu'il agira d'une manière honorable.

Déciderait-il de l'épouser — si jamais il revenait ? Même en la méprisant ? Julianne frémit. Elle avait déjà vécu avec lui dans ces conditions. Elle ne pourrait jamais recommencer.

— Il ne le sait pas.

— Alors tu dois le lui dire.

— Je n'étais pas tout à fait sûre avant, et ensuite il a appris ma trahison.

Elle haussa les épaules d'un geste impuissant.

— Bien sûr, qu'il devra le savoir, quand il reviendra.

Elle trembla en pensant « s'il revient ».

Amelia l'enlaça d'un bras.

— Tu as le temps. Et tu as raison, nous devons d'abord nous préoccuper de son sort. Et prendre soin de toi et de l'enfant.

Soudain, Julianne fut si heureuse d'être rentrée.

— Merci, Amelia.

— Il n'y a pas à me remercier.

« Ma chère sœur,

» Tu peux imaginer mon choc quand j'ai reçu la lettre d'Amelia disant que tu attends l'enfant de Bedford. Julianne, je te faisais confiance. Je ne t'aurais jamais laissée résider à Bedford House autrement. Ma première impulsion a été de me précipiter en Cornouailles pour te tancer d'avoir trahi cette confiance, car mon choc a vite tourné à la colère. Mais alors je me suis souvenu, trop bien, de ta confession concernant tes sentiments pour Paget.

» Je ne peux jamais rester très longtemps en colère contre toi, Julianne. Je t'aime trop. Toutefois, je suis déçu et affligé. Quelles que soient ta naïveté et ton inexpérience, j'aurais attendu que tu résistes à la tentative de séduction de Paget.

» Mais je dois aussi me blâmer de n'avoir pas vu ce qui se passait sous mes yeux. Je dois me blâmer de t'avoir laissée à ses soins comme son invitée. Je dois me blâmer d'avoir fait passer les exigences de la guerre avant mon devoir envers ma propre sœur.

» Et je blâme Paget de sa conduite inexcusable.

» Ce qui est fait est fait. Maintenant, je dois considérer ton bien-être et celui de mon neveu ou de ma nièce. Le mariage n'a pas été mentionné. J'ai l'intention de parler à Paget dès que possible et de m'assurer que ses intentions sont honorables.

» J'espère que cette lettre te trouvera en bonne santé.

» Ton frère qui t'aime,

Lucas. »

Julianne inspira, alors qu'elle venait de relire la lettre de Lucas. Elle n'avait pas été une surprise. Amelia lui avait dit un jour ou deux après son arrivée qu'elle écrirait sur-le-champ à Lucas et à Jack. La réponse de Lucas était exactement ce qu'elle aurait pu attendre — calme, rationnelle et tolérante.

Lucas voulait-il dire qu'il parlerait à Dominic en France ? Etait-ce seulement possible ?

Son cœur se serra. Elle avait écrit un gentil billet à Nadine, l'invitant au manoir quand elle reviendrait en Cornouailles, sans mentionner l'affaire avec Marcel. Elle avait demandé des nouvelles de Dominic, mais elle n'avait pas encore reçu de réponse.

Si elle ne recevait rien, elle avait l'intention d'écrire de nouveau dans une semaine environ. Un silence signifierait que ses soupçons étaient exacts, et que lady Paget avait monté Nadine contre elle. La prochaine fois, elle expliquerait ses actions et les justifierait — dans la mesure du possible.

Mais si Lucas rencontrait Dominic, alors elle saurait qu'il était vivant !

Quant à la conviction de Lucas qu'il pouvait le forcer à se marier, sa résolution l'inquiétait. Tous ceux qui savaient pour l'enfant, maintenant, semblaient penser que Dominic l'épouserait quand il apprendrait son existence. Pire, Lucas était un homme très déterminé. Il n'avait jamais échoué dans quoi que ce soit qu'il voulait vraiment obtenir.

Les sentiments de Julianne avaient changé. Elle ne

souhaitait pas forcer Dominic à l'épouser, mais elle commençait à être vivement consciente de l'enfant qui grandissait en elle. Cet enfant méritait un père et méritait aussi la vie que Dominic pouvait lui donner. Finalement, elle savait qu'elle devrait placer l'avenir de l'enfant avant ses propres besoins. Si Dominic revenait et décidait de l'épouser, elle devrait plier et s'arranger d'un mariage sans amour.

Jack avait aussi envoyé un billet.

« Julianne. Veux-tu que je le retrouve et que je le tue ? Parce que, s'il ne revient pas pour t'épouser, c'est exactement ce que je compte faire.

J. »

Comme Jack pensait chacun de ses mots furieux, Julianne n'était pas amusée par sa fougue. Elle pouvait très bien imaginer Jack affrontant Dominic.

— Julianne, dit Amelia d'un ton bref, en passant la tête dans la chambre qu'elles partageaient toujours. Tom est en bas.

Julianne se figea. Tom avait été libéré ?

Et puis elle poussa un cri, ravie. Enfin, il y avait de bonnes nouvelles ! Amelia sourit.

— Je pensais que tu serais contente. Mais… vas-tu lui dire pour l'enfant ? Il finira par le savoir.

Le sourire de Julianne s'évanouit. Cela ne se voyait pas encore. Mais la Cornouailles était un petit monde, et dans un mois son état se remarquerait si elle n'essayait pas de le cacher. Et, pour finir, elle ne pourrait plus cacher sa grossesse du tout.

— Je ne sais pas.

Elle suivit Amelia en bas, sachant que Tom serait horrifié, et le trouva debout devant la cheminée. Il pirouetta face à elle, sans sourire.

Son propre sourire disparut.

— Je suis si heureuse que vous ayez été libéré !

Son regard était dur et scrutateur.

— Bonjour, Julianne.

Elle eut un mouvement de recul. La tension l'envahit. Il avait changé, elle le vit immédiatement. Mais la prison était un terrible endroit et il avait été incarcéré sans protection bien plus longtemps qu'elle.

— Je suis heureuse de vous voir, Tom.

Il s'avança, les yeux lançant des éclairs.

— Bedford a arrangé ma libération.

Elle en eut un choc. *Dominic avait fait cela ?*

— Je peux seulement présumer que vous lui avez demandé de m'aider. Après tout, vous avez été son invitée pendant une bonne partie de l'été.

Ses yeux s'obscurcirent terriblement.

Il suspectait la nature de sa relation avec Dominic, pensa-t-elle. Mais pourquoi Dominic avait-il fait libérer Tom ? Il l'avait sûrement fait après avoir découvert sa traîtrise ! Cela n'avait pas de sens !

— Vous semblez très surprise.

Elle se raidit, méfiante.

— J'ai résidé à Bedford House cet été. J'ai été emprisonnée aussi, Tom. La convention de Londres a été attaquée par des Reeves. Dominic m'a sauvée et m'a invitée à rester. Il jugeait qu'il était en dette envers moi, pour sa vie.

— Et vous l'avez convaincu de sauver la mienne.

— Etes-vous en colère contre moi ?

Elle était choquée.

— Oui, je suis en colère. Pensiez-vous que je n'apprendrais pas la vérité ?

Il promena un regard réprobateur sur elle.

— Vous partagez son lit !

Julianne réprima une exclamation.

— N'essayez pas de le nier. Marcel me l'a dit. Vous êtes sa maîtresse !

Ses yeux étincelaient. Julianne trembla.

— Oui, je le suis. Je l'aime.

— C'est un maudit tory ! s'exclama-t-il.

— Et je m'en moque ! cria-t-elle à son tour.

Il pâlit.

— Qu'est-il arrivé à vos principes ?

— Mes priorités ont changé.

— Vos priorités ont changé ? répéta-t-il, incrédule.

— Marcel s'est servi de moi et a essayé d'assassiner Dominic.

— Bien ! s'écria Tom. Je suis juste désolé qu'il ait échoué.

Elle eut l'impression qu'on lui avait tiré dessus.

— Vous devez quitter cette maison tout de suite, dit-elle.

Il ne bougea pas.

— Alors vous êtes devenue une satanée tory, aussi ?

Elle n'honorerait pas son dernier commentaire d'une réponse.

— Je vous demande de partir.

Tandis qu'elle parlait, du coin de l'œil elle vit Garrett qui entrait dans le vestibule pour la protéger.

— Ainsi nous sommes ennemis, maintenant ? demanda Tom d'un ton amer.

Il voulait que Dominic soit mort. Elle répondit sur le même ton :

— Oui, Tom, nous sommes ennemis.

Il ne parla pas d'un moment.

— Je vous aimais !

Julianne ne répondit pas. Elle était trop furieuse. L'expression dure et crispée par la colère, Tom tourna les talons et s'en alla.

Octobre 1793 — Vallée de la Loire, France

Dominic regarda au-dessous de lui une série de collines vallonnées, toutes noircies et brûlées. Son cœur se serra et il ne put respirer.

Car, aussi loin que l'œil portait, ces terres lui appartenaient.

Ils avaient détruit les vignobles, pensa-t-il. Il les avait rasés par le feu.

Il ne pouvait pas croire à la destruction qu'il voyait tandis qu'il arrêtait son cheval noir au sommet d'une colline noircie. Il avait grandi dans ces vignobles, et il lutta pour ne pas se rappeler avoir joué là, enfant, avec Nadine et leurs cousins. Il inspira, cherchant à se ressaisir. Le château était-il encore debout ? Ou leur avaient-ils pris cela, aussi ?

Ils n'avaient pas pu briser la rébellion vendéenne, se dit-il, alors à la place ils détruisaient le pays. C'était bien plus qu'une tactique militaire, bien plus que l'intention d'affamer les rebelles. Le gouvernement français voulait punir les royalistes — il voulait briser leur résistance.

Et Dominic décida qu'il se battrait jusqu'à l'amère fin, jusqu'à son dernier souffle. « A la victoire », murmura-t-il. Et il sentit les larmes rouler sur son visage.

Il les essuya, agacé. Il avait quitté Michel après la bataille de Cholet — une bataille qu'ils avaient perdue. Mais c'était bien pire que cela. L'armée de Michel avait été coupée en deux. Il avait emmené quelques vingt-cinq mille hommes à Granville, où il rejoindrait le convoi de ravitaillement anglais. Le reste de ses hommes était derrière les lignes ennemies. Le rendez-vous avait été déplacé à la troisième semaine du mois. Les troupes de Michel étaient en danger d'être vaincues — ou massacrées.

Michel avait besoin qu'il revienne. Il était son second. Il n'avait pas suivi les ordres de Warlock. Il avait été en plein cœur de la bataille, et sur les lignes de front. Des femmes et des enfants les avaient suivis dans la bataille, comme ils suivaient Michel maintenant. Une jeune mère était morte dans ses bras, sa petite fille s'accrochant à elle. Une parente avait pris l'enfant ; il avait un autre souvenir de cette maudite guerre, à présent.

Non, pensa-t-il sombrement, il était de retour en France depuis six semaines environ, et il avait une centaine de nouveaux maudits souvenirs, chacun pire que le précédent.

Dominic avait brûlé de venir voir le château Fortescue, comme ce n'était qu'à une demi-journée de cheval de Cholet, mais il n'avait pas voulu quitter Jacquelyn ou son poste de commandement. Michel l'avait pressé d'y aller.

Il se mit à trotter le long des vignes brûlées et noircies. L'odeur âcre était insupportable. Bien sûr, ses terres avaient été choisies pour des représailles. Marcel savait qu'il retournait en France et sa place sous les ordres de Jacquelyn était sans doute bien connue de ses ennemis.

Ses entrailles se nouèrent. *Avait-il été suivi en France ?* Après tout, Marcel restait libre et personne, pas même Warlock, ne pouvait pister toutes ses activités.

Il n'avait jamais vécu aussi prudemment. Il ne cillait pas sans regarder par-dessus son épaule, pour être sûr qu'il n'y avait pas de tireur embusqué.

Julianne l'avait espionné pour Marcel.

C'était une vérité dévastatrice qui vibrait en lui à chaque inspiration qu'il prenait. Il commença à descendre la pente, pensant à Julianne. Il avait l'impression que son cœur était en feu dans sa poitrine. Comment avait-elle pu le trahir ? Ce refrain le hantait nuit et jour. C'était comme si la réponse était là, quelque part, si seulement il pouvait tendre la main dans l'ombre pour la saisir. Et, une fois qu'il trouverait cette réponse, il comprendrait…

Il ne dormait plus la nuit. Il était hanté par des cauchemars. Dans ces cauchemars, les innocents mouraient dans des batailles sanglantes et Julianne était là, prête à le trahir. Il préférait rester éveillé, fixant le plafond, hanté par un seul mot. *Pourquoi ?*

Dans ses bras, il avait dormi comme un bébé.

Elle était en sécurité en Cornouailles, maintenant. Il en était soulagé. Etait-elle toujours engagée dans ses activités radicales ? Ses associations radicales ? Bon sang, si seulement elle pouvait voir ce qui arrivait à ce pays ! Aussi en colère qu'il soit, il ne voulait pas qu'elle soit impliquée dans cette guerre — et il voulait qu'elle soit hors d'atteinte de Marcel. Warlock lui avait assuré que Garret Ferguson était l'un de ses hommes les plus capables. Il avait juré que Julianne et sa famille seraient protégées des gens comme Marcel et ses amis.

Elle l'avait trahi — mais il la protégerait toujours. Elle avait trahi la Vendée — mais il l'aimerait toujours. Néanmoins, il ne retournerait jamais à elle. Il ne lui pardonnerait jamais sa traîtrise. Il ne comprendrait jamais.

Son cœur le brûla de nouveau. C'était presque comme si d'autres larmes voulaient monter. Il ne le permettrait pas. Il ne voulait pas penser à elle. Il ne voulait pas se rappeler ses yeux brillants, emplis d'amour, son chaud sourire ou ses coups d'œil taquins. Il ne voulait pas penser combien elle avait été belle dans cette robe du soir argentée, ou combien elle était passionnée dans son lit. Il ne devait pas se rappeler sa totale naïveté, comment elle le frustrait parfois et comment, d'autres fois, elle l'enchantait. Il ne devait pas penser au temps qu'ils avaient passé ensemble — mais il pensait à elle chaque jour, impuissant, et elle hantait ses nuits.

Une heure plus tard, il mit son cheval au petit galop le long de la route qui sortait des collines noircies. Le château et toutes ses dépendances étaient devant lui. Il était toujours debout. Mais il n'en fut pas soulagé — il avait peur.

Il était plus près, à présent. Il vit que les écuries, les divers quartiers d'habitation et le chai avaient été pillés. Les bâtiments en pierre étaient des coquilles noircies.

Haute de deux étages, la maison était flanquée de deux tours plus élevées. Les murs de pierre claire étaient brûlés par endroits. Certaines fenêtres étaient cassées. La porte d'entrée était grande ouverte.

Dominic arrêta son hongre et mit pied à terre. Il remonta lentement l'allée de pierre vers la maison et s'arrêta devant la porte ouverte, regardant à l'intérieur.

Autrefois, le vestibule arborait des sols de marbre immaculés, des meubles garnis de tissu rouge et des chef-d'œuvre. Il n'en restait rien, pas même l'énorme lustre en cristal de la taille d'un piano.

Il regarda dans le salon voisin. Même les rideaux en damas doré avaient disparu.

Ils avaient tout pris.

Y compris Julianne.

Deux jours plus tard, Dominic confia sa monture fatiguée à un jeune garçon qui suivait les troupes, lui souriant et lui disant de bien nourrir son cheval. Tandis que le garçon emmenait le hongre avec empressement, il redevint grave en dépassant plusieurs groupes d'hommes, de femmes et d'enfants attroupés autour de petits feux de camp. Michel mangeait son dîner avec ses officiers autour d'un feu plus grand.

Son cheval ne serait pas bien nourri. Il n'y avait pas de grain, et l'animal brouterait où il pourrait.

C'était une nuit obscure, sans étoiles, avec des nuages noirs qui cachaient la lune. Mais le feu brillait fort et, en pénétrant dans le cercle de lumière il vit Michel, un petit homme brun en culottes, bottes et redingote élimée. Michel posa sa soupe — une soupe dont il savait qu'elle était faite de pommes de terre, de carottes et, avec de la chance, d'un morceau de viande. Partout où ils allaient, les fermiers locaux et les citoyens offraient leur aide, mais ils ne pouvaient pas nourrir une armée entière.

Dominic alla s'asseoir à côté de Michel sur une couverture pliée. Son ami le prit par l'épaule, le regard perçant. Il ne dit pas un mot.

Dominic était trop plein d'images pour parler, pensant pendant un moment à ce qu'il avait vu.

— J'ai tout perdu, dit-il enfin. Ils ont brûlé les terres. Ils ont tout pris dans la maison.

Michel resserra brièvement les doigts avant de le lâcher.

— Les maisons peuvent être remeublées. Les vignobles peuvent être replantés.

Dominic ne put se forcer à sourire. Oui, pensa-t-il sombrement, mais seulement si ce maudit gouvernement républicain était renversé.

Michel alla à la marmite et emplit un bol de soupe. Il revint et donna le bol à Dominic, se rasseyant près de lui.

— Il n'y a toujours aucun signe du convoi. Nous sommes ici depuis deux jours.

Dominic posa brutalement le bol. Une part de lui n'était pas surprise, mais il était furieux.

— Ils vont arriver.

— Vraiment ? Nous mourons de faim et n'avons pas d'armes. Nous ne pouvons tenir beaucoup plus longtemps.

Les yeux de Michel étincelèrent.

— Attendez encore quelques jours.

— Oh ! je compte le faire.

Michel se balança, réfléchissant.

— La garnison de Granville ignore que nous sommes ici… pour l'instant. Nous avons pour nous l'élément de surprise.

Dominic se crispa. Il ne pensait pas que l'attaque de la garnison soit une bonne idée, vu qu'ils étaient mal armés et avaient un tiers de soldats en moins. D'un autre côté, Michel s'était révélé un grand chef militaire. Il ne répondit pas, prit son bol et se mit à manger. La soupe était sans goût. Il était affamé et ne s'en souciait pas.

Michel ne parla pas non plus jusqu'à ce que Dominic ait vidé son bol. Puis il dit, très sérieusement :

— Vous devez retourner à Londres.

Dominic se figea.

— Je ne peux pas partir maintenant.

— Vous m'êtes plus précieux à Londres, au ministère de la Guerre, comme mon émissaire. Vous devez vous assurer que ce maudit convoi arrivera !

Il avait raison, pensa sombrement Dominic. Mais il détestait quitter Michel maintenant. Jacquelyn avait besoin de chaque homme.

Lentement, Michel sourit, une étincelle dans les yeux.

— En outre, n'êtes-vous pas las d'un lit vide et froid ?

Dominic sursauta, pensant aussitôt à Julianne.

— Dominic, vous aviez une femme différente dans votre lit presque chaque nuit avant de retourner en Angleterre. Vous n'avez même pas regardé une femme depuis que vous êtes arrivé le mois dernier. Je me demande qui elle est !

Il rit.

— Ça doit être de l'amour !

L'image de Julianne lui brûlant l'esprit, Dominic répondit d'un ton sec :

— Ce n'est pas de l'amour et il n'y a pas de quoi rire.

L'amusement de Michel disparut.

— Qu'est-ce qui ne va pas ? Vous devriez voir votre tête, mon ami. Alors vous avez choisi d'être fidèle à cette femme ?

La décision n'avait pas été consciente, même s'il avait écarté de nombreuses femmes ces dernières semaines. Soudain il eut envie de se confier, désespérément.

— Elle m'a sauvé la vie quand je suis rentré en Angleterre, Michel. Je suis tombé amoureux d'elle — même en sachant qu'elle était une sympathisante jacobine.

Les yeux de Michel s'élargirent.

— Elle ne comprend pas la révolution ni la guerre, dit vivement Dominic, défendant Julianne. Elle est terriblement naïve, terriblement romantique. Elle donnerait son dernier sou à un miséreux. Et elle est très belle, et chaleureuse, et si généreuse…

Il se rendit compte qu'il ne pouvait plus parler. Soudain, il éprouva un désir tout-puissant d'être dans les bras de Julianne. Dans ses bras, il n'y avait pas de guerre. Dans ses bras, il n'y avait pas d'angoisse, pas de désespoir, pas de peur. Dans ses bras, il y avait seulement du soulagement, du réconfort et de l'amour.

— Vous êtes sincèrement amoureux, remarqua Michel. Que s'est-il passé ? Pourquoi êtes-vous chamboulé — non, en colère contre elle ? Est-ce pour cela que vous ne souriez plus ?

Dominic croisa le regard de son ami.

— Elle m'a trahi. Un agent jacobin à Londres a menacé de faire du mal à sa mère et à sa sœur. Elles vivent seules en Cornouailles, et la mère n'a plus sa tête. Julianne a fouillé dans mes affaires. Elle a donné à Marcel les informations qu'il voulait qu'elle trouve.

— Pourquoi n'a-t-elle pas demandé votre aide ?

— Elle ignorait comment contacter Marcel. Il s'en était assuré. Alors je n'aurais pas pu l'empêcher de s'en prendre à sa famille.

A ce moment-là, Dominic se rendit compte que sa colère l'avait empêché de mesurer complètement la situation de Julianne et d'y compatir. Marcel aurait blessé ou même tué Amelia ou leur mère. Il n'en doutait pas.

Et il avait été si furieux qu'il ne s'en était pas soucié.

— Vous devriez lui pardonner, mon ami, dit doucement Michel. Elle était dans un terrible dilemme. Bien sûr, qu'elle voulait protéger sa sœur innocente et sa mère malade. Vous devriez lui pardonner, pourchasser Marcel et le détruire pour avoir osé utiliser votre amante contre vous. C'est lui que vous devez haïr.

Dominic se mit à trembler. Il ne pourrait jamais haïr Julianne !

Elle avait dû être si effrayée. N'avait-il pas vu combien elle était nerveuse et anxieuse les jours avant qu'il découvre sa trahison ? Etait-ce même de la trahison ? Elle l'aimait. Il le savait. Il n'avait pas douté de son amour avant qu'elle ne force son tiroir, et il n'en avait pas douté après avoir découvert ce qu'elle avait fait. Ce qu'il avait fait, lui, c'était se réfugier dans une fureur froide, ne voyant que sa traîtrise, refusant de voir autre chose, refusant d'écouter ses excuses ou ses explications.

Et soudain il imagina l'étendue de ce qu'elle avait traversé, avec Marcel qui la menaçait et la faisait chanter, étant forcée de le trahir pour protéger sa mère et sa sœur. Soudain, il avait la réponse à la question : *Pourquoi ?*

Elle avait eu besoin de lui. Mais il n'avait pas été là pour elle…

— Je l'aime encore, dit-il. Elle me manque.

— Bien, s'écria Michel en lui donnant une tape sur l'épaule. Alors vous allez rentrer à Londres, parler à Windham et vous réconcilier avec la belle Julianne. Vous êtes aussi français que moi dans votre âme, Dominic. Vous devez savoir aussi bien que moi que l'amour ne devrait jamais être nié.

Julianne se tenait près de la porte ouverte du manoir, face à Nadine, abasourdie. Elle avait écrit de nouveau à la jeune femme, expliquant pourquoi elle avait trahi Dominic. Mais elle avait posté cette lettre voilà plus d'un mois.

— Je suis contente de vous voir, dit-elle d'un ton hésitant, parvenant à sourire.

Nadine hésita.

— J'ai reçu vos deux lettres, Julianne. Puis-je entrer ? Il fait un froid de loup, aujourd'hui.

Elle sourit d'une façon impersonnelle.

Julianne s'écarta pour la laisser entrer. Elle ferma la porte, consciente que Nadine n'était pas chaleureuse — mais elle ne semblait pas la détester, non plus. D'un autre côté, elle ne pouvait imaginer Nadine se comporter d'une façon autrement qu'exemplaire, quelles que soient les circonstances.

Garret avait suivi Julianne à la porte d'entrée, et elle se tourna vers lui.

— Voudriez-vous faire du thé, je vous prie ?

Il partit lui obéir. Elizabeth faisait la sieste et Amelia était en ville. Julianne ne put pas se retenir.

— Avez-vous des nouvelles de Dominic ? Comment va-t-il ? Est-il vivant ? demanda-t-elle en tremblant.

— Je n'ai rien reçu de lui, Julianne, pas depuis qu'il m'a dit au revoir en quittant Londres.

Des larmes lui montèrent aux yeux. Elle s'était inquiétée

constamment pour Dominic et elle pleurait si facilement, maintenant. C'était le bébé, bien sûr.

— Savez-vous s'il est en vie ? parvint-elle à articuler.

— Bien sûr, qu'il est en vie, répondit lentement Nadine. S'il était mort, nous serions certainement au courant de la terrible nouvelle.

Disait-elle vrai ? Julianne s'entoura de ses bras. Comme il faisait si froid, même dans la maison et quel que soit le nombre de feux qu'on allumait, elle portait un châle. Sa grossesse commençait à se voir, juste un peu, mais le châle cachait sa poitrine épanouie et son ventre arrondi.

Nadine ne la regardait pas, toutefois, tandis qu'elle ôtait ses gants et son manteau à la capuche doublée de fourrure. Julianne lui prit le vêtement et le suspendit à un crochet près de la porte.

— Vous l'aimez réellement, dit calmement Nadine.

Julianne pivota.

— J'ai si peur pour sa vie !

Nadine inspira.

— Je ne savais pas que penser, Julianne, quand Catherine m'a dit ce que vous aviez fait. J'ai interrogé Dominic, mais il ne voulait pas en discuter avec moi. De fait, sa réaction à mes questions n'a fait que confirmer ce que je savais déjà — qu'il vous aimait sincèrement.

— Il me déteste, maintenant.

— Je n'en suis pas sûre, dit doucement Nadine. Mais il est blessé et se sent trahi. Il *a été* trahi.

Julianne n'avait pas l'intention de se défendre une fois de plus. Elle désigna les fauteuils devant le feu qui ronflait. Nadine eut un bref sourire et la précéda. Julianne suivit.

— Alors c'est bon signe, de ne pas avoir eu de mauvaises nouvelles, au moins ?

— Oui, c'est bon signe. Il n'est pas sûr pour lui de correspondre avec quiconque ici.

Nadine lui fit face.

— Y a-t-il d'autres nouvelles de la guerre ? demanda Julianne. J'ai entendu parler de la bataille de Cholet.

Nadine haussa les épaules, l'air sombre.

— Cela a été une terrible défaite, mais, encore pire, Jacquelyn a assiégé Granville et a échoué. Durant la retraite, ses colonnes ont été très étirées. Les traînards ont été attaqués par les républicains. Des milliers de plus sont morts.

Julianne poussa une exclamation et son châle glissa de ses épaules.

— Je suis sûre que Dominic était dans cette bataille !

Les yeux de Nadine s'élargirent lorsqu'elle vit son ventre rond. Julianne caressa la légère excroissance.

— Tout le monde le saura bientôt. Je porte l'enfant de Dominic, dit-elle fièrement.

Nadine leva les yeux et croisa son regard, choquée.

— Le sait-il ?

— Non.

— Il faut qu'il le sache — Catherine doit le savoir.

Elle se mit à pleurer.

— Oh ! Julianne, c'est la meilleure nouvelle que j'ai eue depuis que Dominic est parti. C'est merveilleux !

Et elle l'étreignit fortement. Julianne fut submergée de soulagement.

— Je ne sais pas si Dominic sera content…

Nadine l'interrompit.

— Il sera transporté. Il vous aime, en dépit de ce qui s'est passé, et il aimera cet enfant.

Elle sourit.

— J'ai pris ma décision. Je reste en Cornouailles pour le reste de l'hiver, alors nous serons voisines. Je vais écrire à Catherine tout de suite, pour l'inviter à venir.

Julianne se crispa. Nadine lui tapota la main.

— Elle doit savoir, Julianne. Croyez-moi, elle sera ravie. C'est le cadeau le plus précieux que vous pouviez lui faire.

Son sourire s'estompa. Et Julianne comprit ce qu'elle voulait dire. Si Dominic ne revenait pas, il aurait un enfant pour prendre sa suite.

Julianne se tenait à la fenêtre de la cuisine, regardant fixement dehors. La journée était grise et agitée, les arbres secoués par le vent. Au-delà des pelouses desséchées et de l'allée, elle apercevait l'océan écumant. Mais elle ne voyait pas vraiment le morne paysage ; à la place, elle voyait Dominic debout dans le vestibule de Bedford House, superbement vêtu. Ses yeux étaient chauds en rencontrant les siens et elle tenait leur bébé nouveau-né…

— Julianne ? Vous allez attraper froid près de cette fenêtre, dit lady Paget en lui prenant le coude.

Et ses yeux verts étaient soucieux.

La comtesse douairière était arrivée une semaine plus tôt, avec plusieurs bagages. Fidèle à sa parole, Nadine lui avait écrit, lui parlant de l'enfant. Catherine n'avait pas mâché ses mots quand Julianne l'avait fait entrer dans le manoir.

— Je suis au courant de votre état, miss Greystone, avait-elle dit, et malgré tout ce qui s'est passé, c'est une bénédiction. Je suis ici pour arranger les choses avec vous.

Julianne avait éprouvé un choc et en était restée sans voix. Amelia s'était précipitée à son secours, saluant la comtesse, s'excusant de l'état de la maison, lui offrant du thé et faisant porter ses sacs dans la seule chambre d'hôte.

Catherine avait amené Nancy et sa propre soubrette. Nadine venait chaque jour, souvent avec ses sœurs. Et les pièces du manoir étaient soudain emplies de bavardages féminins, de chaleur et de rires…

Une routine s'était installée. Les femmes sortaient se promener ensemble, puis se faisaient la lecture dans le salon. La comtesse prenait sa broderie quand Julianne s'asseyait pour lire les journaux ou se retirait pour se reposer. Et il y avait le nouveau piano.

Quand lady Paget s'était rendu compte qu'il n'y avait pas d'instruments de musique dans la maison, et avait appris que Julianne jouait autrefois du piano, elle avait fait livrer un superbe piano. On l'avait mis dans la grand-salle, pas loin de la cheminée, et Julianne jouait chaque après-midi.

Son public ne tarda pas à s'accroître. Les six femmes se groupaient autour d'elle tandis qu'elle jouait. Garret, Nancy, Jeanne et leur valet d'écurie interrompaient leur travail pour se glisser dans la maison et écouter. Bientôt, le comte d'Archand commença à venir en fin d'après-midi pour le thé, en apportant son violon pour jouer avec elle…

Mais il n'y avait pas de nouvelles de Dominic.

L'hiver était arrivé. Julianne savait que les royalistes de Vendée n'avaient jamais été ravitaillés par les Anglais. Nadine et Catherine discutaient de la situation dramatique de Jacquelyn. Elles le faisaient toujours derrière des portes fermées, pour ne pas inquiéter Julianne, mais elle écoutait d'une façon éhontée. Comme elle, elles étaient inquiètes pour Dominic.

Il faisait si froid en Cornouailles. Neigeait-il en France ? Dominic se trouvait-il quelque part sur un champ de bataille gelé ? Passait-il ses nuits à frissonner sous une tente en toile ? Ou bien était-il plongé dans ses activités d'espion à Nantes ou à Paris, évitant les Jacobins et leurs agents à chaque coin de rue ? Pourquoi n'écrivait-il pas !

— Julianne, je pense qu'il est temps de faire une sortie, dit fermement Catherine, interrompant ses pensées déprimantes. Nous allons nous rendre à Penzance pour déjeuner et faire des emplettes.

Julianne lui fit face. Elle s'était mise à rêvasser presque constamment. Les soucis pour la sécurité de Dominic rivalisaient avec ses rêves d'un avenir avec lui et leur enfant.

— Je ne suis pas sûre que ce soit une bonne idée, commença-t-elle à dire, puis soudain elle fut tentée.

Elle se cachait au manoir depuis ce qui lui semblait une éternité, et elle avait envie de sortir.

Catherine le savait, car elle sourit.

— Vous ne pouvez vous cacher éternellement de la société, ma chère. Et je vous protégerai.

Les yeux de Julianne s'embuèrent. Jadis, lady Paget était son ennemie. En une semaine, elle était devenue à la fois une amie et une alliée.

La comtesse sourit de nouveau et dit :

— Je monte changer de robe. Pourquoi n'en faites-vous pas autant ? Ce sera une charmante sortie, mais nous devons nous habiller chaudement. Avoir des contacts vous fera du bien.

Elle savait que Julianne restait à la fenêtre à penser à Dominic, et à rêver de lui. Julianne hocha la tête. Quand Catherine fut partie, elle tendit la main vers le comptoir et s'y appuya. Elle avait désespérément besoin de sortir de la maison, mais ce qu'il lui fallait vraiment était des nouvelles de Dominic.

Et une image lui traversa l'esprit d'elle et Dominic assis dans le grand salon de Bedford House, se souriant chaudement, tandis qu'un petit garçon faisait ses premiers pas dans la pièce.

Catherine lui avait pardonné et elle ne pouvait s'empêcher d'espérer que Dominic reviendrait un jour et ferait la même chose. Néanmoins, elle savait qu'il était dangereux d'avoir ce genre de rêve.

Elle pouvait entendre Amelia et Nadine converser dans le vestibule. Elle allait monter pour mettre quelque chose de plus chaud, quand elle entendit un cheval hennir dehors.

Il était beaucoup trop tôt pour que ce soit le comte. Julianne sentit soudain un frisson lui parcourir l'échine. *Dominic.*

Elle le sentait si fortement. Craignant de perdre l'esprit, elle pirouetta. Il avait commencé à neiger, dehors. Elle vit un grand cheval bai et le cavalier qui mettait pied à terre, sa cape flottant au vent. Il lui tournait le dos. Tout ce qu'elle pouvait voir était ses cheveux sombres, attachés en catogan sous un bicorne, mais elle se figea.

Dominic était rentré. Le cavalier se tourna et elle le vit clairement par la fenêtre. C'était bien lui.

Elle saisit ses jupes à deux mains et courut dans le vestibule, puis ouvrit brusquement la porte d'entrée. Il avançait à grands pas vers la maison et leurs regards se croisèrent. Il hésita.

Elle s'immobilisa, mais son cœur tambourinait.

— Vous êtes en vie.

Il s'était arrêté.

— Julianne.

Son esprit s'anima. Elle l'avait trahi. Il l'avait quittée. Mais il était rentré de France et il se tenait juste devant sa porte !

Alors il se mit à courir vers elle, son visage un masque d'angoisse et de détermination. En cet instant, Julianne sut qu'il lui avait pardonné. Elle se précipita dans ses bras, il la souleva et la fit tourner, puis la reposa par terre et la prit fortement contre lui.

— Julianne ! s'écria-t-il en l'écrasant dans ses bras.

— Vous avez survécu ! s'exclama-t-elle en pleurant.

— J'ai survécu, dit-il en la berçant.

Il embrassa sa tempe, ses cheveux.

— Julianne, vous m'avez tellement manqué. Je suis désolé de vous avoir chassée !

Elle s'accrocha aux revers de sa cape et le regarda dans les yeux. Elle eut un choc, car ils étaient pleins de larmes. Elle y vit beaucoup d'ombres, une terrible noirceur laissée par la guerre.

— Vous m'avez manqué aussi. Vous trahir m'a presque tuée. Je détestais le faire, Dominic, mais j'avais si peur pour maman et Amelia !

— Je sais.

Il lui prit le menton, le releva et l'embrassa avec une sorte de désespoir. Julianne mesura alors la profondeur et l'étendue de son angoisse. Elle le laissa l'embrasser longtemps, très longtemps, tellement effrayée de ce qu'il avait souffert. Elle se cramponna à ses larges épaules tandis que des larmes ruisselaient sur son visage. Mais il n'émit pas un son.

Elle posa une main sur sa joue. Quelles horreurs avait-il traversées ? Comment pouvait-elle l'aider à guérir ?

— Je vous aime, dit-elle.

— J'ai besoin de vous, répondit-il d'une voix rauque.

— Je serai toujours là pour vous.

Il sourit sombrement.

— Alors je suis pardonné de m'être conduit comme un aristocrate horriblement égoïste et imbu de lui-même ?

— Il n'y a rien à pardonner.

D'autres larmes envahirent ses yeux verts.

— Merci.

— Ne me remerciez pas. Je suis si heureuse que vous soyez sain et sauf, et de retour ! Dominic, je vous en prie, je vous en supplie, ne partez plus jamais !

Il scruta son regard.

— On a besoin de moi à Londres, Julianne.

En silence, elle remercia Dieu et n'importe quelle autre puissance responsable de cette décision.

— Reviendrez-vous à Londres avec moi ? Pour que je puisse vous courtiser correctement ?

Il esquissa un sourire. Elle trembla.

— Bien sûr que oui. Mais que voulez-vous dire exactement ?

Ses frères lui avaient-ils déjà parlé ? Savait-il pour l'enfant ?

Il lui sourit à travers ses larmes.

— Je vous aime et je dois faire une honnête femme de vous.

Il hésita. Dominic ne manquait jamais d'assurance, mais il en manquait, là.

— Voulez-vous m'épouser, Julianne ?

Son cœur bondit. Elle n'avait jamais souhaité davantage entendre quelque chose !

— Mes frères vous ont-ils forcé à poser cette question ?

Il sursauta, troublé.

— De quoi parlez-vous ?

Il ne savait pas, pensa-t-elle, éberluée. Le cœur s'emballant, elle écarta son châle. Il jeta un bref coup d'œil à son corselet — puis ses yeux s'élargirent et il regarda plus bas. Julianne lui prit la main et la posa sur son ventre rond.

— Vous êtes enceinte, dit-il dans un souffle.

Elle tint sa main sur leur fils ou leur fille.

— Oui, Dominic, je porte votre enfant. Je prie que cette nouvelle vous plaise.

Il leva les yeux, son regard vert brillant.

— Je suis rentré en proie au désespoir. Tant d'hommes sont morts. Ils ont rasé les vignobles…

Il regarda leurs mains jointes sur son ventre légèrement bombé. Personne ne devrait avoir à souffrir comme il avait souffert — comme toute la France souffrait, pensa-t-elle.

— Julianne, en cette période de noir désespoir, vous m'apportez la joie et le bonheur !

Elle sourit tandis qu'il la reprenait dans ses bras. Il la regarda, les yeux encore embués de larmes, mais ils brillaient aussi d'amour.

— Nous allons être obligés de nous enfuir ensemble pour nous marier.

Elle rit.

— Cela ne me dérangerait pas, Dominic, mais tous les autres pourraient y voir un inconvénient.

Il sourit.

— Tous les autres ?

Elle lui prit la main et ils se tournèrent. Attroupées sur le seuil se trouvaient Catherine, Nadine et Amelia, avec Nancy, Jeanne et Garret derrière elles. Tout le monde rayonnait, même Catherine qui pleurait en silence, versant les larmes de joie d'une mère.

Dominic pivota et reprit Julianne dans ses bras.

— Ainsi je suis le dernier à savoir ? demanda-t-il doucement.

— Vous êtes le dernier à savoir, répondit-elle avec la même douceur, tandis que son cœur manquait un battement.

Il lui releva le visage et l'embrassa de nouveau, mais cette fois lentement, profondément, d'une façon déterminée.

— Nous enfuirons-nous avant que je vous emmène en haut, ou après ? demanda-t-il en souriant.

— Après, répondit-elle dans un souffle, de nouvelles visions dansant dans sa tête.

Il eut un grand sourire déluré.

— Tentatrice, dit-il à voix basse.

— Débauché, rétorqua-t-elle.

Julianne sourit quand il prit sa main et la tint serrée, comme s'il craignait de la laisser partir. Tandis qu'ils rejoignaient la maison, Dominic fut assailli d'étreintes, de baisers, de déclarations et de questions. Julianne recula pour le laisser retrouver sa famille. Son cœur était plein de joie. Son corps était empli de désir. Et il y avait tant d'amour.

Il était vivant, il était de retour — et il était revenu à elle.

Il la regarda et articula :

— Merci.

Et elle sut qu'elle lui avait fait le plus beau cadeau de tous — le cadeau d'un nouveau départ, le cadeau de l'espoir.

A paraître le 1er mars

Best-Sellers n°551 • suspense

La demeure maudite - Heather Graham

Comme chaque année, Ashley se réjouit d'accueillir dans sa superbe et majestueuse demeure de Louisiane — la plantation Donegal, au cœur du bayou — un festival historique qui rend hommage au passé de sa famille. Mais cette fois, rien ne se passe comme prévu : la fête tourne au cauchemar lorsqu'un cadavre est découvert, suspendu à l'ange de pierre qui surplombe le mausolée familial. Profondément choquée, et inquiète face à l'inaction de la police locale, Ashley décide de faire appel à une équipe d'enquêteurs du FBI, des spécialistes réputés pour avoir résolu les affaires les plus étranges. Une unité à laquelle appartient Jake Mallory, son premier amour, un homme atypique et pourvu d'un talent troublant pour communiquer avec l'au-delà. Mais aussi celui qui lui donnera le courage de dévoiler des secrets de famille que même la mort n'a pu ensevelir…

Best-Sellers n°552 • suspense

Ciel de feu - Karen Harper

Quand elle découvre que l'une des granges de la communauté Amish où elle vit vient de brûler, Sarah Kauffman est bouleversée. Non seulement elle est profondément touchée par la détresse des propriétaires, dont elle est proche, mais elle avait récemment obtenu d'eux l'autorisation de peindre une fresque sur le mur de la maison : tout le travail qu'elle a réalisé avec passion a été consumé dans les flammes. Mais lorsqu'un second, puis un troisième incendie se déclarent dans d'autres bâtiments également ornés de ses peintures, Sarah, stupéfaite, comprend qu'il s'agit bel et bien d'incendies criminels. Et que ces incendies ont un lien avec son propre travail. Décidée à découvrir la vérité, elle accepte alors sans hésiter de collaborer avec le troublant et charismatique Nate MacKenzie, l'inspecteur chargé de l'enquête. Très vite, les langues se délient, les secrets de familles se dévoilent, tandis que ses propres convictions commencent à vaciller. Se pourrait-il qu'elle soit la cible, la seule et unique cible, d'un criminel dépourvu de tous scrupules ?

Best-Sellers n°553 • suspense

Epiée - Leslie Tentler

« Je n'ai pas l'intention de vous tuer. A moins, bien sûr, que vous ne m'y forciez… »
Psychologue et animatrice d'une émission de radio, Rain Sommers a l'habitude des déséquilibrés qui l'appellent depuis les quartiers sombres de La Nouvelle-Orléans, pour donner libre cours à leurs fantasmes. Mais lorsqu'un auditeur commence à témoigner d'une obsession terrifiante pour elle et pour sa mère — une chanteuse emblématique assassinée trente ans plus tôt —, Rain prend peur. Qui peut bien être cet homme à la fois cynique et malsain qui semble très bien la connaître ? Près de basculer dans la panique, Rain n'a d'autre choix que d'accorder sa confiance à Trevor Rivette, un agent du FBI apparemment convaincu que l'auteur des coups de fil et le tueur en série sur lequel il enquête en ce moment ne sont qu'une seule et même personne. Mais en se plongeant dans l'enquête aux côtés de Trevor, Rain ignore encore qu'elle va se retrouver entraînée dans une spirale infernale où les secrets du passé et les événements récents sont inextricablement liés…

Best-Sellers n°554 • thriller

La signature écarlate - Andrea Ellison

A Nashville, personne n'a oublié la série de crimes qui ont terrifié la ville : dix jeunes femmes victimes d'un meurtrier sadique. Dix jeunes femmes au teint d'albâtre et aux cheveux de jais, aux lèvres outrageusement maquillées de rouge.
Vingt ans plus tard, la ville est de nouveau plongée dans la peur tandis que quatre nouvelles victimes sont découvertes, tuées exactement selon le même rituel. Pour les enquêteurs, il n'y a aucun doute : ces crimes portent la signature sanglante du même tueur. Mais pour Taylor Jackson, le lieutenant chargé de l'enquête, l'affaire va prendre une tournure plus personnelle : un détail dans le profil de l'assassin a en effet réveillé des souvenirs enfouis au plus profond d'elle-même. Des souvenirs qui lui font croire qu'elle a fréquenté de près le tueur. Pire encore : le portrait du suspect correspond point pour point à celui d'un notable de Nashville. Un homme qu'elle connaît bien…

Best-Sellers n°555 • suspense

N'oublie pas que je t'attends - Amanda Stevens

« Maman, je reviens bientôt. » Quand ce message est découvert sur le pare-brise d'une voiture garée devant chez elle, Tess Campbell reprend espoir. Car l'enfant qui a écrit ces mots ne peut être que sa petite Emily, kidnappée trois semaines plus tôt, et qui, elle en a la certitude, est toujours vivante. Mais à Eden, petite ville tranquille du Mississippi, Tess n'est pas seule à vivre dans l'angoisse de ne plus jamais revoir son enfant. Tout près d'elle, une autre mère, Naomi, endure ce calvaire depuis dix ans déjà. Depuis que sa fille Sadie a été enlevée dix ans plus tôt, dans la même école qu'Emily, et dans des circonstances étrangement similaires. Y a-t-il un lien entre ces deux enlèvements ? Et si oui, quels sont les mobiles des ravisseurs, qui n'ont fait aucune demande de rançon ?
Devant l'inertie de la police, Tess et Naomi décident d'unir leurs forces et de continuer à se battre. C'est alors qu'un nouveau drame se produit, qui vient relancer l'enquête : dans la petite école d'Emilie et de Sadie, une troisième fillette, Sara Beth, manque à l'appel…

Best-Sellers n°556 • roman

La fille du New Hampshire - Shannon Stacey

Quand sa rédactrice en chef découvre qu'elle a autrefois été la petite amie de Joe Kowalski, un auteur de bestsellers jaloux de son intimité, Keri Daniels se retrouve confrontée à un ultimatum : obtenir une interview exclusive avec Joe ou trouver un nouvel emploi. Furieuse mais désireuse de promouvoir sa carrière de journaliste qu'elle adore, Keri accepte de tenter sa chance auprès de Joe, quelle n'a pas revu depuis dix ans. Mais elle n'est pas au bout de ses surprises, car Joe lui propose bientôt un marché aussi surprenant qu'audacieux : si elle vient camper avec lui dans le New Hampshire, elle aura le droit de lui poser chaque jour une question pour son interview. Si c'est le prix à payer pour rédiger l'article de sa vie, qu'à cela ne tienne ! En revanche, pas question de céder à nouveau au charme ravageur de son ancien amant. Même si Keri a bien remarqué l'étincelle de désir qui illumine le regard de Joe quand il pose ses yeux d'azur sur elle…

Best-Sellers n°557 • historique

L'héritage scandaleux - Nicola Cornick

Londres, 1811

Après la disparition de son cruel époux, lady Joanna Ware est bouleversée par l'ultime humiliation que lui réserve le testament de celui-ci. En effet, non content de la déposséder de tous ses biens, son mari a fait d'elle la tutrice d'une petite Nina, fruit de l'une de ses innombrables liaisons. Pis encore : il a abandonné la fillette dans un monastère à l'autre bout du monde et exige que Joanna la récupère en personne. Malgré sa colère, Joanna est déterminée à sauver l'enfant, même s'il lui faut pour cela partir à l'autre bout du monde. Mais sa détermination vacille lorsqu'elle découvre qu'elle devra partager la garde de Nina avec le meilleur ami de son époux, Alex Grant. Car entre l'arrogant Alex et elle, la haine est palpable… tout autant que le désir.

Best-Sellers n°558 • historique

La fausse mariée - Margaret Moore

Midlands, 1204.

Pour remercier l'ombrageux inconnu qui lui a sauvé la vie alors qu'elle était attaquée par une bande de brigands, lady Elizabeth d'Averette est prête à tout… ou presque. Car lorsque le prétendu sir Oliver lui demande son aide pour infiltrer le château de Wimarc, l'une des forteresses les mieux gardées de la région, Elizabeth hésite. Certes, Oliver défend une noble cause : il veut libérer son frère retenu prisonnier injustement par le cruel Wimarc, mais son plan est aussi risqué qu'indécent. Comment pourraient-ils se faire passer pour mari et femme alors qu'ils se connaissent à peine ? D'autant qu'un tel mensonge les obligerait à une intimité intolérable pour une lady de son rang…

Composé et édité par les
éditions HARLEQUIN
Achevé d'imprimer en décembre 2012

CPI
BRODARD & TAUPIN

La Flèche
Dépôt légal : janvier 2013
N° d'imprimeur : 70674

Imprimé en France